四川近百年诗话
两松庵杂记

朱寄尧 著
朱 棣
王家葵 整理

中 华 书 局

图书在版编目（CIP）数据

四川近百年诗话·两松庵杂记/朱寄尧著；朱棣，王家葵整理.
—北京：中华书局，2020.10
ISBN 978-7-101-14625-7

Ⅰ.四… Ⅱ.①朱…②朱…③王… Ⅲ.①诗集-中国-现代②中国文学-文学评论-文集 Ⅳ.①I226②I206-53

中国版本图书馆 CIP 数据核字（2020）第 113412 号

书　　名	四川近百年诗话·两松庵杂记
著　　者	朱寄尧
整 理 者	朱　棣　王家葵
责任编辑	张　伟　朱兆虎
出版发行	中华书局
	（北京市丰台区太平桥西里 38 号　100073）
	http://www.zhbc.com.cn
	E-mail：zhbc@zhbc.com.cn
印　　刷	北京瑞古冠中印刷厂
版　　次	2020 年 10 月北京第 1 版
	2020 年 10 月北京第 1 次印刷
规　　格	开本/920×1250 毫米　1/32
	印张 13¾　插页 6　字数 308 千字
印　　数	1-1600 册
国际书号	ISBN 978-7-101-14625-7
定　　价	48.00 元

朱寄尧（遗勋）

辛卯梅花三两株幽
兵寒日满庭除莫嫌
破屋一间小如斗风光十
里坐

寄垚仁棣雅嘱

录旧作以应

孟侃

饶孟侃书旧作赠朱寄尧

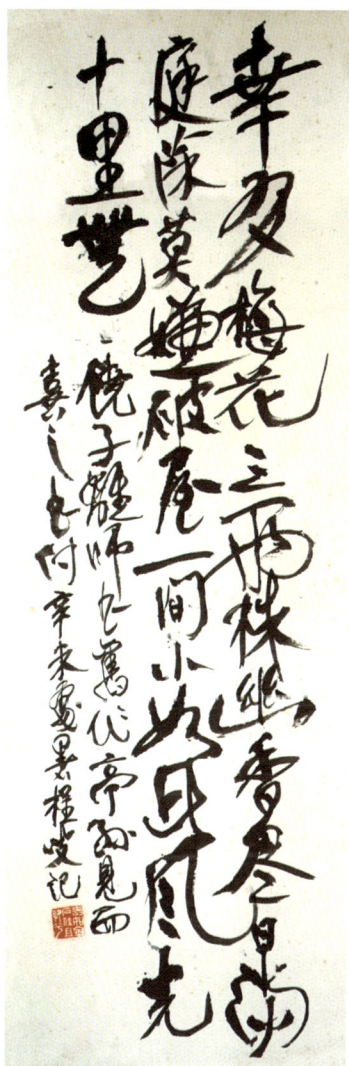

朱寄尧书饶孟侃诗、夫人杨淑媛绘花鸟画付孙女朱桔欣（亭亭）

中美药缘

中英比较语艺

昌水兔同闲
危危一九九〇年夏

朱寄尧为次子朱徽题写书名

题赠长子、长媳

朱遗勋　　　寄尧　　　寄尧之印　　　　　　朱寄尧藏书记

朱遗读过　　　　遗勋　　　　　无心堂　　　　朱　　　季子

寄尧　　　　　　五蠹　　　　　　松声　　　　成都

朱寄尧自治自用印（部分）

白薇居

臺人

朱遗所有旁行画草书

周菊吾刻赠朱寄尧、杨淑媛

八十一千卷

寄尧

王家葵刻赠朱寄尧

乙酉之秋與瘦梅合照於
辛卯壽八十一年後而太
容程壁識

瘦梅書共先皆三十四辛戌
申一九零八殘於文化大革命
之辛亥一九七二陳夕壽六十
三歲 己卯小满後三月一九九九年
寄光礼識
夕月件三日

伍瘦梅与朱寄尧（右）（1945年）

周菊吾

南延校園中偏橋前敬贈
愚弟 丁丑六月候旭记

周菊吾赠朱寄尧（1937年）

刘君惠（道龢）

王淡芳

目 录

1 引 言／朱 棣

四川近百年诗话／朱寄尧　王淡芳

两松庵杂记／朱寄尧

401　两松庵问学记：怀念恩师朱爷爷／王家葵

引 言

　　1793年，即清乾隆五十八年，马戛尔尼率英国使团访华，这是中英近代史上最重要、最深刻的一次交往。中国在向西方展现古老文明巨大魅力的同时，暴露出康乾扼杀宋明商品经济、工业萌芽、兴文字狱造成的外强中干，以及乾隆本人的傲慢、无知和偏见。此后中英两国经过工业革命与封建僵化不到五十年的剪刀差，1840年鸦片战争使国门洞开。再经过五十多年英、法、德、俄、日、美、意等列强轮番蹂躏，清廷丧权辱国、割地赔款，国运江河日下。1898年戊戌变法失败，六君子喋血；1900年八国联军入侵，签订《辛丑条约》，中国真正是"国将不国"了。1903年邹容振聋发聩发表《革命军》、同年章太炎因宣传革命被逮入狱，引发"苏报案"；1905年同盟会成立；1911年四川保路运动和辛亥革命成功，至少在形式上推翻了腐朽的千年帝制，反帝、反封建进入更深刻、更全面、更集中、更激烈的阶段。1921年中国共产党成立；1924年国民党一大在广州召开，国共第一次合作并成功北伐；1925年孙中山在北京陡然辞世；1927年蒋介石在上海叛变，同年八一南昌起义、秋收暴动、广州起义，揭开农村包围城市、武装夺取政权的序幕。1931年九一八事变；十四年艰苦卓绝抗日战争胜利后国共两党第二次合作破裂，争夺辽沈、围歼平津、决战淮海。1949年中国共产党领导全国各族人民成立中华人民共和国，中国人民从此站起来了、自立于世界民族之林，迈进了民族历史和世界历史的崭新阶段。特别值得重视的是，在这灾难深重、几近灭种亡族却前赴后继、最终挺立起来的一百多年里，中国文化始终在延续和传承。在极端困难条件下考古有重大发现：1899年发现甲骨文，1900年发现敦煌藏经洞，1929年发现北京猿人，同年发现四川三星堆……。康有为、梁启超、章太炎、李大钊、陈独秀等已然从政的读书人且不论，一大批学者、文人、艺术家，诸如王国维、陈寅恪、赵元任、胡适、鲁迅、郭沫若以及冼星海、徐悲鸿等等，禀承"为天地立心，为生民立命，为往圣继绝学，为万世开太平"的崇高理想，在孜孜研习中国文化的同时"开眼看世界"，走向东瀛、游历欧美。他们以崭新的面貌紧扣时事政治开展大量文化活动。外语也在长期闭锁的中国开始进入学校教育。

　　深处内陆的四川，也有一批文化人在忧国忧民，追赶着时代潮流。

　　四川荣县人赵熙（1867—1948），字香宋，清代进士、翰林，世称"晚清第一词人"，蜀中"一流大文人"，梁启超曾师事之，保路运动时任京官川南代表，1913年为成都保路纪念碑北面题字。蔡锷督军四川期间邀赵熙驻成都。朱德（玉阶）常给赵熙寄去相片信件，自称"门生"。孙炳文（俊明）在成都时也"从香宋问学"。我党老党员吴玉章也是赵熙学生。赵门三杰之一向楚（1877—1961），字仙樵、先乔，四川巴县人，晚清举人，诗人、书法家。1906年参加筹组重庆同盟会支部，1915年赴广州，任大元帅府秘书，孙中山题赠"蔚为儒宗"；曾任四川财政厅厅长。1931年任四川大学文学院院长，解放前夕被川大教授会公推为川大校长。新中国成立后1952年任四川文史馆副馆长。赵、向二人既为四川文化界乔岳，又追随中山先生民主革命，与我党和红军高层早有过从，必施影响于作育弟子。家父经常从历史跨度看待社会变革，一生对共产党亲近信任，与赵熙、向楚早年影响大有关系。家父珍藏并多次发表赵熙致大满和尚函，即记有这方面内容。与赵熙齐名的一代耆儒林山腴（1873—1953），名思进，四川华阳人，上世纪初从日返国后在北京居住数年，其间与陈寅恪父亲、诗人陈三立等京城名士结社唱酬。返蓉后建"清寂堂"传承国学。抗战时期巴蜀作为大后方，大批文化人，尤其江浙人入川（四川人称他们为"下江人"），如朱光潜、徐中舒、陈寅恪、饶孟侃、钱穆、吴宓等知名教授，云集成都。那时候，四川大学被誉为全国唯一一所保存完整的国立大学，而同城的华西协合大学也汇集了一批流亡的知名学者，这些学者不少同时在两校授课，一时间，川大与华大成为当年国统区文化教育的重镇，四川的文化学术可谓异常繁荣。陈寅恪1943年到1945年执教于成都燕京大学，兼任华西协合大学中国文化研究所特约研究员和"东西文化学社"总社理事。1944年春节人日陈教授从华西坝进城拜见林山腴，甫一下车，倒身便拜，口呼"伯父"，跪地磕头，令在场三十来个林老学生大为惊讶。因多年来华大、川大等校的学生都对老师鞠躬致敬，早已不再磕头了。何况华西坝有着浓厚天主教、基督教等西式背景。程千帆1941年任南下四川乐山的武汉大学中文系讲师，后在成都金陵大学中文系、四川大学中文系任副教授；抗战胜利后到武汉大学。

家父朱寄尧，便生活在这新旧交替、中西互融、形势严酷而又生机勃勃的文化环境之中。

朱寄尧（见书前插页一），本名遗勋，字寄尧，以字行，晚年自号椁叟（困守床头柜之老者），四川成都人，生于1918年，卒于2002年10月27日。青年时代报考川大化学系，却被录入外文系。家父考上川大之后，从望江楼乘船沿水路到乐山，再走山路上峨眉。未毕业即留校任助教。新中国成立后被四川省首批派往哈尔滨外国语专科学校学习俄语，担任三个川籍学习小组之一的组长。学成回川后组织教师速成和科技翻译，很快满足俄语教学和前苏联援建工程之急需。同时，家父发挥掌握英、俄双语的优势，译著《英语最低限度词汇》，连续印刷发行了十一版。提出编撰《英语语法词典》并纳入商务印书馆出版计划。后主持翻译《巴基斯坦简史》、编撰《英语语法词典》《英语语法学词典》等。家父青少年时代经历了民国的混乱与贫穷，景仰四川同盟会成员赵熙（香宋）、向楚（先乔）等饱学之士，曾镌刻印章赠送赵熙、向楚。向楚诗作《空石居诗存》（黄稚荃辑注）中有诗《朱生寄尧刊岳武穆满江红词制为印丛》："一曲黄龙调最工，每思南渡泣英雄。朱郎信有干将笔，谱入鸿泥片羽中。"诗后有小注："朱寄尧，名遗勋，成都人，四川大学外语系毕业，四川大学外语系教授，中英文造诣皆深，复工治印。"向楚先生有一书签，一面为赵熙书"此老胸中常有诗"，下着"遗勋之印"；书签背面上部钤印"阅书止此"，下拓边款"甲戌八月寄尧刊"，知为1934年朱寄尧刊印，朱时年方16岁，可见朱寄尧与向先乔交往深远。家父又是林山腴"清寂堂"弟子。家父与成都名流、画家、书法家，母亲的国画老师伍瘦梅先生（见书前插页七）交情甚笃。我父母成婚就是瘦梅先生的大媒；我的名字"棣"及小名"韡（wei）芝"也是拜他所赐。父亲转送我瘦梅草书东坡诗集句："师已忘言真有道，我除搜句百无功。"张大千送父亲一幅题款扇面，淡淡几笔，悬崖雄踞，气势非凡。父亲很在意收藏砚台和金石，歙砚、端砚和鸡血、寿山都有。父亲治印受表兄周菊吾（见书前插页七）和伍瘦梅的影响很大。晚年行动不便，独处期间被索要或者顺手牵羊，多半散去。整理父亲遗物时还有五十余方印章（部分见书前插页五、六）。

父亲的书法有很高的造诣（见书前插页三、四），对古典诗词、书画作品有着相当的鉴赏水平，是成都著名书画商店"诗婢家"（如同北京荣宝斋）的常客，与店主郑伯英先生过从甚密（郑是中共地下党员，后任我驻外参赞）。

家父景仰陈寅恪教授，与陈寅恪后人长期保持联系，陈长女陈流求在成都工作，2002 年参加了父亲遗体告别仪式。我曾看到朱光潜教授多封给父亲的长信。父亲经常与文人墨客把酒临风、直抒胸怀，推杯换盏、高谈阔论，切磋推敲、穷究学问。兴起则猜拳行令、酣畅淋漓，颇有些竹林七贤的遗风。记得常去酒家有"竟成园"（想必是取自"有志者，事竟成"之意）、"努力餐"（西汉四川临邛卓文君有"白头吟，伤离别，努力加餐勿念妾"句）。"努力餐"曾是我党四川省委联络点，创业店主是后来写进小说《红岩》的地下党负责人车耀先。上世纪二十年代与闻一多、徐志摩、朱湘齐名的新月派诗人，推动诗歌创作发展的饶孟侃教授，1939 年到川大任教，曾应家父之请，书赠律诗旧作（见书前插页二）。赵少咸的授业弟子、接受过章太炎指导的殷孟伦（1908—1988，四川郫县人），三十年代初转学至南京中央大学，正好由黄侃先生主试。其学识才华得到黄师极大赏识，竟然一下子三门考试都给了100分,这在文科中几乎没有先例。沈祖菜有诗赞曰:"当年名下无双士,同学班中第一人。三峡江山助文藻,六朝烟水忆风神。"后来在回忆中还经常谈及,盛赞其为"一日之内,名满京华"。殷孟伦先生对家父特别亲切,五十年代初殷先生就从川大院系调整到了山东大学,六十年代我在北航读书,殷先生到北京开会,一定要约我出来到前门四川饭店吃饭,饭间还一定要喝酒,我说我不会,殷先生说:"我和你父亲吃饭时是一定要喝酒的。"于是我就陪殷先生尽兴吧。家父作为一个外国语言文学的教师,深受中国传统文化熏陶达到如此程度并且自觉传承,不用说在四川大学,就是在国内无论哪所名校的外语教师当中,恐怕也是鲜见的。

家父在上世纪八十年代退休后集中精力编著《四川近百年诗话》(以下简称《诗话》,与王淡芳合著),撮录自鸦片战争以来至新中国成立前百年间四川诗词并逐一介绍作者背景、相关掌故与风土人情,再加以演绎发挥,抒发情怀,浸润着家父在中国文化领域的披阅、游历、思考和感悟。这些注释和解读文字本身具有很高的文化品味和一定的文史价值。

在我看来,《诗话》有以下五个特点:一是时限自鸦片战争至1949年间近百年;第二,所辑录诗歌全部是这百年间的川籍或旅居四川的外省人士在四川境内创作的作品;三是立足巴山蜀水,放眼全国:开篇就是鸦片战争开战时成都傅泰淑"关心数问五羊城";四是对原诗词提供背景、解读、作者介绍等,并多有演绎和发挥;五是撮选对象不拘一格,有清朝重臣,同盟会元老,五四名人,大画家张大千、齐白石等,更多的是四川各地的地方文人,等等。

　　以鸦片战争以来一百年为时限的旧体诗词汇编甚为鲜见。正如本文开篇所述，这一百年是中华民族自明清以降最为羸弱、最为悲惨的一百年，就像国歌中唱的"中华民族到了最危险的时候"；就像人民英雄纪念碑上镌刻的"由此上溯到一千八百四十年，从那时起，为了反对内外敌人，争取民族独立和人民自由幸福，在历次斗争中牺牲的人民英雄们永垂不朽！"这一百年的诗歌只能是慷慨悲歌、壮怀激烈！而旧体诗词这种形式又特别能展示中国文人"士"的传统与傲然风骨。《诗话》在这特定的一百年中体现出中华传统文化浑然天成、不可离散的心灵凝聚和顽强抗争、自强必胜的民族精神。

　　《诗话》讲的都是巴山蜀水的"四川故事"，散发着浓烈的四川人物、四川语言和四川掌故等地域特点。收集编撰这些"四川特色"需要土生土长的乡土润泽、深厚的学养和功力、深邃的眼光和视野、长期观察思考的积淀。有资料表明：中国的茶叶、缫丝、织锦发端于四川。张骞出使西域在中亚看到蜀锦和邛杖，那是经云南、西藏（吐蕃）而印度、中东的茶马古道——"蜀身毒道"（"身毒"，即古印度），乃最早的丝绸之路卖出去的商品。在四川，随处可见历史遗存，成都的都江堰、武侯祠，汶川的姜维城，剑阁的古蜀道……。四川深处中国内陆。成都平原是一个盆地，沃野千里、几无灾害；经济发达、社会繁荣。盆地东北的阆中，是古代巴人的聚集地。西汉阆中人、天文学家、历算学家落下闳，字长公，依照月亮绕行地球的运行规律编制《太初历》，即中国的农历，确定二十四节气，确定正月初一为新年第一天。阆中又被称为"中国春节文化之乡"。盛唐即有"扬一益二"（扬州第一，益州【成都】第二）之说。北宋初年，成都地区开始流行世界最早的纸币"交子",领先欧洲六七百年。而这号称"天府"的宝地与一马平川、无险可守的扬州完全不同,整个盆地被崇山峻岭四面环抱,形成铜墙铁壁般的天然拱卫。特殊地理位置加上特有的地理条件,经济社会长期持续发展的历史积淀,使得四川成为中国的大后方和最后支撑。唐玄宗安史之乱逃向五都之一的南都(京)成都,重要原因是四川易守难攻和物产丰沃。李白作"上皇西巡南京歌十首",内有"九天开出一成都,万户千门入画图""地转锦江成渭水,天回玉垒作长安"等句,用多达十首的组诗来表达自己对盛唐发生安史之乱、玄宗皇帝南逃成都的复杂感慨。至今成都北郊还有一地,名曰"天回镇",实乃玄宗避难北返之纪念地。1251年蒙哥被推举为蒙古大汗,他在派军远征西域的同时亲率大军伐宋。蒙哥久攻不下四川合州钓鱼城,反在严酷战斗中死于非命,被迫撤军,使宋祚延续二十年,也改变了蒙古原来横扫欧亚的战略布局,亦即改写了世界历史。土地革命战争时期,红军长征许多重大事件发生在四川,毛主席名诗《长征》中金沙江、大渡河、雪山、草地都在四川。国家长征纪念园和长征纪念碑建在四川省阿坝州松潘县。抗日战争期间四川境内虽无地面战事,但出川将士最多,牺牲最大,人力物力贡献也最大。国民政府从南京迁往"陪都"重庆,重庆当时还属四川。上世纪五、六十年代共和国成长关键时期为了应对险恶国际环境,国家进行大规模三线建设,总指挥部就设在成都。核武等重要军工基地建在四川。辛亥成都保路运动是辛亥革命的直接导火线;蒋介石在新中国开国大典之后的1949年12月28日从成都凤凰山机场无可奈何、黯然神伤地飞离大陆,宣告蒋家王朝终结。武侯祠有清赵藩撰联"能攻心则反侧自消从古知兵非好战;不审势即宽严皆误后来治蜀要深思"名扬海内。就文化层面而言，明初、清初大量移民入川，即所谓"湖广填四川"，形成中原、本土和羌藏苗等多元融合的四川文化；抗战期间，中原和江浙众多工厂、院校、文化人和大量难民涌入四川，在四川形成一次巨大的社会开放和文化交融，居于蜀中的海内诗人创作出大量诗歌。《诗话》就是基于四川长期历史积淀和地方特色，对百年间国家重大事件，处处关联和诸多映射，为民族危亡发出持续、强烈、多侧面、多层次呐喊，这在四川省内文学作品中似所仅见。可以说，《诗话》虽属四川百年文史，但其内涵和影响不会只局限在四川。

家父亲历了旧中国积贫积弱和新中国开天辟地的巨大变迁，从历史的跨度和新旧社会比较中看待清朝、民国和新中国，看待中国共产党领导的改革开放。《诗话》从八十年代中开始编撰到1992年面世的几年间，正值改革开放蓬勃奋进，"思想解放"和"以经济建设为中心"取得了初步但是令人振奋的成效。我曾亲耳听家父说过："今天（共产党搞改革开放）粮价不升反降，这在过去史书上是要记下一笔的。"家父满怀着追求社会进步和民族振兴的强烈情怀，从史学、古诗词两个领域聚焦百年苦难，以自己毕生学识、经验与思考，通过蒐集古风诗歌，让读者在古诗词艺术概括的强烈冲击下，深刻铭记四川人民是怎样走过来的，对比反衬今天的四川正在向哪里奔去。表现出四川知识分子的乡土情怀、历史责任和放眼民族国家的博大胸襟。

随着历史的演进，《诗话》描写和记载的川人川事已经多有演变且正在远去、渐渐淡出现代人们的视野。这种情势之下，正式出版《诗话》对于讲好"四川故事"和"不忘初心"来说，更是恰逢其时、弥足珍贵。

　　家父多年来的编撰工作都由母亲杨淑媛（1914—1992）配合。查找资料、誊写编排，大多母亲操作。那个时候家中除有英文打字机外，中文全部手写手抄，编辑全部剪刀加浆糊，工作量很大。母亲就读武汉大学中文系，后转四川大学中文系，曾师从程千帆、沈祖棻，与王淡芳同学，也与王淡芳同为刘君惠学生。母亲比王淡芳年长，但因病休学数年后复读。母亲写字作画，都有一定造诣（见书前插页三），是成都"银杏诗社"成员，每有所感，都要填词作诗，可惜没有编撰成册。编撰《诗话》期间家父罹患脑溢血，行动不便且逐年加重，给母亲平添越来越重的照料责任。家父自强不息，笔耕依然不辍，用毛笔工整誊写《诗话》全文，但是活动范围大受局限，以致以"桯叟"自嘲。母亲以多病之身维持原来运作已属不易，眼下更是难以为继了，于是推荐王淡芳加入。此外，时为青年才俊的王曼石（家葵）多方襄助。成书过程先后经历了在成都地方杂志《龙门阵》和《文史杂志》等单篇发表、《文史杂志》增刊集册印行、1992年2月自费出书三个阶段。然而《诗话》面世不到一年，母亲因操劳过度辞世。可以说，《诗话》至少是朱寄尧、王淡芳、杨淑媛三人合作的产物，只不过母亲甘当下手、默然幕后、没有被提及罢了。母亲的一生都给了家人，给了她毕生钟爱的诗词和国画，默默地期盼着我们。我曾撰写并在追悼会上致辞"怀念母亲"，聊以寄托对母亲的哀思和歉疚！至今每一思及，都会老泪盈眶，"悲喜交集"！

　　《诗话》书名由父亲友人、杨淑媛和王淡芳的老师程千帆先生题写；父亲挚友，也是杨淑媛、王淡芳的老师刘君惠教授作序。全书完稿后父亲毛笔手抄全部原稿付排，出售自家藏画筹措资金出版。成册面世以来，在文史爱好者，尤其川籍人士中颇受好评。受众虽少，评价甚高。

完成《诗话》撰著之后，父亲一鼓作气，开始整理多年积累的人文掌故，编写《两松庵杂记》。从自序可知，这是他从少时起"平生读书阅世，偶有所触"，包括人文地理、名人逸事、学界趣谈、轶事掌故，入不了"正史"也不见于"野史"的点点滴滴，"略事收录"，编撰成册，目的则为"聊资谈助云耳"。书成之后，由刘君惠题签。自1995年底自费印刷分批赠阅起即饱受关注，至今仍在社会流传。家父以自己文化修养、艺术品味、鉴赏眼光所作的收录，具有极强的知识性和特定时代的趣味性，而且有一定的史料价值。《杂记》内容虽杂，其中不乏重要学术线索和政治历史印记：如庞石帚与钱锺书就《谈艺录》留有一段文字因缘；朱德、孙炳文上世纪护国讨袁留蓉期间从赵熙问学，1934年红军长征途经四川时谣言纷起，赵熙以自己亲见信任朱德、孙炳文；文中多处记录陈独秀逸事，等等。《杂记》语言极为简练，如"动心"条目只有一句话。然而每一则内容都经过锤炼。如"唐伯虎打油诗"说"'阿癞癞'惊呼声也"时，引证"脂砚斋评《石头记》之朱文长方印，文曰'阿癞癞'"，可见收录一首打油诗都有平日考证与积累之基础。

家父自1992年病后鳏居十年，自行邮购书籍上千册、订阅报刊数份。每天足不出户、独拥书城、阅读思考、范围很广，包括地质、物理等理工各类，视野极为开阔（霍金的《时间简史》就读过两遍），常自得地说："心境到底不同！"

父亲在四川大学终其一生，2002年10月27日在我和保姆陪护下于桃林村寓所辞世（弟弟朱徽时在国外）。时任川大副校长石坚同志执意安排遗体告别。众多同事、亲友莅临并有挽联送行，其中张永言先生送的是：

> 一万卷丹黄典坟博学今失大耆老；
> 五十年瞻依绛帐深恩最感旧门生。

父亲育有二子。我作为长子，学工，且在外地工作，弟弟朱徽子承父业，亦是川大外语学院教授。家父生前有交代，藏书、资料、文稿全部留给朱徽。惜朱徽自 2002 年后目力不佳，不克从事父亲著作正式出版的工作。我从 2011 年开始更多关注老家事务，安葬父亲骨灰，撰写《怀念父亲》等，同时在多地争取正式出版已经在社会上流传的《诗话》和《杂记》。

《诗话》序言作者和《杂记》书名题写者刘君惠（1912.10—1999.10，见书前插页八），名道龢，以字行，号佩蘅，四川华阳（今属成都市）人。四川师范大学教授。1933—1937 年就读于川大中文系，与家父表兄周菊吾同年同班（他俩都长家父 5 岁）。大学期间恰逢全面抗战爆发之前的相对平静时期，学业平稳扎实。毕业后逢战乱生活艰辛，在多所大学、中学兼职教书谋生。抗战胜利后，随金陵大学于 1946 年迁校南京；次年 8 月回川，在重庆任教，其间多次支持学生"反饥饿争生存"大游行。1949 年 6 月返成都后又应邀到川北大学、南充师院任教，曾参加土改。再随校返成都，1957 年被错划右派，后改正。刘君惠虽一生坎坷，但性情谦和，温文尔雅，可以让人领悟到什么叫做"腹有诗书气自华"。相比之下，周菊吾、朱寄尧两老表则性情耿直、言辞犀利、中气十足、脾气很大。记得少时曾多次在家中与刘君惠一起吃饭，模样早已忘却，但谦谦君子、轻言细语的气质禀赋却难以磨灭。最近网上查到照片，顿觉君惠先生和蔼亲切的模样回到了眼前。刘君惠与家父不仅同为林山腴"清寂堂"同门磕头弟子，而且多年一直交往甚密，相互之间直呼其名、从不客套，事无巨细、直奔主题。从看到的刘君惠致朱寄尧两封信来看，二人是经常约见的。估计重要原因是对中国古诗词有强烈的共同爱好、对在旧中国的人生艰辛有共同阅历记忆、对新中国现状与未来有共同的热诚关切……。君惠先生是四川诗词学会创会会长，诗人，本人经常写诗。家父则不然，从不写诗，只是赏析品味、大声吟唱，全身心陶醉于诗歌艺术的美学享受之中。此外，书写诗词、篆刻诗词。如为向楚刻赠《满江红》印丛。同时，通过读"诗"去读"中"，通过读"史"去做学问。《诗话》就是家父这种态度与行为的凝练和结晶。而刘君惠则是《诗话》成书历程中最近距离、最长时间、最为专业的观察者、见证者、支持者甚至参与者。很可能《诗话》和《杂记》中许多内容在成书之前的漫长过程中早就在二人之间讨论过。刘君惠为《诗话》写的序是迄今阅读《诗话》最重要的引领。这首先是刘君惠具有国学、文学和诗歌专门领域基础，学有所成、实至名归。尽管很多文人或略通音律者都可以写几句，但要对诗歌这个专门领域从事研究或者创作则完全是另外一回事；其次，刘君惠"序"将陈子昂、李白、苏轼等四川本籍诗人和杜甫、陆游等入川之外籍诗人各自单列，再引入抗战期间在川诗人，这将百年诗话的地位提到历史的高度；第三，刘君惠序强调"审音知政"是《诗话》的"撰述目的",审哪些音?知什么政?这是一个巨大的思考领域和学术空间;第四,刘君惠序言结尾归纳"所敷论、所商榷、所赏析",给出了一个分类。由于刘君惠学养扎实深厚、文笔优美简练,当时请他作序、题词、撰联者众。应该指出,刘君惠为《诗话》所写的序乃是其倾心力作,不仅没有溢美之词,而且通篇浸润他自己对"四川"、对"百年"、对"诗话"的满腔热忱。

《诗话》另一作者王淡芳(1920.04—2005.02,见书前插页八),四川丰都(今属重庆)人,就读于南迁乐山之武汉大学,1946年毕业于四川大学中文系,中学教师。是女词人沈祖棻先生的亲传弟子,"正声诗词社"成员;著有《四川古代教育人物》和《雪邨存稿》等。

王家葵先生青年时代拜家父为师,过从甚密,可谓成书的亲历者,对本书的出版又襄助良多。现王家葵教授在国学、书法、金石、中医、道教等诸多领域成绩斐然、多有建树,特邀撰写专文,介绍、解读、指引两书,同时留下历史的见证(见本书附录《两松庵问学记:怀念恩师朱爷爷》)。

"诗无达诂",诗歌内涵丰富、意境深远,正所谓"求实则实无定指"。"审音知政",更何况百年间天翻地覆、换了人间。对《诗话》的赏析、解读需要读者和学界去研阅。为此,本次整理尊重原著,尊重作者,保留原状,只作技术性校订,以便把同一原版提供给今后不同时期的不同群体和不同受众。

我毕生学工,对文史外行;少小离家,老来回望,故乡依稀,旧事渺茫。为了将家父遗著引荐给读者,表达自己的感悟并展示相关背景，只能抓紧学习。所幸如今浩瀚史料已经数字化，互联网又使自己能够边查、边学、边写、边交流。然而毕竟没有基础，连才疏学浅都谈不上，故这篇"引言"必不能令读者满意，只能敬请海涵，但凡能有点滴可以引起读者兴趣，实为在下之唯一愿望且令人不胜快慰之至。

朱棣

二〇二〇年五月于广州

特别致谢王家葵教授，严晓星主编、苟世建编审。

杨懋辉、薛丽珊作为父母生前挚友，现年过九旬，旅居海外，对本书出版寄有厚望并提出意见；俞忠鑫教授做过有益工作；杜钳、马余胜、许志坚、联钦察、周定伍、杜键、杜链、周明等发表很好的意见；顾鸿乔一直努力推进出版；顾彦先提供资料；朱凌尖作了前期基础工作；杜建莉查询到王淡芳户籍信息及其长女王世弘等后人信息，以及其他所有关心、帮助过本书出版的各位在此一并致谢。

本书征引诗篇可能偶有与原作错落出入处：或因所据版本不同，或因传闻异辞所致，也可能两作者误记。现因《诗话》底稿已佚，所涉前贤诗集未能全部访得，部分诗文未克复校（原书排印误植处已由原作者加印《勘〔补〕误〔脱〕表》随原书送出，本次印行据此作了订正）。所以，本书校核更多的是"保留原状"，而"只做技术性校订"也受到能力和条件的局限，特此说明。

四川近百年访话

程千帆题

序

诗歌是一个独立的艺术世界，但是，诗歌的发展却不是一个孤立的纯艺术现象。诗歌在诗人所生活的历史环境里生根，它必然要反映那个历史环境。不管它怎样反映，不管它反映的广度和深度怎样不同，它总是要反映的。诗人总要为他所生活的时代传真留影。

自鸦片战争至一九四九年，是《四川近百年诗话》摄录的时限。这一百年，是中华民族风雨如磐的一百年，是中国人民灾难深重的一百年。龚自珍说："将萎之花，枯于槁木。"这就是这一百年中诗歌的主要形象。章士钊《论近代诗家》说"揩尽袖间今古泪，退残心上往来潮。"这就是这一百年中诗人的主要心境。

"国家不幸诗人幸，话到沧桑句亦工。"（赵翼句）这是一种十分沉痛的说法。近代诗人，不管他是湖湘派、闽赣派、河北派、岭南派、江左派、西蜀派，他们的诗歌风格虽有流别，而他们的诗皆能"工"。他们都怀于世变，慑于秋肃，侧身天地，独立苍茫。他们只能缘情托物，属辞比事，以吐其郁勃，以抒其怨悱。他们如节鸟候虫，都"工"于自鸣其悲。格以延陵之听，其音哀以思已。

审音知政，这就是《四川近百年诗话》的撰述目的。

　　四川夙称天府。蜀山蜀水，青碧嵌空，毓此灵芬，诞生诗人。陈子昂、李白、苏轼诸家争鸣唐宋，蔚为正声。从古诗人亦多入蜀，杜少陵、岑嘉州、黄山谷、陆放翁诸家，其入蜀诗篇亦与蜀山蜀水之青碧相辉映。近百年来，特别是抗日战争时期，海内诗人多流寓蜀中。他们处李白、杜甫所历之地，经李白、杜甫所未历之变，为李白、杜甫所未尝为之诗，镵轹相接，沆瀣相通，有凄婉之音，极回荡之致。诗人们在严肃的灵魂探险以后，用心血凝成的诗篇，为中国近百年的历史进程留下了星星点点的航标。寄尧、淡芳两君把一些星星点点的航标汇集起来，写成《四川近百年诗话》。他们所敷论、所商榷、所赏析者，固不规规于蜀山蜀水之青碧而已。

刘君惠

一九九二年一月

关心数问五羊城

清道光二十年庚子（1840）春，英人借林少穆（则徐）在广州查禁、焚毁其鸦片事而启衅，以畅其积久之侵华野心，遂开吾国近代史上鸦片战争之端。既而，英人大集兵舰于北洋海面，以武力胁迫清帝：撤办公忠体国、顽强抗英之钦差大臣林少穆及闽浙总督邓廷桢等主战大员。于此要挟之下，道光即如所请，并改派宗室大臣琦善及奕山为钦差大臣，相继往广州主持外交、军务。英人则先发制人，不宣而战，以大军进攻虎门炮台，水师提督关天培以身殉国。二沙尾、珠海等炮台相继失陷。广州处于岌岌可危之境。散泊海面之商船不能进口，几千万磅茶叶滞留港内。吾蜀虽远处五千里外而民情激忿，忧心海疆，成都国学生傅泰淑（慎斋），为《闻海氛逼近广州》七律二首以抒其愤：

> 春来难断雨淋声，六合含愁不放晴。
>
> 击柝连城惊戍火，携柑无客听啼莺。
>
> 不闻羽扇军飞渡，久梗商船海上行。
>
> 南越风花无恙否？关心数问五羊城。

> 江源蜀国远通潮，画航笙歌想寂寥。
>
> 飞檄联联催战急，望洋黯黯欲魂销。
>
> 几经鹤唳来三楚，伫俟鹰扬下九霄。
>
> 乐土翻为锋镝地，空山怅触一身遥！

琦善、奕山均天潢贵胄，不习军旅，怯懦无能，岂如诸葛武侯、顾荣等妙算在握，以羽扇麾军而从容胜敌乎？且海氛日急，巴蜀鹤唳，鹰扬虎视之军，何时得自朝廷派出？惟伫待而已。昔日繁华之交广乐土，已沦为战争之地。诗人报国无门，徒兴"空山怅触一身遥"之叹耳！事记其实，情发乎心，不饰文藻，直抒幽愤，真佳构也。

刘昆陵

金堂刘昆陵字蕴珊，好读书，绩学为诗，有声当世。道光二十年庚子（1840），以海疆多事，去浙江投效军营。翌年，值定海、镇海、宁波三镇俱陷落英人之手。两江总督裕谦赴泮池以死，巡抚刘韵珂力战无援而退。清皇室大臣奕经奉道光钦命援师而观望不前，蕴珊目击时艰，感慨愤激，发而为诗。

其一

> 终身难报九重恩，匹马匆匆走郭门。
> 孤掌竟成千古恨，烟波渺渺吊忠魂。

吊裕谦之忠魂也。裕谦字鲁山，博罗忒氏蒙古镶黄旗人。嘉庆二十二年丁丑（1817）成进士。道光六年丙戌（1826）累迁至江苏巡抚。道光二十年庚子（1840）英兵陷定海，宗室伊里布奉命往剿，裕谦代署两江总督，时英舰游弋海门外洋，江南戒严。裕谦疏陈规复定海三策，又疏琦善五罪，道光善之。遂罢伊里布，以裕谦代之，寻实授两江总督，二十一年辛丑（1841）八月，镇海、宁波、定海三镇相继陷落。裕谦督战定海，亲援桴鼓，先誓必死。一日过学宫前泮池，见石镌"流芳"二字，曰："他日于此收吾尸也。"及城陷，果如所言。斯时，清之封疆大员能死国事者惟裕谦一人而已，可不壮之哉！蕴珊吊其忠魂，固诗人之义也。

其二

> 银符宝钺赐瑶京，大将堂堂万里征。
> 太息生灵涂炭久，安排一鼓复三城。

刺皇室贵胄奕经不谙将略，听信奸人规复三城之诡计而卒致生民之涂炭也。

奕经，成亲王永瑆孙，贝勒绵懿子，承继循郡王允璋后，隶镶红旗。道光二十一年（1841）八月，浙江定海、镇海及府城宁波相继陷入英人之手，裕谦死事。宣宗遂命奕经为扬威将军督师往剿。奕经虽为堂堂大将，专征万里，而畏葸不前，久驻苏州，征歌选舞，极尽声色之娱。十二月始抵杭州。战事日驱，民怨随之。值奸人前泗州知州张应云献规复宁波、镇海、定海三城之计。奕经本不谙军略，又贪速功，因然之。遂令应云总理前敌营务。应云以重资购宁波府吏陆心兰为内应，日报机密多虚诳。奕经迷信神灵，祷于西湖关帝庙，占得虎头之兆，乃议于翌年正月寅日寅时进军。屡遣谍，均为敌所获，漏泄师期，敌早为之备矣。应云又与敌勾结，致三路大军皆大败。提督段永福、游击刘天保、副将朱贵俱力战而死难。

其三

> 千门万户夜焚香，忧国忧民鬓已霜。
> 一木中流难作柱，大臣原不愧封疆。

伤浙江巡抚刘韵珂之力战而不获奕经之援军致遭失败也。

刘韵珂字玉坡，山东汶上人。嘉庆中由拔贡授刑部七品京官。政事干练，道光中历浙江、广西按察使，四川布政使。二十年庚子擢浙江巡抚。时定海邑陷，韵珂于宁波收抚难民，沿海设防。及裕谦为两江总督，命韵珂偕提督余步云治镇海防务。二十一年（1841），英兵退出定海，仍游弋浙洋。裕谦督师赴剿，定海再陷，镇海、宁波亦相继撤守，裕谦死之。浙中大员，惟韵珂一人。二十二年（1842）春，扬威将军奕经奉命统兵援浙，规复三镇。韵珂督师奉化、慈溪，战数不利，屡促援师，奕经不应。力战数日，敌兵大至，乃突围而退，故诗中有"一木中流难作柱，大臣原不愧封疆"之语，盖伤其以不获奕经援军虽力战而致败也。

其四

> 降幡真否竖船头，凯唱南天值九秋。
> 我亦箭痕瘢尚在，无功安得觅封侯。

诗人于战后之枨触自慨也。

英人侵华之鸦片战争，于道光二十二年（1842）壬寅八月二十九日，以钦差大臣耆英与英人签订丧权辱国、英人已实现其全部侵华目的之《南京条约》而告终。

船头未见降幡，实则清帝已向英人屈服，故有"真否"之问词。"凯唱"乃深讽之也。三、四自慨，愤激之情以婉语出之，尤见其愤之深也。

桃花马下拜将军

蕴珊本以海氛日急，乃奋起投效军营，期遂其杀敌报国之志，而清廷黯弱，将帅无能，终以屈辱乞和蒇事。志士仁人，美志不遂，能不愤懑感慨于其心乎？《南京条约》甫订之日，蕴珊即弃其六品顶戴，辞去军务，徜徉西湖，流连花酒以抒其积悃。时杭州诗妓许素馨与之相善，怜才惜玉，多有唱酬。蕴珊赠之诗云：

> 西湖风月久关情，两载劳劳愧请缨。
> 昨日凤山门下过，始知人世有飞琼。
>
> 芙蓉出水好风神，慧质灵心不染尘。
> 脱尽桃花轻薄样，拟将天竺问前身。

以"飞琼""天竺前身"许之，其人虽落拓风尘而高致可知矣。素馨赠刘诗云：

> 腰横三尺酒微醺，飒爽英姿气薄云。
> 好待封侯归去日，桃花马下拜将军。

一者英姿飒爽，一者芙蓉风神，互相倾倒，缱绻可知！诗亦清丽隽拔，但不知"桃花马下拜将军"究在何日也。

贝青乔

道光二十年庚子英人发动侵华鸦片战争，翌年转寇浙江。定海、

镇海、宁波三城相继陷落。皇室奕经奉旨进剿宁波英军，驻节苏州沧
浪亭行馆，青乔以诸生投效军门，随至浙中，只身屡入宁波城，刺探
英军布署及进剿路径，以其耳闻目睹之诸多怪事为七言绝句一百二十
首，用殷仲堪"咄咄怪事"之意题其组诗为《咄咄吟》，每首均附自注
以述其本事，今窥其组诗内容，除深刻揭露敌寇横暴残忍、清世官吏
昏庸无能之外，竭力歌颂抗敌将吏与民众之英勇顽强。字字血泪，慑
人心魄，可为当世之明鉴，一朝之诗史。诗文相配，尤觉感人，其中
一首，即颂扬吾蜀抗敌壮烈牺牲之英杰王国英者，今全录之以为吾蜀
之一段英烈史话：

> 后土皇天实鉴之，峥峥南八是男儿。
>
> 归元双目犹含怒，想见衔髭饮刃时。

注云：四川守备王国英攻宁波城西门，于地雷轰击时，帅众奋勇入月
城，适遇夷酋郭士立于故绅吴鉴堂门下，烟焰中挺身直前，欲手斩之。
左腿误中火箭，遂被执。其部下误传已降贼。及三月间，我兵有自贼
中逃回者，挈其尸至。余在绍兴营中亲见之，面目如生，发后枚子字
迹犹未模糊，知为国英无疑。盖接战时，我兵受厚赠而归者五十四人，
而国英独骂贼不屈死。于是群言始息。

贝青乔字子木，号木居士，江苏吴县人。负经世才，熟谙武备，
不屑于试帖文，终身未列科第。依人作幕，怀抱无从施展，义愤激发，
溢于篇章。鸦片战争以丧权乞和而告终结。青乔游幕滇、黔及吾蜀，
得江山之助，诗益清奇峻拔。其《渝州舟次作》云：

石城如白屹江隈，登陟须凭健步来。
百级千层升不尽，朝天门在半天开。

初来秋汛正汪洋，落去洪涛百丈强。
沙碛忽成新井里，宾乡一岁一沧桑。

曩余过渝州，陟石磴千级，上朝天门，回视江渚，宛如诗述，深慨贝诗之工且实也。

《江津县即目》云：

渔洋当日驾轻航，饱看秋林艳作霜。
我到绝无桐子树，只余童阜与髡冈。

兵燹之余，江津已非渔洋山人入蜀之境矣。

又《初抵泸州寄内》诗：

几番凤约误天涯，海燕来时定在家。
望远莫须惊柳色，寄声先为告梅花。
西窗夜雨留情话，南浦春波感梦华。
卜到金钱应倍喜，行人早晚下三巴。

客游无聊，自兴思家之叹。遄归有日，以告远人。深情见乎美辞，复从内人之思己、己之忆内两面着笔，杜陵《月夜》忆内之遗法也。

富顺朱眉君

　　富顺朱鉴成，字眉君，一字糜坰。占籍兴文，以同治三年甲子（1864）举于乡，入粟为中书舍人，次年卒。有《题凤馆诗集》存世。眉君少有诗名，受知于学使何蝯叟（绍基）。蝯叟称其诗"甚豪而意致特幽"。咸丰中游幕粤东，与客居广州之闽人林昌彝善，唱和颇多。值英人发动第二次鸦片侵华战争，两广总督汉阳叶名琛"狃于故习，骄愎无能"，又迷信乩言，竟不为备。英人伺机于咸丰七年丁巳（1857）十一月大举攻入广州。名琛仓皇走避左都统署，为英人大索所得，舁之登舟。越年病卒，英人乃归其尸。眉君目击海氛，心怀激忿，为《海上》诗云：

> 海上风雷昼夜闻，南交旌节倚红云。
>
> 天王地本无中外，上相威原越幅隈。
>
> 岂信神州麟凤绝，坐看诸夏犬羊纷。
>
> 河东激赏梁丘据，颡泚难为誉鬼文！

清制无宰相而以大学士协理政务。名琛于咸丰六年（1856）以两广总督加体仁阁大学士衔，故诗中以"上相"目之。

　　梁丘据为齐景公嬖臣。晏子（婴）数短其对景公之谄言而梁丘不妒。唐柳子厚激赞之，曰："晏子躬相，梁丘不毁，恣其为政，政实允理。时睹晏子食，寡肉缺味，爱其不饱。告君使赐，中心乐焉。"（《河东集·梁丘据赞》）眉君引柳河东此语，意谓梁丘据虽为小人，有一善而子厚即激赞之，惟叶名琛之骄愎辱国，纵搜其行事，终无可取。搜检劳心，致颡颡汗下，亦写不出谀鬼之文。从反面著笔，痛责名琛，婉曲有致，得风人之旨而运典贴切，堪称能手。

英人既虏叶名琛，挟至印度、孟加拉诸殖民地属国传观。并指之曰"中华宰相也"。辱国之甚，莫加于此。眉君感其事为《汉阳相公行》以伤之：

> 汉阳相公望龙虎，帝命天南咨固圉。
>
> 卢头十载建旌麾，黄宣五等颁茅土。
>
> 雍容军政矜裘带，沉毅神机陋干羽。
>
> 百吏难参杜德机，远夷默玩渠丘莒。
>
> 巨舰周城三十六，先声一炮摧公府。
>
> 万雷入夜火轰云，人肉填城血为雨。
>
> 岂无老罴卧当道，势可偾豚公不许。
>
> 兵有虚声责有专，诸卿高阁何关汝。
>
> 十月十四事当戢，镇海楼中备樽俎。彝器喧阗擂大鼓。
>
> 九十三乡勇遣归，龟从筮从时可数。
>
> 粤秀山头红旆举，诸营飞翰安如堵。
>
> 无人之地索相公，百鬼挟趋公首俯。
>
> 回纥今真见大人，匈奴固是嗔夷甫。
>
> 奋身不并蛟龙游，絷项甘遭犬羊侮。
>
> 土风谁听锺仪音，廷评或许苏卿伍。
>
> 相公一身何足惜，中朝体制天王土。
>
> 呜呼！相公之志非不坚，半生功烈知由天。
>
> 东洛旧尊筹海望，南交新就《富华篇》。

散金自学陈平误，如意犹思昭远贤。

李陵得当还归汉，千里云亡定怨仙。

君王面下欧刀赦，故旧情深动颜色。

幸不生还累素交，且为易棺安反侧。

文渊马革换鲛丝，慷慨幽忧那得知。

老父悲凉抚题奏，圣朝宽大免陈尸。

相公介弟东华客，文彩璆玕品圭璧。

著书薄海有高名，下客长安曾接席。

可怜痛哭为余说，国忧方亟非家厄。

我时无语只沉吟，事有难言忘吊惜。

愿能奋发攘夷功，一洗垢瘢同气责。

粤游偶读粤中诗，广东人误诚有之①。

敢道是非无信史，欲明功罪伏微词。

屡乖事会宁关命，撞坏家居更付谁？

征南幕府新传箭，笳鼓喧喧归善县。

官绅踊跃檄输将，王师镇静终无战。

故事无须感汉阳，天津北去火轮忙。

东风入律夔龙绩，捍海金堤白霫王。

咸丰七年丁巳（1857），英人屡启衅端，法、美兵又为张势。将军、司道议商守战之计，名琛乃束手无策。其封翁迷信乩仙，名琛亦笃信无贰。于是扶乩，得词曰："十月四日事当自定。"将吏请方略，辄举乩

---

① 自注：见陈兰甫诗。

语戒勿扰，竟不为备。即期而广州陷，英人挟之以西，坐卧镇海楼中，犹作书画，自刊小印曰："海上苏武。"遂卒于海上。按清律：辱国大臣，必戮尸以谢其罪。而廷议为安反侧，而易其棺以葬，示主恩宽厚也。其介弟名澧，官内阁侍读，能诗，有声于时，悯其事，郁郁改官，抵浙而卒。故诗中有"十月四日事当戢，镇海楼中备樽俎""土风谁听锺仪音，廷评或许苏卿伍""幸不生还累素交，且为易棺安反侧""相公介弟东华客，文彩琭玕品圭璧"之句，皆记其实也。闽人林昌彝云："此诗可歌可泣，不愧诗史。"信哉斯言！

李西沤草堂集杜

垫江李西沤，名惺，字伯子，西沤其别号也。嘉庆二十二年丁丑（1817）进士，选翰林院庶吉士，庚辰（1820）授检讨，寻迁国子监司业，调詹事府左春坊赞善。以母老乞养归，继掌锦江书院。西沤嗜古力学，博极群书，工诗、古文辞而诗、古文俱独具一格，实为吾蜀道、咸间名儒。

道光十八年戊戌（1838）正月十日，住省诸大宪雅集工部草堂，主客八人，以"立春草堂，联吟雅集"为韵，分韵赋诗。西沤得"堂"字，为五言三律：

其一

> 邀我尝春酒，春风花草香。
> 今朝好晴景，云水照方塘。
> 尽醉揽怀抱，高谈随羽觞。

主人情烂漫，久坐密金章。

其二

宅入先贤传，百花潭北庄。

英灵如过隙，达者得升堂。

去郭轩楹敞，来时道路长。

经营上元始，回首一茫茫。

其三

济世宜公等，云台引栋梁。

不才甘朽质，渔父濯沧浪。

芳宴此时具，终朝有底忙，

清闻树杪磬，且欲上慈航。

三诗皆集杜句，而切地、切人，且于诸大宪中自占身份，熔情铸景如出己口，不见集句痕迹，真大家手笔也。

凉山踏雪图

凉山踏雪图，题者十余人，皆铺张扬厉，或语过其实。咸丰初，垫江李西沤（惺）长锦江书院，题七绝二首，出语谐妙，别开蹊径，不向如来行处行也。诗云：

大凉山下小凉山，山在南邛北笮间。

一色装成银世界，不知何处是乌蛮。

天将绝境试奇才，舍却肩舆亦壮哉。

几个诗人驴子背，可能驼向此中来。

曾国藩典试四川

晚清诗坛开宋诗一派者，湘乡曾涤生（国藩）出力多而影响大。论者谓其诗于涩鹜中犹涵选择，微为气累耳。涤生以道光癸卯（1843）典试入蜀，取道川北，过宁羌，入剑门而南下。过剑门有《初入四川境喜晴》云：

万里关心睡梦中，今朝始洗眼朦胧。

云头齐拥剑门上，峰势欲随江水东。

楚客初来询物俗，蜀人从古足英雄。

卧龙跃马今安在？极目天边意未穷。

格老气苍，于蜀有情，可补四川文史之一叶。

其《梓潼道中怀冯树堂陈岱云》云：

复嶂七盘相约束，清流九曲与周遭。

日高旌旆鸟蛇乱，秋老爪牙鹰隼豪。

北望幽燕天淡淡，东归岁月水滔滔。

江山如此知交隔，独对菱花数二毛。

《访苗仙露》云：

> 大隐东方朔，著书扬子云。
> 出门无所诣，落日一从君。
> 倦鸟宜何集，闲鸥亦有群。
> 烹茶余几火，小啜愧殷勤。

涤生由陕入蜀，过新都，谒桂湖杨升庵祠，题联云：

> 三千里秦树蜀山，我原过客；
> 一万顷荷花秋水，中有诗人。

脍炙人口，争相传诵。

卓文君　薛洪度

自来咏文君、洪度之作多矣，大都贬其失节，迂腐煞风景。王渔洋所谓"欲讲道学，径作语录可也"，何必为诗。道光末董新策《薛涛井》云：

> 碧甃银床不可探，井华清似百花潭。
> 深红小样笺谁染？零落胭脂三月三。

陈一沺《琴台》云：

> 琴台秋老木芙蓉，落落铜官第一峰。
> 偏有女儿识名士，人生那不到临邛。

风流蕴藉，本色当行。

大雾行

　　道光中荣县诸生吴迈，诗笔清劲，自有胜地。尝赋七古《大雾行》，奇绝，传诵一时。诗云：

> 苍茫尘世一气裹，开户大呼天欲堕。
> 隔篱但听鸡犬声，咫尺见人空际坐。
> 疑是风伯矜神工，夜吹家人太虚中。
> 又疑天孙织锦余绮降，散作人间碧纱帐。
> 抑或娲皇炼石补天倾，坠云下补地不平。
> 否则十二万年乾坤毁，不浮不凝洞洞尔。
> 我且置身鳌峰巅，试看开辟者谁子？
> 须臾赤轮飞海边，化作红霞蒸满天，
> 万山如妆加新妍。
> 噫吁嘻！
> 人生万事皆尘土，大雾一朝似千古。

槐轩吊船山诗

　　遂宁张船山（问陶）为官敢言，大吏惮其风骨。喜为诗，力持"诗中有我"之说，破除门户之见，一意孤行，目空一世，蜀中诗豪也。

辞官后寓居苏州之虎丘，嘉庆甲戌（1814）病卒。

　　道咸间双流刘止唐（沅）博览多闻，学通百氏，为世所称。平居讲学授徒，不乐仕进。朝鲜韩荣龟亦来问学。著述二百余卷，淹贯群笈，征引赅博。总其名曰《槐轩全书》。止唐所居有老槐，因以名轩云。一生敬重船山，咸丰初，有诗吊之云：

> 西蜀江山险，诗中得伯才。
> 当关争虎豹，破硖走风雷。
> 官薄名备重，心雄事竟灰。
> 羁魂犹崛强，抵死傍苏台。

> 坡老儋黄后，疏豪合似君。
> 斩新诗世界，开拓酒乾坤。
> 家恋江南好，才羞冀北群。
> 夕阳愁白发，无那是招魂。

诗亦雄健，五言长城。

成都花市

　　每岁二月，成都西郊青羊宫、二仙庵两道观例有花市，游人如云，列肆满塍，其胜况历千载，迄今不衰（宋赵抃《成都古今记》载其事），洵成都士人春游胜地也。清咸丰中彭县吴云峰（好山）有《竹枝词》咏其盛况云：

仲春十六会期时，货积如山色色宜。

去向二仙庵里看，令人爱煞好花枝！

长洲顾潜叟（复初）以咸丰二年（1852）随何蝯叟（绍基）入蜀佐理学政，有《成都花市》一律以志其游：

行厨游榼满溪烟，二月新衣未著棉。

细雨郊原试马路，东风城郭纸鸢天。

匆匆花市仍今日，浅浅春寒似去年。

谁识欢场清兴浅？禅林容我醉时眠。

两诗情调不同，然皆写节令特点及胜游情趣，唯吴诗乃极写花市之盛与游乐欢畅之情，顾诗则记时令风习与客中触景兴怀之不同而已。

放翁花

唐宋以还，成都多植海棠。每岁正、二月间，繁花吐艳，红云似锦，游人观赏之盛况，不让虎丘、邓尉之梅花，扬州之芍药，洛阳之牡丹也。宋陆放翁（游）于乾道八年（1172）入蜀参范成大幕，居成都，亲见邦人种植海棠之盛，尝为诗纪其实云："成都海棠十万株，繁华盛丽天下无。"（《成都府》）又云："成都二月海棠开，锦绣裹城迷巷陌。"（《驿舍见故屏风画海棠有感》）恍若一城海棠，花光迷人，令人眼花缭乱，不辨巷陌之东西南北矣。唐郑守愚（谷）客居成都，数年不归，亦有诗道其留滞之情云："却共海棠花有约，数年留滞不归人。"（《蜀中二首》）唯老杜寓成都五载，凡竹、木、花、草，属咏殆遍，独不及海棠。后人于此颇费猜疑。郑守愚《蜀中赏海棠》云："浓淡芳春满蜀乡，半随风雨断人肠。浣花溪上堪惆怅，子美无心为发扬。"直为海棠鸣不平矣。东坡谪黄州，赠李琪诗亦有"恰似西川杜工部，海棠虽好不题诗"之句。人或解之曰，杜公太夫人乳名海棠，故公讳咏之。此说似是，然无据，亦杜撰耳。放翁则云："老杜不应无海棠诗，意其失传尔。"（《海棠·范希元园》诗自注）杜集为后人编纂，逸诗颇多，放翁以意想推之，较为客观。放翁之于成都海棠有执着偏爱之情，集中咏海棠者不下三十首。至其句"为爱名花抵死狂，只愁风日损红芳。绿章夜奏通明殿，乞借春阴护海棠"（《花时遍游诸家园》十首之一）、"贪看不辞持夜烛，倚狂直欲擅春风"（《海棠·范希元园》）、"走马碧鸡坊里去，市人唤作海棠颠"（《花时遍游诸家园》十首之一），则可知此老为海棠着迷，"抵死狂"之情态以及为护花乞春阴之深情，竟被人唤作"海棠颠"矣。清末荣县赵香宋（熙）在北京送杨昀谷入蜀，一夜之间成《下里词》三十首，为杨介绍乡邦风物。其一云：

> 青羊一带野人家，稚女茅檐学煮茶。
> 笼竹绿于诸葛庙，海棠红艳放翁花。

即用放翁爱成都海棠事，而直呼海棠为"放翁花"矣。诗人雅韵，为乡邦名物增色，故为说之。

云　空

诗僧之作，多有蔬笋气，或作禅语，殊感可厌。道咸间，荣县南禅寺僧云空诗，多可诵者，摘其佳句录之。五言云"山灵疑佛活，僧懒抱云眠""水搜崖角瘦，螺点佛头青""僧瘦梅花骨，岁寒松柏心""看经鱼食字，听偈鸟停声""风定数声钟，梵音花外发。胸中有洪炉，万物铸成句"。刻苦似阆仙，入晚唐当无愧也。七言云"山势欲飞云影乱，松涛乍响雨声催""霜催木落山争出，风低潮平水逆流""樱桃花放家家雨，杨柳村啼处处莺""秋老白云山影外，诗成黄叶雨声中""深山不解春来未，新种花开当历看"。

云空所居，山势峭拔，竹树蓊郁，梵呗之余，焚香默坐，其品格尤可敬也。

李芋仙

道咸间，忠州才子李芋仙（士棻）赴京应试，文为阅卷大臣曾国藩所激赏，置高等，有以其字非馆阁体者，抑为二等，国藩叹惋久之，旋召芋仙至，试以诗，芋仙有"海角天涯人一个，酒阑歌散夜三更"之句，国藩击节。更赠以诗，有云"太白醉魂今尚存，时吟大句动乾坤"。于是芋仙诗名震动京华。然芋仙放浪形骸，狂奴故态，不为朝廷所重，遂留滞京师。一日，京中名士假陶然亭饯张次山出宰某邑。酒酣，众请芋仙即席赋诗，芋仙固辞，张亦恳求，芋仙举杯一饮而尽，走笔成一律云：

> 临歧更触故人情，爱惜初心有此行。
>
> 敢倚文章留重价，全抛福力换虚名。
>
> 怜才泪足流无尽，感旧诗多记不清。
>
> 香火因缘湖海气，未应前途少逢迎。

感发情思，一气呵成。芋仙沉吟有顷，再成一律。诗云：

> 功名轻掷等鸿毛，便受饥寒敢告劳。
>
> 旅伴独携三尺剑，侠肠终类五陵豪。
>
> 重攀白下当初柳，一看元都去后桃。
>
> 醉倒陶然亭子上，到时佳节趁题糕。

书罢掷笔，独倚亭柱，"醉倒陶然亭子上"矣。

酒龙诗虎

　　李芋仙，别署二爱山人，又署童鸥居士，曾文正知其贫，时济之，且为延誉。芋仙好饮工诗，有"酒龙诗虎"之目。刊《天瘦阁诗集》，王泽山撰序，谓"每朝鲜贡使至，辄诣君舍问起居。锦袍玉带，作般辟拜，投缟赠纻，乞其词翰以去，其盛名可知"。顾不善作吏，咸同间为某邑令时，以事见某方伯，方伯不纳其言，芋仙直唾其面，方伯无以自容，遂落职。两袖清风，飘然作海上游。穷困甚，有时竟断炊。赋诗有"香火因缘湖海气，不应前路少逢迎。惭愧昂藏身七尺，不能儿女不英雄"之句，侘傺有如此者。一日游静安寺，喜其幽寂，曰："我客死得葬于此，题墓碣'西蜀诗人李芊仙之墓'，则于愿足矣。"人皆以狂士目之。时黄公度（遵宪）在海外，闻李名，汇金若干为买醉之资。芊仙曰："浪游名场五十年，订交遍海内，未有不谋一面而相待之优如公度者。"因谢以诗云：

老名士有值钱时，惭愧虚声海外驰。
叔度汪洋千顷量，谪仙烂漫百篇诗。
闲同遁叟餐香积，深感清流致酒资。
世视旧交行路等，谁如刘孔结新知。

芊仙在沪，常往静安寺路味莼园游憩，有七律二首，脍炙人口，传诵一时。诗云：

烟波小筑近黄滩，士女来游耸异观。
五里恰当萧寺半，一园堪赋硕人宽。
水心山活三神聚，屋角花稠万锦攒。
上下蜂房窥户牖，几疑身入大槐安。

南湖外史高三绝，思以丹青寿此园。
韩序能令盘谷重，裴诗和共辋川存。
季鹰乡味鲈鱼脍，司马风怀犊鼻裈。
自笑蜀中家立壁，蒐裘何日筑江村。

何蝯叟

晚清宋诗派代表作者，道州何蝯叟（绍基）其一也。吴江金松岑尝言："晚清诗人学苏最工者，推何蝯叟、范伯子。"蝯叟尝自言："吾为诗取达吾意而已，吾所欲言，纵笔追之而即得焉，天下之至快也。"道咸间，蝯叟典黔试，督蜀学，均以实学教士。居成都，谒西郊工部祠，题联云："锦里春风公占却，草堂人日我归来。"万口传诵，至今不辍。喜为诗，有《东洲草堂诗钞》行世。

咸丰壬子（1852）八月，蝯叟以学政视学入蜀，由陕入蜀，有《过宁羌州》诗云：

> 回首终南尚郁苍，鞭丝帽影已新霜。
>
> 邮亭尚记金牛峡，部落空传白马羌。
>
> 漾水两源偏共岭，蜀山万点此分疆。
>
> 近城复见平川景，衰柳晴悬落日黄。

宁羌州在川陕交界处，有白马山，为羌人聚居之地。秦岭险隘，剑关巉岩，蜀山万点，以此划分川、陕界限，故云"蜀山万点此分疆"也。漾水源于嶓冢，其东流为汉水之源，西流入四川，至沔阳为潜水，即今广元县附近龙门水之别名，为嘉陵江支流，亦即杜工部《赠别何邕》所谓"绵谷元通汉，沱江不向秦"句中绵谷通汉之潜水也，又称西汉水，以别于东流之汉水，故云"两源偏共岭"也。

峨眉秀甲天下，其高寒之景尤为奇绝。蝯叟游峨山，登绝顶，上扪星辰，下览佛灯，昆仑澡雪于西极，中原敛衽而东倾，一身独立，有飘然凌云之意，为诗记其实景实情云：

> 山气真从脚底生，到高寒处万僧惊。
>
> 有缘佛灯谁应羡，满指星辰不可名。
>
> 西极昆仑方右顾，中原郡县尽东倾。
>
> 此身大有飘然想，何必凌云羡长卿。

蝯叟使蜀凡三载，以咸丰乙卯（1855）九月后去陕西，有《去蜀入秦纪事书怀却寄蜀中士民三十三首》。其记将离成都时友人宴集薛涛故居吟诗楼一首云：

> 割据营营古蜀州，一隅偏为女郎留。
>
> 当时节度争投缟，后代诗人补筑楼。
>
> 旧井尚供千户汲，名笺染遍万吟流。
>
> 由他壮丽纷祠宇，占断城东十里秋。

女郎，即谓唐女诗人薛涛也。自韦皋、元稹、李德裕凡十一任节度使均与涛有诗文唱酬。涛凿井制五色笺，时人宝爱之。井水甘冽，为成都烹茶之名泉，惜今填塞，但供游人凭吊耳。清嘉庆中布政使方积于井旁修筑亭台，知府李松云又增构吟诗楼。薛涛故居之外旧有方公祠、雷神庙、白塔寺，故尾联云"由他壮丽纷祠宇，占断城东十里秋"，亦写实也。

蝯叟诗本以古体称誉于时，然此律诗亦清新雅健，不愧名家手笔，而峨山一律，状景设色，新奇雄伟，允称杰构。

张香涛

南皮张香涛（之洞），清同治癸亥（1863）一甲三名进士（探花），累官两湖、两广、两江总督，体仁阁大学士，军机大臣。遗世有《广雅堂诗》。同治末为四川学使，选拔多士，名诗人顾印伯、杨叔峤皆为其赏识而出其门下者。又奏建尊经书院，培育人才，一时蜀学之盛比于齐鲁。

香涛在蜀四年，除兴学拔士外，复广察工商及天府物产之分布，此其后历任封疆大臣，综理洋务、开办工业之固始也。其《忆蜀游》有《火井》一诗，极写蜀中物产之富，自贡盐井、火井之利。诗云：

闭关一无求，善国莫如蜀。

大利归盐策，不薪火自足。

富媪吐灵怪，光向绛霄烛。

一邀萧相窥，再昌炎汉箓。

当其穿凿始，顽坚百丈劚。

万灶焱煎烹，天餍程郑欲。

却哂巴妇井，丹砂细如粟。

神愁地脉泄，人畏劫灰促。

蜀产洵夥颐，更仆难尽录。

锦江夏丝白，蒙顶春茶绿。

阴木坚胜铁，树蜡洁如玉。

厄茜今衰歇，糖霜复继续①。

铜铁饶坑冶，但患无人督。

牛马充耕战，药物兼良毒。

忆昔南宋季，一镇支全局。

缗钱三千万，供军踵相属②。

固由地产穰，亦恐征敛酷。

保民有至道，君子善处沃。

　　今蜀酒名扬中外，顾清时嘉州所酿最佳而名声反居渝城之次。香涛不平，因作《嘉州酒歌》以张之。

蜀江濯锦腻春水，薛涛井出桃花纸。

青衣来汇嘉州城，双流渟涵水味美。

凌云山下碧青青，照见窈窕峨眉阴。

作酒不待女儿嫁，家家酿出如黄金。

薛能陆游醉忘返③，岂知今日尚有北客来知音。

蜀人善夸渝州酒，不问一石泥数斗。

平原督邮不到脐，浓酽只入贵人口。

渝酒浊如苏合油，嘉酒清如雏鹅头。

先取曲米浮脂好，次取江面回波柔。

---

① 原注：顺庆红花之利，今为洋红所夺。自黄山谷居叙州，始造糖霜，今为出洋土货大宗。

② 原注：南宋时蜀中财赋解三司者三百余万缗，蜀中自用者三千余万缗。

③ 原注：薛、陆皆有诗，甚赞嘉州酒之美。

倘教李白遇此味，兰陵不作他乡游。

吁嗟乎！富春下若今已渺，镜湖一水天下饱。

世俗随人作短长，口腹毁誉亦颠倒。

不惜酿者难，但伤尝者少。

把酒歌残不忍倾，天涯何地无芳草。

香涛于视学之际，遍历蜀中州县。徜徉山水，体察民情，为诗甚夥。于成都浣花溪、灌县青城山、剑州剑阁、阆州锦屏山、嘉州凌云山、黔江摩围阁、忠州东坡、夔州夔门诸胜，所至靡不题咏，诗多不能俱录，今拾其吉光片羽，以志名迹之胜，备旅游者之省览焉。《人日游草堂寺》云：

人日残梅作雪飘，出城携酒碧溪遥。

无端杜老同心事，四海风尘万里桥。

《剑阁》云：

刘宗北去李雄来，纵辟昏狂衍昶哀。

几见一夫当道守，徒怜双剑倚天开。

黝岩谁毁洪垆铁，雪涧空鸣蛰蛰雷。

堪笑明皇旋跸句，方思君德与铭才。

《青城山》云：

五岳之外孰可游，山荒树伐怜罗浮。

雁荡石好病瘦狭，黄山云好嫌阴幽。

匡庐外博中枯寂，但夸帘谷悬飞流。

只有青城不可唾，深秀能使人淹留。

岩壑回互三十里，青苍不落无春秋。

层峦簇簇散花竹，长坂往往开田畴。

随处涧泉堪濯足，登攀不为芒鞋愁。

千家百寺资用广，蔬薪何待出山求。

欲界仙都此倘是，纵留一月岂能周。

古有避世姚平仲，今闻好事何东洲①。

兹山十载入梦寐，已办笠屐穷探搜。

或云行部古不到，谢公伐木招人尤。

不畏猿鹤谢逋客，唯恐鸡犬惊鸣驺。

姑效兴公寄吟想，吊奇有愿何年酬②。

谭叔裕

　　光宣两朝，何蝯叟（绍基）、张香涛（之洞）、谭叔裕先后督学四川，培植英材，提倡实学，得人最盛，蜀人称为三贤。叔裕名宗浚，南海人，同治甲戌（1874）榜眼，有《荔村草堂诗钞》十卷，而以《使蜀集》最为精粹宏丽，其《桂湖谒杨升庵祠》云：

　　如此江山未得归，却投魑魅窜荒陲。

　　置身科第真无忝，涴迹俳优亦可悲。

----

① 原注：何子贞由四川督学罢官曾往游。

② 原注：余季父曾知灌县，久闻其胜，今提蜀学报满，遂欲往游。闻有司将为具供张，乃止。

学异程朱偏倔强，遇同璁萼耻追随。

似闻祠宇忠魂在，夜夜南枝叫子规。

怀人感事，情意肫挚，升庵有知，当引为慰也。又赋《与诸子论诗》五古一首，立言精当，吐辞和平，甘苦自道，语重心长，于后进寄殷望焉。诗云：

读诗如读书，根柢在学识。

真实苟未充，虚矫难应敌。

历观古名家，林立虽若戟。

倘能生面开，终自据一席。

毋矜半联巧，先贵万卷积。

咀嚼得英华，字字有来历。

而于使事内，超脱泯痕迹。

取材既清新，养气斯浩直。

化机尽吾师，触处皆心得。

吁嗟夸毗徒，妄论真耳食。

谬云天籁鸣，矢口信胸臆。

绝胝力已疲，巧斲丑斯极。

百年风雅替，正气日衰熄。

君看技艺成，半藉艰苦力。

岂有捷径趋，而能千里适。

所患摩拟工，区区限绳尺。

前明尚选体，流弊终否塞。

贵能翻白科，役人匪人役。

寄言学诗者，多师转求益。

故技须尽捐，正途匪难觅。

砥砺从今始，庶面十年壁。

望峨诗

峨眉秀丽甲天下。峨眉城南有望峨亭，三山秀色，一览无余。光绪初，峨眉女史彭舒英工诗能画，所居曰云京阁，吟咏染翰，怡然自得。尝赋《云京阁望峨眉有感》，甚有风趣。诗云：

朝见峨眉山，暮见峨眉山。

峨眉山色好，双黛空中扫。

我小有双蛾，愁比山云多。

愁多眉莫载，愿乞山灵代。

山云不受愁，依旧在眉头。

宁羌州

张香涛父春潭，名锳，字又甫，官兴义（今贵州安龙布依族苗族自治县一带）知府。咸丰五年（1855）秋，香涛携夫人别父赴京应试，由黔入蜀，渡江迤逦北行，经潼川、剑阁、宁羌入陕西。过宁羌时赋《宿宁羌州》七律一首。诗云：

岁晏单车独北征，风吹槁叶下边城。

一家骨肉同萍梗，四海亲朋半死生。

杼轴山中犹急税，旌旗江上未休兵。

忧来无寐披衣起，霜月横天枥马鸣。

求名之心不减，更添家国之愁。

游苏祠

香涛督学四川，锐意培养人才备国家缓急之需。对于才华出众者，关怀备至，特意栽培，"召之从行读书，亲与论讲，使研经学"。

光绪二年（1876）四月，香涛按试眉州，绵竹杨叔峤锐陪侍，登苏文忠公（轼）祠，有《登楼》一首云：

共我登楼有众宾，毛生杨生诗清新。

范生书画有苏意，蜀才皆是同乡人。

毛生，仁寿毛席丰；范生，华阳范溶。杨生即叔峤。香涛尝言，"（叔峤）才英迈而品清洁，不染蜀人习气，颖悟为学，文章雅赡，为蜀士一时之秀"（《致谭叔裕书》）。二十年后叔峤以"六君子"之一，身陷囹圄，香涛各方奔走，营救无效，卒遭杀戮，香涛痛心至极。

王湘绮

湘潭王壬秋（闿运），号湘绮，咸丰乙卯（1855）举人，光绪戊申（1908）特授翰林院检讨。袁世凯窃国，以上公礼征为太师，不受，旋改国史馆馆长。有《湘绮楼诗》存世。

湘绮为清末大儒，一代文宗。其诗寝馈于汉魏八代至深，初唐以后，不值论也。

同治癸酉（1873）南皮张香涛（之洞）典试四川，就受学政，以巴蜀学风衰弊，欲加振兴，奏建尊经书院。光绪元年乙亥（1875）书院落成，复得川督丁稚璜（宝桢）支持，经五次礼聘，湘绮始于光绪戊寅(1878)远程来川主掌书院。一时英才汇集，学风丕变。《清史稿》称，从其学者"如饥渴之得美食，数月文风大变，遂沛然若决江河"，又谓"自督部、将军皆执弟子礼，虽司道侧目而学者归心"。足见受礼之厚，影响之巨也。湘绮讲学七年，人文蔚起，成材甚众。士子受其炙诲，沾溉良多。杨叔峤（锐）、顾印伯（印愚）、宋芸子（育仁）、吴伯揭（之英）等俱能承其謦欬，所为诗，善出新意，卓然成家，腾踔一时。

宗风既启，云兴霞蔚，诗人辈出。其佼佼者富顺刘裴村（光第），荣县赵香宋（熙），中江王病山（乃征），华阳王雪岑（秉恩）、林山腴（思进）。其吐纳珠玉之声，卷舒风云之作，亦可并驾岭南，气夺江左者也。

吾蜀之诗，与光宣以还独宗江西者异流别派。非唐非宋，亦唐亦宋，独树一帜，烨光纷呈，乃湘绮启迪之功也。故汪方湖《光宣诗坛点将录》以湘绮配托塔天王晁盖，良有以也。并为诗颂之云：

> 陶堂老去弥之死，晚主诗盟一世雄。
> 得有斯人力复古，公然高咏启宗风。

高心夔号陶堂；弥之，邓辅纶也。

灯　市

　　蜀人游乐，由来久矣。光绪中成都除夕，灯游最盛。故老相传，自东门至盐市口，自棉花街至大十字，约距十余丈即树一灯坊，俗语谓之牌坊。或绢画人物，如《三国演义》《水浒》《精忠传》之类。四角上下悬缀五色琉璃小灯，金碧照粲。而各肆店所燃灯烛，红绫剪彩，互相辉映，爆竹社鼓之声不绝于耳。湘潭王湘绮（闿运）来成都主讲尊经书院，有《除夕行成都市遂至洗马池》五古一首纪实。诗云：

　　　　神龟肇二城，连星翼七桥。

　　　　名都昔隐赈，闾里今填嚣。

　　　　繁富始皇守，兴文俪汉朝。

　　　　通衢揭百坊，市火烛玄霄。

　　　　镪货通梯航，川原贡沃饶。

　　　　华实茂春芜，蔬豆翠冬苕。

　　　　士女闲且都，锦绮艳翔遨。

　　　　朝寻葛姜宅，昏联王郗镳。

　　　　阛市虽久盛，隆替非一朝。

　　　　二九门既堙，双流洇不潮。

　　　　财伤杼其空，儒经朴为雕。

　　　　方承古人末，恒患岁运辽。

　　　　羁旅幸多暇，星躔将转杓。

　　　　适野叹何加，行国念我聊。

抚树临霜池，玩夕启风寮。

追怀李固游，近采严遵谣。

八州感周行，浊隐轼清标。

岂伊矜天府，于以告风韶。

"通衢揭百坊，市火烛玄霄"，彩灯牌坊照耀通衢，真太平景象也。

世间水色应无比

　　蜀中嘉陵江，其水碧蓝如玉，故白香山有"蜀江水碧蜀山青"之咏也。李玉谿赴东川幕，经阆州望喜驿别嘉陵江所见江水亦是"千里嘉陵江水色，含烟带月碧于蓝"。杜工部居梓州时，其《阆水歌》有"嘉陵江色何所似？石黛碧玉相因依"之句，诸诗俱著一碧字，以状其水色之特异。王湘绮（闿运）光绪六年庚辰（1880）迎眷入蜀，过顺庆，渡嘉陵江，见江水蓝碧，绿波涟漪，爱而赞曰："余所见天下水，此为最丽。"赋诗云：

活似云英软似纨，碧漪清处不知寒。

世间水色应无比，唤取吴生袖手看。

吴生，唐画师吴道玄也。玄宗闻蜀山蜀水之胜，特召吴道玄、李思训于大同殿壁各绘嘉陵山水图。道玄一日之内即以泼墨写成，而思训则涉笔数月以金碧出之，各极其妙，俱为神品。湘绮为嘉陵水色着迷，至以道玄作图未能染出水之蓝碧为憾，故云"世间水色应无比，唤取吴生袖手看"。

王湘绮不屑为七言绝句

成都尊经书院山长王湘绮（闿运），晚清大儒，才高学富，诗名遍天下。其为诗，力倡汉魏六朝，不肯作开（元）天（宝）后人语，晚唐两宋更无论矣。湘绮以七言绝句本应五句[①]，近体四句，不合于古，遂不屑为之。偶为之，亦不措意。检《湘绮楼说诗》尚存七绝若干，虽自以为率尔之作，概不入集，但清新自然，可取者不少。人之蔽，不唯蔽其所短，亦有蔽其所长者，湘绮是也。石遗老人尝云："湘绮五言古沉酣于汉魏六朝者至深，杂之古人集中真莫能辨，正唯其莫能辨，不必其为湘绮之诗矣。"其不屑为而率尔为之者，往往能直抒胸臆，不事摹拟，不为雕饰，尚有自家面目，此其所以为湘绮诗也。今录湘绮入蜀过梁山道中所为七绝诗，可以见其弃金玉而宝瓦砾之蔽也。

光绪六年庚辰（1880）湘绮再过梁山，值夏历五月，道中大雨，山溜奔飞，怒涛雷吼。溪瀑黄流，悬浪而下，溅沫激气成白雾，如石灰得水，蒸腾而上，上下几欲冲斗。湘绮见此奇景为生平所无，因为口号二绝句云：

> 急流奔涛石道寒，海飞雷吼壮奇观。
> 何必苦向源头辨，且作庐山瀑布看。
>
> 崩湍激气似云蒸，黄瀑冲流素雾腾。

[①] 王湘绮《夜雪集·序》："七言绝句和乐皆五句,盖仿于《淋池》《招商》。"庞石帚云："《淋池》《招商》二曲见王嘉《拾遗记》卷六,《四库提要》称是书盖仿郭宪《洞冥记》而作,事皆荒诞,证以经史皆不合。湘绮岂真以二曲为汉人遗作耶？"

此景平生浑未识，他时夸与白莲僧。

翌日端午抵梁山县，风雨俱止，行程所见，又是一境，道中见儿童抃舞，农商具办节物，甚有乡居之乐。为诗云：

垢面蓬头走复来，无怀真趣在婴孩。
垂髫处处桃源境，生向陶家便不才。

又《端午有感》云：

野女圆蒲节物新，小枝红烛赛诸神。
灵均枉自伤心死，却与人间作令辰。

行三登坡道中所见，作诗记之：

子规芳草似春华，五月蔷薇满略花。
山里红颜不曾老，始知刘阮错还家。（《五月蔷薇》）

白皙青娥负炭归，三登坡下莫停骓。
贫家作苦人知敬，不是求仙恐污衣。（《逢负炭妇》）

梁山道中有花，初夏时满山谷，土人不知其名，图归示知者，先题一绝云：

粉红圆瓣细绒须，欲问芳名蜀志无。
花似剑南官样锦，画归题作野荼䕷。

诸诗与湘绮自记，如幅幅山野图画。眼前景，心中情，虽不设色而了然目前，自是佳作也。湘绮不以之入集，乃泥古偏见之所蔽也。

欢喜院

　　成都西城又称少城。清时旗人聚居于此，故又称满城。其西有西来寺，殿宇宏敞，林木翳天，乃成都巨刹之一。侧一小庵，名欢喜院，禅房花木，曲径幽深，乃将军崇实所施造也。惜两兰若俱毁于兵火，今已痕迹俱无矣。光绪甲申（1884）秋日湘潭王湘绮（闿运）尊经主讲之暇，穿满城，出小西门，游欢喜院，见崇将军所造亭榭，不十年间已尽欹倒，作诗云：

> 少城西接自秦时，近改屯营扼汉夷。
> 百岁休兵圈地废，九秋先冷访僧宜。
> 曲池衰柳桓公树，欹榭寒灯骆相祠。
> 唯有道心长定在，借庵拟下读书帷。

庵内塑像，祀故总督骆秉璋，已见剥蚀，故有"欹榭寒灯骆相祠"之语。今又去湘绮游时百有余年，海桑变化，七十左右之成都人士已鲜有知其地者。倘海外归鸿，欲于此寻其先世泥爪者，庶可就湘绮诗中觅之。

武侯祠赏荷

　　乾隆中成都南郊武侯祠别院有荷花一池，道人张子还所植也。板屋数椽，形同半舫，夏日池荷盛开，徘徊槛榭，坐卧于红香中，六月无暑矣。金匮顾光旭题"藕船"二字易其旧榜，书法秀逸，后失去。光绪中湘潭王湘绮（闿运）主讲尊经书院，赋《成都南郊看荷花待丁尚书不至明日见示长歌奉和》有"蜀主祠中旧池绿，轩窗通望凉朝旭。千枝翠盖压云漪，百朵丹花削琼玉"之句，则承平时赏荷胜地也。武侯祠原址在少城，明时迁今址，与昭烈祠合。前殿祀刘备，后殿祀诸葛亮。

桃源二酉相邻接

酉阳二酉书院山长冯壶川，经术修明，著述等身，为蜀祭酒。丁宝桢督川时，安车蒲轮，迎州县耆望于成都，以修养老之典。审壶川年臻耄耋，不能远屈。因诸弟子上寿，乃请王湘绮（闿运）寄诗为庆。诗云：

> 巴蜀传经近百年，龙池真有地行仙。
>
> 桃源二酉相邻接，五色云中小洞天。

酉阳县有大、小酉山，故书院以二酉为名。又《荆州记》载，湖南零陵亦有大、小酉山，小酉山后洞藏书数千卷，传为秦时儒生避乱读书处。零陵二酉与武陵桃源俱秦人避乱之所，后人遂以为仙人洞天福地也。地又俱在湖南，故诗中有"桃源二酉相邻接"之句。湘绮湖南湘潭人，与壶川不相识，欲为此诗，何以下笔？颇费神思，乃巧假地名设色，遂生瓜葛，且全诗属事贴切自然，为有道耆儒作寿庆，了无斧凿痕迹，岂庸手能办！

诗家亦用钩勒法

画师描绘人物,先凝视良久,即率尔操觚,不数笔而形貌逼似,神情全出,此画家所谓遗其形而得其神之钩勒法者,犹今文艺家"突出典型特征"之说也。易笏山游青城、过三峡两诗,俱用此法。游青城山,有《天师洞》云:

> 五里石作梯,梯上天师洞。
>
> 洞中一何见?直请君入瓮。

《入巫峡》云:

> 天半悬一门,对舟遥拱揖。
>
> 忽如两龙爪,挈空攫舟入。

前诗写自青城山麓五里至天师洞(常道观)门下,陡梯直上,仰视山门,有如瓮口。后诗写自川江顺流入峡所见,两侧峡石高耸,江流冲腾,直似挈舟攫空而入。图其神貌,俱极逼肖,岂非画家之钩勒法欤?

易佩绅,字子笏,笏山其号也,湖南龙阳人。光绪初官四川布政使,诗名籍甚,遗世有《函楼诗钞》。

异代升堂宋两贤

成都杜甫草堂内有诗史堂,内塑像三尊:杜公主祀,放翁与山谷配飨。门前悬钱铁江(保塘)一联云:"荒江结屋公千载,异代升堂宋两贤。""两贤"即放翁与山谷也。

长沙张冶秋（百熙），光绪初四川学使，有《谒少陵先生草堂兼展陆放翁遗像》云：

> 成都旧茅屋，遗构识幽栖。
>
> 亭阁地俱古，江山风始凄。
>
> 百花一潭近，万竹四松齐。
>
> 不见杜陵叟，夕阳空鸟啼。
>
> 配食剑南老，始闻嘉庆朝。
>
> 可怜心激壮，犹见发飘萧。
>
> 旧国东归晚，中原北望遥。
>
> 英灵定何在？杯酒一相招。

两诗一谒杜公，一展放翁，独不言山谷。人或疑之，冶秋之薄双井欤？

检草堂碑记及冶秋入蜀之岁考之，嘉庆十七年壬申（1812），户部员外郎金匮杨芳灿修《四川通志》时，请于同官，始于杜公像侧设放翁配飨。故诗中"配食剑南老，始闻嘉庆朝"即谓此事也。山谷乃光绪十年甲申（1884）蕲春黄云鹄知成都日，申请大府，仿放翁例配飨于杜公侧。两贤配食少陵相去七十有二年。张冶秋同治甲戌（1874）进士，光绪初入蜀为学使，是冶秋为此诗时，山谷尚未配飨杜公也。

石宝寨

大江流至忠州，孤峰耸峙，称石宝寨，一名天生寨，明末秦良玉驻兵于此。富顺刘裴村（光第）《南旋记》光绪癸未（1883）十一月初五日记云："舟行十余里，见石宝寨，孤峰独立江岸，如竖江洲长鹅卵石然，高约十余丈，乡人结寨其上，避土匪，可容数百人。楼屋皆缘壁起，逐层险峭，亦奇观也。"临顶俯瞰，群山起伏，江水滔滔，烟雾朦胧，仿佛上方仙境也。

合川丁治棠（树诚）光绪壬午（1882）舟行过此，有《石宝寨》五律一首，刻画逼真。诗云：

> 绝寨幸天生，嵯峨一石成。
>
> 雄如威凤立，突讶断鳌撑。
>
> 飞阁钩联巧，香台位置平。
>
> 缅怀秦太保，御寇驻奇兵。

王雪岑

华阳王秉恩字息存，号雪岑，同治癸酉（1873）举人，尝官广东按察使。

雪岑精目录校勘之学，平生搜集书籍、金石、书画甚富。不轻言诗，偶为之，清新淡雅，得蜀山蜀水之秀韵。友朋索之，亦秘不肯出，故传世极少。今拾其遗篇《题顾景炎晴窗读画图》七绝二首云：

> 花覆疏棂昼正长，牙签届叐待平章。
>
> 池荷万柄千竿竹，举似家风秀野堂。

水木清华罨碧梧，玉山雅集最知名。

千秋遗韵留图绘，不愧风流继阿瑛。

第一首"牙签届层待平章"，"届层"读若"气折"，前后相次也。

江　口

自成都望江楼解缆，盛夏水涨，两日可达嘉州。江流至彭山，与岷江汇合，江面顿宽，即江口也。相传张献忠沉银于此。野旷天清，江山如画，令人神怡。

王雪岑所书册页，有《江口》二首，写作俱佳，至为难得，诗云：

岷江来塞外，万派汇东流。

过此波涛壮，方为汗漫游。

滩声初入耳，水势渐开眸。

指点沉舟处，金银气未收。

一水横南下，江源此正流。

沙宽山渐远，风紧浪初遒。

树藉云阴活，芜因雨色柔。

苍茫怀古意，东去是眉州。

眉州，三苏故里也。

傅沅叔

江安傅沅叔（增湘），别号藏园，光绪乙未（1895）进士，授内阁中书。平生好收藏古籍，复精板本校勘之学，故汪方湖《近代诗派与地域》称"宋椠明钞，插架万卷，装池题记，罔不精绝"。以家藏北宋初刻《资治通鉴》及元刻胡三省注《资治通鉴》二书，因号其藏书楼曰"双鉴楼"。

沅叔好游览，娴于诗词。光宣间与陈石遗（衍）、赵香宋（熙）、陈散原（三立）、江叔海（瀚）、王病山（乃征）诸名家交游唱和，誉满京华。方湖谓其"学有余于诗，故典雅深醇，渊乎味永"。今列所为数诗以证汪评之精当。

沅叔尝游黄山，浴于汤池，因感清初钱牧斋（谦益）畏水冷而降清失节事，戏为七绝二首云：

> 朱砂紫石接仙坛，度世登真亦未难。
> 药谷买庐何日遂，知公犹爱进贤冠。

> 浴罢汤池怯嫩寒，玉真素女感无端。
> 他年试手清泠水，赢得佳人雪涕看。

钱牧斋，明末虞山人。南明覆亡，清世祖（顺治）不惜高官禄爵，招揽前明遗臣。牧斋以前朝名宿，复社钜子，特优诏征礼部尚书。牧斋心怀犹疑：奉召出仕，有浼清誉；抗召不出，又恐遭不测。其宠姬柳如是极劝入道归隐，以全名节。一日，牧斋偕柳游拂水山庄，见石涧流泉，澄洁可爱，牧斋欲濯足其中，以手试水，清冷彻骨，遂感沉渊之痛，乃决意赴召入都。柳如是为之泫然涕下，伤其不能全节保名也。

实则牧斋固一追名逐利之徒，性本荏弱，于生死大义之间，有愧巾帼矣！诗中"药谷买庐何日遂，知公犹爱进贤冠""他年试手清泠水，赢得佳人雪涕看"，即刺牧斋此事。且沅叔虽为遗臣，但辛亥革命后入民国为官乃大义所归、民心所向，襟怀坦然，自不同于牧斋之屈节也。入汤池与牧斋之试水，冷暖不同，感受自异，故戏为诗以调侃之，其意深矣。庚子（1900）沅叔浮海至大沽口，感赋一律：

> 江湖留滞不知还，半为求书半看山。
>
> 愁引蛟龙搜海舶，觉来虎豹塞天关。
>
> 悬泉落枕长娱乐，展卷焚香一破颜。
>
> 载得烟霞与虹月，抉开兵气斗朱殿。

所感者美、英、日、俄等帝国虎视中华，国势阽危，卒致联军攻占北京之辱也。

辛亥初，沅叔东游泰山，喜田盘之胜，为诗数首。时陈石遗方选同光以来诗人之诗为《近代诗钞》，手中原有沅叔诗稿，以舟车南北，散佚殆尽，亟待搜求，一夕忽于箧中得之，喜不自胜，即为钞入，今录其中《别天成寺》云：

> 残春送我出天成，三宿浮屠尚有情。
>
> 别后难为今夕梦，再来谁识旧题名。
>
> 庭花何意迟迟发，野鸟如呼缓缓行。
>
> 有约青山终不负，买田二顷待归耕。

《西甘涧》云：

步出西甘涧，垂松绿过桥。

烟萝留隐客，云叶压归樵。

僧老余悲诧，泉幽破寂寥。

中盘初入径，宿黛似相招。

《由田家峪至白峪寺山势平秀茅舍错落春耕方急果树著花如锦宦成归隐者多于此买田焉》云：

盘柯栖隐处，幽绝是东山。

春事田园乐，诗情水石间。

钟疏知寺远，松老待云还。

闻有投簪客，编茅此掩关。

诸诗甚似盛唐王孟，正汪方湖所谓"典雅醇深，渊乎味永"者也。

曹纕蘅

绵竹曹纕蘅（经沅），清末拔贡，南社诗人，尝在天津《国闻周报》社主编《采风录》，前后十年，得作者三百人，为当时全国首屈一指之诗刊，朋辈戏呼为诗词经纪人，纕蘅笑颔之。纕蘅工诗，才高意远，学江西派而不事苦吟，思敏笔锐，往往立就，虽寿不满六十而成诗千余首。平生好游，踪迹所至，必有诗，其性情才气自成一格。辛末（1931）《雨后薄游西郊遂至极乐寺看花》云：

过雨垂杨绿满堤，讨春又到国门西。

商量花药添新种，指点莓墙失旧题①。

十里平芜朝试马，几家茅舍午鸣鸡。

春归与我关何事②，已办游筇日日携。

《清明后五日旸台山看杏花苍虬偕仲蛰园散释同游》云：

锦坊十里醉东风，簇粉蒸云喻未工。

近郭故应输胜赏③，兹山才可称花丛。

人来白石青松外，春在轻阴薄霭中。

等是曲江筵上客，心情宁与少年同。

　　纕蘅在苏杭，恣意游赏，成杂诗如干首，随手敏捷，诗思风发泉涌，不知有苦吟事。摹绘景物，轻倩流丽，极可玩讽，读之以当卧游。《吴门杂诗》云：

絮帽飘萧犯晓寒，道人应诧客何闲。

寻常莺燕争春地，著我孤行看雪山④。

横塘西去马蹄骄，初日禅房雪未消。

输与当年王十一，孤篷听雨过枫桥⑤。

---

① 原注：梅生、散释有补种海棠之约。

② 原注：昨日立夏。

③ 原注：清初龚芝麓、高江村均有摩诃庵看杏花诗词，庵在八里庄，旧日朝士多赏花于此。

④ 原注：大雪虎丘晓望。

⑤ 原注：雪晴再过寒山寺。

挂壁千诗墨未干①，山僧犹解话云安。

过江絮酒平生约，风雪连天欲渡难。

美人寂寞休论命，霸业销沉不计年。

只有冷香名实好②，一瓯且试第三泉。

家家门巷多修竹，处处池塘剩绿萍。

不见金阊全盛日，苦从劫后问园亭。

掌故罗胸李曲石，芒鞋是处费冥搜。

山塘转眼春波绿，后约还期十日留③。

《杭游杂诗》云：

苔茵十丈到门寒，一路泉声入理安④。

都忆诗人何性与，松颠阁上不同看。

金碧楼台侠士祠，山灵齿冷倘多时。

南湖一角真清绝，成就觚庵晚岁诗⑤。

休言举世媚钱神，奎宿平生自有真。

满地寒香谁作主，羡他洞口扫花人⑥。

---

① 原注：寺壁见无智居士题诗，闻归葬木渎未久。

② 原注：过真娘墓、试剑石遂至冷香阁。

③ 原注：印泉近治吴郡掌故，坚约重游。

④ 原注：循九溪十八涧遂至理安寺，寄怀梅生旧京。

⑤ 原注：俞恪士别庄在南湖，与苍虬比邻。

⑥ 原注：过烟霞洞苏龛，时早梅有破萼者。

入山争誓佛前香，历劫方知铁石肠。
名节只今疑扫地，岁寒吾欲拜忠樟①。

穷子迷家事可悲，蹉跎今始拜莲池②。
池心亭畔筼筜谷，欲去低回又少时。

秋雪庵中弹指楼，历杭异代想风流。
此来空负西溪约，失喜初逢马一浮③。

篮舆随分过僧庐，恰是云堂饭初熟。
底物牵肠忘未得，登盘新笋与霜蔬。

日日山兜已倦游，故人招我共湖舟④。
心知尚有重来约，却为晴漪一晌留。

　　纕蘅与丹徒柳翼谋（诒徵）同中清末己酉（1909）科优贡拔试。翼谋以史学负重名，居南京龙蟠里图书馆，纕蘅时过山馆，从容共话。纕蘅有《新历岁除前一夕雨中访翼谋龙蟠里图书馆为赋长句》云：

听雨难得山馆住，论文难得霜檠偕。
徂年百倍情绪恶，访君夜话颜为开。
交衢冠盖竞征逐，天许寂寞娱吾侪。

① 原注：法相寺枯樟，苍虬有诗纪事。
② 原注：由五云山至云溪，礼莲池大师塔。
③ 原注：于夷初坐上，始识马一浮。
④ 原注：临行与曙丞薄游湖上。

俞薛风流尚在眼①，龙潭故事知者谁。

春盘嘉会腾万口，江东顾五骨已灰②。

酒狂颇亦关世运，眇然人物共推排。

君学欲追惠松岩，君才殆过章实斋。

书城投老诧何福，肯以忧患撄天怀。

燹余里乘劬掇拾，世议未可疑其私。

白下旧人君所稔，堆胸况有兰成哀。

期君泚笔成掌录，火速唤取诗魂回③。

徐研父

利州（今广元）南有皇泽寺，唐武曌（则天）出生地也。旧志谓
则天父士彟为利州都督，泊舟黑龙潭，其母感溉龙而孕，则天遂生于此。
其后则天代唐称帝，因赐寺名并刻其真容。光绪癸巳（1893）徐研父
典试四川，过皇泽寺，为诗云：

灵异徒闻出溉龙，金轮往焰已无踪。

文人游戏何堪怒，却道风雷避笔锋。

溉龙谓则天母以水浇龙（或谓龙相交）也。则天即帝位，自号金轮圣
神皇帝，后世遂以"金轮"指代则天。此诗首二句即隐括此事。

---

① 原注：俞，理初。薛，蔚农。

② 原注：顾五，石公。

③ 原注：君居白下久，时方有《金陵寓公录》之辑。

　　研父名仁铸，河北宛平人。数为学使，屡掌文衡，拔士得人。尝由陕入蜀，发宝鸡遇雨，有诗记之：

　　　　渐向蚕丛辟驿程，凭山一角便为城。

　　　　千峰峭竦呈诸相，一水分流得数名。

　　　　汉碣唐碑余剥蚀，桑经郦注验纵横。

　　　　茫茫吊古陈仓道，但见寒烟挟雨行。

"一水分流得数名"，谓漾水自嶓冢发源，东流为汉水，西流入蜀为西汉水，至沔阳而下，分流为沔水、潜水、嘉陵江，虽异名而同出一水也。

　　入蜀之后，途经朝天镇至广元，又为两诗：

　　　　蜀道行将半，千器万的承。

　　　　风高开䏁荡，雾重失峻嶒。

　　　　入峡河如线，悬岩路似绳。

　　　　搴帷试长啸，疑有谷神应。

　　　　分野当天漏，潇潇送客途。

　　　　访碑缘未了，击缶韵将孤。

　　　　关隘亘侯国，江山道子图，

　　　　困云笼两袖，归去赠封胡。

朝天镇旧名朝天驿，距广元北五十里。《蜀中名胜记》云："今设有沙河驿，亦沿江行，其曰朝天驿者水驿也。"即指是处。

　　至绵阳而山尽，可俯视四川平原。山尽处有亭曰送险亭，盖谓北人南来，至此而险尽也。研父诗云：

驿路初过送险亭，万山朗豁见空青。

原田如卦波如折，一带人家树作屏。

自山头下视平原，田塍人家，俱入画境，以二十八字出之，亦诗家之能事也。

一枕春寒听子规

一枕春寒听子规，成都二月海棠时。

渭南老子堂堂去，只有王郎七字诗。

山东胶州柯绍忞，字凤荪，号蓼园，光绪十二年丙戌（1886）成进士，充翰林院编修。淹赅蒙古史事，著《新元史》，今列入二十五史之内。平生喜为诗，王静安先生极推崇之，谓"今世之作，当推柯凤老为第一，以其为正宗，且所造甚高也"。通籍前，尝囊笔入蜀，依人作嫁，北归后为《成都杂忆》若干首，此即其中之一也。

王赓《今传是楼诗话》谓此诗为王文敏而作也。文敏，其同乡至友福山王懿荣之谥号。《清史稿》有传，记其行事。懿荣字正孺，光绪六年庚辰（1880）进士，三为国子监祭酒。庚子（光绪二十六年，1900）七月，八国联军寇北京，入东便门，懿荣义不受辱，赴井死。事定，出其尸，赠侍郎，谥文敏。懿荣父祖源尝官吾蜀成绵龙茂道，省亲入蜀，与柯凤荪清樽雅集，酬唱累什。正孺死难，凤荪怀之。王在成都旧有《子规》诗云："庭前老树因风响，窗外青山带雨横。一枕新凉天欲晓，北人初识子规声。"故此即有"一枕春寒听子规，成都海棠二月时”之句。感念故人，省其交游，自深人琴之悲也。

着意新巧

东坡《续丽人行》为李仲谋藏周昉画背面欠伸内人诗，咏欠伸美人背面“隔花临水时一见，只许腰肢背后看”，写韵传神，堪称精绝，后人弗能再着笔矣。光绪中，汉州（今广汉）刘紫左，能诗，其题背面美人图，警句云“痴侬要识春风面，便拟穿从纸背看”。诗自不如坡公之浑成精绝，然亦善从画外着笔，可属着意新巧之例。

留别夔门士民

福建侯官（今福州）曾福谦字伯厚，光绪十二年丙戌（1886）进士。尝官四川夔门（今属奉节）知县。解组归里，士民讴思之，濒行，赋《留别夔门士民》七律四首：

企古循良纵未能，眼前赤子忍欺凌。
案无积牍心犹歉，狱少冤民念每矜。
枹鼓稀鸣人乐业，篝车满祝岁丰登。
临歧持此区区意，愧谢斯民父母称。

佩将祖训作官箴，清慎勤常懔到今。
不忧桑麻春省俗，只谈风月夜披襟。
戈船幸未开边衅，广厦无能庇士林。

门外峡江澄彻水，他年留证长官心。

间阎疾苦要求通，端在开诚与布公。
名且不贪何况利，过犹难免敢言功。
才轻自笑驽骀马，累重真为蝤蛴虫。
为语夔门诸父老，年来我作信天翁。

一年容易届瓜期，京兆休存五日思。
那有馀闲亲翰墨，绝无分润染膏脂。
但求事事心如秤，敢说人人口尽碑。
莫道官囊太羞涩，压装珠玉送行诗。

诵其诗，省其为人，亦邵、杜之流亚也。

闺中唱和之乐

湖南湘阴李石梧（星沅），道光十二年壬辰（1832）进士。尝官吾蜀臬台，铁面冰心，深情风雅，诗亦如其人。夫人郭笙愉好为诗，闺中唱和，美什连篇。夫人早逝，悼伤期中为刻其《簪花阁遗诗》。某年中秋，夫人为诗邀石梧和之。诗云：

桂花亭上月娟娟，香袭罗衣卍字筵。
十载佳辰弹指过，今宵人月两团圆。

清光万里耐人看，烛影箫声共倚栏。
一曲同心一尊酒，与君联句到更阑。

石梧和云：

> 一奁明镜照婵娟，风送秋香入桂筵。
>
> 寄语嫦娥留月住，十年才见这回圆。
>
> 大好琼闺并影看，望云红袖绕回栏。
>
> 问卿多少同心曲，我醉千钟兴未阑。

一云"十载佳辰弹指过"，一云"十年才见这回圆"，岂其结缡甫十载耶？蕴藉风流，情深韵雅，闺中乐事可知也。

字　妖

　　南溪包汝谐（弼臣）诗书画皆所擅长，尤以书法名世，布局得体，执笔无定法，生面别开，不落窠臼，因有"字妖"之目。

　　汝谐嗜饮，读其"平生诗酒会，梦寐有余馥""尘外得世界，酒中逢圣贤"诸句可知矣。甲午（1894）一战，中国败绩，李鸿章辱国丧权，与日本签署《马关条约》，消息传来，举国唾骂。时汝谐方饮，闻之，掷杯于地，悲愤欲绝，援笔赋七律一首云：

> 春冻辽阳雪不花，羽书西鹜近京华。
>
> 危城可守无张令，降表能修是李家。
>
> 天网逃余宁蹈海，国殇歌罢欲怀沙。
>
> 问谁邦彦谁邦贼，可否天恩一例加。

淋漓痛快，道出人人胸中怨愤，无怪此诗一出，传诵至广，门人状元骆公骕（成骧）语人曰："老师如此情怀，实为弟子楷模。"

落叶诗

庚子（1900）秋，八国联军入北京，都城陷。那拉后慈禧挟光绪西窜，行前令阉人投珍妃于井，其事绝凄惨。一时诗人词客，多有吟咏，伤时讽事，意在个中。朱彊村（孝臧）《声声慢》等三阕，曾重伯（广钧）《落叶》十二首，郑大鹤《杨柳枝词》，文道希（廷式）《落花》八首，皆为兹事而作。

中江王病山名乃征，一字聘三、蘋珊。光绪庚寅（1890）官湖北、河南布政使，为政清廉，直声甚著。有《落叶》四首，哀咏其事。诗云：

> 秋撼三山奈别何，流光激箭下庭柯。
>
> 金仙掌畔荒荒影，玉女池边瑟瑟波。
>
> 此日韶华随水逝，旧时庭院得春多。
>
> 娇姿一种芳菲色，不信冰霜意有颇。
>
> 亭亭珠树植名园，黄蝶秋风又几番。
>
> 浓翠自迎朝旭彩，清钟忽堕晓霜痕。
>
> 一庭衰草争怜影，百尺寒枝不庇根。
>
> 吹到师涓商调急，玉阶凄怨向谁论。
>
> 自拂荆尘判玉条，雪埋冰沍几经朝。
>
> 歌翻独漉伤泥浊，曲写哀蝉感翠凋。

铜辇再过秋似梦，碧沟一曲怨难销。
白杨路断鹃声急，谁向荒郊慰寂寥。

依旧空庭碧藓滋，凄清日色冷燕支。
重来金谷飘烟地，又到银瓶合冻时。
南雁叫群千里断，夜乌啼梦一秋悲。
长空愿止回风舞，为惜飘零最后枝。

病山成此诗时，慈禧已回銮都门。虽无御外之力，却具剪除异己之心，深文周纳，罗织特甚，故诗托以比兴，婉转其辞，以珍妃入宫后种种悲惨遭遇释之，则意甚显。全诗以汉武《落叶哀蝉》之悲为主调。第一首言戊戌变法失败，光绪帝被幽于瀛台，珍妃被禁于钟粹宫北三所事。第二首哀一朝帝王竟不能庇护一宠妃。第三首感珍妃死后，薄葬京西田村事。第四首写光绪帝之独幽禁宫，良感之情与思妃之苦，而诗人感伤亦隐约其中也。故狄平子评云："此诗婉而挚，沉而悱，哀音激楚，有类变雅。"实为确论。

病山虽外任藩司多年，廉洁奉公，囊无私蓄。辛亥鼎革后侨居海上，贫无以治衣食，乃悬壶自给。易名潜，号潜道人。一夕寓庐被窃，衣物尽失，几不能起床。时值隆冬，无以为计，赖故人郑夜起（孝胥）、余尧衢（肇康）资助，聊以卒岁。其《七十初度作》云：

乱世获苟全，处约亦何病。
吾生颠沛境，古人或又甚。
乾坤疮痍里，养此星星鬓。

犹能劳筋骨，未觉厌蔬缊。

所嗟蹇钝质，时迈学无进。

于道未有闻，往哲何寥迥。

百六数已极，妖沴势益横。

验之平陂理，终俟天人应。

漆园喻深根，子舆谈忍性。

于中必有事，云何得其证。

足征病山晚年忍贫安道，处境之困也。

赵樾村

　　成都武侯祠内有剑川赵樾村（藩）撰书"能攻心则反侧自消，从古知兵非好战；不审势即宽严皆误，后来治蜀要深思"一联，书法苍劲秀雅，联语意蕴深远，游者驻足，引人深思。

　　樾村光绪庚寅（1890）举人，善书，工诗词楹联。尝参云贵总督岑毓英幕兼家庭塾师。光绪二十八年壬寅（1902）毓英子春煊总督四川，荐其师署永宁分巡道。樾村体察民隐，颇有政声。尝行部纳溪，有《纳溪至江门道中即景》云：

晴川百里千盘曲，叠嶂循川合又分。

五月骄阳红到水，四山修竹绿成云。

不知浮世龙蛇斗，信有幽栖鹿豕群。

店舍酒香泥壁净，笑捻诗笔倚微醺。

道中山村水驿，景物摇心，民风淳朴，顿绝尘凡。诗亦清新浑厚，甚似陆放翁《柳林酒家小楼》《游山西村》《村居初夏》诸作，关心民瘼，写出山村生活如画。

《永宁杂咏》六绝句，怀慕前贤，悯民疾苦，亦称佳作。今录二首，以见其余。

> 雾箐冰台路百盘，鱼凫关外雪山关。
>
> 往来最惜升庵叟，头白滇南未赐还。

新都杨升庵（慎），明嘉靖初以议大礼，忤世宗旨，谪戍云南永昌卫，道过古蔺雪山关，道中绝粮，为诗谕从者。樾村行役至雪山关，因感升庵谪戍永昌事，故末二句云云，亦伤其无辜远谪，不遇于时也。

> 负盐人去负铅回，筋力唯共一饱材。
>
> 汗雨频挥支拄立，道旁看尔为心哀。

叙永人自川负盐入黔，复自黔负铅返川。山路崎岖，道途艰险，只为一饱而负重致远，跋涉千里，民间疾苦，令人悱恻。诗人寓以深情，寄以深语，正是"邑有流亡愧俸钱"之意也。

三　吴

庚子（1900）义和团之变，达县吴季清（德潚）作西安令，为乱民所戕，全家遇难。季清学识魄力均出侪辈，尤深佛理。三子：长铁樵，次仲弢，季子发，皆有过人之才。浏阳谭壮飞（嗣同）尝言："三吴，蜀之龙也，吾国有此等人才，岂是亡国气象！"后铁樵暴卒，两弟随父死刀下，可哀孰甚！嘉应黄公度（遵宪）《庚子三哀诗》有句云："以君精佛理，夙通一切法。明知入世事，如露如泡沫。佛力犹有尽，何况身生灭。将头临刃时，定知不惊悒。独怪耶稣教，瓣香未曾爇。如何偕教徒，一例受磨折。现君遭万变，已足空一切。只有《黄鸟》歌，哀吟代鸣咽。"季清一家被杀后，并尸放天主堂，堂中教士被害者六人，故末尾及之。

季清乡人黎尚雯尝钞铁樵七律一首云：

> 铁塔烧残已不成，寒鸦古径少人行。
> 登高望海天方大，伤远思乡岁又更。
> 壁上已无灵运画，山前谁见赞皇名？
> 松枯月落僧同尽，坐听风回浪打声。

骆状元

有清二百六十八年，蜀中士子成状元者，唯骆公骕一人而已，故赵香宋（熙）赠诗有"绝代升庵后，孤根直道行"之句。

泸州高珠岩（树）《金銮锁记》载咏晚清宫闱事诗百三十七首，每首后加注说明。所咏之事，皆诗人一时见闻或亲身经历。有咏清代四川唯一状元骆公骕诗云：

> 殿试临期目欠明，杨君爱惜旧门生。
> 状头拔取君恩重，禅表书名隆裕惊。

骆公骕名成骧，资中人。光绪乙未（1895）殿试列一甲第一名。

骆公骕之夺状头，实得乡贤杨叔峤（锐）之助。骆临殿试前忽患目疾，不能完卷。叔峤以骆为旧尊经书院门生之故，惜其才，悯其疾，为制三抬头策试材料，骆即袖之，上殿照录，只加"君辱臣死"诸语。阅卷之后，正考官协办大学士吏部尚书徐荫轩题名第三，副考官理藩院尚书启秀、礼部侍郎李文田、内阁学士唐景崇三人皆拔第一。双方争执不下，最后呈卷光绪帝钦定。时光绪帝外受列强之欺，内遭西太后之逼，读至"君辱臣死"等语，感其忠耿，可为己用，遂拔置第一。

是时，慈禧太后垂帘听政，以骆公骕为光绪所亲拔，阴使人劝骆告退，骆不从，忌恨更甚。故终西太后之世，公骕除先后简派贵州、广西两省乡试主考外，皆置闲不用。迨宣统立，始实授山西学政。入京拜谒吏部尚书，方知出任学政事乃宣统帝特旨（实隆裕太后旨意），骆感恩不已，奋进以图报效。

辛亥事起，山西响应，联名请禅帝位。表至之时，隆裕尚以为公骕感两帝之恩，断无其名。及阅表，"骆成骧"三字赫然纸上，乃泣而言："爱国状元亦出名，势不可挽矣。"逊位之事遂定。

作诗贾祸

光宣之际，江津钟云舫（祖棻）以题成都望江楼崇丽阁长联（共二百一十二字）见知于世。云舫不独以撰联擅长，且工吟咏。时清廷政治窳败，官府黑暗，为所欲为，民众怨声载道，莫如之何。云舫疾恶如仇，举凡知县事者种种虐政，一一托之于诗。后竟以此于光绪壬寅（1902）被官府拘捕,押往成都待质,三年后获释。其《有见》一首,一时传诵,不啻贪官纵兵为虐、狎妓宿娼、鱼肉百姓、文过是非之写照也。诗云：

　　堂皇日日鸣钲鼓，县主英雄亲讲武。

　　可惜边夷不到川，三百蛮奴空跳舞。

　　散作千家嚼食虫，小民畏官如畏虎 ①。

　　撞金伐鼓下渝城，红呢软甲大观兵。

　　夜深腰间小仪仗，又从江北踏蛮营。

　　蛮营倩女妙舞歌，猛将当关奈若何。

　　损廉八百买苏小，从此讼庭花落多 ②。

　　花落残魂瘞嘉石，小小江城非大邑。

　　耒阳百日案如山，呵打一声堂事毕 ③。

　　去年官似佛，敲破木鱼声朴朴。

　　今年官若神，视之不见听不闻 ④。

　　六月衙门若冰冷，县主犹夸清慎勤 ⑤。

　　君不见莲塘三月采莲舟，人间织女笑牵牛 ⑥。

　　又不见仓坝里小池塘，千里迢迢花石纲 ⑦。

① 原注：纵兵为虐，一罪。

② 原注：狎妓宿娼，二罪。

③ 原注：草菅人命，三罪。

④ 原注：不理民情，四罪。

⑤ 原注：文过是非，五罪。

⑥ 原注：不像官。

⑦ 原注：鱼肉百姓，六罪。

不信此官清似水，请问浮图关下阿房官，何日起？

捕鱼歌

　　光绪戊戌（1898）大足杀案起。先是，外国传教士强买田地，横行不法，烧毁民房，打死民众，人人气愤，誓雪此仇。首领余栋臣率众数千人，歃血为盟，竖旗起义，毁教堂，逐教士，声势浩大，目的在"剪国仇，除民害，驱异域犬羊"。值此紧急时刻，官府受洋人催逼，竟诬余栋臣为"教案主谋，立即拿获正法"。此计不成，遂施招抚，招抚徒劳则剿，剿之不成则诱捕杀之。是秋，余栋臣已率众攻江津。钟云舫有《捕鱼歌》咏其事，余鱼同音，藉以申其官贼民之恨。诗云：

> 贼刀斫民容不忍，官法投民无不准。
>
> 贼不贼民官贼民，驱民杀贼民安肯？
>
> 自从碧眼瞧中人，中原流祸及君亲。
>
> 民怨国仇思杀贼，官唯护贼毒斯民。
>
> 斯民受抑冤无状，恼起鱼儿生骇浪。
>
> 尧舜聪明不忍杀，军士逍遥于河上。
>
> 一鱼浪生小丑耳，奔走公卿疲将相。
>
> 诸公滚滚运奇谋，鱼儿贪饵不吞钩。
>
> 赵侯底事为燕获，晋使何因被楚囚？
>
> 烈火烧空腾士卒，千军不能得一鹿。
>
> 岂果将军跋扈才，大义所在人心服。

桓桓周处怒而呼，加粮加饷加征夫，

不知三害尔居一，而乃射蛟杀虎成名乎！

贼兵为民兼为国，民有心知识顺逆。

民心向贼贼即兵，一官何能搏众贼？

劫运苍茫杀气侵，民心所在即天心。

谁是官军谁是贼，县官何不思之深。

我为生民作此歌，要知兵少贼民多。

贼兵不贼官为贼，以官杀贼奈贼何。

首四句为余栋臣立德，次四句是官逼民反。"诸公滚滚"句诗人有意误"衮"为"滚"，令人发噱。"鱼儿贪饵"以下句，即是抚之不成则剿。"桓桓周处"四句，以江津县令周某比西晋周处，处与南山虎、长桥蛟并称"三害"。

二酉山房

光绪中华阳樊孔周（启洪）设二酉山房于成都，顾名思义，禁书秘籍所在地也。孔周负经济之才，见国贫民弱，思有以振兴之，遂弃举子业而经营书肆，以启民智，是其苦心孤诣也。孔周亲往上海购书，诸如《明夷待访录》《天演论》《扬州十日记》《新民丛报》等。此类书籍于青年影响至巨，为"驱除鞑虏，恢复中华"而纷纷加入同盟会，二酉山房多所启迪。

后十余年孔周任四川总商会总理，深为周孝怀（善培）所倚重。

辛亥革命后，孔周于全川经济建设，周密计划，首自川西着手，以成都为核心，兴工业，开水利，设银行，畅交通，不一而足。始由官商合办，资金由政府倡导主持，向大商帮摊募，并号召地方，向富绅募股。其所拟计划，政府部分采纳，而富绅反对募股，商人尤反对摊募，于是孔周大受讥评，然开明有识之士则大加赞成。事虽不成，孔周用心亦云苦矣。荣县赵香宋（熙）有《赠樊孔周》云：

> 市廛纷纷有是非，人情自古好相讥。
>
> 君言果验西川福，我亦花潭占钓矶。

戏改杜诗

光绪末，有识之士倡言，欲救亡图存，当废科举，兴学校，奖出洋，学以致用，不尚空谈，乃有存古学堂之兴起。先是，湖广总督张香涛（之洞）首创培泽学堂于武昌，旋改名"存古"，继起者苏抚陈启泰，设存古学堂于苏州。时蜀人之在湖北者成都顾印伯、嘉定王兆涵等，投牒于蜀学使署，请援例设存古学堂，及学使赵启霖莅任，即据此创立。

存古学堂设于成都南门外黉门街昭勇侯杨遇春故第，乐至谢无量任监督（校长）。学署通令各县，凡合规定者均可保送，经省考合格即可入学，学制七年。首批录取百名，时为宣统庚戌（1910）春季。凡经、史、词章、声韵小学，分科设教。

时清室岌岌，亡在旦夕，学生均感七年太长，且年龄多在四十左右，而监督谢君才二十三岁，诸生以"小谢"呼之。时有自尊经书院转学来校之合川张文熙，年过不惑，极勤奋，住后园，所居与谢比邻。张昕夕诵读，书声琅琅，达于室外，同学往往窗外立听，认为理解透彻，较之自读更有所得。伙食以顿计，就餐时司事逐一登记，一月计其总数，实则复杂混乱，不胜其繁。学生外出，须呈假条，经学监批准，持交门房稽查，返校再取呈学监销假。学生不耐，径不假而出，又为稽查阻挡，致与学监时有争吵。凡此种种，皆当时学堂情景。有璧山刘生戏改杜工部《蜀相》诗云：

> 存古学堂何处寻？杨侯故邸柏森森。
> 后园小谢自春色，隔壁老张空好音。
> 三顿频烦司事记，七年辜负秀才心。
> 假条未递身先出，常与罗监在扯筋。

学监姓罗。"扯筋"，蜀方言，吵架也。

附《蜀相》原诗：

> 丞相祠堂何处寻？锦官城外柏森森。
> 映阶碧草自春色，隔叶黄鹂空好音。
> 三顾频烦天下计，两朝开济老臣心。
> 出师未捷身先死，长使英雄泪满襟。

双玉龛

"感旧人稀半死生，西风黄叶武昌城"，此荣县赵香宋（熙）怀顾印伯句也。印伯名印愚，一字所持，晚号塞向翁。成都人，为张香涛督学蜀中时得意门生。印伯善书，信笔挥洒，疏秀隽逸，然不作擘窠书，遂有"斗方名士"之诮。书法外，工诗，瓣香玉谿、玉局，因署双玉龛，早年居成都南城江渎池庐，有句云"疏林倚石竹团栾，池水空明月一丸""初夏池塘忘不得，乱书重叠对西山"（《忆成都江渎池庐》）、"故人欲问家何处，画里如今住十年"（《题端午君丈画江渎池庐图》），皆脍炙人口，传诵一时。

印伯在武昌湖广总督张香涛幕府甚久。拙于仕宦，诗酒自娱，终于武昌府同知。

印伯诗多散佚，门人宁乡程穆庵（康）穷二十年之力辑印成《成都顾先生诗集》。下录二首，集中未收。声调圆美，确为塞向翁传神写照。

> 桑园葚熟听流莺，柳巷颓圆荐玉鲭。
> 发绿齿齐胡不乐，水流花谢若为情。
> 百年已付天瀫物，五斗终须日解酲。
> 不见西邻忧不足，朝来油旆夕佳城①。

> 且听深山四月莺，未须高馆五侯鲭。
> 远游图史还为累，久住林池恰有情。
> 客难漫从方朔嗃，妇言宁止伯伦酲。
> 南薰容易销红紫，多少青钱下夹城。

---

① 原注：比邻某太守殁于行馆。

传世遗文胜托孤

癸丑（1913）成都顾印伯（印愚）病殁北京，弟子宁乡程穆庵（康）旅食武昌，闻耗，不顾贫困，不辞千里，赴丧旧都。穆庵无锱铢之产，仍千计搜求印伯遗稿，卒镌成《成都顾先生诗集》行世，并乞人绘《岳云闻笛图》以悼其师。王湘绮（闿运）题《水龙吟》一阕，词云：

> 岳云远道南横，尚书旧第风筝碎。人生逝水，几家诗社，又兴吟事。西蜀才人，少年潘鬓，暗惊铅泪。笑诗翁充老，龙钟自喜，浑不管，陈抟睡。　　今日法源春醉，问归魂可留璇佩？再传弟子，比康南海，更加憔悴！来往燕台，驴背驮诗，遗编不坠。恨虞渊日薄，黄公垆畔，更无题字。

穆庵为湘绮再传弟子，湘绮尝自记云："印伯余弟子，叶焕彬以为康有为为我再传弟子，故戏比之。"又云："穆庵师谊至笃，印伯如存，待余身后，未必能如穆庵也。"或曰："余弟子多，印伯弟子少，故不能同。然则三千人故不及一子贡。此又为昌黎《师说》所未及者。书此以记渊源。"其后，陈仁先（曾寿）亦据此事赠穆庵诗，有"传世遗文胜托孤"之句，俱称穆庵于师谊之笃厚也。

前辈风流，师弟之谊，笃厚如此，令人赞叹。

府江棹歌

程穆庵继《成都顾先生诗集》，又有《成都顾先生诗集补遗》刊行，诗不多，而清音幽韵，娓娓而言。《府江棹歌》十二章，竹枝体也，乃印伯写光绪甲申（1884）乙酉（1885）间舟行所见，自成都至嘉州三百里间，江山城郭，沿江景物，宛如画图。今录十首：

锦城南下寄蓬艎，可爱磷磷石底江。
行尽青衣三百里，白沙翠竹日推窗。

五两风微五板轻，春江滟滟縠纹平。
沙头宿鹭莫惊起，凭借烟波载酒行。

江口逶迤百里间，麦苗风里见彭山。
玻璃江截红花堰，围着蟆颐作玉环。

野店临江石级斜，炊烟簇簇裹稠花。
偶然小坐浑忘去，旋汲清流为点茶。

江干石堰竹鳞差，石隙春流浅溢丝。
每到中泓争咫尺，长年喧语点篙时。

上牵百丈下乘流，炊稻羹鱼一叶舟。
来往府江头自白，生平元未过嘉州。

眉州南望辟川原，笼竹猗桑处处村。
香芋落花蚕豆荚，水乡春赛足鸡豚。

汉阳坝尾平羌峡，春树初芳燕燕飞。
峡里人家应最乐，石梁支网鲨鱼肥。

鳞皴老树荔枝湾，独立春风占一山。

廿载往来成旧识，不辞烟雨更跻攀。

大峨秀拔九峰横，三水东南汇郡城。

明发换船过佛脚，沫濛黄浊府江清。

青衣江，古之沫水，又称平羌水。玻璃江即峨江，在眉山县境，江水滢净如玻璃，故名。眉山县东有蟆颐山。末首"三水东南汇郡城"，即指铜江亦铜河，今大渡河，与青衣江合，下汇岷江也。

乔茂萱

　　光绪末，华阳乔茂萱（树楠）官学部左丞，辛亥鼎革，茂萱以硕学清望，不愿侧身新国，居北京法源寺，古佛青灯，一榻萧然，来往者唯门生故旧耳。时袁世凯设参政院，为帝制请愿张本，广为罗致前清德高望重之遗臣。有蜀人施愚者，茂萱至交施纪云之子，为袁奔走甚力，遂以乡世谊屡持参政名单，中列茂萱名，走谒说其屈就。茂萱曰："余岂能为持威斗者作上书人耶！"时有旧日同曹王树楠者，在京津间谋参政甚力，茂萱曰："得之矣。"施愚最后持名单至，乃执笔顾愚曰："容我改一字可乎？"急于其上浓涂"乔"字，改易"王"字，曰："王树楠最喜作官，可谓一举而两全其美矣。"有陈嘉会者，茂萱忘年交也，事后来京，得悉原委，故撰洪宪诗题辞云：

华阳居士称真隐，一代申屠著节操。

古寺萧萧看朝簿，当前谁唱月儿高？

易实甫

　　易实甫名顺鼎，号哭庵，湖南龙阳人。光绪丁丑（1877）举人。童子时即聪明过人，能为韵语，有神童之目。太平天国末，于战火中为捻军所获。获者爱其聪慧，养为己子，后为僧格林沁所得，问明情况，送归其家。及长，作诗文，摇笔立就，有才子之称。为诗初宗温李，继学杜韩元白，晚乃横放恣肆，与樊云门（增祥）齐名，为一代大家。实甫官至广西右江兵备道，为岑春煊所劾，罢官去，潦倒江湖，贫无所依。辛亥后，居旧京，穷困抑郁，庚申（1920）谢世，年六十三。实甫尊人佩绅，光绪中尝官四川布政使。实甫子君左，亦有才名，以所著《闲话扬州》轰动当时。抗日时避乱入蜀，居青城上清宫，与张大千为邻，相交最契。其家三世入蜀，又俱以诗文名世，与吾蜀可谓奕世因缘也。

　　实甫好游，吟咏殆遍。所为诗几一地一集。入蜀则有《蜀船诗录》《巴山诗录》《锦里诗录》《青城诗录》。其诗多，不能俱载，仅录其要者以为蜀中山川风物之介，且备旅游者之省览焉。

　　实甫入蜀，过秭归。有《归州》云：

> 人鲊瓮高连水门，秭归城冷过山村。
> 鱼龙寂寞青春早，猿鸟凄凉白日昏。
> 南国遗墟初问俗，东家故宅与招魂。
> 秋收官米五千石，岁赋男钱二万缗。
> 古郡仅如吴下户，居民谁是楚王孙。

莫欺仕女无先达，犹有王嫱与屈原。

过巴东，忆陆放翁《入蜀记》极言巴东白云亭之胜，访之不得，
怅叹不已，为赋诗云：

白云亭子天下无，巴东峡里雄夔巫。

千岁危柯虎伸爪，四时飞瀑龙垂胡。

登临输与鉴湖客，今日荒亭已无迹。

江山寂寞我来迟，唯见青天片云白。

晚泊广溪峡口，实甫题壁云：

青壁无梯响杜鹃，两崖交压客帆偏。

风云猿鸟三分地，星斗鱼龙一寸天。

阵迹久迷臣亮后，江流犹想帝尧前。

时清不用观形胜，奇绝山川付酒边。

《白帝城怀古》云：

缥缈江楼听鼓笳，荒城日落望三巴。

汉朝未改黄皇室，蜀土终成赤帝家。

飞鸟啼猿争绝巘，卧龙跃马共寒沙。

凄凉独有东屯老，玉殿空山想翠华。

《蜀船诗录》中有《三峡竹枝词》九首，歌咏风土民俗，清新雅隽，
能继刘梦得《竹枝词》遗响，爱而全录之：

无义滩高自可愁，峡州几日上归州。
三朝三暮黄陵道，不听猿声亦白头。

峡山遮月月难来，溪女踏歌歌莫哀。
郎似西陵峡中月，一生相见不多回。

香溪人去几时归，万里龙沙雪打围。
溪上老翁愁欲绝，女儿生得似明妃。

神女祠前愁杀侬，巫山十二美人峰。
而今神女依然在，行雨行云何处逢。

紫凤天吴五色明，白盐赤甲两边晴。
吴娘莫便夸针线，唾尽红绒绣不成。

两边山木合山谿，路过云安古县西。
上峡可怜人欲老，那堪重听子规啼。

江州人去一年余，不见狂夫尺鲤书。
借问江州堕林粉，比侬颜色竟何如。

水远山长思若何，竹枝声里断魂多。
千重巫峡连巴峡，一片渝歌接楚歌。

楚客扁舟抱一琴，千峰月上绿萝深。
莫弹三峡流泉操，中有哀猿冷雁音。

其东川道中绝句，清远高华，有绝似温庭筠、李义山者。如：

> 暖风著树已先温，吹落梅花是泪痕。
>
> 绝好东川正月半，柳还魂处客销魂。

《将抵顺庆作》《题嘉陵驿》亦此类：

> 芳草初生客路幽，短衣骄马一吴钩。
>
> 杜鹃声里青山远，行尽巴西到果州。
>
> 春风如梦草萋萋，万里巴山更向西。
>
> 不许行人头不白，嘉陵江上杜鹃啼。

七言律诗可入此类者，《顺庆府》《渡涪江》：

> 嘉陵春水碧如油，漠漠孤城水上头。
>
> 山色连云来剑阁，江声流月下渝州。
>
> 人家古木啼鹃静，官路残梅过马幽。
>
> 依旧诗翁题句处，半天高柳小青楼。
>
> 空江绿浸梓州天，细雨冥濛唤渡船。
>
> 内水波光连外水，东川山色合西川。
>
> 鱼边蜀雪乘春下，鸦背秦云带暝还。
>
> 匹马梁州人万里，怜余照影欲华颠。

实甫诗以近体最佳，属对工绝，构意新奇，又率多眼前景物，唯人不能道者，故佳句、警句层出累见，可为摘句图也。

实甫自成都入青城，几所过皆有诗咏，仅存其短而精者以招游侣。《偶发成都西门作》云：

> 又著青鞋出锦城，筇枝入手壮怀生。
> 才知天上三霄路，只隔人间两日程。
> 蜀国山如图画好，秋空云似客装轻。
> 邮丁走卒遭逢惯，况有群山把臂迎。

青城道中有《即事》一律云：

> 巢父生平喜掉头，时人多事苦相留。
> 万牛不挽山林兴，一鹤飘然天地秋。
> 世外无朋甘独往，云中有姊定同游。
> 明朝已在青城上，醉拨烟岚看九州。

实甫宿常道观（俗呼天师洞），值己生辰，因念宋范石湖（成大）入青城宿丈人峰，亦值初度之期，感而赋诗：

> 少年游屐遍峨岷，只负江山不负身。
> 难学仙人忘甲子，尚怜骚客降庚寅。
> 扫除白发三千丈，消受黄金五百春。
> 我与石湖同一笑，青城峰上过生辰。

由常道观取道登青城绝顶上清宫，经朝阳洞，洞外建飞楼，东向可观日出，实甫题诗云：

> 飞楼悬绝壑，云卧复天行。

> 不辨松杉底，唯闻风雨声。
>
> 静观虚白见，枯坐大丹成。
>
> 始信岩栖客，心犹向日倾。

实甫入青城、灵山，幽栖留连多日，题咏殆遍。归过索桥，登玉垒，观岷山、大江，有怀李冰父子，作七言长歌，有句云："还访离堆拜秦守，一杯酹汝真英雄。危桥十丈连彩虹，雄关千尺摩青空。玉垒山前望秋色，浮云苍莽来无穷。""从古诗人皆入蜀"，多得江山之助也。山川之美，古来共谈，诚如实甫所云"蜀国山如图画好""嘉陵春水碧如油"，实为对蜀山蜀水之礼赞也。

江山之助

侯官王兰生（景），光绪辛卯（1891）举人，有《秋影庵遗诗》行世。同光之际，诗坛主宋。兰生亦效其乡贤陈弢庵（宝琛）、陈石遗（衍），力倡江西，故为奇峭。壮游南北，始以少江山之助为憾。及入蜀，从学使校文，遍历蜀中名山胜水，诗风大变，淡雅清腴，复有绵远之韵，骎骎入香宋、病山之境矣。《锦江遣怀》云：

> 塔影微澜九眼桥，合江亭外雨潇潇。
>
> 鸣蝉隔树如相讯，江上诗人太寂寥。
>
> 竹外连村八九居，瓜棚豆格映森疏。
>
> 移家安得偕儿女，织锦闲时学捕鱼。

晓雾霏林月堕汀，橹枝摇梦梦初醒。

一行飞鹭白于雪，点破数峰江上青。

春锄照水疏疏白，御麦摇风细细黄。

赚我酒魂乍无定，半江帘影送夕阳。

其《嘉阳行船曲》四首，尤明白如话，绝无奇峭之感，直以巴渝竹枝而咏民俗也。诗云：

妾居近在明月旁，郎从郁姑山上望。

问郎积蕢能几许？等人道妾工缝裳。

三江江水汇平羌，暮暮朝朝打桨忙。

郎在船头妾船尾，一帆隔断船中央。

何须三水开明镜，懒与三峨斗远妆。

日日乌牛山下去，为郎网得墨鱼香。

莫说风波思故乡，二千里外是瞿塘。

离堆今夜好明月，伴妾江头拜竹郎。

七言律诗亦脱尽江西幽峭生硬之风。如《初至嘉州闻络纬》云：

凌云江上独沉吟，络纬声中夜向深。

筝柱谁家风黯黯，机丝隔巷雨愔愔。

不堪长物搜残箧，何处寒衣捣暮砧。

诗句不成寻梦浅，孤灯知我此时心。

《酉阳院斋对月》云：

> 十日荒山雪未晴，头番今见月轮明。
>
> 都无佳思烦相照，唯有澄怀对太清。
>
> 征雁低昂翻去影，寒砧远近起愁声。
>
> 往时不识闲居乐，回首真难万里情。

淡雅之外复见闳深，兰生入蜀后诗风之变，岂非刘彦和所谓"抑亦江山之助乎"！

徐紫棠

叙永徐紫棠（敏中），光绪丙戌（1886）进士，选翰林院庶吉士，戊子散馆，改授工部主事。耿直清介，不甘夤缘权贵，遂落拓京华。母病，乞假归养，不许。母卒，遂佯狂玩世，慷慨悲歌，托故离职，隐居不出，赍志以殁，年仅五十。工诗，宗义山，有晚唐风。《送万斐成出都》云：

> 劳薪析尽叹天涯，帽影鞭丝落照斜。
>
> 念我无诗歌下里，浮尘何处不京华。
>
> 秋风惯作幽燕气，爵里休谈将相家。
>
> 蜀道若逢相识问，近随牛女泛仙槎。

万斐成（慎），泸州人，有才识，以诗名。官旧京，为翰林院孔目，资政殿硕学通儒议员，不合于当道，失意西归，紫棠赋此诗送之。牢愁幽思，颇近玉谿。尾联尤掩抑沉痛，有不得志宁从红粉队中求知音之意。不久，紫棠亦乞假归里。途中尝客申江，与至友蒋伯霞、张值之、刘陶安等登申江酒楼，蒿目时艰，幽愤怨悱，遂以纵横捭阖之笔为七古一首诗以抨击当朝，讽刺时政，可与义山《行次西郊作一百韵》共读。诗云：

> 前年申江作重九，屈刘二子同尊酒。
>
> 陈娥卫艳罗席前，竞为持螯张左手。
>
> 列缺一笑俄三年，箭激流光乌兔走。
>
> 聚散因缘鸿雪泥，苍茫云树空回首。
>
> 重寻旧梦了无痕，佳节依然得良友。
>
> 海滨风雨暗深秋，鱼龙喷沫鳞争抖。
>
> 薰蒸斥卤变腥臊，浸渍香秔贱稂莠。
>
> 旅人蜷卧倦出游，强为重阳倾玉斗。
>
> 出门帽落仰天笑，送酒人来翻取手。
>
> 登楼径入元龙座，排击卮言空九有。
>
> 题糕昔笑刘梦得，作客今同杜陵叟。
>
> 故乡文彦忘形交，把臂不如杨在肘。
>
> 朱楼丝管触清愁，旧时丝叶今枯柳。
>
> 离朱双目被谁胶，竟使西施混嫫姆。
>
> 佣夫大袖立当门，左右行人随指嗾。
>
> 自从道咸开互市，伊川被发变夷薮。
>
> 黄龙一双酒一钟，雷霆无威雨露厚。
>
> 匈奴幸识汉家强，未敢以书求吕后。

> 揭来大海忽飞腾，更立新军资战守。
>
> 虎门揖盗闭门逐，庙堂决胜究谁某。
>
> 李蔡为人间下中，功罪班书非击捂。
>
> 凭栏感喟独凄凉，明月如钩玉有偶。
>
> 明年此会返家山，黄菊东篱开笑口。

"自从道咸开互市"以下，愤怒之情直指媚外投降之西太后，无拼死爱国热忱何敢言耶？

　　紫棠为诗，除愤激不平之声外，于失意中亦有绮罗侧艳之作，乃其天性多情，不能忘于闺帏温馨也。其《追忆》一首云：

> 记得云英一笑时，蓝桥秋夜月如脂。
>
> 人间春暖销金帐，酒酽香浓白玉卮。
>
> 自别江楼听夜雨，每依云树寄相思。
>
> 同心钿盒空缄札，青鸟南飞未有期。

旧好缱绻，相思难忘，亦人间之真情也。《沪上杂感》云：

> 谁将混沌凿天荒？斥卤今成角战场。
>
> 灯火万家明月小，楼台四面晚风凉。
>
> 香车宝马匆匆过，薄鬓鸣蝉淡淡汝。
>
> 我是江南倦游客，那堪逢夜怨华堂！

上海本为荒僻海滩，自外人入侵，不数十年间已成繁华角利之场。紫棠落拓不遇，其感深矣。颔联写申江夜色如画，的是名句。

江叔海

长汀江叔海（瀚），以经学名世，其先辈游宦蜀中，遂家焉。与人语辄作巴人谈，不知者不识为闽产也。与蜀中名流赵香宋（熙）、宋芸子（育仁）、傅沅叔（增湘）最稔。长东川书院，一时俊彦皆出其门下。巴县向仙乔（楚）、江翊云（庸，叔海子），其尤佼佼者。

叔海诗固擅选体，严谨精密，属词写景，靡不铢两悉称，与王湘绮（闿运）、宋芸子相似，盖当时风气使然。游峨眉，有《登钻天坡宿洗象池》云：

> 百道灵白水，千仞峭壁立。
>
> 天门一何高，飞鸟愁振翼。
>
> 迤逦攀修条，参差履龟石。
>
> 拂衣白云散，仰面青霄逼。
>
> 曰余爱奇景，未忍吝登陟[①]。
>
> 落日梵宫栖，尘寰从此隔。

注中于晦若名式枚，贺县人，官侍郎。入民国，任参政，反对袁世凯。辞官后，常作文字游戏，社会喧传之"男女平权，公说公有理，婆说婆有理；阴阳合历，你过你的年，我过我的年"一联，即其手笔也。《自夔门入巫峡》云：

> 仲夏蜀江恶，犯涨来夔门。

---

① 原注：于晦若至此怯其险峻欲止，余再三怂恿之，乃上。

　　淫预正散发，瞿塘堪断魂。

　　惊涛溅飞雪，怒石作雷喧。

　　棹歌自高唱，轻舟任倾翻。

　　俯视鼋鼍游，仰看熊罴蹲。

　　松孤觉风高，嶂密使昼昏。

　　消摇送飞鸟，凄怆闻啼猿。

　　骚骚夕流驶，霭霭朝云屯。

　　境险景弥异，命微忧无存。

　　凭窗独吟赏，还复倾芳樽。

　　破浪平生志，请附宗子言。

清苍沉郁，似工部出峡诸作也。

　　翊云承其家学，工诗。抗战胜利，日寇乞降，时翊云寓居蜀中，得讯，已入睡，枕上口占一绝云：

　　入蜀八年久，今将七十翁。

　　放翁应羡我，亲见九州同。

邠　斋

　　革命先驱，国之良辅，又一代诗豪如邠斋者，诚不数数见。邠斋，巴县杨沧白别署也。沧白名庶堪，字品璋，后改沧白。光绪乙巳（1905）入同盟会，次年重庆支部成立，众推主盟。辛亥（1911）一月，领导重庆起义，成立蜀军政府。倒袁失败，任广东大元帅府秘书长，旋任四川省长、广东省长等要职。邠斋绩学有素，诗文书法皆负时名。尤喜为诗，自成家数。胡展堂（汉民）赠诗有"言语妙天下，文章到古人"之句，于右任誉为"开国有诗人，沧白杨夫子。秀句兼丰功，辉映同盟史"。见称如此。

光绪丙午（1906）杨沧白任永宁中学堂监督，时同盟会员在成都、叙永、泸州、江安等地发难，皆告失败，戊申（1908）沧白《九日永宁作》云：

> 天南重九雨如丝，多难登临已暗悲。
>
> 挈酒强判终日醉，题糕却忆十年时。
>
> 飘零书剑仍今我，破碎河山属阿谁。
>
> 插菊满头君莫笑，避灾桓景剧堪疑[1]。

末句言丁未（1907）成都发难失败，黄方、杨维、黎靖瀛等被捕事。

民国壬子（1912）沧白作《三峡歌》云：

> 出峡复入峡，轻舟渺难住。
>
> 巫山十二峰，峰峰锁烟雾。
>
> 烟雾空濛里，云树有人居。
>
> 不分世上米，但足江中鱼。
>
> 群鱼游江中，独网张江边。
>
> 夜深明荻火，沽酒傍渔船。
>
> 渔父向余说，无愁但言好。

---

[1] 原注：时有黄杨之狱，余颇危疑。

> 人世风波恶，愿得峡中老。
>
> 涉世已卅余，涉江凡几度。
>
> 欲采芙蓉花，恐拆相思树。
>
> 相思相望里，绿窗城南头。
>
> 安得一掬泪，泪溯上渝州。
>
> 我家渝州曲，愁与老亲别。
>
> 计程过黄牛，夜坐添白发。
>
> 思亲如引缆，循环无息念。
>
> 所幸绝猿声，闻猿肠应断。
>
> 肠断不足惜，魂销剧可伤。
>
> 归心绕巴水，无复梦高唐。
>
> 高唐楚绮词，芳菲日袭予。
>
> 何处足离忧，蜀江晴云雨。
>
> 雨霁山色佳，江天无纤埃。
>
> 谁解春波绿，临流照影来。
>
> 呜咽瞿塘水，奔流滟滪堆。
>
> 寒江冷蓬鬓，天际一舟回。

此诗仿《西洲曲》体，清苍深郁，挥洒自如，甚见才能功力，曲学之士，未能逮也。

孙中山倚重沧白，始终信任。一九二五年三月中山逝世北京，寄殡西山碧云寺。次年沧白赋《西山碧云寺谒中山先生殡宫》以寄哀思。诗云：

先生藏骨处，寺古碧云封。

华表魂归鹤，丰城剑化龙。

碑镌辽代塔，梦冷佛前钟。

夜火棠梨月，还来照殡宫。

抗战军兴，邠斋在上海不及离去，暂留。一九三九年，敌方筹组傀儡政府，要邠斋出任行政院长，遭拒绝。汪精卫于是恩威并用，终归徒劳。有五律《新号》一首云：

新号分齐楚，群追绪律踪。

风前几垂柳，海上一孤松。

书史千秋重，河山半壁空。

老去自迂拙，槁项甘长终。

海上孤松，纵死不屈。诗中"齐楚"，乃刘豫、张邦昌伪号，李绪为匈奴建军，卫律劝降苏武，皆叛国投敌之辈。垂柳、孤松，不同品格，青史自有是非。河山半失，自身坚苦，槁项黄馘以终而已。

此诗一出，后方报纸争相披露。邠斋早岁经学书院同窗，学者巴县向仙乔（楚）即赋《近阅报纸见邠斋海上诗云"新号分齐楚（略）"寄怀》云：

怀人海上又秋风，念尔孤身百尺桐。

半壁中华分化外，频年北海在辽东。

诗书等是亡羊物，祸福宁知失马翁。

我亦磨牛温故步，又耽消息盼冥鸿。

邠斋旋别妻孥，只身离沪，冒险以行，途经香港还渝。居数年，作诗甚夥。感怀伤逝，爱国忧民，登临眺望，靡不托诸吟咏，情意肫挚，清淳雅健。有《晚登渝故城》五律一首，传诵一时。诗云：

> 巴曼古城头，雄关据上游。
> 兵车四国会①，日夜大江流。
> 白帝思诸将，青门隐故侯。
> 黄昏望烽火，愁说海风秋②。

佳篇历历，美不胜收。所为者不下千首，惜皆散失，无人料理。邠斋以壬午（1942）秋病逝，噩耗传出，向仙乔时在峨眉讲舍，大恸。有《惊闻邠斋先生大故哭之以诗》云：

> 赴难抛家奈老何，无端凶问到岷峨。
> 河山半壁惊天窄，风义平生负汝多。
> 忧乐几人支党国，乱离多故遣诗歌。
> 文章志节千秋事，早举浮云付逝波。

邠斋《夫归石》

重庆大江中有夫归石，受长江嘉陵江二水汇合而冲击，浊浪滔滔，十分险恶。邠斋睹此，有感于国事艰难，民生不堪，遂成《夫归石》

---

① 原注：时英魏菲尔、美勃勒特等将领均至。
② 原注：闻倭攻英美，初战，俱幸获胜。

一绝云：

　　终古滩声奈石何，更无人唱定风波。

　　飞流六月看郎渡，等此横江恶应多。

郪隐老人

　　中江刘心泉（弼良）晚号郪隐老人。郪城即今中江县，以郪水得名。汉时废县，唐为梓州治所。山川相映，风景幽美，故工部有"远水非无浪，他山自有春。野花随处发，官柳著行新"之咏。（《郪城西送李判官兄武判官弟赴成都府》）心泉署此为归田隐居之名，可想见其为人也。心泉生于同治甲戌（1874），幼而好学，为邑廪生，工诗古文。尝负笈尊经书院，乃宋芸子（育仁）高第弟子。时清廷屡弱，列强虎视，思以习武振之，遂弃文就武，入四川武备学堂。尝参清军入藏，经驻拉萨、日喀则、波密等地。虽戎马倥偬，不废吟咏。辛亥革命之后始经印度航海返川，参加刘积之（存厚）部队。一九一五年云南蔡松坡讨袁军兴，心泉佐刘积之支持护国军入川联合讨袁，转战于泸州、纳溪之间，昼夜辛劳，衣不解带。讨袁胜利，北洋军吴佩孚主政，以其战功授予陆军中将军衔。此后，历任川陕边防督办公署参谋长、川康绥靖公署高级顾问等职。居官清廉仁惠，所在称之。民国庚午（1930）后，以国事日非，慨然解甲，寓居成都，闭门却扫，诗酒自娱。心泉为诗，宗唐祧宋，风格近其师宋芸子。晚年力作，尤似李义山、刘宾客。其为人则淳厚朴质，蔼然长者，见者初不知其有数十年戎马生涯也。宋芸子尝书"问政才须学，交邻德不孤"一联为赠。平生所为诗文积卷盈尺，惜皆散失。仅从其孙国武忆诵中，录存千一，以补吾蜀诗坛之阙漏而存先辈之风概云。《题湘绮老人蒹葭送别图兼呈宋芸师三首》云：

> 蒹葭霜老碧波漪，万里潇湘送别迟。
> 自是春明余梦录，安怀楚客赋生离。
> 画中人影今何在，江上秋心讵可知。
> 骚雅吾师留宋玉，不堪摇落只深悲。

> 蒹葭流怨满芳洲，道远伊人不可留。
> 亭馆晚随燕市冷，沧波人去洞庭秋。
> 中朝掌故唯看画，湘绮高风独坐楼。
> 此日心情知未否，新亭风景总堪愁。

> 先生高咏满江滨，葭叶年年怨采春。
> 省识东风写朝事，且从门下拜遗尘。
> 当时词客伤心地，此日燕台孰主人。
> 无限江山摇落恨，寺中龙树尚嶙峋。

湘潭王湘绮（闿运）晚清大儒，尝主讲成都尊经书院，一时人才荟萃，成就甚众。咸丰中尝入军机肃顺幕，代划方略，深受倚重。同治元年（1862）以祺祥之变，肃顺为慈禧所杀。湘绮落寞无依，郁郁南归。编修张香涛（之洞）、湖南兵备道董文涣、岳州知州张德容及周寿昌、徐树铭等旧交邀宴于京师龙树寺，为湘绮祖行。温忠翰作《蒹葭送别图》，湘绮复为七言歌行题其上，名流盛会，诗画双绝，一时传为艺林佳话。

湘绮去蜀，图存宋芸子家。心泉乃芸子门人，是为湘绮再传弟子，故有"骚雅吾师留宋玉""且从门下拜遗尘"之句。全诗属事、写景、言情，于时、于地、于人，俱贴切无间，堪称佳构。而第三首结句"无限江山摇落恨，寺中龙树尚嶙峋"亦有人之云亡，典型犹存，不胜仰慕之意，盖其时湘绮已下世矣。心泉卸甲后寓成都少城仁厚街，不二年移居黄瓦街，有《移居》记其事云：

> 为卜移居效屈原，随车家具总纷繁。
> 重开井灶新泉火，满载图书足子孙。
> 宋玉诛茅仍近市，陶潜种柳正当门。
> 多劳枉驾高车过，简略幽栖未可论。

抗战时期，日机肆虐，屡次轰炸成都，心泉挈领全家归中江广福乡故居，有《题青林山庄》云：

> 欲归先设旧柴门，拟续桃源长子孙。
> 会客儿知苔径扫，居乡公早布衣尊。
> 汉溪入梦青山近，倭寇烧城白昼昏。
> 锦水郪江三百里，独怜犹作旅人魂。

又有《题芦雁画卷》云：

> 归雁宁辞湿，芦花觉自干。
> 茶村吟句好，写入雨中看。

佳句如"翡翠窥鱼荷叶上，鹭鸶冲雨稻花中""云白鱼塘水，花黄菜子湖""入门闻宿犬，驱鹭护深篁""洞户阴阴晓，林花细细香"，俱清新高华，状乡村幽静景物如画，且自己出，语不犹人者也。惜国武已不能记诵全诗，令人有但窥鳞爪之憾耳。

满天风雨国愁多

乙卯（1915）袁世凯帝制自为，用杨度组筹安会，招揽刘师培、夏午诒。江安朱云石（山）得知此事，立赋七绝《闻道友将赴袁项城之约寄两绝阻之》云：

> 天下几人论肝胆，一堂同学各西东。
> 招贤漫说佳公子，多是鸡鸣狗盗雄。
>
> 时势英雄劫劫磨，满天风雨国愁多。
> 那将万斛忧时泪，涨得潮流起爱河。

朱云石与刘、夏并非某学校同学，刘、夏本在端方幕，端在资州被杀后，始先后至成都与云石切磋学问，交谊至好。时项城欲推翻民主共和窃取帝位之阴谋已逐渐暴露，诗人忧念国家前途，痛心好友之变节投靠，故有"时势英雄劫劫磨，满天风雨国愁多"之咏，而项城手下唯不顾大义贪图私利之"鸡鸣狗盗雄"而已。刘、夏不顾朋友剀切规劝，终以不明大义、萦于私利而沦为人所不齿者，忠言逆耳，足昭炯诚！

词　谶

宣统三年（1911）秋，四川保路事起，清廷命端匋斋（方）率鄂军入川平乱。军次资中，士兵大哗，匋斋遂为营官蜀人董海澜所杀，传首武昌，响应义举。词人夏午诒时为端之幕友，于永川驿壁题《高阳台》一阕云：

> 鼓角翻江，旌旗转峡，益州千里云昏。有客哀时，江头自拭啼痕。谁知金戈铁马际，共闲宵，细雨清樽。喜风流词笔，人间玉树还存。　是非成败须史事。任珠花压鬓，相对忘言。虎战龙争，几人喋血中原。莫随野老吞声哭，纵眼枯，不尽烦冤。付驿亭花落，他年此际消魂。

匋斋读之至结句"付驿亭花落，他年此际消魂"，大不乐，以为己必不免祸。不数日即被戕，时人以为词谶。词谶之说，固为虚妄。匋斋入蜀，本迫于朝命，沿途见民情沸腾，心存犹豫。而资中绅耆又劝其树白旗反正，但以其出身皇室，思想顽固，不能应顺民意耳。其时匋斋已怀末路之悲，惶惶不安矣。此词正触其末路怆怀心理，故为之怃然不乐，岂预兆之可信！午诒见景生情，发为幽怨，故作如是语，亦所谓"悲从中来""莫可为之而为之"耳。匋斋见杀后，幕僚随从逃匿星散。午诒心怀旧恩，又填《扬州慢》一阕，题为《西州引·出资州作》以哀之。其词云：

> 上将星沉，戟门鼓绝，大旗落日犹明。听寒潮万叠，打一片空城。七十日河山涕泪，霜髯玉节，顿隔平生。剩南乌，绕树惊回，

画角残声。　伏波马革，更休悲蝼蚁长鲸。料鱼腹江流，瞿塘石转，此恨难平。惆怅江潭种柳，西风外，一碧无情。只羊昙老泪，西州门外还倾。

午诒与匋斋宾主谊笃，匋斋待之亦厚，以私情哀其幕主，词亦当行。

胡铁华

富顺胡铁华（琳章），赵香宋（熙）入室弟子。庚戌（1910）侍香宋于旧京，时陈石遗、胡漱唐、曾刚甫、郑毅夫、罗掞东、江叔海创为诗社，上巳日，叔海作主人，邀诸诗人修禊于天宁寺，晚饮于石遗小秀野堂，一时盛会，各有诗篇，实艺林一段佳话也。铁华以晚辈陪侍其师香宋先生，亦与其会。有七律《上巳日叔海先生招集天宁寺晚饮秀野草堂》云：

> 秀野堂今属石遗，钩陈本事出元诗。
> 老逢上巳花经眼，客散禅天酒满卮。
> 旧梦湖山成大隐，昔人晋宋有深期。
> 江淹彩笔陈遵辖，一瓣心香叩导师。

时陈石遗正撰《元诗纪事》，拟刊定本，故首联及之。是日嘉会，铁华乃陪侍其师香宋先生与会，故尾联云云，自占身份。全诗记时写事，贴切无间，诚佳作也。石遗老人亦极赞誉之。铁华另有一诗，《访延真阁话别》云：

　　晓风深透扬云宅，听雨高人睡起迟。

　　四壁有书忘作客，一官垂老坐论诗。

　　清谈似饮庐山水，薄醉思眠董子帷。

　　约买扁舟同上峡，沧江红树话秋期。

熔情铸辞，韵味清远，颇似香宋，故为录存。

冯梦华

　　江苏金坛冯梦华（熙，别署蒿庵），清光绪中官四川按察使。诗宗王阮亭，七言绝句亦清婉而饶神韵。如成都《寄井南二首》云：

　　玉津烟水正微茫，万叠遥山晚更苍。

　　清角无声寒雁尽，江楼一夜月如霜。

　　依依昔梦断难成，雨撼云摇百感生。

　　一点归帆渺无际，寒潮呜咽下芜城。

　　又《卧雨不寐》三首之一云：

　　霜前白雁一绳斜，故国无书空自嗟。

　　病久不知秋色改，西墙瘦尽断肠花。

显官而无组绶气，此等诗若置诸《渔洋精华录》中，亦未能轩轾也。

爱国诗人龙鸣剑

荣县龙鸣剑，本名骨珊，字雪嵋，出身书香门第。光绪二十七年辛丑（1901）泸州知州沈秉堃创办经纬学堂，聘赵尧生（熙）为监督（校长）。经史以外并设算学、地理、体操、日文等课，宏扬西学。慕名负笈从学者多一时俊杰，龙鸣剑与吴玉章皆出其中。

丙午（1906）鸣剑留学日本，加入同盟会。时清廷腐败无能，列强瓜分中国之阴谋日亟。中国留学生深受孙中山民主革命思想影响，掀起反帝反清高潮。创办刊物，宣传革命，对国内及南洋一带华侨影响极大。章太炎主办之《民报》及各省留学生自办之《江苏》《新湖南》《浙江潮》《湖北学生界》《四川》等杂志，皆持论激烈，蜚声东瀛。

《四川》杂志为吴玉章、龙鸣剑于丁未（1907）在东京所创。先是，英、俄多年勾结，觊觎我国领土，是年三月，更进一步达成秘约，划分势力范围，远及西藏。鸣剑深感国家危机四伏，偏远西南故乡四川亦将沦为侵略者的战场。愤慨万分，感赋《题四川杂志》七律二首，刊于创刊号。其一：

> 于今形势转苍黄，弱肉无如食者强。
> 西域版图供馁虎，东邻舆榇走降王。
> 只凭沃野雄天府，那识巴黎化战场。
> 为问故园诸父老，梦酣应已熟黄粱。

"西域版图供馁虎"指沙俄与英国相互勾结，将新疆一带划归侵略范围之秘约。"东邻舆榇走降王"谓日本吞并朝鲜事。成都当时有"小巴黎"

之称，英、俄两国俱虎视眈眈，欲据而有之，故颈联及此，并警诫乡关父老：帝国主义之魔瓜将伸入，黄粱酣梦当醒矣！

其二：

> 自哀犹待后人哀，愁对乡关话劫灰。
> 鹃血无声啼落日，梅花有信报春回。
> 潇潇风雨思君子，莽莽乾坤起霸才。
> 尚有汉家陵庙在，蜀山休被五丁开！

"鹃血""梅花""汉家陵庙""蜀山五丁"皆四川典实，贴切工稳，不著痕迹，而爱国热情则激荡于字里行间。诗人寄殷切希望于故乡之"霸才"，应挺身而起，挽救祖国与家乡之危亡，岂容帝国主义"五丁"开我蜀山。忠肝义胆浸透全诗，诚爱国之佳作也。

鸣剑丁己酉（1909）回国，即投身革命活动，参加同盟会河口起义，掀起辛亥（1911）保路运动，荣县首先宣布自立，鸣剑即率领千余人进攻成都。行抵宜宾，不幸病逝，年仅三十三岁，同志惜之。

奇梦成佳什

毕节路金坡（朝銮）别署瓠庵，光绪举人，尝官四川候补知州。金坡擅诗词，娴于音乐、绘事。家中恒置丝竹、牙板，暇日度曲吟唱，颇得雍容之乐。四十年代在四川大学主讲词学。

丙辰（1916）秋夜，金坡梦游幽岩绝壑间，褰裳涉水，抵一石壁下，岩半镌"江水云濯发处"六字（汪水云名元量，字大有。南宋末宫廷

琴师、诗人。宋亡为黄冠，义不臣元）。石壁峭绝，无路可登。忽一人
掖金坡陟上极顶。俯视来路，烟霭合沓，深不可测。复前行，掖者自去，
恍至一处，兰若在焉。老妪指寺前茅庵，曰："君盍栖此读书，且可避
世。"醒而异之。因念知交赵香宋近归荣州山中，梦境得非香宋隐居处
耶？乃作诗纪梦寄之。旋得复书，谓"水云曾游荣州，有诗载邑乘"。
并嘱金坡绘《仙山濯发图》以志之。金坡未见荣州志，亦不知水云有
游荣州事，梦境在目，斯亦奇矣。因徇香宋意作图，并赋《丙辰九月
纪梦并寄怀香宋》云：

> 昔有谪仙人，梦游天姥峰。
>
> 云霞明灭变朝暮，连天秀拔青芙蓉。
>
> 若有人兮呼我出，青鞋布袜遥相从。
>
> 褰裳策杖度绝壑，空山寂历无人踪。
>
> 清流见底漾寒荇，峭壁屹立悬长松。
>
> 云是南宋琴师濯发处，摩崖奇字蟠苍龙。
>
> 飞湍激石响天籁，疑闻琴语声淙淙。
>
> 云梯直上凿幽险，两腋奋薄生清风。
>
> 峰回路尽意惝恍，绝顶憩足祛尘蒙。
>
> 眼前突兀见高栋，丹青图画开琳宫。
>
> 何物老妪自肃客，酡颜鹤发方双瞳。
>
> 茅庵为拓半弓地，读书劝我留山中。
>
> 阿母几见桃实熟，麻姑一笑桑田空。
>
> 俯视人间斗虫蚁，齐州九点烟冥蒙。

唤起谪仙人，痛饮长江虹。

一醉千日不知醒，层云堕席舒心胸。

觉来迷离失幽境，隔邻静夜闻霜钟。

苦忆横溪老居士，万松深处支吟笻。

君隐溪上我尘土，人生泡幻将毋同。

出岫闲云本无意，抟沙聚散何匆匆。

作诗纪梦兼忆远，因风寄讯南飞鸿。

梦境奇幻，诗情幽峭，两相生发，遂成佳作。并于此见前辈处乱离之世，寄寓遥深之高尚风怀也。不久，金坡游旧京，与陈石遗、陈散原、曹纕蘅结为漫社，出此图征题，并先成七绝一首，诗云：

画中峦翠知何地，物外琴心别有天。

留语他年猿鹤侣，待君同赋梦游仙。

社中诗人各有题咏。绵竹曹纕蘅（经沅）即题五古《题仙山濯发图》云：

枝官困世网，忧患恒相牵。

十年誓江水，何计营一椽。

有时办双屐，踏遍翠微颠。

岩壑乏深邃，车骑愁喧阗。

嗟兹九服大，岂无好林泉。

臆想得胜境，永谢阎浮缘。

苍崖与峭壁，名辈纷磨镌。

凭高见晓日，俯视森澄渊。

绀宇更幽绝，中有煨芋仙。

清歌杂梵呗，妙谛忘言诠。

于焉辟精室，插架罗瑶篇。

醇醇读书味，投老娱丹铅。

鹤书不到门，猿公恣往还。

讵唯避世嚣，亦以全其天。

此境本预构，疑无他人先。

不谓子路子，梦中先著鞭。

我闻浮屠说，泡影看山川。

蘧庐苟适意，片晌同千年。

底须买沃州，一壑矜自专。

水云伤心人，词笔何深娟。

偶然留雪爪，适与梦境连。

三生倘可证，请叩空门禅。

题诗报吾友，文字今当捐。

爱智庐

　　新繁吴又陵（虞），接受西方学说最早之学者，题其成都所居曰爱智庐。辛亥革命前即已极力倡导新学，疑吾国之政治、法律、教育以及民俗皆不合于世界潮流，极力诋斥，主张革新。

　　又陵仰慕西方民主自由，对法兰西大革命之推动者理论家卢骚及孟德斯鸠备极赞扬，发之于诗。《读卢骚小传感赋》云：

> 苍茫政学起风涛，东亚初惊热度高。
>
> 手得一篇《民约论》，瓣香从此属卢骚。

《题孟德斯鸠〈法意〉》云：

> 自有高名擅五洲，卅年林墅足优游。
>
> 六经日月终何补，此是江河万古流。
>
> 平等尊卑教不齐，圣人岂限海东西。
>
> 若从世界论公理，未必耶稣逊仲尼。

又陵重视教育，以为启发民智乃强国之根本，因而对当时主政者之愚民政策诋之甚剧。其《辛亥杂诗九十六首》有云：

> 不使民知剧可伤，恰如行路暗无光。
>
> 秦王政策愚黔首，黔首愚时国亦亡！

而启导民智之教育则须寻求西方之新思想、新知识。故《杂诗》第一首即开宗明义提出：

> 河伯犹能叹汪洋，蟪蛄全不解炎凉。
>
> 广从世界求知识，礼教何须限一方。

又陵诗，外冷隽以议政、言理，内则缱绻于闺帷，盖其夫人曾香祖（兰）亦妙解韵律，擅长楷篆，深居温馨，伉俪情笃。故又陵有不少含漱芳腴，缠绵奇艳之作。如《同香祖小饮作》云：

> 沉水炉香细细薰，双情端不解回文。
>
> 尊前携手宜商榷，人比黄花瘦几分。
>
> 鸳鸯无羡况神仙，同气人花合爱怜。
>
> 他日有情忘不得，归来堂上煮茶天。

置诸玉谿生、韩冬郎集中亦相称也。惜春宵苦短，佳辰不永，又陵早赋悼亡，诗以伤之。《过旧居作》云：

> 零落桃花石马凉，春风惆怅郁金堂。
>
> 虚劳神女为云雨，可惜襄王梦不长。
>
> 美人名士例消磨，艳思秾愁不奈何。
>
> 应羡吴刚多幸福，谪居犹得近嫦娥。
>
> 朱楼寂寞小园荒，彩凤随鸦恨渺茫。
>
> 赢得衣香禅榻畔，腰围瘦尽沈东阳。

近有人辑《吴虞集》行世者，仅载其议政事、言思想、评名理之诗文，而于其抒夫妇之真情，与闺帏绻缱诸作弃而不录，此岂又陵之全貌哉！

夔州杂诗

音乐史家温江王润玙（光祈）家贫力学，年少有大志。民国甲寅（1914）春，因得师友之助，手携面盆，一部杜诗，出川赴德意志求学，专攻音乐。其最高理想在创造伟大国乐，引起民族自觉，陶冶民族独立思想。在德十载，积劳成疾，竟卒于异域。润玙著述宏富，《中国古代之歌剧》《中国音乐史》《西洋音乐史纲要》《西洋音乐与戏剧》最为人所称道。润玙工诗，功力深厚。出峡时所赋《夔州杂诗》六首，才气骏发，辞显情真，迥非寻常模山范水，锤幽凿险之作，所谓诗之为道，发于性情，"风雅原从至性生"者也。录四首：

> 万里瞿塘水，滔滔怒不平。
> 中原还逐鹿，竖子竟成名。
> 千载忧难已，深宵剑自鸣。
> 直行终有路，何必计枯荣。

> 不知云外路，已作峡中人。
> 水落鼋鼍怒，风微日月真。
> 野化迷古渡，幽草送残春。
> 独有青城客，劳劳滞此身。

> 两崖如壁立，一线隔青天。
> 乔木临风倒，苍藤带雨悬。
> 乾坤浮不老，云雾暗相连。
> 只合同僧住，时携买酒钱。

> 雷声才着壁，风已过夔门。
> 四面奇峰乱，千年怪石尊。
> 江湖如有托，舟楫漫招魂。
> 无限浮生事，凄凉未忍论。

荃察余斋诗

成都邓守瑕（璆），号忍堪，出名山吴伯朅（之英）门下，为王湘绮再传弟子。北洋时尝官陆军部，有《荃察余斋诗存》。

新繁吴又陵（虞）与忍堪同出名山门下，为数十年文字交，序《诗存》谓"（余）私谓成都诗人，如曾阖君之清丽，君之华壮，靡唯后起者未易企及，实海内之选也"。

忍堪于逊清之末，久居旧都，亲见危亡，感怀怆痛，故其诗多哀感幽思，使人读之回肠荡气不能已于怀者。忍堪为诗，初瓣香李玉谿，晚得力于韩致尧，盖伤时念乱，遭际相彷佛者也。汪方湖（辟疆）评之云："忍堪诗早年以才胜，晚年苍秀，尤致高境。"吴、汪之论，各得其一体，合而为"华壮苍秀"四字，则为的论也。如《摩诃池晚眺》云：

> 御水流春涨废池，无人更奏圣琉璃。
> 草生凝碧春犹在，藕泣香红梦已迟。
> 杜宇千年非故国，烟花一卷谱新词。
> 至今古木宣华苑，衣服云霞鬼唱诗。

摩诃池在成都西南角，日记谓隋蜀王秀取土筑子城，因为池。有胡僧见之，曰："摩诃宫毗罗。"梵言呼摩诃为大宫，毗罗为龙，谓此池广大有龙也。或云摩诃池一名污池，隋人萧摩诃所开也，故以为名。《十国春秋》谓前蜀高祖（王建）武成中改名宣华苑。后主王衍，好靡丽之辞，尝集艳体诗二百篇号曰《烟花集》，日与狎客嫔妃狂饮盘游其中，嬉戏达旦，不理朝政，卒亡其国。忍堪为此诗，虽以成都旧池为题，实则哀刺清之亡于慈禧以海军经费浪修颐和园也。托意深远，幽愤怆痛，当于言外求之。

逊清移祚之际，隆裕太后亲授传国玉玺于袁世凯，号曰"禅国"。入民国，隆裕升遐，忍堪复以哀惋之辞寓讥刺之意，为《清孝定景皇后挽辞》云：

> 门楣光彩凤凰窠，姑恶声中帝奈何。
> 春殿饰袍宫怨少，秋衾铜辇梦痕多。
> 脱簪人尚称羌后，炼石天难补女娲。
> 附葬崇陵应一笑，何因挥泪对宫娥。
>
> 烧骨扬灰洒向南，降元臣妾更何堪。
> 女尧禅国无前例，濮邸承宗作长男。
> 白马裸京周匕鬯，黑貂正腊汉褕襢。
> 拳拳一玺如文母，徒与班彪助史谈。

孝定景皇后即德宗（光绪帝）后隆裕也。崇陵为光绪陵寝。隆裕乃慈禧侄女，入宫十五六年，与帝不相协，转而与慈禧、袁世凯互通声气，阴谋废帝，以解私恨。光绪暴崩，所下鸩剂，即假后手。由夫妻恩怨而转为政治仇敌，实吾国近代史中一出悲剧。而灭国夺玺之人，又恰是己所倚重之权臣，正如新莽之夺汉祀，故有"拳拳一玺如文母，徒与班彪助史谈"之句。历史之嘲弄人，抑有更甚于此者乎？

忍堪为诗，除此类抚时感事，反映晚清以至民初历史面目之作外，亦多山川游览之什。以其识见深远，不拾人唾，独多新意。《峡中杂诗》云：

峡中之石石盘陀，峡中之水水漩涡。
公无渡河公竟渡，如马瞿塘奈尔何。

螺纹回旋万山环，江水一流一转弯。
割据英雄几成败，坐辜天险好江山。

拒秦端在结齐婚，一赋高唐岂寓言。
云雨荒唐今梦醒，更无神女有啼猿。

自来属咏高唐神女之诗，多托于男女婉恋之辞，忍堪独以为宋玉之赋高唐乃欲楚王联婚于齐，合力搤秦。自注并引《孟子》"绵驹处于高唐"、《左氏传》"齐侯登巫山以望晋师"之语，为证两地均在齐而不在蜀。后世不察，乃以蜀地当之，并附会帝女瑶姬之说以为寓言。此涉考证之学，是非姑置勿论，然忍堪此诗立意，乃发前人之所未发者。

忍堪居旧京久，陵谷沧桑，朝市屡易，枨触于怀，每借题咏京华名迹，以抒其悲哀之情，此亦韩冬郎之流亚也。有《望海楼》云：

陂塘茭苇故行宫，旧院闲廊曲曲通。
横匾御书巢野鹤，交床破褥绣盘龙。
一从翠辇归天上，时见珠钿出地中。
阅尽兴亡谁健在？天宁隋塔挂晴空。

《题崇效寺壁》云：

六度看花自纸坊，闲曹容住一潜郎。
不知倦客垂垂老，猛觉僧雏似我长。

吸尽香醪费尽才，赏春都为牡丹来。

我偏爱此宜消夏，两树楸花一院苔。

忍堪以遗老自伤，亦黍离麦秀之悲也。

两吴生

两吴生者，泾阳吴雨僧（宓）与江津吴碧柳（芳吉）也。雨僧年长，而相交最契。两人均以诗名。丹徒柳翼谋（诒徵）序《两吴生集》有云："……掉臂游行，独往独来，一颦一叹，一波一磔，皆吾肺腑。于人无与，人知之，可也，人不知之，亦可也。"

壬子（1912）碧柳作《婉容词》《巴人歌》，蜚声诗坛，众口争诵。戊辰（1928）《白屋吴生诗稿》问世。

民国元年（1912）碧柳去北京入清华肄业，始识雨僧，切磋砥砺，遂成莫逆。碧柳一生受益于雨僧者实多，诗文而外，生计琐屑，雨僧助之尤力，碧柳终身不忘。其《赴成都》有句云："微君勤诲诱，及壮犹顽童。"又十余年，雨僧就东北大学之聘，留居沈阳，碧柳赋《书寄雨僧兄》七律一首以抒别怀。诗云：

> 南北东西尽鼓鼙，故人流转富新诗。
>
> 君非阮籍休穷哭，我是匡衡最解颐。
>
> 但味苦甘成大觉，无分治乱应相宜。
>
> 秋深夜静恒孤坐，一卷麟经千载期[①]。

---

① 原注：吾有志于史，故云。

传说孔子作《春秋》，绝笔于获麟，后因称《春秋》为《麟史》《麟经》。

雨僧返京，仍执教清华。壬申（1932）五月，忽得碧柳讣，病殁于乡，得年三十六，雨僧哭之恸，有挽诗如干首，悲伤不能自已。录其发端第二首云：

> 入室见讣音，讲堂授课来。
>
> 适诵《阿尼多》，名篇出雪莱[①]。
>
> 惺惺能互惜，哭友亦自哀。
>
> 呜呼诗人命，灵慧撄奇灾。
>
> 情重遇偏酷，道高志恒摧。
>
> 麟德投豺虎，玉质染氛埃。
>
> 况今杀机动，文物尽劫灰。
>
> 去去我从君，地下乐追陪。

真所谓"一死一生，乃见交情"。

大将军邹容

戊戌（1898）变法失败，六君子就义，浏阳谭壮飞（嗣同）其尤壮烈者。壮飞持"流血变法"之说，少年邹容为之动容，敬仰其为人，甘冒天下大不韪，置壮飞遗像于座右，题诗云：

[①] 原注：讣音到日，予在讲堂授英国浪漫诗人课，方至雪莱挽济慈长诗《阿尼多》篇，更增感痛……

　　赫赫谭君故，湖湘士气衰。

　　唯冀后来者，继起志勿灰。

容时年仅十四，容字蔚丹，巴县人。庚子（1900）乱作，外侮日亟，容救国思想激增，毅然自费东渡，游学日本。在日本三年，识孙中山，情绪愈激昂，奔走宣传，不遗余力，历数清廷内压迫，外投降，罪恶累累，如不推翻，不能救中国之亡，悲壮犀利，听者歆歔。清廷得知，即照会日本外务省驱逐回国。光绪癸卯（1903）夏初被迫离日，在上海爱国学社与章太炎相识。时值沙俄侵我东北，沪上民众集会声讨，邹容登台演说，慷慨陈词，会毕，复参加各种抗拒沙俄活动。义愤填膺，振笔直书，成《革命军》一卷，以告国人，自署"革命军中马前卒"。章太炎为之撰序，有"义师先声"之语。五月，《苏报》案起，太炎被捕，邹容愤惋欲绝，誓与之同生死，共患难，遂于七月一日至巡捕房投案自首，当即入西牢。两人身在囹圄，不屈不挠，"纵使不成头被砍，也叫人间称好汉"，大义凛然！光绪乙巳（1905）二月，容死于狱中，年才二十一岁。

　　辛亥革命成功，大总统孙中山签署褒扬令，追赠邹容为大将军。

　　邹容诗文不多，而其《革命军》一篇，已足光炳日月，千古不朽矣。入狱不久，有《涂山》一绝云：

　　苍崖碎石连云走，药叉带荔修罗吼。

　　辛壬癸甲今何有，且向东门牵黄狗。

涂山在重庆南岸，思念家山，鬼魅横行，国难已深。以夏禹与涂山氏婚后只过辛壬癸甲四日即离家治水，喻己入狱前奔走革命为时太促而深感遗憾。秦相李斯临刑，语其子曰："吾欲与若复牵黄犬上蔡东门逐狡兔，岂可得乎？"喻其为国捐躯，意志坚绝。太炎读后，深受感动，立赋《和涂山》一绝，有"天为老夫留后劲，吾家小弟喜能诗"之句，赞誉自喜之情溢于楮墨。

太炎为文，笔名西狩。邹容有《狱中答西狩》一律云：

> 我兄章枚叔，忧国心如焚。
>
> 并世无知己，吾生苦不文。
>
> 一朝沦地狱，何日扫妖氛。
>
> 昨夜梦和尔，同兴革命军。

激清洋溢，至梦寐中犹思建军灭清也。枚叔，太炎别署。

义士中秋歌峨眉

光绪丙午（1906）泸州武秀才佘竟成应邀至东京，因黄复生（树中）之介入同盟会。孙中山见其奇伟慷慨，大为器重，遂委以联络川、滇、黔会党，并使长江青红帮声气相通之重任。又派井研熊锦帆（克武）、富顺谢奉琦与佘同行，回川策划。抵川后，深思熟虑，最后决定在泸州、叙府、江安三地同时举事。不数月，三地俱败，死伤散失，仅存百余人，遂分散隐匿，俟机再起。熊锦帆去成都，呈报同盟会机关。谢奉琦、罗子青由嘉定去峨眉，经万年寺上钻天坡，坡上有寺名洗象池，寺前六方小池，传说普贤经此，洗象升空。时值中秋前夕，落日夕照，气象万千，俯视云海，绵延无际。有顷，月自天边起，群峰灿烂。两人

置酒小酌，对此茫茫，百感交集。奉琦微醉，仰天长啸，假得僧寮纸笔，
吟成三绝：

> 十年湖海苦奔波，愁听苍凉易水歌。
> 心事浩茫怀旷远，头颅欲试剑初磨。

> 众峰高并月光寒，万里山河一望间。
> 惭愧书生空负手，宝刀何日斩楼兰。

> 屠鲸人去海涛狂，消息无凭问彼苍。
> 拍遍栏杆歌尽曲，一天明月白如霜。

奉琦祖若父饶于财，富甲一方。闻竟成被执，即潜回富顺，说其祖、
父出资贿买清吏以全竟成性命。讵知行至离家二十里处，为官府侦探
识破，被擒，解至叙府，投入死牢。奉琦在牢中见壁上血书一绝云：

> 牡丹初放却先残，未捣黄龙死不甘。
> 我本为民兼为国，拚将热血洒红毡。

下书"竟成绝笔"，乃知竟成已见杀，悲痛欲绝。于是啮指血书《绝命诗》
于壁上：

> 中原多故祸燃眉，草泽人怀报国思。
> 我志未酬民益愤，还将万弩射胡儿。

是夜被害，年仅二十六岁。时宣统庚戌（1910）三月。

辛亥革命成功，大总统孙中山颁行恤典，追赠佘竟成、谢奉琦为

陆军中将，谥左将军，于富顺建忠烈祠，春秋致祭。

六译老人

一代经师井研廖季平（平），生平治学凡六变，晚号六译老人。季平一生不慕荣利，唯授徒著述。壬申（1932）年八十一矣，犹赴成都刻其著作，卒于途，真可谓"鞠躬尽瘁，死而后已"。

季平诲人不倦，待门下如己子、如友朋，未尝直呼姓名，必称先生。或有弟子久不见，尚未及拜，即先施长揖，受者惶恐不自安。就此，弟子胡素民赋一绝云：

> 儒家气象尚岩岩，争说为师道在严。
>
> 独有达人知圣久，降尊先礼不为嫌。

生平一诗

季平为张香涛(之洞)督蜀学时誉为"尊经五少年"之一，尝语人曰："吾于《春秋》，几无一字不烂熟胸中。"治经即自《春秋》始，不守师法，自有蹊径，为章太炎、王湘绮所推重。康有为用其说，成《新学伪经考》《孔子托古改制考》，卒致戊戌变法。

季平一代经师，自少至老，孜孜矻矻，未尝有歇。顾平生不事吟咏，几无诗词传世。民国元年壬子（1912），仪征刘申叔（师培）为国学院院长。院址在成都南郊，安谧幽僻，士人时来游憩。一日，季平偕友好来游，聚于院之西斋。酒罢，季平至友、乡人龚熙台（熙春），出张船山《南台登高图》征题，一时刘申叔、谢无量辈俱题诗其上，季平固辞不果，卒题五言一首云：

> 几山好收藏，我久厌李杜。
>
> 强迫人题画，牵牛上皂树。
>
> 物为罕见珍，保此荒年谷。
>
> 寄语后来人，无分鸡与鹜。

几山，熙台别署。荒年之谷可以救死济民，喻能切实办事、解决问题之人材。《世说新语·赏誉》："世称庾文恭（亮）为丰年玉，稚恭（翼）为荒年谷。"

　　故老相传，季平一生只作此一诗。

尹大皇帝

　　辛亥（1911）十二月二十二日，四川大汉军政府都督尹昌衡杀总督赵尔丰于成都皇城至公堂前，年仅二十七岁，威名大震。

　　尹昌衡字硕权，彭县人，生而聪颖，及长，就读锦江书院，师友咸称其文才，后留学日本士官学校，光绪戊申（1908）学成归国。自四川大汉军政府部长直至都督，踌躇满志。川边八百里突然告急，土司、头人相继反叛，据地甚广，僧兵万余已过金沙江，边地人心惶惶，不可终日。尹遂率兵亲征，出师一月，北路平定，昌都解围。征战告捷，撤销西征军总司令部，改设川边镇抚府，自兼抚使，改革整顿，锐意经营，多有实效。此时尹昌衡威望极高，边民呼为"尹大皇帝"。尹虽武将而好弄文墨，军事倥偬，不废吟咏。平居喜跃马横枪，狩猎为乐。一日，观里塘吴王庙战袍，赋《里塘猎后入吴王庙观战袍》七律一首，苍凉沉健，意绪萧索，扑朔迷离，莫知所从。诗云：

> 边城黄草风萧萧，征马长嘶壮士骄。
> 映日龙蛇开甲胄，折风雕雁试弓刀。
> 受降城上遗碑古，望献楼头秋气高。
> 古来将帅知多少，空有吴王剩战袍。

香港舟次夜诗

成都周菊吾藏富顺刘裴村（光第）诗稿墨迹照片，菊吾题记云："刘裴村此诗不见于《介白堂集》，是友人得于富顺者，真乡邦文献之碎金也。"裴村墨迹极罕，此系光绪乙未（1895）所写，时年三十七岁。今日此照乃吉光片羽，弥足珍贵矣。

裴村任刑部广西司主事。刑部受贿成风，裴村居官十余年，清白自守。适审理某案，上司受贿，授意枉法判处，裴村坚持不可，上司无可如何，而裴村自此遂无缘外迁矣。是年秋，裴村告假南下，至福建武平祖茔扫墓。旋经粤、桂江行过汉口，登庐山，然后返京。山川都邑，风物民情，天灾人事，一一见于诗文。周藏照片所书《香港舟次夜》即其一也。诗云：

> 水碧山青画不如，楼台尽是岛人居。

依依三十年前月，曾照华民采夜鱼。

不平等条约使国土丧失，诗人感愤无已。

清音阁

　　裴村，光绪进士，擢刑部主事，在京十余年，不交权贵，暇则闭门读书。平生用志深远，反忘身家切近之事。时慈禧干政，国势岌危，康有为公车上书以前，裴村即有《甲午条陈》，抨击时弊，力主改革。中有"自古政出多门，鲜有成事，权当归陛，乃得专图"之语，故参与变法维新坚定不移。临刑指斥清廷不讯而诛，叹曰："吾属死，正气尽！"铁骨铮铮，头被砍而身不仆，大义凛然。

　　裴村足迹遍巴蜀，所为诗，以写蜀中山水为多，咏峨眉之作即四十余首，荣县赵香宋（熙）极为推崇，清音阁《牛心石》一首，尤见称赏。诗云：

　　　　双桥两虹影，万古一牛心。
　　　　灵襟撰造化，怪石延往今。
　　　　涓涓乎细流，何人赏清音。
　　　　凡僧堕牛腹，精者口自暗。
　　　　铃铎学仙语，石阙悲客吟。
　　　　虚深以嶕峣，不鼓昭氏琴。

裴村摘句图

刘裴村《介白堂集》，最工写景，而峨眉纪游之作其最工者也。峨眉山海拔三千余米，荒怪神奇，不可名状，故咏峨眉，当别有手法，方能取胜。裴村才力足以当之，遂成空前绝作。佳句如"香象河流腾白足，淡蛾江影照青衣。寸心尘外寻烟客，一笑云端见玉妃"（《望峨眉山》）、"片石雷霆撑众壑，一僧风雨立双桥。草香喷雪春眠麝，松气沉山暝下雕"（《清音阁》）、"泉分太始雪，人立过来身。绝壑晴雷午，深心乱石春"（《双飞桥》）、"晓看瓦屋云空白，春过嘉州麦不青"（《龙升冈》）、"雕眼射人风力劲，木皮衣屋雹声微"（《古化成寺》）、"鬅鬙似鬼阴崖树，拗怒冲人大壑鹰"（《罗汉三坡》）、"倒嘘人影龙初过，半没松身鹤不知。涌地佛光喧震旦，浮天海色照西夷"（《大小云壑》）、"不知松柏云中绿，疑是蓬莱海上青。客子瘦筇阴磴雪，仙娥宝瑟夜池星"（《大坪》）、"如丝龙气南天雨，小咳儿声下界雷。雹积阴林诸客肃，风吹残瘴百蛮开"（《雷洞坪》）、"老猿抱子求僧饭，闲客看人打佛钟。下界云霞招杖屦，夕阳红翠动杉松"（《华严顶》）、"洞雷生午屦，岩雪落晴钟"（《小金刚台》）、"虎过人边石，雕盘佛顶松"（《锡瓦殿》）、"怪石天门排虎豹，大云香塔护龙蛇"（《由八十四盘阅沉香塔天门石诸胜渐达山顶》）、"高寒星斗窥人大，清净官骸对佛尊"（《宿光相寺》）、"日光射井生虹气，风力飞人带虎腥"（《宝云庵》）、"山藏蜀国逃封禅，月逐沧洲照谪仙"（《峨眉山顶见月》）、"诗客人天争秀骨，神僧埋地结真胎。三秦鸟道衣边接，六诏蛮云杖底来"（《峨眉最高顶》）。

庚子北京诗

光绪己亥（1899）岁暮，荣县赵香宋（熙）携门人向仙乔（楚）、刘卿子（玺）去都门。次年庚子（1900）义和团事起，焚教堂，杀洋人，八国联军攻陷京城，西太后挟光绪帝出走，京中大乱。占领国划地据守，香宋所居划入德国辖区，掳掠烧杀，尤为酷烈。洋人城内搜括，士兵城外肆扰，作恶尤甚。香宋诗云：

> 诸君可叹善忘身[①]，咫尺能扬碧海尘。
> 犹道将军军令肃，路人方欲拜黄巾[②]。

此乃董福祥部之溃处四郊者。相国徐桐庸懦无能，日事拜佛，误国可恨。香宋有诗云：

> 何处涓埃报帝恩，四更勤把此心扪[③]。
> 兵戈满地皆尘事，自挈瓶花拜至尊。
>
> 钤山堂影炮声惊，舍宅平章自在行。
> 介士西来应膜拜，俨然天竺古先生。

围城时，有《杂感》云：

> 一策长沙万古悲，趋庭论谪亦何师。

---

① 原注：国是且勿论矣。
② 原注：官军所聚，尸气四达，虽复焚烧不绝，转使人思义和团也。
③ 原注：相国勤修内典，每四更起，声声念佛。

党人碑上新镌字，谁识闻歌泪满巵[①]。

大槐坂上绝车茵，忍见清流失渭滨[②]。
雄剑上方君莫试，朱云宁是汉家人[③]。

故府牌官定国基，太清坛上几人知？
城中日奏甘泉捷，不记长平十万师。

玉石昆冈积不分，汉家火德已先焚。
它年莫例晁家令，未枉虫沙化六军。

翠帐双龙不可攀，西风摇曳阻秦关。
金鞭九马驰驱在，肠断江南庾子山。

华阳乔茂萱官学部左丞，主张变法维新，深痛刘裴村、杨叔峤之死，而己身亦濒危屡屡，故第一首"原注"云云。

广和居题壁诗

广和居，清代北京名酒肆四居之一。嘉庆末设于宣南北半截胡同，初名隆盛轩，道光辛卯（1831）改今名。轩窗雅洁，招待有法度，不独以肴馔精美著称也。烹炙多传自南人，或标姓氏为名。如潘鱼（传

---

① 原注：某吏部侍父长沙，密坐饮泣，伤胶事也。后一年乃坐党议。案：此指陈伯严襄赞其尊人右铭中丞力行新政于湖南，变法后父子革职。

② 原注：乔公于刘、杨有深痛焉，当时亦濒危数矣。

③ 原注：近日张汉奸之目。

自闽人潘炳年）、江豆腐（传自旌德江树畇）、陶菜（传自浙人陶凫香），皆独特名馔也。李越缦（慈铭）称其菜如王渔洋诗，非北人品格。地与市远，文士多乐就之。胡漱唐（思敬）诗，有"江家豆腐伊家面，一入离筵便不鲜"之句。张香涛（之洞）《食陶菜》云："都官留鲫为嘉宾，作脍传方洗洛尘。今日街南询柳嫂，只因曾识旧京人。"自注："陶凫香宗伯以西湖五柳居烹鱼法授广和居，名陶菜，今浸失其法，柳五嫂乃汴京厨娘。"

宣统庚戌（1910）陈石遗（衍）、陈散原（三立）、严又陵（复）、林畏庐（纾）、杨昀谷（增荦）、潘若海（博）、赵香宋（熙）、林山腴（思进）、罗瘿公（惇曧）、胡漱唐（思敬）、江翊云（庸）组成诗社，常聚饮于此，互为宾主，赋诗唱和，亦藉此互通声气，议论时政，有"清流"之目。时直隶总督陈夔龙谄事权贵，丑闻四出，大遭非议。某次宴集，谈及此事，香宋酒后题三律于壁，虽一时戏作而传诵都下。诗云：

> 居然满汉一家人，干女干儿色色新。
> 也当朱陈通嫁娶，本来云贵是乡亲。
> 莺声呖呖呼爹日，豚子依依恋母辰。
> 一种风情谁识得？劝君何必问前因。
>
> 一堂二代作干爷，喜气重重出一家。
> 照例自然呼格格，请安应不唤爸爸。
> 岐王宅里开新样，江令归来有旧衙。
> 儿自弄璋翁弄瓦，寄生草对寄生花。

原作三首，佚一首。第二首颔联"格格"，满洲语，皇族女儿之称号，满人呼父为"爹爹"。时军机大臣奕劻，其子农工商部尚书贝子载振。贵州陈夔龙，继袁世凯为直隶总督。安徽巡抚朱家宝，云南人，"本来云贵是乡亲"，指此。陈夔龙续弦夫人，人呼"四姑奶"，军机大臣许庚身堂妹，拜奕劻福晋为干娘，满洲语称王公夫人为福晋。于是陈夔龙乃奕劻干女婿，而奕劻遂成夔龙干岳父矣。同时朱家宝通过袁世凯，馈重礼，使其子朱纶拜载振为义父。如此攀连牵扯，朱纶成奕劻之"孙"，陈夔龙成朱纶"姑父"，陈夔龙、朱家宝、载振之间遂结成"郎、舅、兄、弟"关系。结成亲串，旨在贪赃枉法，互相包庇，广和居题壁诗，锋芒所向，直指奕劻。

巴县杨沧白（庶堪）《广和居》诗有"春盘菜半成名迹，环壁诗多系史材"之句。宣南广和居，自道咸以迄清亡，百余年间，壁上题诗如林，而香宋此诗最为驰名，正所谓"系史材"也。

香宋赠蜕庵诗

天水哈蜕庵（锐）光绪壬辰（1892）科进士，三十一年（1905）知四川璧山县，宣统二年（1910）署宜宾，旋转任嘉定（乐山）。辛亥后解职东下，至渝城，阻于战火，滞留三十六年，香宋有赠蜕庵诗云：

> 红杏花香五凤楼，廿年分手下瀛州。
>
> 梦华遗事东京录，帝子秋风北渚愁。
>
> 老去无家如弃妇，贫来多难聚渝州。

乡心莫动仇池穴，我亦江湖未泊舟。

"梦华遗事"句忆昔年同在翰林院也；"帝子秋风"句伤光绪帝之被幽瀛台；"老去无家"谓蜕庵未能东下；"贫来多难"，自谓不能西旋故里也。仇池在甘肃西和县，近蜕庵家乡之地，正贴"乡心"二字。

山水清音

香宋诗功湛深，苍秀密栗，然笔墨矜慎，尤不轻易刊布。世所见者大多载于《近代诗钞》或散见于报刊者。近体山水诗，清词丽句，意味渊永，刘裴村后一人而已。今录：

山郭二十里，入山千万重。

遥寻瀑布水，忽听松林钟。

石涧樵生路，云开雁过峰。

传闻葛由侣，于此伏虬龙。（龙门峡道中）

当窗一瀑起，此水自雷坪。

传有苍龙住，银涛石穴生。

老僧持佛号，对客数山名。

借我杉边屋，看云听雨声。（清音阁）

山僧指山洞，云在碧岩西。

自昔仙皇语，曾传九老栖。

和风弄香草，往往闻天鸡。

下有阴河接，苍龙两角齐。（九老洞）

山云步步深，一殿出于林。

小院清于夜，无人风自吟。

开宗取尔雅，闻道礼观音。

夕照知何树，霜黄叶似金。（初殿）

一涧复一涧，窈然空翠幽。

悬来太古雪，化作清瑶流。

老树思成石，孤花喜及秋。

前山有真逸，或跨白龙游。（涧行望遇仙寺）

昨夜北峰寺，雪声如玉砂。

朝看大云壑，处处生红霞。

一自李仙去，千年山月斜。

空余白蝙蝠，飞上桫罗花。（晓行望大小云壑）

一路林花落，飞梁处处逢。

泉声鸣大壑，日气塞诸峰。

路僻猿将子，云香麝入松。

金山传佛像，红叶半楼钟。（山行下顶心坡）

凡心于此息，今夜过秋分。

虎患防香客，僧雏喜藏文。

人生一晌乐，世事万重云。

有梦无寻处，山精语夜闻。（息心所）

朝气净东方，地衔鸡子黄。

微升万壑霁，静袅一钟凉。

呼吸余秋色，虚空荡水光。

摇摇日天子，红处认扶桑。（峨眉绝顶看日出）

日落未落处，万山如火红。

天西亘雪界，玉立琢屏风。

绝壑神灯出，群星鼻息通。

夜堂挝法鼓，摇荡小鸿蒙。（峨眉绝顶观日入）

一半嘉州路，鸡声午饭香。

野烟榕树古，茅店土山黄。

石远工形像，农归话稻粱。

加餐劳劝客，荀媪五松庄。（石牛铺）

七绝尤多隽语：

杉皮雪屋老岩耕，白水坡前自在行。

见说今年山芋大，不知人世有黄精。（万年寺人家）

子半天心夜坐看，西风吹月挂林端。

白云一片忽飞去，七十二峰秋雨寒。（金顶夜雨）

药池仙渌草萋萋，浣罢香痕翠鸟啼。

一去藐姑人不见，海棠红遍寺门西。（山行杂诗）

寺门苔印虎行踪，太史西来住此峰。

涧草岩花桥外路，依稀灵隐听春淙。（伏虎寺）

远闻樵斧韵丁丁，老衲山门坐月明。

忽地冷风吹叶落，夜中黄豹听经声。（息心所）

金刚台下绝飞鹰，大斧从天劈万层。

崖半是云何路下，依稀红叶两三僧。（光明崖）

铁碑禁语鸟声无，山草山花月一梳。

寻得阿香妆阁子，洞天传发五雷书。（雷洞坪）

回看九老在青霄，黄木冈前路一条。

都望昨朝僧指处，蠕蠕群蚁转山椒。（九老洞道中）

险处依稀到百分，上方人语半空闻。

人行转折传书势，春蚓秋蛇画子云。（九十九倒拐）

夜梦名山晓出门，担头诗草十三春。

风流略胜椒花馆，四到峨眉绝顶人。（自题峨眉诗录）

刘赵之交

　　裴村与香宋之交，始于光绪壬辰（1892），时香宋在京会试，识裴村。裴村年长，科第亦先，故香宋以师友敬之。其《日记》壬辰七月初十日记云："刘裴村先生过谈，为摘小诗疵，累十数条。"甲午（1894）六月二十日记云："谒刘裴村先生，论时事，慨然有人心世道之忧，而

精神为之一振。"七月二日记云："招同裴村先生……宴广和居，裴公极
谈学问之道，出处皆有真际。"七月十日记云："晚裴村先生过谈，论诗
文及深处。裴公学博而实，盖深自得之候也。师范在前，敢弗勉旃。"观
此数则，足见两人交谊。《日记》："读裴村先生诗有可敬者，谨录以为矜式。"

　　　希夸大笔入云根，风骨高奇气远吞。

　　　地接凤台栖楚客，水穿龙窟出荆门。

　　　石间万世雷霆斗，树底双桥日月昏。

　　　别派一泓清照我，尘客亦喜在山尊。（神水阁）

　　　肯信村廛有是非，年来阅世学忘机。

　　　枕中车毂难妨梦，画里江船且当归。

　　　北极有人耕陆海，西山终古送斜晖。

　　　惊心寒雁程三万，似避刀弦并力飞。（偶成斥帝俄之逼）

　　　美酒乐高会，广筵开曲房。

　　　风雷奋笑谑，山海究珍芳。

　　　欢气之所流，引以日月长。

　　　中有餐霞客，逃席支在床。

　　　去我壁上观，缩我壶中藏。

　　　客言乃何苦，凄酸起肝肠。

　　　众宾正欢乐，岂顾一人怆。

　　　云今东省旱，不下西省荒。

　　　告灾有大府，蠲赈来邻疆。

涸鱼本失水，得雨好苏将。

杀孩养老亲，不值两饼偿。

明知非我子，肉颤身已僵。

欢爱岂非人，残忍为故常。

凶年情景多，一一忍得详。

是孰能致之？天意真茫茫。

在乐为苦言，当嗤子不祥。

漆女隐在中，一击纤钐章。

后堂进高烛，挟瑟来名娼。

主人命射覆，还成赌下场。（美酒行）

杨叔峤

　　戊戌（1898）难作，世人称道"六君子"，而蜀有二，其一富顺刘裴村（光第），其一绵竹杨叔峤（锐）也。叔峤尊经高材，见知于张香涛（之洞），延聘为文书，在武昌幕。后任总理各国事务衙门章京，在会典馆编纂书籍，葳事，光绪帝重其才，升侍读。公余著述不辍，有《隋史补注》若干卷，楷书成册。叔峤长文学，尤长于诗，沉郁绵丽，得诗人之旨。《腊月十五夜月》云：

锦官城里未停鞍，红粉楼中独倚栏。

一十二回明月夜，可怜都向客中看。

　　后专学东坡，有神肖者。如《游顺庆白塔归渡嘉陵江大风作》云：

火云烘天作黄纸，须臾幻形处釜底。

大风吹下白塔来，到起嘉陵半江水。

嘉陵水阔船如刀，塔尖回望明秋毫。

放舟老翁簸欲踬，腥蛟掉尾涎龙逃。

太阴黑入层冰涣，雪点翻空鹭群散。

气冲尘堁阴霾昏，血沥泉源老株断。

归来雨脚猛翻盆，夜静空闻雨破门。

小三峡

嘉陵江舟行，过合州，两岸峰峦相接，复前行，山如米聚，景物清绝，两岸奇峰突起，有小三峡，即牛鼻、温塘、观音三峡也。过此，下渝州矣。合州丁治棠（树诚）工诗，光绪壬午（1882）北游，以诗纪行。《小三峡》云：

无数奇峰拥，川行境渐幽。

烟霞矜惯见，风月怅前游。

铁石含煤立，汤泉带火流。

离离红树影，相送下渝州。

鸦片诗

鸦片，一名阿芙蓉，又名罂粟，或称洋药，俗呼大烟。吸之成瘾，毒害心身甚钜，可以灭种亡国。道光中英人输入中国，换取白银。时番禺诗人张南山《咏鸦片诗》有句云"五更一灯民骨髓，重洋万里国脂膏"，沉痛感人。吸鸦片者，一榻一灯，灯高约三寸，玻璃罩之，吸者横卧，两人则对卧而吸，往往夜间为之。光宣间，钱塘孙仲玙（宝瑄）有《嘲食罂粟烟者》云：

> 温香茶熟漏迟迟，夜静无人私语时。
> 半榻白云眠不得，深心唯有一灯知。

三原于右任深恶鸦片之毒人，其《宜川道中诗》有句云"川原如锦人如醉，罂粟花开不忍论"。吸咽之管俗呼烟枪，价昂有至数十金者，有句云"此与杀人凶器等，不名烟袋故名枪"。警绝。

清末，川东沿江村落皆卖鸦片，老少俱吸。此时久瘾、大瘾者尚不多，大都以吸之作乐。每吸不多，尚未成瘾者，谓之"搓松香"。合州吴镜川有《搓松香》一首，峭蒨可喜。诗云：

> 惯作松香客，逢烟便想搓。
> 垂涎来榻畔，侧眼觑灯窝。
> 敢说灰难漏，连夸斗好梭。
> 虽然香味少，却喜铳头多。
> 看火肩应耸，传枪背欲驼。
> 语声低似鼠，人影瘦于魔。
> 碌碌终朝卧，津津一气呵。
> 乞其余不足，又顾而之他。

入民国，流毒更甚，几遍全国。西南诸省普遍栽种，虽禁令綦严，而阳奉阴违，川中军阀、土豪包庇贩运。烟毒馆遍设，刘湘主持川政，设烟馆者缴捐，则取得"执照"庇护。荣县赵香宋（熙）《红灯》诗云：

> 悍然昏雾起公超，禁网森严遍市朝。
>
> 但得刘公书一纸，一灯红豆夜吹箫。

谢安、王坦之诣桓温，温令参军郗超卧帐中听言，借喻烟榻之上，人物甚杂，各类俱齐。夜灯陶然，吸者甚乐。

抗战后，四川宁属各县大量栽种，而军政大员保种、促收、保运、保售，毒害之深，莫此为甚。民国庚辰（1940）川沙黄任之（炎培）任青（海、西）康考察团团员，行至越嶲，有诗云：

> 红红白白四望平，万花捧出越嶲城。
>
> 此花何名不忍名，我家既倾国亦倾。

抵西昌，赋诗云：

> ……我行郊甸，我过村店。
>
> 车有载，载鸦片，仓有储，储鸦片。
>
> 父老唏嘘而问我曰：杀人哉鸦片！
>
> 青年痛哭而告我曰：亡国哉鸦片！
>
> 但愿他年吾辈重来都不见。
>
> 勿忘敌骑骎骎已过湖湘线。

时日寇已至两湖，故末句及之。

藏园与藏斋

江安傅沅叔（增湘），光绪二十四年（1898）成二甲六名进士。沅叔不喜居官，独嗜校刊与藏书。平生校刊图书一万六千余卷，藏善本三万四千余册。晚年居北平，号藏园老人。天津赵幼梅以诗名世，尝自刊《藏斋随笔》及《藏斋诗话》，时海宁章一山（梫）与傅、赵俱有杯酒诗文之交，一日见此二书，竟误以为沅叔作，遂致书幼梅，欲与商略二书优劣。赵寄诗戏之云："藏斋忽写作藏园，一字无心误笔端。我愧江安傅沅叔，图书万卷卧长安。"遂传为艺林笑谈。

武抑斋

晚清蜀中诗人武抑斋（谦），通经术义理之学，工诗，好鼓琴，善画，可称一代才人。值科举新废，家贫无援，无力仕进，潦倒困贫，仅以授徒谋生。尝旅食于晋豫河洛之间，坎壈失志，竟以贫死，年甫三十有六。门人刻其诗为《澄霞阁诗》，流传不广，蜀人亦鲜有知者。今从前人著述中移录其诗三首，以启关心乡邦文献者之广求也：

《祁县道中》云：

> 我行赵代间，双轮轳辘，终日不得息。
> 饮马渡寒水，客心盘桓，惆怅不能释。
> 山川途路悠且长，短歌微吟连朝夕。
> 赢纲晓铎声朗当，白日黄鸡催早霜。

梦中携手得佳句，起来遗却心旁皇。

美人玉质韫椟藏，不雕不琢含辉光。

往者赠我圭与璋，何以报之今不忘。

锦江梅花隔千里，汾河水花乱流水。

无端离绪逐寒生，却忆清歌连夜起。

戍楼霜角五更风，海日霞生百丈红。

故人此心将毋同，莫论陇头流水各西东。

《平遥道中》云：

霜花粲马毛，寒月照清晚。

游子不遑将，凄凉念垂老。

行年三十余，得禄苦不早。

远辞江乡树，来踏汾滨草。

击柝与抱关，所求一何小。

长歌代北行，川原漫浩浩。

平生慷慨心，此行安可少。

道逢幽燕客，气重目不掉。

赠我腰间刀，纵马论海表。

怵然心有怀，未敢倾吾抱。

《临汾道中》云：

停车夜泊汾河畔，河水无声冰未泮。

游子离家四十日，秋风已过一月半。

白云卷空无渡船，黄叶萧条数归雁。

却忆当年汉武皇，佳人千里空肠断。

菊花烂漫兰花开，可惜采兰人不见。

记否窗边玉镜台，疏影横斜两三箭。

梁间春燕归何时，渭北早梅黄几片。

梦里相思欲诉难，相思欲诉情无限。

鸾闺卷幔云重重，鸳瓦堆霜银烂烂。

独抱冬心冷不眠，朱颜莫被西风换。

三诗均羁旅道路之作。关河冷落，西风凄紧，游子何依？故多凄厉危苦之辞，抑斋力追建安、初唐诸公，实为吾蜀异才，惟无阀阅称身，沉滞于时，年又不永，惜哉！

兵祸诗

辛亥（1911）革命，民国建立，以迄抗战，二十余年间，四川军阀连年战争，几无宁日，大小战役数以百计，而壬申（1932）成都一战，为祸尤烈。三军交攻，凡民遭殃。华阳林山腴（思进）有兵祸诗纪实，读之如昨日事，而去今六十年矣。录如下：

《成都十月兵祸诗一百二十韵》有序

自十月之交，兵祸既作。予出入危城，盖涉两旬。虽暂归敝庐，而民讹未息。瞑目枯坐，记所见闻。乃成此诗，聊以告哀。传诸当世，亦《小旻》《雨无正》之意也。壬申大雪，清寂翁记。

一日复一日，一夕复一朝。

一朝巨炮发，城郭皆震摇。

大者霹雳轰，小者珠雨交。

密者不辨声，排墙如喷嘈。

城中百万家，家家啼且号。

屋顶作战垒，街口遮石条。

四面置罗张，两头不得逃。

有米犹可炊，无米腹中枵。

飞丸不洞死，馁也形已痟。

断续尽九日，眼枯望昕宵。

忽传五色纸，解仇揭新标。

大呼民众起，疾向渝军镳。

市人齐唾骂，靦颜一何恌。

恨不剉汝骨，恨不燔汝膋。

一吐胸所愤，万段恶难消。

安能同皁蠡，随汝为喓喓。

追维难未作，父老痛民嗷。

缙绅数十人，发白髯髟髟。

连连为奔走，泣请移之郊。

更促三渠帅，即日撤战濠。

押尾复画诺，意谓约束牢。

王冷两指挥，盟誓互相要。

煌煌字如斗，告示粘墙腰。

酝酿逾浃旬，其毒竟不销。

乃知人头鸣，不抵恶声鸮。

直如后窍嘻，秽气泄两尻。

飞鸢舞神机，跕跕晴空翱。

下瞰万井直，上籲孤云焱。

败卒胆并裂，徒挟城社骄。

孟冬日十九，燎原祸遂滔。

中城战煤山，积尸平山坳。

血流波御沟，学府一片焦。

鳞栉数千户，犬豕当屠刀。

或全家糜殉，或肢体断抛。

苦无棺椁收，乃用苴荐包。

壮健杂老弱，羽尾同譙僬。

哀哉彼何辜，哭声彻重霄。

西战栅子街，撤瓦残空橑。

墙壁著弹眼，蜂窝石上篙。

最惨小通巷，逼仄同煎熬。

邻圃数丛竹，青者琅玕瑶。

截断若破帚，濯濯无完稍。

中有一故人，灶觚覆弊袍。

生死不可知，相见魂始招。

东战武成门，我家距匪遥。

阽隤不绝响，隆隆巢车辀。

远击猛追湾，近射落虹桥。

一家坐待命，绕室身如藻。

犹有西城者，来避托重茅。

回顾瓮中储，旁皇问炊浇。

旁皇正无已，我心灼以熇。

喜闻十字旗，竿首红飘飘。

爱我好诸生，冒险来见邀。

商量携妇孺，出城暂舒忧。

平日所历街，十步九设碉。

一碉一盘诘，应声不敢高。

恐触兵子怒，亲手为解包。

行行望城闉，仰天始一嘷。

万死出炉火，人命今得饶。

喘息坐甫定，絮问语呶嘈。

主人情意厚，烹雌煮冻醪。

且言仓卒间，粗粝足共叨。

人多无床榻，席地鼾齁抽。

清晨起问讯，杂听纷讹谣。

回首念吾女，亘经麻总髫。

婿孱姑又老，舅柩铭旌捎。

跬步动不得，矢死轻鸿毛。

泣血写素书，寄我空号啕。

孟生勇益奋，博爱推民胞。

掷身狼虎穴，气慨真人豪。

提挈数百口，襁负行儦儦。

董赵庞祝刘，土著成流侨。

相对一长叹，我辈何无聊。

欧士晓华风，迟客竞醽炮。

珍盘讯西饪，慰藉饱吾饕。

仿佛桃源中，渔子初舍舠。

人境又一重，欲去首还搔。

如此顿十日，日日瞻丽谯。

始闻泸内溃，继闻资叙挠。

成都九死地，安用龙虎韬。

兵势既岌岌，风鹤仍骚骚。

董逃计已决，郦坞将欲烧。

此獠幸不久，吾岂能系匏。

慨然返故庐，开编玩易爻。

颇信京房占，验若陈龟繇。

蒙气不侵色，仰见阳精昭。

籴米得升斗，炊烟上寒庖。

一一访故旧，历历述所遭。

魂魄余惊悸，闾巷极萧滲。

贪贾富藏粟，发散罄仓宨。

其他劫掠者，筐篋任所抄。

欲听不忍听，耳窒心忉忉。

呜呼廿年来，国是孰混淆。

武人为大君，四海撑蓬蒿。

外侮益煎迫，内战益焘然。

况复鼠穴斗，昼伏夜则跳。

但逞权利争，遑恤脂髓敲。

征税六十年，此事今古寥。

陂池满郡县，官观侵神皋。

奸渔及圃涵，流毒擅官膏。

偕亡尚指日，群小共为妖。

敌势即向摧，我民亦告劳。

且如罢战后，乱象尤坌嚣。

人人号大枪，各各竖军旄。

无罅常永突，有藉更狼嘷。

方镇沮曩疑，宰割论肥墝。

一言不相直，群起为横挑。

遗火尽星星，终然叹焚巢。

儒生好远计，何必葛与萧。

堂下万里周，岂止目前料。

予游羿彀中，非谓荣观超。

尧舜世称圣，犹有许由瓢。

君子不固穷，焉责小人操。

奈何役智子，风尘走悠悠。

豢养乞余恩，不顾腥与臊。

论得曾有几，丧己终贻嘲。

念汝那足惜，所痛国俗凋。

俗凋挽何方，请树廉耻杓。

长育凤麒麟，剿绝破猿枭。

天视自民视，下土广且辽。

剥极望运复，谁欤秉白旄。

忼慨缀兹篇，哀歌和金铙。

宋芸子

光绪中湘潭王湘绮（闿运）长成都尊经书院，弟子中成就最大者，经学推井研廖季平（平），能诗推富顺宋芸子（育仁）。

宋芸子尝在斋舍被盗，失去不少衣物，致书王湘绮大发牢骚。湘绮因《庄子》有"通达之中有魏，于魏中有梁，于梁中有王"之语，遂仿用以讽宋，回书大意云："五大洲中有亚细亚，亚细亚中有中国，中国之内有四川，四川之内有富顺，富顺之中有宋芸子被盗……"使宋知其牢骚何等藐小不足道，意在将其感情引向远者大者。

宋芸子一生志在"通经致用"，一贯以"维中夏之教，保中国之民"为己任。观芸子一生，不如意事实多，其最大者，被袁世凯"逮解回籍"。芸子出都门，赋七绝一首，洵佳作也。诗云：

明月随人出凤城，夜来江上起秋声。

分明一道天涯路，错认还乡第一程。

无人相送，只有"明月随人"。入耳之言，皆如秋声，使人愁伤。三、四句谓不愿离开京城还乡，与世隔绝。

芸子于唐人诗寝馈功深，故能生动工稳，沉郁剀切。《望庐山》云：

> 此日浔阳水，相传异禹年。
>
> 九流归一壑，极目见庐山。
>
> 阳鸟随春尽，彭蠡入夜寒。
>
> 荆扬归浩荡，楼橹几时安。

华阳林山腴（思进）论诗，最称道芸子七律，以为"邈然唐贤，景不易到"。芸子《过卫辉府》云：

> 太行叠嶂拱成京，行向朝歌过卫城。
>
> 日暮登山愁北望，古来凭轼送西征。
>
> 承明未许归严助，宣室何年召贾生。
>
> 闻道东瓯烽火急，自堪投笔请缨行。

庚子秋词

庚子（1900）八国联军陷北京，慈禧太后挟光绪帝窜西安，京中士大夫亦多逃遁。时王半塘（佑遐）、朱彊村（古微）、刘伯崇、宋芸子避难西山。昕夕过从，相与慰藉，拈一二词调为日课，抒国破家亡之痛，为麦秀黍离之歌，得词三百零七阕，都为一集。彊村题《庚子秋词》，光绪辛丑（1901）刻板印行。芸子三十九阕，皆国家民族之思，生民流离之苦。并题诗云：

> 大笑苍蝇蚓窃闻，联吟石鼎调翻新。
>
> 欲言不敢思公子，私泣何嫌近妇人。
>
> 隐语题碑生石阙，啸声碧火唱秋坟。
>
> 二豪侍侧何须问，镜里频看却忆君。

愤激之情，溢于楮墨。

烈士谢奉琦

谢奉琦字能久，号玮頯，世居荣县自贡乡。光绪壬寅（1902）肄业于炳文书院，恨科举之误人，尝言："天方丧乱，国事蝲蛖，士者，国家恃以为栋梁，而徒咿唔占毕章句，以期揣合当世，国何贵乎有是？"时戊戌（1898）变法失败，清廷杀六君子。逾年庚子（1900），八国联军陷京师，国人益感创巨痛深，知清室不足有所为，咸思有以颠覆之，于是革新学说风靡全国，玮頯读之，大为感奋。革命之志，托始于此。于是东游日本，由成都东下，舟过夔巫，白浪掀天，触石几覆，众皆失色，而玮頯危坐自若也。赋七律一首云：

> 匆匆荡桨下渝关，风雨羁人意往还。
>
> 回首西藩无净土，奋身东渡探神山。
>
> 乡心犹绕慈亲墓，客路多亏壮士颜。
>
> 待到文明输入后，数年应亦谢阿蛮。

"阿蛮"指日本，"谢阿蛮"，反语也。玮颡在日本，研习炸药制造术，日夜不辍。时孙中山在日本鼓吹革命，成立同盟会于东京，玮颡首与焉。颇得中山倚重，常与黄复生、熊锦帆诸人共商革命大事。光绪丙午（1906）归国。

谢玮颡与黄复生返川后，成立同盟分会于泸州，行动极为秘密。未几，有人告密，分会败露，玮颡急逃得免，语人曰："吾首倡义于吾土，不幸无成，丈夫死则死耳，走亦何为？且事败而图苟免，非勇也。吾方以节义声天下，振民懦，劝来兹，吾去，必多株连，不若拼一命以纾他人之死。彼不死者得鉴我微诚，续踪而起，计万全以图成，则吾虽死犹不死也，复何惧？"既被逮，解叙府，叙府知事宋联奎审问，直言不讳。问其党，不答。宋誓以信之曰："若言当贷若，不然，决死。"玮颡挺胸抗声曰："我死，归耳，何惧？且自我作之，自我任之，何必党？汝乃汉族，血甘北面事胡虏乎？若有人心，速反正，从我去，否则有死而已。"就义时，神色自若，从容无所惧，观者莫不感叹涕零。临刑，索纸笔赋《绝命词》云：

> 中原多故祸燃眉，草泽人怀复国思。
>
> 我志未酬民益愤，还将万弩射胡儿。

诗出，万口争传。时宣统庚戌（1910）三月，年仅二十六岁。

烈士佘英

泸州佘英字蓂臣，一作竞成。家贫，父早卒，母以针黹维生。稍长，渡头撑船养母。荩臣生而好义，所交多豪雄之士，急人之急，重然诺。又习骑射，勤学苦练，应清末科举，得武秀才，后任泸州团练局大队长。

时泸州一带，乃同盟会革命基地。邹容《革命军》、陈天华《警世钟》已暗传至此。荩臣读之，大为振奋，时持两书，逢人宣讲，无所顾忌。同盟会四川支部主盟人黄复生对之极为关注，亟欲罗致，于是致函劝作日本之游。光绪丙午（1906）在东京入同盟会，孙中山一见，极为嘉许，畀以重任。黄克强（兴）嘱其迅速返川，相机行事，并允许遥为后援。荩臣回川后，奔走革命，不遗余力。宣统元年（1909）荩臣密去嘉定，适熊锦帆、杨世尊等已策划起义，荩臣之来，声势益壮，未几事败，乃赴屏山以图叙府，途中遇官兵自马边来，迎战未决，复与屏山护解课银部队相遇，激战终日，弹尽粮绝，乃潜往川滇边境，不意官府派密探潜伺，乘荩臣不防，突然执之。清吏用囚笼解往叙府，沿途民众争来瞻仰。荩臣神色自若，目光炯炯，立笼中宣传革命大义，滔滔不绝。笼之四周红绸、红布、皆民众所张挂，官兵不能禁也。十月某日遂遭枪杀。临刑，吟《绝命诗》一首，万口争传。诗云：

> 牡丹初放却先残，未捣黄龙死不甘。
> 我本为民兼为国，拚将热血洒红毡。

烈士朱山

江安朱山字云石，才气横溢，笔锋犀利，民初主《新蜀报》笔政。当时官员夜出，灯上例写头衔，云石轿灯所书为"无冕王"三字，其自矜如此。云石常撰文诋袁世凯，触怒护理川督胡景伊，胡下令逮捕，诬朱在成都北门武担山上照像，测量皇城，欲炮轰都督府，将朱斩首于皇城摩诃池畔，年不满三十。云石临刑赋诗三绝，《寄内》云：

> 去年谈笑握君手，天堂地狱两自由。
>
> 唯有人间留不得，一分颦笑见恩仇。

《寄妹》云：

> 弱妹申申怨詈予，大雷岸上久无书。
>
> 耶娘已死唯依叔，此日哥哥似鹧鸪。

云石遗二女，一名华嬅，一名蝶娜。《寄女》云：

> 华嬅堕地蝶娜纤，一作缇萦一木兰。
>
> 女子将来参政好，阿爷生死重人权。

二陈汤

民国四年（1915）十二月，袁世凯帝制自为，宣布次年（1916）改为洪宪元年，即帝位。举国反对，同月蔡松坡（锷）等在云南发动讨袁护国之战，黔、桂、粤、浙诸省先后响应，袁被迫于改元之年（1916）三月二十二日宣布撤销帝制，六月六日忧惧而亡。

叙永曾圣言（缄）工诗，尤长叙事，世凯既殁，有七古《丰泽园为袁世凯作》，记叙平实，杂以嘲讽，史诗佳制也。诗云：

昔日公路之子孙，不爱总统希至尊。

六人巧立筹安会，一老戏呼新莽门。

丰泽园中郁佳气，及时药物能为帝。

储贰移封异姓王^①，旧君翻作乘龙婿。

金鳌玉蝀变陈桥，诸将承恩意气骄。

补衮无功遗笑柄，刘伶先唱斩黄袍。

义不帝秦矜爪嘴，书生起作鲁连子。

护国滇南举义旗，西南半壁皆风靡。

绕室旁皇夜未央，送终一剂二陈汤。

怀玺未登保和殿，陈尸已在怀仁堂。

当时幽禁先皇处，今日为君歌薤露。

挥斧还劳帐下儿，盖棺权借东陵树。

草草弥天戢一棺，岂同漆纻锢南山。

桓温遗臭非虚语，董卓燃脐一例看。

化家为国由儿辈，何意人亡家亦败。

皇子流离化乞儿，诸姬织履人间卖。

重问修门蹑屩来，我登琼岛望渐台。

园中池馆长如旧，鹭尾猴头安在哉^②。

一代奸雄存秽史，八旬天子等优俳。

园乌犹呼奈何帝，日暮啾啾空自哀。

---

① 原注：黎元洪任副总统，其秘书长饶汉祥为通电文，有元洪备位储贰之语，览者笑之。
② 原注：世凯喜着戎装，以鹭尾饰帽，太炎戏改杜诗嘲之"云移鹭尾看军帽，日绕猴头识圣颜"。

"六人巧立"句,指民国四年(1915)八月袁世凯授意杨度、孙毓筠、严复、刘师培、李燮和、胡瑛组成筹安会,假借探讨学术为名,实为帝制造舆论。世凯以父执礼事之湘潭王壬秋(闿运)民国三年(1914)入都,就职国史馆馆长。一日过新华门,忽仰视太息曰:"何题此不祥字耶?"同行者大骇而询之,曰:"吾老眼花,额上所题,得非'新莽门'三字乎?"闻者不敢应也。"绕室旁皇"句指四川将军陈宧、陕南镇守使陈树藩、湖南都督汤芗铭皆世凯心腹,见大势已去,先后通电宣布独立,而陈宧电文中声明"与袁氏个人断绝关系"。世凯阅毕,双手抖颤,入夜病作,六月六日遂一命呜呼。当时有挽袁一联云"起病六君子,送终二陈汤","六君子""二陈汤"皆中医方剂名,语意嘲讽,对仗工巧,佳制也。

马一浮

民国丁巳(1917)苏曼殊致刘半农书云:"杭州马一浮,无书不读,听其细谈,令人忘饥。"马浮字一浮,一字一佛,晚号蠲叟,原籍绍兴,光绪癸未(1883)生于成都。

马一浮早岁游学日本,旋去德国。通晓六种文字,三年读竟杭州文澜阁《四库全书》三万六千三百册。马氏精佛学,李叔同(弘一法师)披剃受戒,马氏影响极大。民国辛巳(1941)弘一六十二岁诞辰,马氏赠六言诗为寿。诗云:

　　世寿迅如朝露,腊高不涉春秋。

宝掌千年犹驻，赵州百岁能留。

遍界何曾相隔，时寒珍重调柔。

深入慈心三昧，红莲化尽戈矛。

马氏与弘一相交最契，初以经书导弘一由儒入释者，马氏也。弘一为僧后入山闭关，江干送别者，马氏也。壬午（1942）秋弘一示寂于泉州，前十日作偈云："君子之交，其淡如水。执象而求，咫尺千里。""问余何适，廓尔忘言。花枝春满，天心月圆。"马氏有《哀弘一法师》五律一首云：

高行头陀重，遗风艺苑思。

自知心是佛，常以戒为师。

三界犹星翳，全身总律仪。

只今无缝塔，可有不萌枝。

又赋《有人传示弘一法师临灭三偈即用其语复成一律》云：

春到花枝满，天中月正圆。

一灵元不异，千圣竟何传。

交淡心如水，身空火是莲。

要知末后句，应悟未生前。

民国戊辰（1928），弘一弟子丰子恺本护生戒杀之旨，成《护生画集》。马氏乐为之序云："……今天下交言艺术，思进乎美善，而杀机方炽，人怀怨害，何其与美善远也……子恺制画……假善巧以寄其恻怛，将凭兹慈力消彼犷心，可谓缘起无碍，以画说法者矣。……"

并系二绝云：

> 红是樱桃绿是蕉，画中景物未全消。
>
> 清和四月巴山路，定有行人忆六桥。
>
> 身在他乡梦故乡，故乡今已似他乡。
>
> 画师酒后应回首，世相无常画有常。

抗战军兴，敌寇日深，当轴以为世风日下，人心不古，当以圣贤之道立教，庶几世道人心得以挽回，于是礼聘马一浮设讲舍于嘉州乌尤山之旷怡亭，名复性书院。马氏《旷怡亭口占》云：

> 流转知何世，江山尚此亭。
>
> 登临皆旷士，丧乱有遗经。
>
> 只识乾坤大，犹怜草木青。
>
> 长空送鸟印，留幻与人灵。

襟怀学养，句句清切，实为高唱，不愧古人。

方鹤斋

桐城方鹤斋（旭），清末官四川提学使。入蜀，喜成都风物民情，遂家焉。卜居城东，尝撰书门联云："油油不忍去，碌碌何所求。"晚为成都"五老"之一，喜为诗，语显情真，"琼楼玉宇看虽好，不及柴房月色多"，深为华阳林山腴（思进）所称赏。唯生平不多作，传世甚罕。《寄传度师》二绝，生动清远，传诵一时。诗云：

一别嘉州二十年，乌尤最好是秋天。

梦中几著登山屐，来向乌尤问渡船。

闻道乌尤传度师，沧洲还爱虎头痴。

寄将老鹤云中唤，好和荣州壁上诗。

嘉州，今乐山，隔江乌尤山有乌尤寺，风景秀绝。主僧传度，戒行甚高，佛典而外，潜心文学，常诣宿儒诗家请益。荣州，荣县赵香宋（熙）也，传度师事唯谨。香宋乌尤之作甚夥，皆山水清音也。

谢无量

　　孙中山先生盛赞谢无量早年著作《古代政治思想研究》《楚辞新论》，并以《孙文学说》请谢一阅，听其高见。

　　谢无量名大澄，号啬庵，乐至人，才华横溢，著述宏富，首任四川存古学堂校长，年才二十六岁。

　　乙丑（1925）三月，中山先生病逝北京，停灵中央公园。无量往吊，悲痛万分，瞻望革命前途，隐忧重重，赋诗云：

浅浅春池曲曲廊，阑干寸寸是回肠。

多情花底缠绵月，纵改花阴莫改香。

　　岁丙寅（1926）无量乡居安徽芜湖，情感之生与物相应，有《丙寅夏日芜湖郊居》杂诗，虽一草一木皆有性情。录两首：

人烟东郭外，花草小园中。

　　　　岁岁开还落，纷纷白间红。

　　　　不迁征物性，有待惜天工。

　　　　何必羲皇上，清歌万古同。

　　　　不测是阴阳，都无却暑方。

　　　　微风诸树响，独夜众星光。

　　　　循发知生累，栖神学坐忘。

　　　　自私堪自笑，偏乞此身凉。

　　无量诗尤喜咏物，不用新名词、新术语而妙趣天然，意味隽永，较诸人境庐诸作，似更胜一筹。录二首：

　　　　作队狞龙战九霄，攀髯群从倚风招。

　　　　真成飞将从天降，羽盖高悬百尺绡。（降落伞）

　　　　年年影事感诸方，狼藉人间百战场。

　　　　妙舌澜翻声不住，耳根圆处识行藏。（广播电台）

主观诗人

　　南唐后主堪称词坛"南面之王"（见《古今词论》）、"词中之帝"（见《半塘老人遗稿》）。江安朱还斋（青长）自称"词帝诗王"，非僭妄也。盖其所为诗词，皆至性至情之作。诗词本以性情为主，阅世浅，性情真，阅世愈浅性情愈真，喜怒哀乐皆其主观心境，无所做作也。海宁王静安（国维）之所称为主观诗人者，还斋是也。

还斋中式光绪壬寅（1902）科举人。生平著述宏富，尝曰："二十岁前我已将应读之书读完，二十岁后是我著书立说的时候。"二十年代，还斋寓居成都少城金河街之杨柳百柱楼，对岸有日本领事馆，日人知其绩学有素，不时造访请益。抗战军兴，还斋避寇于大邑鹤鸣镇，乡居幽静，竟日伏案撰述，两三日尽一稿本，且时亦吟咏。柳翼谋（诒徵）、余沙园（舒）极为推崇。还斋为诗虽夥，然不自收拾，大多散佚。有《寄乡人黄稚荃》七律五首，今存二首：

> 孤鹤西飞去已遥，双鸿东注水滔滔。
> 掉头吴蜀成千里，转眼江山换六朝。
> 浮世几人能见大，台城今日可登高。
> 茫茫来日无多问，拟走临安看怒涛。

> 每年冬尽腊三余，碧柳三桥锦水居。
> 衣钵一传诗弟子，文章争道女相如。
> 云机溯古探苏锦，玉管分劳画洛书。
> 薄薄一笺驰白下，不须裁答寄吾庐。

此诗作于抗战前，时黄寓居南京。第二首第五句指甲戌（1934）还斋制《易经图解》嘱黄以彩色绘之一事。

陈石遗游丰都诗

丰都，本作丰，后改为酆，素有鬼城之称。县东北平都山相传汉王方平、阴长生得道于此。唐时建仙都观，后名丰都观。清方象瑛《使蜀日记》："（丰都）县有仙都观麻姑洞，紫府真仙之居，不知何时创森罗殿，因传为阎君祠，以为即地狱之丰都，盖道流惑世，失其实耳。"

抗战前某年春，侯官陈石遗（衍）入蜀，抵丰都，入城一游，因作《调金鹤望》诗云：

> 游过丰都天子山，吴中名士报平安。
>
> 江天寂寞多云雾，试把少微星细看。

一时和者甚众，传为佳话。鹤望者，吴江金松岑（天翮）别署也，两人交最契。三四句略易杜工部《严中丞枉驾见过》"寂寞江天云雾里，何人道有少微星"句而成。

清寂翁

华阳林山腴（思进）以《华阳国志》有"林生清寂，莫得而名"之语，因号清寂翁。平生治学，淹博精审，严于识断。精力所聚，多在诗词，辛亥革命后，致力于文化教育事业五十年。早岁任四川省图书馆馆长，任内聚书达二十余万册。先后任成都府中学堂监督，华阳中学校长，成都高等师范学校、成都大学、四川大学、华西协合大学教授。

山腴论诗，不喜江西派。其诗冲虚淡远，如其为人，乃"渊放之旨，要眇之情"（庞石帚语）。自谓"可怜诗到乾嘉尽，更遣芳回屈宋新"，于光宣诗坛外，别树一帜。

戊午（1918）山腴就任华阳中学校长，于校务多所擘画，延聘教师，设置课程，扩建校舍，添置图书仪器，靡不精心筹划，计日程功。于是学校面目一新，学生成绩迅速提高，不数年遂成为省垣第一流中学。

甲子（1924）秋，地方军阀于教育屡加干涉，山腴愤而去职，师生一再挽留，弗允，遂集队鼓吹送归，山腴感触良深，有《去华阳学校时诸生以鼓吹送归赋此勖别》云：

> 七年横舍愧人师，临去情如倚席时。
> 岂有碑铭传翟酺，尚劳歌吹送翁思。
> 举幡几辈成风气，染国终然类色丝。
> 留取平生相见地，执经来访读书帷。

期望殷切，勖勉有加。

山腴平生作诗甚夥，虽亲手一再删拾，今存亦有两千余首。佳篇历历，美不胜收。再录数首，以见一斑：

> 村鸡歇午鸣，炊烟袅邻树。
> 几点社公雨，绿阴翳田路。
> 负手出柴门，淡然沮溺素。
> 臄臄望周原，闲闲竚日暮。
> 晚景上墟落，樵歌起还住。
> 归鸦掠牛尾，疾度斜阳去。（繁田春日作）

丙辰（1916）重阳，有《晤胡铁华感赠》云：

> 京洛逢君尚眼前，乱余重对蜀山川。
> 人如卫玠临江语，事是麻姑话海年。

九日黄花酬令节，一家松所问寒烟。

陆沉似觉关天意，且觅新诗万口传。

伤时感事，慰勉之忱，具于言中，亦前辈之厚意也。胡铁华名琳章，富顺人，赵香宋（熙）入室弟子，能诗。松所，铁华斋名。

《冬晴遣兴漫成三首》录一首：

成都万事迟，独有花开早。

山蒜既含香，檀蜡复破爪。

窗喧一蜂度，檐静群雀啅。

寂坐偶澄心，观生未为老。

物适我亦闲，讵必不同抱。

消摇可终生，何由殊大小。

《暑集武曲宫》云：

城北古精蓝，人言近水竹。

酒过佛前香，饼煮僧房熟。

好事偶一寻，未足果吾腹。

荒径败叶践，坏瓦危亭簇。

凭栏暂寄眼，稍喜溪痕绿。

浮鼻送牛还，插嘴净鸭浴。

我倦恋物情，夕阳挂高木。

庞李兴未阑，方期看湖目。

李培甫

　　清末垫江李培甫（植），幼随父仲言在贵州，遍读经史百家，于其时传入内地之新学书报，尤为喜爱。培甫不应科举，学校兴，来成都入高等学堂。同盟会四川支部成立，与同学张列五（培爵）、邹汉卿（杰）首先入盟，无限向往孙中山与章太炎，渴望得一亲炙。旋东渡，在东京面谒中山先生。辛亥（1911）武昌起义，即返回四川，致全力于成渝两军政府之合作。民国建立后，培甫遂专力于教育与治学，先后在成都高等师范学校、四川大学、华西大学讲授音韵、文字等专门课程，不特于此造诣极深，而为文亦自成风格，出入孟、庄、史、汉。工诗，尤喜作七律，率皆雄浑雅健，气象开阔，而甚有情致。华阳林山腴（思进）赠诗，有"近来能诗数培甫，篇篇格律擅精严。……高处更参迹外象，时流未解水中盐"，甚见推重。

　　抗战后有《腊月箕斗桥僧舍访夏斧私时成公中学疏散于此》七律一首云：

　　　　腊尾尖风压帽斜，酒怀诗思渺无涯。

　　　　倦听蜀苑穿云笛，来看僧寮破冻花。

　　　　绵蕝弦歌传弟子，丛祠香火赛田家。

　　　　笑君心计粗疏甚，不共山妻漫赌茶。

时敌机肆虐，成都皇城置警报器，每有警，辄呜呜长鸣，颔联中"倦听蜀苑穿云笛"是也。出通惠门经青羊宫过送仙桥，平畴沃野，水声潺潺，景物幽绝，再过龙爪堰而达箕斗桥，有潮音寺，学校在焉。箕斗桥又称鸡头桥，诗人周菊吾句"龙爪弯弯堰，鸡头曲曲桥"即咏此。

养晴室

綦江庞石帚（俊），家贫，年十七遂辍学。二十岁丧父，家愈贫，偶识名医沈绍九，绍九惊其才，延至家为西席，授徒自给。处境困厄而溺苦于学，自视欲然。日积月累，自然博洽。诗词文章，无不精好。年二十四，以诗投荣县赵香宋（熙），香宋极为称赏，次韵酬答。石帚取杜工部"晴天养片云"句意，名所居曰养晴室。

甲子（1924）有《凉雨偶感即寄雨僧先生奉天》一首，怀人感事，肫厚沉挚。诗云：

> 吹凉晚木贝轻柔，旋听萧萧扇欲投。
> 便可摊书就灯火，坐令合眼梦沧洲。
> 故乡日月应须泪^①，残劫关河易作秋。
> 起望战云初不极，妒君皂帽便东浮。

泾阳吴雨僧（宓）去沈阳东北大学任教，时川陕两省兵祸天灾，民生极苦也。

丙子（1936）初夏，侯官陈石遗（衍）与赵香宋、林山腴、庞石帚会于嘉州乌尤寺，诗坛耆宿，留连半月，酬唱赠答，一时之胜也。石帚尝投诗香宋，今始相见，故香宋赠诗有句云："十年不见今初见，

---

① 原注：秦中荒残恐亦不减于蜀。

眷眷平生盛孝章。"石帚赋《乌尤山次韵香宋先生见赠》云：

> 篙眼蜂窝水一方，寺藏修竹晚知凉。
>
> 古台爽挹灵山翠，小盏谈倾药酒香。
>
> 善谑汀茫留故事，梦寻月落感空梁。
>
> 同龛弥勒忘言久，太息还劳送少章。

抗战后，寇机肆虐，城市人多疏散以求稍安，石帚有五古一首云：

> 一翁峨眉下，一翁犀浦道。
>
> 歌声出金石，四海知其老。
>
> 其风使人悲，时危诗愈好。

香宋在峨眉，林山腴挈家去郫县犀浦，国家危急，心声愈好。

石帚于两宋史事，最为熟谙。诗则酷喜东坡，坡诗近三千首，烂熟胸中，运用圆熟，妥贴自然，巧不可阶。《乌尤山》句云："江潭赋命诗人例，正爱乌尤似小孤。"（东坡《自金山放船至焦山》："同游兴尽决独往，赋命穷薄轻江潭。"）《乌尤山次韵香宋先生见赠》句云："篙眼蜂窝水一方，寺藏修竹晚知凉。……同龛弥勒忘言久，太息还劳送少章。"（东坡《百步洪》："君看两崖乱石处，古来篙眼如蜂窝。"《是日宿水陆寺寄北山清顺二僧二首》之一："草没河堤雨暗村，寺藏修竹不知门。"《自金山放船至焦山》："老僧下山惊客至，迎笑喜作巴人谈。自言久客忘乡井，只有弥勒为同龛。"）《调寄（卜算子）题两松庵卷子》句云："醉耳爱松风，记得东坡语，佳处茅庵为我留，此意君应许。"（东坡《定惠院寓居月夜偶出》："自知醉耳爱松风，会拣霜林结茅舍。"《自金山放船至焦山》："行当投劾谢簪组，为我佳处留茅庵。"）举此数例，可见一斑。

徐久成

壬申（1932）万县徐久成（际恒）《艮斋诗草》辑成，胶西柯凤孙（劭忞）有"格律遒上，在开元、大历之间，七言近体时入放翁"之评。久成生平抑郁悲愤，忧时感事之念，悉托于诗，其中不少佳作，其最佳者当推《读蓼园诗集》一首。诗云：

> 大雅沦胥蔓草中，筝笆细响乱丝桐。
> 派从大历窥宗匠，体到西昆识变风。
> 法乳能探三昧奥，词源真障百川东。
> 梅村不作渔洋渺，低首骚坛拜此翁。

诗僧遍能

嘉州乌尤寺僧遍能，生具慧根，未弱冠而披剃，居山寺三十年，发善愿，求善行，依慧业，度众生。早岁投荣县赵香宋（熙）之门，益勤于学，香宋赠诗有"年少耽书鹤立群，定知无本善为文"之句，足见推许。工诗，尤善写景，清微淡远，绝非描头画角者可同日语也。其《乌尤山》云：

> 昔日离堆今乌尤，苍苍遥接峨眉秋。

吏称秦守李冰绩，山半凿痕色犹赤。

绝壁空余尔雅台，舍人一去长不回。

江边只见秦时月，依旧年年照绿苔。

惠师从此结茅住，碧崖重刻岑公句。

绳床竹杖莲花经，悠悠十年如朝暮。

我与兹山有夙缘，住山不用买山钱。

回忆十六年间事，野鹤闲云任往还。

唐惠净上人结庐山巅，唯绳床竹杖而已，恒持《莲花经》，十年不下山。唐天宝初南阳岑参出刺嘉州，终于蜀，故诗中云云。

谭叫天画像歌

大邑杨竹扉（啸谷）精鉴赏，工画梅。居旧京甚久，偶于厂肆得谭叫天画像一幅，形神逼肖，遍征题咏，有人题长歌一章，饶有风趣，亦京剧史中一佳话也。歌云：

天下好戏推北京，戏中难唱是老生。

晚清此色谁第一，内庭供奉程长庚。

长庚而后有三派，桂芬嗓高菊仙大。

绝代销魂谭叫天，千回万转鸣天籁。

歌喉一寸随高下，窄处容针宽走马。

龙吟凤啸一两声，梨园子弟皆喑哑。

做工更比唱工奇，技进乎道请勿疑。

白刃双飞王佐臂，金盔巧卸李陵碑。

当时万口称歌圣，尽拨淫哇归雅正。

一曲曾经动九重，莫谓叫天天不应。

颐和优孟古衣冠，常得慈禧青眼看。

宫内早开如意馆，功臣不画画伶官。

古董先生杨啸谷，偶然燕都得此幅。

凛凛英姿入画来，只少歌声从纸出。

归来持赠朱虚侯，名伶像许名票留。

一髯仿佛曾相识，两净固是金黄流。

为君翻阅廿四史，从古到今一戏耳。

试看世上假排场，何似图中真戏子。

君爱清歌学叫天，我今太息草斯篇。

愁来高唱空城计，却少知音在眼前。

本世纪初，京剧老生谭鑫培被称为京剧大王，其父志道，江夏人，搭三庆班，应老旦行，嗓音高亮如叫天子，故称叫天，鑫培称小叫天。相传此诗叙永曾圣言（缄）作，辗转传钞，或有脱讹，无从核校也。抗战后圣言乡人郑容若（涵）于峨眉讲舍录示者。

刘鉴泉

　　双流刘鉴泉（咸炘）学问文章，一时无两，蒙文通（尔达）、卢冀野（前）、吴碧柳（芳吉）极为推崇。生平著作等身，所谓"朝把笔，暮成编"（林山腴挽语）者。一生著书二百三十五部凡四百七十五卷，总名《推十书》。惜天不永年，卒时仅三十六岁。

鉴泉三十四岁前未尝离成都，三十五岁始出游，游必有诗，自写性灵，不落窠臼。远情幽境，萧然出尘。游青山诗云：

> 一峰才过一峰开，细雨微云绝点埃。
> 回首山灵应笑我，匆匆岂为看山来。
>
> 黄鸡白酒充肠物，竹杖芒鞋放胆行。
> 四十里中青未了，笋舆高卧听江声。
>
> 遥峰叠嶂送人行，绿野平畴眼界更。
> 百丈长桥江水急，依稀又认灌州城。

庚午（1930）金陵卢冀野（前）入蜀，执教成都大学，因识鉴泉。自此论文谈艺，相得甚乐。两人俱住城南，相去不远，每两三日入夜，鉴泉自儒林第出，书童执灯笼前导，访冀野纵谈，往往夜分始别。次年正月初，鉴泉偕冀野、叙府唐迪风游支机石公园，归赋长歌云：

> 闭门伸纸笔不停，卮言每与古人争。
> 说向今人恐不听，又恐躁率来讥评。
> 讲筵陈书恨舌缓，客坐相对嗫无声。
> 旁人错认作沉默，不知怯懦由天成。
> 迩来忽得多朋友，满拟机缘到吾口。
> 却因忙懒合成疏，会或未谈谈未久。
> 宜宾唐子气熊熊，辟邪自谓能摧锋。

相逢必说说不断，大声往往骇奚僮。

岁初相唤探春色，金陵卢子新相识。

三人共话古梅边，方作笑声俄太息。

闲谈本似潦纵横，文章率引到人生。

颓风南北同披靡，常道古今无变更。

骨鲠出喉聊一快，却忆去冬曾感慨。

屡因仗酒发狂言，顿使相知惊变态。

空谈世之诋先儒，道学人人笑伪迂。

多言腾口固可耻，口尚不言行必无[①]。

天生我口将何用，安能唯唯随庸众[②]。

但令不似东徙枭[③]，处处高冈有鸣凤。

读此诗，可以想见其为人。

壬申（1932）冀野离成都。别后，鉴泉赋两绝寄冀野，写当前景物，极有佳致。诗云：

寻春不见闻春意，破寂冲寒噪雀鸦。

一朵山茶窗外立，只应算作去年花。

莫惜拥残屋角梅，旧条虽折发新枝。

春寒满树辛夷蕊，留待人来次第开。

---

① 原注：俗人动谓道在行，不须讲，因以正言为讳，规箴不闻。

② 原注：吾党含蓄过甚，见恶不阻，与为恶同罪也。

③ 原注：《说苑》曰：枭谓鸠曰："乡人皆恶我鸣，将东徙。"鸠曰："子更鸣可矣，不能更鸣，东徙犹恶子之声。"

卢冀野

　　金陵卢冀野（前）少有诗名，与任二北俱为吴霜崖（梅）高第弟子，时有"北任南卢"之称。以词曲擅名，深得霜崖薪传，按生平经历自编《弱岁集》《南雍集》及《卢参政诗选》三种。

　　抗战军兴，冀野随中央大学播迁重庆。感时伤乱，诗词由隽永清新转而为沉郁苍凉。《下城》一律云：

> 下城今昔已沧桑，屈折江流绕胃肠。
> 兵气每于文字见，秋心不与壮夫凉。
> 康衢曾识崎岖路，荒瘠看成稻麦场。
> 独为人间留两眼，旌旗峡水共低昂。

　　咏重庆《七星岗》云：

> 楼阁参差出道旁，一篼越过七星岗。
> 才知身已登高处，尚有千家在下方。

仁人志士身居高位而能不思下方之民乎？诗人以比兴出之，婉且深矣。

　　当我全民抗战之际，政府中竟有大员认贼作父，暗通敌国。冀野感愤其事，发于诗，为《义犬行》以讽之。诗云：

> 有倭贾于渝，买犬以为奴。
> 肉食无或缺，豢养十年余。
> 弄摩不释手，犬主两欢愉。

为主守门户，行则从徐徐。

或谓是倭犬，犬亦任人呼。

芦沟事变初，倭囊括所有。

行李既在肩，牵犬临江口。

登轮待东发，犬独绕栏走。

去留心未安，俯伏亦已久。

一跃倭贾前，一怒啮其手。

掉头复上岸，还自入渝城。

归立大道旁，坊邻诧且惊。

犬不作人语，而人识其声：

曰我中国犬，与国共死生。

赴难有大义，敢恋区区情。

呜呼有此犬，于人已难得。

大夫无私交，岂不以敌国。

事虽离奇，其义则深。以犬喻人，乃比兴之道，而扬犬之义正所以刺奸人之恶也，合乎风人之旨。安有人而不如犬者乎？彼贴耳摇尾之身尚知"与国共死生"之大义，而身居人上之显官大吏暗通敌国者，人可共弃之于市矣。

旅游诗

成都李哲生（思纯）尝赴法京，就读巴黎大学，行程万里，异域见闻，成旅游诗如干首。风情婉约，辞采明丽，惜多散失。存者如《欧行旅程杂诗》，今录三首：

> 故国青山外，伊人水一方。
>
> 惊潮撼天地，独客梦苍凉。
>
> 海气孤烟黑，长空落照黄。
>
> 遥遥十万里，珍重待还乡。（黄海中寄家）

> 布金芜坏殿，说法废遗经。
>
> 大教犹尘劫，浮沤况众生。
>
> 寥天沙屿小，圆塔海潮明。
>
> 白马西来客，凄凄向晚晴。（印度锡兰佛寺）

> 教宗专一世，霸业动千秋。
>
> 大岛雄澜丽，青山断岸浮。
>
> 孤峰含石火，远市出晴洲。
>
> 风利催征舶，何因得少留。（地中海舟中望意大利海岸）

《巴黎杂诗》录三首：

> 白石红栏影，纤云淡月晖。
>
> 横空珠树出，跳沫玉龙飞。
>
> 低亚花三面，婵娟水四围。
>
> 也堪娱独客，无复念东归。（庐森堡园晚坐观喷泉）

> 秋林缀星电，落日掩璇宫。
>
> 铜马清池冽，金人辇道空。

名都丛故乘，骄帝有丰功。

归路奔车里，川原碧未穷。（凡尔赛宫暮归）

积翠瑶阶净，明漪夕照斜。

凭高百年想，回首万人家。

春思看云水，乡心恋物华。

江山信清美，故国满尘沙。（圣克鲁市小山回望巴黎）

《柏林杂诗》录四首：

佛狸祠下万鸦横，铁马铜标压百城。

今日来看霸图尽，夕阳金碧一峥嵘。（柏林威廉故宫）

雅典沦亡雅乐衰，风诗盲史茁天才。

二千年后丛戏梦，中有人文万古哀。（博物院中见荷马诗古钞本残叶）

不须玉手和糖霜，自饮云英一碗浆。

十载浮生有真味，蓼辛茶苦已亲尝。（饮苦咖啡和糖戏为绝句）

鸠摩不作奘窥死，知也无涯生有涯。

嚼饭哺人还自哺，经时埋首一长嗟。（晨起译书感成）

重　阳

自唐王摩诘有《九月九日忆山东兄弟》以后，重阳登高之作夥矣。

抗战以还，河山破碎，民生艰难，逢此佳节，都无此清兴矣。戊寅（1938）重阳，李哲生有《戊寅重九日作》七律一首，忧时感事，痛切淋漓，读之怆然。诗云：

> 河朔江淮兵气荒，谁家净土过重阳。
>
> 烽烟啼雁嘶千劫，血泪迎风染四方。
>
> 憔悴黄花垂晚萼，艰难青鬓上繁霜。
>
> 漫天风雨人间世，不待登高已断肠。

石　犀

《华阳国志》载："李冰作石犀五头以压水精……后转置犀牛二头，一在府中市桥门，一在渊中。"杜工部有《石犀行》，陆放翁尝亲见之，事载《老学庵笔记》。明嘉靖《四川总志》载："李冰五石犀……今一在府治西南圣寿寺，一在府城中卫金花桥，即古市桥也。"《蜀中广记·名胜记》《华阳国志》俱有相同记载。康熙时筑满城（即少城），寺基大半划入右司衙门（在今西胜街，左司衙门在东胜街）。石犀已半残，没土甚深，不能移，仍留原址。事见同治《成都县志》。入民国，寺为省立第一中学，故老相传，民国二年（1913）西胜街近西城根处发现石犀一头。两石犀民初犹存，后遂不知踪迹矣。

西胜街石犀出土，李哲生有《题咏西胜街石犀》古风一首，沧桑感慨，情见乎词，亦乡邦文物之记载也。诗云：

> 成都古犀今一存，右司井巷西城根。

我曾摩挲拂苔藓，庞然角尾如雄蹲。

高骈徙江不临水，平芜没尽桑田痕。

王羽舍宅为梵刹，杨秀万竹森名园。

龙渊圣寿各异号，墙隅古井凝香温。

市桥跨江七星旧，石牛名并少城门。

晚明志乘载如昔，清画厥址为旗屯。

南迁古寺唐城外，此地废作兵牙垣。

历尽沧桑兴学舍，犀身磨损犹堪扪。

讹言古犀潜入础，千载遗迹不堪闻。

朝朝暮暮人去岁，泛泛空空无遗填。

枕江楼

　　成都城南有酒楼临江曰枕江楼，以醉虾、羹鱼著称。抗战军兴，硕彦名流多来成都，暇时登楼，几疑在西湖五柳居也。吴江金松岑（天翮）诗云：

成都酒楼凡几座，万里桥边解鞍驮。

客愁浩浩锦江同，如此江山供醉卧。

鲇鱼味美辛椒拌，苦笋登庖盐豉佐。

停杯爱听江湍急，虎眼波纹净难唾。

平生眼界太空阔，收向楼头铛脚坐。

峨边烽火势勃窣，剑外残黎骨舂剉。

不成欢噱揽芳菲，俊赏心违泪交堕。

无一字虚设，而雄杰之气犹胜放翁一筹也。

松岑在成都，有《姑姑筵》五古一首。姑姑筵者，蜀中名厨黄晋临所设酒肆也。儿童以木盘瓦杯，饾饤为戏，蜀人谓之“拌姑姑筵”。晋临自以所为不啻儿戏，或云晋临之姑善治馔，晋临所师也，故名。诗云：

蜀女两角丫，其名曰姑姑。
姑也主东道，不办醢与醹。
觞豆无等威，随手蒸鸡凫。
旨甘得真味，跨灶压灶奴。
咄哉老髯伯，敛衽师姑姑。
筵以姑姑名，疑是文君垆。
…………

诗题下松岑自注云：“主人王晋临年七十余，烹调为川中第一。”按晋临姓黄，王字偶误记。

枕江楼悲歌

壬午年（1942），抗战已持续五年。烽烟满天，未见复兴之兆，民生水火，尚有加深之虞。流亡天涯者，徒增家国之悲，爰居后方者，亦怀被发左衽之虑。尤以词客骚人，本厚乎情而易感于心，是以闻鹤唳而惊心，感花落而零涕。遥天烽火，自兴周顗新亭之叹，枨触情怀，能无子山之哀乎？

　　是年岁暮，孙止匮（望）邀留居成都诗词名家七人雅集万里桥头枕江楼，命酒痛饮，畅倾积悃。忽而高石斋狂谈，刘君惠悲歌，座中感泣，以至日暮。是日海盐沈子苾为《高阳台》词一阕以抒流离之恸。明日，与会者率皆和作一阕。共成七首。新声雅制，不数日即遍传成都南雍学子矣。此亦当时历史之见证，词坛之掌故，不可不追述之。

　　沈子苾名祖棻，一字紫曼，浙江海盐人。是年执教金陵大学中文系。朱光潜誉其词为"易安而后见斯人"，见称于前辈如此。其词云：

　　酿泪成欢，埋愁入梦，尊前歌哭都难。恩怨寻常，赋情空费银笺。断蓬长逐惊烽转，算而今，易遣华年，但伤心，无限斜阳，有限江山。

　　殊乡渐忘飘零苦，奈秋灯夜雨，春月啼鹃。纵数归期，旧游是处堪怜。酒杯争得狂重理，伴茶烟，付与闲眠。怕黄昏，风急高楼，更听哀弦。

綦江庞石帚（俊）词前有"酒集枕江楼，和紫曼韵"一语。词云：

　　醉总无名，愁唯有骨，举杯刚制应难。吹鬓微霜，诗成锦瑟谁笺。河桥酒幔留人处，对沧波，闲送流年。莫凄然，南渡衣冠，北望关山。

　　高楼别有斯文感，奈登丘无女，临水闻鹃。灯畔吟声，男儿虫是堪怜。他乡作客君知否？梦幽草，惯得孤眠。更消他，一曲青琴，掩抑弦弦。

成都萧中仑（参）：

月拥清愁,花敷绮恨,生涯并遣真难。泯泯荒沟,题红不藉云笺。蘼芜倘念苏愁苦,乐新知,已是丁年。镇无聊,且下重帘,莫望他山。

三冬暖气凭谁辨,漫醉持痴语,诉与鸣鹃。顾影髭须,有情非为人怜。深山鹿豕堪为侣,共梅花,雪夜高眠。待将他,一曲阳春,调入朱弦。

酉阳陈孝章（志宪）：

凄尽千言,书空万纸,愁怀欲画殊难。鸿断鱼沉,忍抛蠹管尘笺。暗消吟骨成痴累,写啼痕,犹记当年。怕天涯,寻梦魂迷,恨叠关山。

苍茫感尽离情苦,似庄生梦蝶,杜老题鹃。更学春蚕,甘心到死谁怜。花前纵有千杯赏,惹愁肠,啼枕无眠。拚今生,苦调哀歌,拨断危弦。

垫江萧印唐（熙群）：

晓雾朝寒,晴岚暮寂,垆边埋梦尤难。愿老骄贫,已无心事题笺。倚楼歌哭当筵舞,正思量,短景凋年。算平生,血泪如流,忧患如山。

佳人锦瑟随尘土,只空梁想燕,高柳思鹃。争奈芳菲,碧枝绿草堪怜。酒情狂恨凄凉夜,起徬徨,夜久人眠。更伤心,低诉无腔,高唱无弦。

上元高石斋（文）席间狂谈，悲愤怆痛，催人泪下。其词云：

湍急流愁,杯深照梦,旧游回首堪嗟。惯醉湖山,遥怜摧橇寒葩。园陵寂寞惊风雨,问兰亭,真帖谁家。更无端,雾失沧溟,路尽流沙。

角声又送残阳去，叹青冥飞辙，容易回车。咫尺长安，如今水隔云遮。此身饮罢无归处，对苍茫，夜气交加。最伤心，一晌年光，人老天涯。

乐至刘君惠（道龢）座中被酒，悲歌长号，烦愁煎心，正以长歌当哭也，其词云：

醉便为乡，愁还似海，肺肝欲诉都难。无益相思，泪痕空渍吟笺。夕阳红到销魂处，甚欺人，锦瑟华年，更相逢，如此楼台，如此江山。

春愁南陌休回首，剩冰心托月，绮梦闻鹃。生镜须眉，朝来照影谁怜。茶烟禅榻安排好，要花时，准备闲眠。漫思量，侠骨欢场，横竹幺弦。

枕江楼悲歌，去今已五十年矣，碧海红桑，物换星移，人世之变，可胜言哉！七人者，或以诗名世，或以著述成家。俱一时之隽彦也。屈指数之，今唯刘君惠、萧印唐、高石斋三人健在，余皆谢世久矣。人之云亡，典型犹存，存者又皆入耄耋之年，能不感念于畴昔耶？故述之，备后来者之借览焉。

成都工部草堂

杜子美（甫）以唐肃宗乾元二年（759）入蜀，千余年来，风景不殊，白沙翠竹，擅此村之胜。杜公居草堂前后不过五年，而草堂几经兴衰，迄于抗战，已成驻军之地，废不葺治，倾圮不堪矣。

成都曾孝毅（延年）有七律《工部草堂被兵拆毁寺僧以束草覆遗象权避风雨其他亭榭水木不可寻旧迹矣》一首云：

　　破屋秋风昔所哀，草堂今只见蒿莱。

　　洗兵梦觉人何处，遗像尘封迹已灰。

　　野祭谁沽花市酒？回车愁过鼓琴台。

　　舍萦春水寻无路，不许群鸥浴一杯。

民国丙子（1936）夏，侯官陈石遗（衍）入蜀，在成都有《过工部草堂戏作》七古一首云：

　　浣花溪接百花潭，草堂寺中有诗龛。

　　诗龛之前何所有？纵横健儿卧僵蚕。

　　将毋先生负兵略，愿与士卒同苦甘。

　　亲如父兄效仆射，不嫌榻畔鼾声酣。

　　将毋带甲满天地，渔翁信宿聊与参。

　　将毋猛士爱花卿，子璋兵乱独能戡。

　　逐虐险语破鬼胆，髑髅情状喜与谈。

　　不然昔曾忧兵入，而此臭味胡能堪。

　　颇疑车战房次律，先生左袒曾再三。

　　前身此辈陈涛血，梦中冤苦诉喃喃。

　　先生英灵或远引，早下三峡趋江南。

虽杂嘲戏，读之喟然。

蜀游诗

　　民国丙子（1936）夏，侯官陈石遗（衍）与吴江金松岑（天翮）联袂游蜀，借舟车航空之便，往返月余。时石遗年已八十余，万里跋涉，千仞振衣，有《蜀游诗》三十首。读之以当卧游。兹录三首：

　　　　西来三峡首瞿塘，气势雄奇不可当。

　　　　两扇夔门绝飞走，一堆滟预几低昂。

　　　　翠微楼坐千家满，白帝城随八阵亡。

　　　　作赋景纯堪结束，江山无力更恢张。（自夔门至夏府）

　　　　万里桥边渺故庐，晚来何处易华裾？

　　　　虽无门巷枇杷树，饶有亭台水竹居。

　　　　濯锦江流犹旖旎，浣花笺纸比何如。

　　　　而今幕府多闺媛，可胜当年老校书？　（薛涛井）

　　　　堂堂庙食坐离堆，玉垒萧森眼倦开。

　　　　伟绩居然神禹下，奇才直接五丁来。

　　　　洞庭万顷成云梦，淮甸三洲莽草莱。

　　　　安得借君疏凿手，为他吴楚洒沉灾。（灌口离堆口号）

　　松岑游罢归，作诗五十余首，不似石遗之成于途次也。笔势活泼，举重若轻，刻山画水，奇峭警拔，得江山之助耶？《三峡》云：

　　　　一峡复一峡，峡壁高参云。

　　　　峡浪转滩响，峡石穿山根。

一滩复一滩，滩涨江水浑。

舟行夺滩上，恶浪颠尻臀。

舵楼看青山，秀异起山群。

一峡具一态，峡峡张威神。

攒簇千万山，统之三峡尊。

魁人负杰气，庄马昌黎文。

鼎足立三雄，江上分三军。

巨灵额竦切，鬼母肤丑皴。

荒谷隐帐殿，高云蒸馏馈。

长栈耸楼橹，仙粟颓仓囷。

联如袄钩边，断若背裂臏。

犀祖及犴孙，危崖锐出龈。

百磉隆着天，天阊碍日轮。

西陵当峡口，峡尽见夔门。

巫峡在中央，帝女天所嫔。

夔为三峡君，瞿塘险失魂。

转柁入瞿塘，滩石手可扪。

度峡且为欢，烂漫倾酒樽。

咏三峡诗多矣，能状奇写险如此诗者，尚不多。

《巫山十二峰》云：

峡里风涛雨更酣，仙云灭没护高岚。

巫山神女朝天去，遗得双鬟碧玉簪。

《题乌尤寺》云：

> 淳淳水晶盘，水面卧苍玉。
> 云笼大佛顶，江鸣大佛足。
> 小孤如织女，乌尤似牛郎。
> 迢迢隔江津，各在水一方。

《雨霁下九十九道拐》云：

> 滑竿度滑磴，千丈临山溪。
> 三步一换向，五步一转蹊。
> 两竿修逾仞，轩后前当低。
> 磴道有滑涩，前后脚则齐。
> 后者尚未东，前者复呼西。
> 测彼前丁项，才过后者脐。
> 失足一翻腾，便恐化酱齑。
> 古称邛崃险，尚有端与倪。
> 九十九道拐，奚止七圣迷。
> 百折见康庄，捷步腾駃騠。
> 传语下山人，慎莫胆若鼷。

字字逼肖，非身历其境者不能知也。

胡翔冬

胡翔冬（俊），和州人，尝执教于金陵大学。抗战军兴，随校西迁成都，感念流亡，有《端午》诗云：

> 隔屋吹香艾火新，蒲觞续命八千春。
>
> 老夫另有闲滋味，吞泪如醪也醉人。

翔冬居蜀，愁卧无聊，殷念故人，忆及日寇陷北平，陈散原（三立）绝食殉难，王伯沆（瀣）因老病未随中央大学西迁，留滞南京。有《雨不绝有悲往事》五律一首云：

> 诗传槐叶落，文丧德星孤。
>
> 陈寔死何怨，王维病起无。
>
> 同云天丑老，类我月糊涂。
>
> 莫道成都好，朝昏听屋乌。

陈寔、王维即指散原、伯沆两人也。

翔冬于蜀中杨柳特怀好感，故有《蜀柳》之咏。诗云：

> 二年老我锦官城，花落花开总莫惊。
>
> 故叶如鞿新叶笑，何人敢道柳无情。

意犹未已，再《重题》云：

> 故叶眉争绿，新花额共黄。
>
> 秋零错相怪，春到不须妆。

松老徒官样，梅馨但石肠。

成都肯留我，感汝意何长。

松梅耐寒，不畏雪霜，千古以来词人骚客颂声不绝。翔冬一翻前人陈词，自立新意。松徒官样而梅但石肠，俱是无情，独柳依依可人，故叶新花，春荣秋零。恰似人之忧喜变化，只为多情也。

庚辰（1940）因避日机轰炸，移家东郊高店子，作《移居高店》云：

穷老作流人，何乡非乐土。

譬如丧家狗，虽恶易为抚。

高店百余家，茅茨岁月古。

耕凿无帝力，倭来徒自苦。

而我饱吃饭，不农亦不圃。

朝同臧榖游，暮共鸡豚处。

果然此间乐，埋骨吾已许。

中原正格斗，合眼血漂杵。

请和即乞降，亡国俱为虏。

寡妻且莫悲，孤儿神听汝。

勿伤雄鬼心，昨夜啼风雨。

况乃倭命危，政乖众以怒。

一断知铅刀，于末见强弩。

张弓天之道，高抑下者举。

又曰师哀胜，吾闻老民语。

诗成百灵下，老竹尽呼舞。

不久，翔冬竟以贫病而殁，渴葬成都南郊神仙树，乙酉（1945）日本投降。次年金陵大学迁返南京，而翔冬旅榇未及归葬。程千帆有《抗战云终念翔冬磊霞两先生旅榇归葬无期泫然有作》云：

> 八岁荒嬉愧九泉，南郊宿草换新阡。
>
> 爆竹满天角声死，留命东还真偶然。

千帆就读南京金陵大学时为翔冬受业学生。八年离乱，流亡西南，故首句"八岁荒嬉愧九泉"云云。

陈独秀江津寄诗

抗战军兴，陈仲甫（独秀）随许世英主持之赈济会入蜀，寓居江津。时南京支那内学院亦迁四川，地去陈居不远，主院事者欧阳竟无（渐）。一党魁，一居士，两心无碍。一日仲甫寄诗欧阳云：

> 贯休入蜀唯瓶钵，久病山居生事微。
>
> 岁晚家家足豚鸭，老馋唯羡武荣碑。

仲甫穷老落寞，生计全赖昔年北大同学朱家骅等接济，唯向欧阳借碑，亦竭蹶中风雅事也。《武荣碑》，即《汉执金吾丞武荣碑》隶书。

沈尹默

抗战军兴，吴兴沈尹默旅居渝城歌乐山之石田小筑，辛壬（1941—

1942）之际章行严（士钊）客桂林。两人相交最契，战乱他乡作客，
时有诗词互寄。故旧情深，分外欣慰。尹默有《再答行严》云：

> 风雨高楼有所思，等闲放过百花时。
> 西来始信江南好，身在江南却未知。
>
> 花光人意日酣酣，容我平生七不堪。
> 说着江南放慵处，如君能不忆江南。

思念家山，彼此同病，互为倾吐，或可释怀。旋尹默来成都，旅居愁怀，
一托于诗。有《留滞成都杂题》云：

> 期上峨眉访蜀贤，右军笔札故依然。
> 闲身小动遨游兴，惭愧成都卜肆钱。
>
> 杜二拾遗多感伤，药栏江槛识行藏。
> 到今未觉风流远，尽有游人说草堂。
>
> 腊萼缃苞次第新，沉沉欲动古时春。
> 天回地转无穷思，总付当垆卖酒人。
>
> 谁信千年百乱离，锦城丝管古今宜。
> 薛涛笺纸桃花色，乞取明灯照写诗。

鏖兵数载，民不聊生，身世沧桑，感触深矣。相去遥远，晤对无由。
唯有诗词往还，以慰相思而已。

癸未（1943）岁暮，张大千自敦煌还蜀，抵成都，居北郊昭觉寺，
继未竟之业。尹默赠诗云：

　　三年面壁信堂堂，万里归来鬓带霜。

　　薏苡明珠谁管得，且安笔砚写敦煌。

第三句言大千受谤事。《后汉书·马援传》交趾薏苡似明珠，服之"轻身省欲，以胜瘴气"。伏波载一车返洛阳为种，人以为"南土珍怪"，权贵注目。殁后犹有人上言进谗：车载皆明珠。

胡沙公

　　胡小石名光炜，号倩尹、夏庐，晚署沙公，祖籍浙江嘉兴。尊人季石候补南京，沙公生焉，遂为金陵人。沙公于诗、词、古文、金石、书法无不精妙，诚近代一钜子也。抗战之际，违难入蜀，先后任金陵大学、中央大学教授兼中文系主任、文学院长。感时伤乱，多寓新亭饮泣之辞。有《峡林集》，今存《愿夏庐诗词钞》中。

　　沙公早岁学书于临川李梅庵（瑞清），问诗于义宁陈散原（三立），故诗书固有根柢。平生诗作，近体为多。散原常称其诗"仰追刘宾客，为七百年来罕见"，其为前辈称许如此。居重庆有《白华邀同仲子确昊诸公听董莲枝词喜衡如新自成都至》诗云：

　　巴蜀谁言若比邻，江楼邂逅乍眉伸。

　　君看急管哀弦里，尽是亡家破国人。

　　水阁秦淮灯万里，董娘秋老唱闻铃。

　　郎当此日同为客，夜雨千山忍泪听。

　　望乡峡里悲江令，念乱桥边遇柳生。

　　桑海征歌莫辞远，曲中犹有太平声。

破国亡家犹闻秦淮旧歌，潸然泪下，其情痛且哀矣。董莲枝旧为秦淮歌人，亦避寇入蜀，有名渝州歌坛。沙公聆歌怅触，有杜陵江南逢李龟年之悲也。其《董娘》诗云：

　　听汝秦淮碧，听汝汉水秋。

　　听汝巴峡雨，四座皆白头。

秦淮春涨，犹是承平之岁，汉水秋老，烽烟弥天，流离可悲，而巴峡夜雨，国步维艰，闻歌泪下而各感白头矣。

　　沙公在成都，有《江楼》诗云：

　　长安西北山无数，建业东南水几何？

　　眼涩胝捐都不见，江楼唯有夕阳多。

题江楼而不袭其故实，但以国土沦丧，河山破碎，眼涩胝捐不见故国山川为辞，清新隽雅，寄意遥深，读之令人有"长安不见使人愁"之感。

　　又《鸡栅》云：

　　破梦秋窗腷膊声，起看鸡栅意纵横。

　　杜陵老子今如在，不放宗文万里行。

杜工部流寓夔州时有《催宗文树鸡栅》诗。宗文乃杜公长子。今检杜公集中，自此诗以后遂不见宗文之名。大历三年去蜀前集中仅见《元日示宗武》《又示宗武》诸诗，宗武乃杜公次子。及公卒，《旧唐书》

亦云："子宗武流落湖湘而卒。元和中宗武子嗣业，自耒阳迁甫之枢，归葬于偃师西北首阳山之前。"元稹《唐故检校工部员外郎杜君墓系铭并序》亦云："嗣子曰宗武，病不克葬，殁，命其子嗣业。嗣业以家贫无以给丧，收拾乞丐，焦劳昼夜，去子美殁余四十年，然后卒先人之志。"皆不见宗文有万里远行事，抑先杜公而卒耶？沙公所云，或别有根据也。

蜀中山水，不仅峨眉、剑门、三峡、青城之秀、奇、险、幽，一丘一壑，亦令人流连忘返而不忍即去。沙公有《白沙大瀑布》诗云：

> 江上群峰逐雾开，柴关负杖首频回。
>
> 南山飞练三千尺，认取吴门白马来。

写白沙飞瀑之雄奇，不让太白《望庐山瀑布》专美于前矣。

五百年来无此作

癸未（1943）綦江庞石帚（俊）在四川大学中文系讲授苏诗。一日课毕，石帚与二三学生言诗，训诲之余，出示汪方湖近函及附寄之《清明》诗，命各钞录一纸供平日诵习揣摩。其诗云：

> 又是清明上冢时，极天兵火阻归期。
>
> 生儿似我诚何益？来日如今更可知。
>
> 客里光阴看晼晚，梦中松桧总凄其。
>
> 野棠如雪陶冈路，麦饭何年荐一卮。

石帚云："此诗极得义山法藏，简斋而后，五百年来无此作也。"方湖
于尾联下自注："彭泽陶村，先茔所在。"时值抗日战争第六年，寇蹄
践华，故土沦丧，读此诗知国破家亡，远方游子思乡之深且切也。石
帚学术谨严，不轻许人，而独于此诗称道如此。以此不仅见石帚巨眼
识珍及虚己以待同辈之性行，且更审知其授学生者不尽于诗而已。

　　汪方湖名国垣，字辟疆，一字笠云，别署方湖，江西彭泽人。早
岁毕业于京师大学堂。历任江西心远大学、中山大学、中央大学教授，
学问淹博，尤精于诗。唐人情韵、宋人意境兼而有之。风格苍秀明润，
开阖自如，为朋辈所推许。抗战烽起，随中央大学避寇西迁，住渝日久，
国仇家难郁陶于心，发而为诗。

　　方湖入蜀诗多，不能俱载，今录存于心而咏于口者以飨同好，此
亦见滴水而知沧海之意也。

　　戊寅（1938）方湖甫入蜀，游北碚有《温塘寺》诗云：

　　　　参天万竹昼生寒，石径寻秋独倚栏。

　　　　一水出山分冷暖，众生入世有悲欢。

　　　　疏花坐失芳菲意，佳日真同晼晚看。

　　　　欲访推官旧题句，清幽暂占亦心安。

诗出，誉满渝州，尤以颔联清新警策，众口流传，可入古今名句谱。
尾联自注："宋彭应求推官有《渝州温泉寺》诗，后周濂溪官巴川郡判官，
闻温泉佛寺，舣舟游览，忽睹彭诗，乃重为刻石，置于寺堂。"

　　方湖入蜀，舟过三峡，同舟有吴门女子沈双清者，夫留湘中，子身
入蜀。其人善歌，尝于舟中歌自制竹枝二首，歌声凄苦，哀转久绝，听

者泪下。方湖感其事，记其行，为仿刘宾客制《西陵竹枝词九首》。诗云：

平善坝头风倒吹，西陵峡口雨如丝。
扁舟载梦落何处，水远山长听竹枝。

绝壁千寻束一江，纵横乱石玉玑玑。
猿声送到黄牛峡，那有离人不断肠。

黄陵庙门江上开，黄陵女儿踏歌回。
江空水阔歌声远，夜长昼短千悲哀。

一滩已过一滩拦，鹿角狼头不耐看。
百转千回滩下水，比侬心曲郁千盘。

曲折江流九畹溪，峰峰秀出碧玻璃。
踏歌声里夕阳暮，打桨人来或姓西。

昭君不惯胡沙远，此地犹留江上村。
我语阿郎休怅望，何曾环佩有归魂。

夔子城头落日黄，舟人指点屈原乡。
千秋词赋归荒放，那有滩声怨楚王。

石门关口掩重重，至险才能一径通。
水断崖空江上望，时有一肩山叶红。

临江白塔早迎人，山县巴东俗最淳。
知有寇公遗爱在，秋风亭子压江漘。

诗成，付双清歌之。咏峡中风土景物如画，曼声凄远，真竹枝之遗韵也。

吴艺五

吴艺五（澍）早岁参加同盟会致力革命，为国民党元老。日寇肆虐，违难入蜀。居重庆，与陈真如、柳亚子投分至深。间至成都，尝游石棉，渡大渡河，感太平军石达开事，有《翼王亭》诗以寄慨。诗云：

> 赤符回首起山东，马背英雄夕照中。
> 带砺君臣同骨肉，豆萁兄弟竟鸡虫。
> 提兵蜀道非无意，得渡陈仓倘有功。
> 事去单身入汉壁，田横余烈项王风。

为清史论者以翼王屈降骆秉璋事辩诬，并以田横、项羽之英雄末路、义不臣汉为喻，亦惜惺惺之意也。五十六字概括石达开生平事业及太平军之兴衰，甚具功力。艺五将离成都，有《留别成都同学》四首，录一首：

> 奔车载梦趁晴晖，铁尽轮蹄计早非。
> 国破可无家可问，途穷唯是友相依。
> 三秦花事荼蘼了，一路秋田鹎鸠飞。
> 蜀道艰难行及半，乱山何处觅当归。

二三两联言情写景，深沉浑朴，颇具放翁旨趣。

抗战期中，政府内部派系斗争，秉政者互相倾轧，吴艺五心灰意冷，遂绝仕途之念。其《和友人》云：

> 十年炼汞未成丹，欲服还疑跨鹤难。
> 昨夜葛洪携酒过，为言玉宇剧清寒。

早岁参加革命者对政局失望心情以委宛比兴之笔出之，亦郭景纯游仙诗之类也。

庚辰（1940）柳亚子有《次韵吴艺老绝句》二首。诗云：

> 交亲王恪更陈真，霁日风光盎盎春。
> 知我谁欤吴艺父，嵇生龙性未能驯。
>
> 快心两合谥天真，月旦阳秋笔底春。
> 鸡鹜稻粱余子事，海鸥万里谁能驯。

与艺五之投分交亲及对其为人之尊崇俱可见也。

徐澄宇

汉川徐澄宇（英）夙负诗名，与汪欣生、吴雨僧（宓）为诗文骨肉。其诗初宗三唐，得赵碬、罗隐之雅韵清拔。中岁遭国难，颠沛流离，有国破家亡之痛，转师宋人，得简斋之沉郁简远。

抗战军兴，澄宇避寇入蜀，旅居重庆，旋住南泉，有《移家南泉再渡行都作》四首。诗云：

> 嘉陵江上碧油油，再渡人来四月秋。

塞上云生巴子国，箫边月暗庾公楼。

铜街十里添新鬼，玉栈千寻省旧游。

闻道瑶池香梦隐，华灯如海一凝眸。

入蜀人传杜老哀，江山遗恨与徘徊。

但工感慨非名笔，微惜飘零损霸才。

未必地形天下险，从教物望此中来。

彭衙道上空回首，金碧行都尚有台。

绝力真成鼎可扛，还移旧命作新邦。

眼中人物轻诸葛，乱后明神祭曲江。

象纬千秋宁有偶，文章一代本无双。

书生积习难忘处，独对关河泪满眶。

且向南泉一问津，携家无计尚逃秦。

山头鸟戢冲霄翮，洞底鱼潜转壑鳞。

松隐微风仍浩荡，石撑瘦骨更嶙峋。

垂帘未减栖皇意，惭愧成都卖卜人。

置之简斋《伤春》《次韵尹潜感怀》《山中》诸诗间不易辨也，岂非时运与经历使然！

　　澄宇夫人陈家庆亦以诗名。芸窗俪影，共数晨夕，登山临水，唱和相随，实乃人间之至福。

　　丁卯（1927）春，两人结褵于北京颐和园。家庆有《赓韵和澄宇》七律一首。诗云：

小谪人寰意万端，赤绳珍重系飞鸾。

为怜此日逢萧史，翻忆前身住广寒。

三月春华长在手，百年心事笑凭栏。

璇闺自有琴书乐，留取新诗次第看。

湘云楚雨，缱绻情深。越岁，夫妇同游杭州西湖，山色湖光，兴卜筑偕隐之意。家庆有《西湖》一首以寄此愿。诗云：

湖上年年访旧游，酒旗低亚绿杨楼。

举杯但觉天地醉，放眼唯看花鸟愁。

一水一山皆入画，半村半郭更宜秋。

何时卜筑西泠路，偕隐林泉到白头。

未几，华北沦陷，相将南迁，暂托迹于武昌澄宇故家，旋又烽警频传，遂流转入蜀。濒行，澄宇赋诗云：

踌躇何止百思量，终挈全家去武昌。

吴楚山河虚险峻，羯胡戎马正猖狂。

中朝硕画成孤掷，上将奇勋企一匡。

郭李功成应有日，不辞垂泪待还乡。

家庆赓韵和作一律云：

客途迢递苦难量，烟树微茫别武昌。

万里辞家宁痛哭，百年披发忍伴狂。

呕心文字终何补，袖手乾坤竟莫匡。

　　此去锦城秋涨足，梦中来往忆还乡。

熔情铸辞，旗鼓相当，匹敌之作也。

　　一九五七年秋，澄宇获谴，放淮南劳动。一九七九年始得改正。夫人家庆已于"文革"后期含冤先逝。澄宇归沪上，已耄耋衰翁，老病一身，次年即谢世矣。

　　一九六六年，澄宇在农场劳动时，远念家人，积想成梦，有《梦中题家宴示碧湘》（夫人有《碧湘阁集》）诗：

　　　　偶缘辞藻成夫妇，贫贱相将百事难。

　　　　世业清如风过水，文心高与古为欢。

　　　　乖时我亦苏和仲，旷代君犹李易安。

　　　　笑酌全家同一醉，后凋松柏最能寒。

　　一九六一年，澄宇在农场有寄老友泾阳吴雨僧（宓）诗《简吴雨僧巴山》一首，时雨僧执教重庆西南师范学院。诗云：

　　　　一梦京华四十年，当时温雪几人全？

　　　　晨星寥落孤花外，世路崎岖断岸边。

　　　　呕血文章余晚秀，惊心师友半寒烟。

　　　　无端夜雨巴山客，佳什犹传忆旧篇。

老友情深，各有不幸，得诗哽咽，不知涕之何从也。尾联清远，既抒怀旧之情，且有自述之慨。

　　澄宇坎坷半世，其才其学未能展施，蒙不白之冤二十余年，垂暮还家，而夫人墓木拱矣！空负白头偕隐之约，悲夫！

靳仲云

开封靳仲云（志），光绪戊戌（1898）进士，以诗词、书法有名当世。入民国，供职南京，与柳翼谋、胡小石、欧阳竟无结社唱和。平生所作辑成《居易斋诗存》二十卷。前十卷有铅印本，北京图书馆庋藏外，世已罕见矣。日寇侵华，仲云随南京政府播迁重庆。尝因参与礼乐馆议礼事，与老友柳翼谋再晤于北碚逆旅，暇日同游缙云山，并于北碚得食镇江烧饼、开封油条，引触乡情，各以诗记之。仲云诗云：

> 漂泊支离鸿雪踪，临歧别去更相逢。
> 宦情倦矣诗情远，世味薄兮乡味浓。
> 汉业三分乃西顾，皇坟百代有东封。
> 缙云种得相思树，回首琳宫十二重。

北碚缙云山上缙云寺，相传门前有红豆树一株，大可十围，故唐时名相思寺。荣县赵香宋（熙）丙子（1936）《奉劝翊云缙云之游》诗有"北碚遥看石若狮，寺门红豆号相思"之句，即指此。

沈兆奎

吴江沈兆奎（羹梅）与柳亚子、傅沅叔（增湘）相交最契。兆奎于金石书画无不擅场，诗尤清绝。日寇肆虐，避居九龙，九龙陷，转徙成都，胜利后殁于沪上。其门人张重威辑印其诗为《无梦庵遗稿》。在蜀时，好游山水，吟咏殆遍。《都江堰》云：

"深淘滩，低作堰"，此理自深语自浅。

岷水分歧肺叶张，遂令千里成饶衍。

李冰开蜀在世流，父子庙食俱千秋。

裁湾取直亦名论，后有合者裘曰修。

若非深解李冰父子治水之法者，安能历历凿凿，道之如此。裘曰修字叔度，江西新建人，乾隆四年（1739）进士。屡奉敕勘视山东、河北河道，又督浚永定、北运诸河，多用李冰之法，为清世治水名臣，故末句"后有合者裘曰修"，是踵武李冰者也。

兆奎游成都，有《望江楼》七绝两首，情韵清婉，堪称佳作。诗云：

细縠江波绕锦城，杜鹃声去已无声。

村翁不管兴亡事，竹片丝丝唱道情。

楼上轻云透夕阳，楼边竹树碧琳琅。

薛涛笺纸桃花色，大好题诗咏海棠。

三十年代江楼有一矍铄老人，日抱筝为客弹奏以维生。老人自称山西人，来此十余年，常诵"陌上花开，可缓缓归矣"。所谓"竹片丝丝唱道情"者，岂其人欤？

刘申叔为扬子云辩诬诗

吾蜀扬子云（雄）为世通儒。辞赋亦上方相如，下启平子，雄峙两汉。道德文章"大醇而小疵"。独宋朱晦庵（熹）著《紫阳纲目》竟谥为谄事新莽之"莽大夫",千古蒙羞,待人申理。仪征刘申叔(师培)民初入蜀,主讲国学院,乃据《汉书》及《华阳国志》考雄卒年在王莽居摄之岁,未及篡汉之时,遂作《书扬雄传后》五古长诗为雄辩诬。其诗曰:

> 荀孟不复作,六经秦火余。
>
> 笃生扬子云,卜居近成都。
>
> 文学穷典坟,头白勤著书。
>
> 循循善诱人,门停问字车。
>
> 《法言》象《论语》,太玄开潜虚。
>
> …………
>
> 紫阳作《纲目》,笔伐更口诛。
>
> 惟据美新文,遂加莽大夫。
>
> 吾读华阳志,雄卒居摄初。
>
> 身未事王莽,兹文得无诬。
>
> 雄本志澹泊,何至工献谀?
>
> 班固传信史,微词雄则无。
>
> "大醇而小疵",韩子语岂疏?
>
> 宋儒作苛论,此意乃无拘。
>
> 吾读扬子书,思访扬子居。
>
> 斯人今则亡,吊古空踌躇。

使子云有知,当感知己于九原矣。

申叔一名光汉,别署左庵,幼承家学,博通经史百家之言,章太炎盛称其说经之闳深,黄季刚服膺其小学之邃密,一代鸿儒,诗文固非其旨趣，然偶尔涉笔，自成杰构，有《滇民逃荒行》，云：

> 小车行辚辚，黄埃暗其颠。
>
> 病妇无完裙，捐子道路边。
>
> 儿奔呼母前，百啼母不旋。
>
> 问妇来何方？答言籍南滇。
>
> 曩岁愆阳多，飞螽翼满天。
>
> 粒米未入甑，撮粟或万钱。
>
> 使君报有秋，责租若靡煎。
>
> 为言余粟罄，胥曰鬻尔田。
>
> 无田奚眷乡？去乡今期年。
>
> 昨宵雪花寒，裳薄无轻绵。
>
> 顾兹总角童，颇复饕粥馔。
>
> 儿生母殒饥，母死儿谁怜。
>
> 道旁有征夫，闻言泪沦涟。
>
> 寄言鼎食者，请诵滇民篇。

此为申叔游蜀时，亲见滇民逃荒流离之苦而作者，千里黄埃，官逼胥索，民无孑遗矣。此等诗，抒写现实以发民瘼，令人读之，感同杜工部《三吏》《三别》之痛也。

申叔有《左庵诗》一卷，乃入蜀所作，闻其去北平，稿留林山腴（思进）家，又二十年，申叔谢世，山腴乃为镂板行之云。

薄海同声哀国殇

戊寅（1938）三月，日寇大举进犯鲁南要冲滕县。围城中，我驻守川军孤军奋战，死守抗敌达十日。嗣得友军增援及当地民众支持，歼敌二万余众。是为轰动中外之"鲁南大捷"。新都王之钟（铭章）将军于鏖战中壮烈殉国，忠骸归葬故里，九州共忾，薄海同哀。陈斠玄（中凡）时避乱入蜀，寓居成都，特为七言古风一首悼之，诗云：

> 鲁南转战一军张，巴蜀健儿今铁枪。
> 孤城陷敌齐效死，薄海同声哀国殇。
> 五月锦城返忠骨，杜鹃啼罢鹧鸪切。
> 朝歌泱泱大国风，夕吊茫茫沧海月。

王彦章，五代后梁骁勇名将，手持铁枪，出入敌阵，驰骋如飞，人号王铁枪，尝语人曰："豹死留皮，人死留名。"战败被执，不屈而死。玄引此为喻，既切姓氏，更赞将军之忠勇也。

向仲坚

双流向仲坚（迪琮）别号柳溪，早岁留学日本。仲坚擅诗词，精绘事。四十年代任四川大学教授。喜藏画，颇多名迹，印有《玄晏室画集》。遗世有《柳溪诗》《柳溪词》，为时流所推重。

抗战中仲坚避寇旋里。时张大千在成都，濡沫交亲，艺事俱进。大风堂珍藏八大山人《长江万里图》秘不示人，独邀仲坚为之咏题，仲坚即倚声为《虞美人》一阕题其上：

> 荒波滚滚流无极，泪与愁相逼。遥天何处是乡关？次第岗峦重叠翠眉攒。　故家犹自森乔木，国破家何托？眼前突兀倚斜晖，谁信重来风物已全非。

国难之际题亡明宗室朱耷之画，故国乔木，感慨深矣！笔能出之，不负大家名画，可并传千古矣。

蒲圻贺履之（良朴）号篑公，诗画双绝，为时名家。绘《千岩万壑图》，遍征题咏。仲坚为题两绝云：

> 若向溪山认故吾，壑幽岩曲望中殊。
> 何当更乞云林笔，为写听猿溯峡图。
>
> 故国莼鲈负旧盟，十年辛苦寄王城。
> 若为乞得孤峰住，听水听风过一生。

此诗作于辛亥（1911）之后，出此高情雅韵，故为石遗老人所称许。

赏梅诗

　　昔成都华西大学广益学舍前有红梅数十株，每于腊后岁初，竞相开放，万花如锦，绛云一片，煞是喜人。高青邱所咏"雪满山中""月明林下"之境，不是过也。乱离远客，徜徉其间，可慰羁旅之愁。

　　陈斠玄（中凡）避乱入蜀，执教金陵女子大学，即寓是间。寒冬客来，幽花独放，共引一卮，可抒乡愁。

辛巳（1941）元日，老友许季茀（寿裳）自渝来成都，因邀赏梅。季茀赋诗云：

> 共把屠苏客异乡，红梅又见报春阳。
>
> 四年浴血邦千劫，万里伤心梦一场。
>
> 雪履孤山余涕泪，夜航镜水忆幽香。
>
> 团圞待赏元宵月，林下徘徊兴更长。

镜水即鉴湖，季茀绍兴人，用此正见乡思之切也。

乙酉（1945）八月，日本投降。八年离索，言归有日。岁暮，学舍红梅盛开，有为人"送归"之意。斠玄喜赋七律一首云：

> 何来纨素映檀妆，烂漫风华许尔狂。
>
> 照眼璇花飞栗冽，醉人珠蕊郁孤芳。
>
> 欲回春色开天地，漫教归期送岁阳。
>
> 宁待灞桥劳策蹇，阶除把盏共平章。

两诗一写乡土沦丧，离索愁苦，一写归期在即，喜悦由衷，有如工部"即从巴峡穿巫峡，便下襄阳向洛阳"之归心迫切矣。因情势不同而诗人感受迥异，移情写物，各臻妙境。

康　庄

成都西郊百花潭，旧为邓晋康（锡侯）别业。三面环水，形似半岛，林木蔽天，亭榭相映，乃成都一名迹也。

邓虽武人，雅爱文士，常于春秋佳日邀集省垣及外来名流学者聚会于此。饮酒赋诗，暂慰离乱羁旅之愁，时人引为美谈。

戊寅（1938）仲春，陈斠玄（中凡）应邓氏之邀，与同人雅集，即席赋诗云：

> 康庄近接百花潭，花放胭脂水皱蓝。
>
> 楠桧际天云景霭，琼英布地日光涵。
>
> 山川合沓成梁益，人物迁流自朔南。
>
> 且喜艳阳春淡荡，销忧聊遣一杯酣。

抗战期中骚人墨客避寇来成都者甚多，可谓宾主尽南北之美也，故有"人物迁流自朔南"之句。斠玄为此诗时，去今已五十余年矣。人天改换，朝市屡易，今四十岁人恐已个知有康庄其名者。因记之，可备寻览者之一谈助也。

蜀游杂诗

石门丰子恺（仁）书画诗文，自成一家。所作画，蹊径独辟，趣味盎然。于古人诗最喜渊明、乐天，其诗亦如白傅，老妪能解。

抗战军兴，子恺流寓蜀中，其癸未（1943）蜀游杂诗，虽颠沛流离之作，而冲容和雅，自写性灵。《蜀道》云：

> 蜀道难行景色饶，元宵才过柳垂条。
>
> 中原半壁沉沦后，剩水残山分外娇。

《寄长子华瞻》云：

> 忆汝初龄日，兼承两代怜。
>
> 昼嘟牛奶嬉，夜拖马车眠。
>
> 渐免流离苦，欣逢弱冠年。
>
> 童心但勿失，乐土即文坛。

《寄幼女一吟》云：

> 与汝江头别，予情独黯然。
>
> 客居春兴少，蜀道古来难。
>
> 对景思新语，当筵忆笑颜。
>
> 群儿皆隽秀，最小即偏怜。

《乐山濠上草堂呈马一浮先生》云：

> 蜀道原无阻，灵山信不遥[①]。
>
> 草堂春寂寂，茶灶夜迢迢。
>
> 麟凤胸中藏，龙蛇壁上骄。
>
> 近邻谁得住，大佛百寻高。

张善孖

内江张善孖（泽），大千之兄也。以画走兽著名，其画虎允推近世

---

① 原注：道次自贡得华瞻来书云此去灵山不远，故云。

第一。尝豢虎写真，用力甚专，自号虎痴。善孖并工诗，所画多题咏。
尝画一虎自山顶下扑，神态甚猛，有一啸风生之势。题一绝云：

　　　　石涛画松能画皮，渐江画山能画骨。

　　　　两师黄山住半生，不见当年此神物。

又一帧，画白马立古松下，扬蹄振鬣，势欲骞腾，极为神骏。题一绝云：

　　　　价重千金不易才，眼前无复筑金台。

　　　　空闻市骨传佳话，未见奔腾骏马来。

两帧皆乙亥（1935）冬作。

怒吼吧中国

　　抗战后内江张善孖、大千弟兄合写十八猛虎，向前奔跑。题曰"怒
吼吧中国"，并系四言句一首云：

　　　　雄大王风，一致怒吼。

　　　　威撼河山，势吞小丑。

款署："蜀人虎痴张善孖写于大风堂。"钤白文腰形大印"大风堂"。此
画激励民心士气，作用至巨。合丈匹素绢为巨幅，两人高，宽倍之。
除壁画外，未尝有此巨制也。十八猛虎喻十八行省。

叶退庵诗

抗日战起，张善孖去国外开画展，以所得捐助抗战。庚辰（1940）返国，道经香港，再展出，并有多帧善孖海外为国宣劳照像。番禺叶退庵（恭绰）赠诗云：

> 越海横担道义归，欧风美雨墨痕围。
>
> 山君貌出形如许，神笔宁劳上将挥。
>
> 顾影休惭画不成，高谈犹许气纵横。
>
> 负嵎出柙都休问，同祝人间老复丁。

第二首末句"老复丁"，谓老翁复成丁壮，祝贺语也。

张君绶

内江张君绶，大千之弟也。民国壬戌（1922）蹈海死，年仅十九岁。时大千离沪他去，遗物交曾农髯（熙），有画一帧，写烟台景物，奇峰壁立，崖下一寺，老君庙也。农髯题诗云：

> 一纸已足传，廿年成一世。
>
> 白头老亲在，知君心未死。

记云："君绶有慧根，从予学画篆草，已臻神妙。父母以季子，爱怜更甚诸兄，友善季爱，尤形影不离，其蹈海何谓耶？然幼时喜依寺僧，及来沪，复逃之普陀，季爱数月访得之。岂真大觉耶？"季爱即大千也。

画幅左方，大千所称大师兄胡小石（光炜）题一绝云：

> 揩眼崚嶒何处山？死生隔纸已漫漫。
> 秋灯温梦虫相语，认汝天风海水寒。

款书："壬戌中元后三日题君绶遗墨。"诗中言君绶死时为"秋灯温梦虫相语"，死地为"认汝天风海水寒"，却不言死因。更有诸家题咏，亦复如此，皆惜其死而不及其他也。

布达拉宫辞

清初西藏六世达赖喇嘛罗桑瑞晋·仓央嘉措以好色犯戒，圣祖诏槛送京师，至青海病死，此中情节有足述者。叙永曾圣言（缄）戊寅（1938）至西藏搜罗文献，得其行事，为赋《布达拉宫辞》。圣言固工于诗者，长篇叙事，最擅胜场。诗成，众口争传，几经删改，录其最后定稿，以飨世之欲知仓央嘉措其人其事者。

布达拉宫辞并序

六世达赖喇嘛罗桑瑞晋·仓央嘉措，西藏窦湖人也。其父名吉祥持教，母名自在天女。五世达赖阿旺罗桑薨，而仓央嘉措适生，岐嶷出众，见者目为圣童。当五世达赖之薨也，大臣第巴桑吉专政，匿其丧不报，阴立仓央嘉措于布达拉宫为储君，其教令仍假五世达赖之名行之，如是者有年，后康熙帝微有所闻，传诏责问，始以实对。康熙三十五年，乃从班禅额尔德尼受戒，奉敕坐床，即六世达赖。正位时年十五，威仪焕发，色相庄严，四众瞻仰，以为如来三十二妙相，八十种随形，不是过也。正位之后，法轮常转，玉烛时调，三藏之民，罔不爱戴。黄教之制，达赖住持正法，不得亲近女人，而仓央嘉措，情之所钟，雅好佳丽。粉白黛绿者，往往混迹后宫，侍其左右。意犹未足，自于后宫辟篱门，夜中易服，挟一亲信侍者，从此门出，更名荡桑汪波，微行拉萨街衢，偶入一酒家，觇当垆女郎，殊色也，悦之。女郎亦震其仪表而委心焉。自是昏而往，晓而归，俾夜作昼，周旋酒家者累月。其事甚秘，外人无知之者。一夕大雪，归时遗履迹雪上，为人发觉，事以败露。有拉藏汗者亦执政大臣，故与第巴桑吉争权，至是借为口实，言其所立非真达赖，驰奏清廷，以皇帝诏废之。仓央嘉措被废，反自以为得计，谓今后将无复以达赖绳我，可为所欲为也，遂与当垆女郎过从益密。拉藏汗会三大寺大喇嘛杂治之，诸喇嘛唯言其迷失菩提本真而已，无议罪意。拉藏汗无可如何，乃槛而送之北京。道经哲蚌寺，众僧出其不意，夺而藏诸寺中。拉藏汗以兵攻破寺，复获之，命心腹将率兵监其行，至青海，以病死闻。或曰其将鸩杀之，寿只二十六岁，时康熙四十六年也。仓央嘉措既走死，藏之人皆怜其无辜，不直拉藏汗所为，拉藏汗另立伊喜嘉措为新达赖，而众不之服也。闻七世达赖诞生里塘则大喜。先是，仓央嘉措有诗云："他年化鹤归何处？不在天涯在里塘。"故众谓七世达赖是其复出身，咸向往之。事闻于朝，于是清帝又诏废新达赖，而立七世达赖以嗣仓央嘉措。迎立之日，侍从甚盛，幡幢伞盖，不绝于途，拉萨欢声雷动，望尘遥拜者不计其数也。仓央嘉措积学能文，工诗，所著有《无生缠利法》《黄金穗故事》《答南方人问马头观音法》等。其《达赖情歌》，流水落花，美人香草，哀感顽艳，绝世销魂，为时人所称，然亦以此见讥于礼法之士。故仓央嘉措者，盖佛教之罪人，词坛之功臣，卫道者之所疾首，而言情者之所归命也。观其身遭挫辱，仍为众望所归，《甘棠》之思，再世弥笃，可谓贤矣。乃权臣窃柄，废立纷纭，遂令斯人行非昌邑，而祸烈淮南，悲夫！戊寅之岁，余重至西藏，网罗康藏文献，得其行事，并求其所谓情歌者，译而诵之，既叹其才，复悲其遇，慨然命笔，撼其事为《布达拉宫辞》，广法苑之逸闻，存西藩之故实，虽迹异《连昌》而情符《长恨》，冀世之好事者或有取焉。

　　拉萨高峙西极天，布达拉宫多金仙。

　　黄教一花开五叶，第六僧王最少年。

　　僧王生长窦湖里，父名吉祥母天女。

　　云是先王转世来，庄严色相真无比。

　　玉雪肌肤褓襁中，侍臣迎养入深宫。

　　峨冠五佛金银烂，綷地袈裟氀毲红。

　　高僧额尔传金戒，十五坐床称达赖。

　　诸天为雨曼陀罗，万人合掌争膜拜。

　　花开结果自然成，佛说无情种不生。

　　只说出家堪悟道，谁知成佛更多情。

　　浮图恩爱生三宿，肯向寒崖倚枯木。

　　偶逢天上散花人，有时邀入维摩屋。

　　禅参欢喜日忘忧，秘戏宫中乐事稠。

僧院木鱼常比目，佛国莲花多并头。

犹嫌少小居深殿，人间佳丽无由见。

自辟篱门出后宫，微行夜绕拉萨遍。

行到拉萨卖酒家，当垆有女颜如花。

远山眉黛销魂极，不遇相如岂自嗟。

此际小姑方独处，何来公子甚豪华。

留髡一石莫辞醉，长夜欲阑星斗斜。

银河相望无多路，从今便许双星度。

浪作寻常侠少看，岂知身受君王顾。

柳梢月上订佳期，去时破晓来昏暮。

今日黄衣殿上人，昨宵有梦花间住。

花间梦醒眼朦胧，一路归来逐晓风。

悔不行空似天马，翻教踏雪比飞鸿。

踪迹分明留雪上，何人窥破秘密藏。

哗言昌邑果无行，上书请废劳丞相。

由来尊位等轻尘，懒坐莲台转法轮。

还我本来真面目，依然天下有情人。

人言活佛能长活，争遣能仁遇不仁。

十载风流悲教主，一生恩怨误权臣。

剩有情歌六十章，可怜字字吐光芒。

写来旧日兜棉手，断尽拉萨士女肠。

国内伤心思故主，宫中何意立新王。

求君别自熏丹穴，觅佛居然在里塘。

相传幼主回銮日，侍从如云森警跸。

俱道法王自有真，今时达赖当年佛。

始知圣主多遗爱，能使人心为向背。

罗什吞针岂诲淫，阿难戒体知无碍。

只今有客过拉萨，宫殿曾瞻布达拉。

遗像百年犹挂壁，像前拜倒拉萨娃。

买线不绣阿底霞，有酒不酹宗喀巴。

愿君折取花千万，供养情天一喇嘛。

青城山居

张大千尝言："天师洞可游不可住，上清宫可住不可游。"所说极当。常道观俗呼天师洞，有降魔石、洗心亭、白云阁、掷笔槽诸胜，游人特多。上清宫所在，入山已深，东有丈人峰，西面赵公山而已，游人至此即去，静寂宜人。

七七事变，北平陷敌，大千辗转还蜀，先至梧州，经柳州而达桂林，旋抵渝城，转成都，游峨眉，然后举家往青城山上清宫，一住三年。幽居地僻，远离尘市，无酬应之扰，罕与人接。近水遥山，烟云草树，得画稿如干幅，所谓师造化、法自然者也。有《青城山居口占》一律云：

自诩名山足此生，携家犹得住青城。

小儿捕蝶知宜画，中妇调琴与辨声。

食栗不谋腰脚健，酿梨长令肺肝清。

揭来百事都堪慰，待挽天河洗甲兵。

道家常，句句真率。百事虽堪慰，而战火弥天，遂兴杜陵"安得壮士挽天河，净洗甲兵长不用"之叹矣。

钵水斋

抗战初期，南京、武汉相继陷落，平阳苏仲翔（渊雷）携眷入蜀，避地重庆。世变日亟，生计艰难，乃在上清寺创设钵水斋，以文会友，从事文物交流、书画展览、图籍出版等。一时名公俊彦，常来聚集。敌机炸毁渝城，仲翔一夕成《陪都赋》以纪其事。后西上成都小住。赋绝句纪行云：

> 十年曾听巴山雨，老我重寻蜀国秋。
> 五日江程欣着陆，万家灯火是渝州。（夜抵重庆）

> 簇簇山城亦壮哉，双江合抱万峰回。
> 雄关一望秋无际，曾许登高作赋来。（余于三九年日机轰炸重庆后曾作《陪都赋》志感）

> 一扬二益真天府，历尽群山沃野开。
> 城簇芙蓉江濯锦，更看今日展新裁。（抵成都）

> 曲曲清江日夜流，和烟竹树自生秋。
> 柴门迟日草堂寺，略领诗人突兀忧。（杜甫草堂题壁）

槌林笼竹绿阴垂，江槛奔湍系我思。

到此风情应更远，薛涛笺写杜陵诗。（望江楼茗坐）

仲翔偶画梅，题诗云：

吾家东坡善画竹，犹输老可两三竿。

我今作此嫌太瘦，化为清风六月寒。

颇有板桥风味。"老可"，东坡中表文与可（同），画竹独绝。

三山雅集

叙永曾圣言（缄）、永丰刘湄村（芦隐）、宁乡程穆庵（康）皆诗坛老宿，圣言瓣香眉山苏氏，湄村似王半山，穆庵则好陈后山。抗战中，三人留滞雅安，时相酬唱，故其诗曰《三山雅集》，请江梵众作图纪之。梵众画横披，淡淡荒荒，极有高致。引首小篆"三山雅集"四字，刚健阿那，力透纸背。前后题咏者皆耆年宿学。卷子藏圣言女令筼家，予尝获观，今不知落谁手矣。圣言早岁出巴县向仙乔（楚）之门，仙乔有《为圣言弟题三山雅集图并序》云：

图为江梵众墨。盖永丰刘芦隐湄村、宁乡程康穆庵与圣言同客雅安时，有酬唱之作。湄村诗略似王半山，穆庵专拟陈后山，圣言则夙慕眉山苏氏，因号其诗曰《三山雅集》云。是图于云烟浩渺中，三峰崛起，著三君于危楼之上，缀虚舟于荒江之涘，笔意仿八大山人。文人游戏，流为丹青，亦他日诗林佳话也。

昔人谈三山，望见未能至。

并世挺诗人，于古各有似。

传神到君纸，如禅证初地。

河源出昆仑，风骚祖六义。

仰止托苏王，其一陈正字。

得令三子者，清风乃不坠。

迁客与幕才，忧乐岂殊致。

蛮烟瘴雨中，联吟造奇异。

举头向天外，诸峰为鼎峙。

明日在何处，入林且把臂。

江郎游戏笔，雅足供韵事。

眉山一发青，眼中人老矣。

谁补丹山图，为君破三昧。

王调甫

　　王调甫名世鼐，安徽贵池人。早岁就读于北京大学时即有诗名。前辈名家樊云门（增祥）偶于报端见其诗，大为奇异，且称其奇艳在骨，骫骳从心，生翠刻肌，冷红沁髓，食烟火人一字不能道，亦一字不能解也。于是诗名更噪。

　　其后，调甫自德国游学归来，值日寇肆狂，供职行都，竟沉迹下僚，未能一展其志，郁郁不乐，借酒浇愁。癸未（1943）监江西税务，终以愁死，年仅四十有二。调甫挚友闽人曾履川（克耑）为刊《猛悔楼诗》

五卷。调甫客渝州时，有《上清寺买花》四绝句云：

> 细艳人肩重怨恩，晨街红洗晓楼昏。
>
> 好风平等无今古，入史山花一二存。
>
> 风透罗裳似雾轻，澄江水软觉鱼生。
>
> 迩来心地将谁测，恰似飘花坠涧声。
>
> 上清寺侧选春风，辛苦瓶枝傲盼中。
>
> 翻覆天工争巧妙，今年花满去年丛。
>
> 三眠柳叶奈风何，流涕江潭种最多。
>
> 谁识千钱买花意，只缘花发旧山河。

立意剀切，读之不禁有故国山河之感也。又《闲鸥》云：

> 吴钩饮恨动帘钩，帘外疏花各自愁。
>
> 微有情时千宛转，断无人处一沉忧。
>
> 春随海水潮头去，梦逐关山笛里浮。
>
> 不问天风问人意，半生灵鹊半生鸥。

感时抚事，辞显情真。

调甫在渝州与章行严（士钊）频有唱和，其《嘉陵江晚眺次行严先生韵》云：

> 独静频传隔世哗，秋霖争损废园花。
>
> 楼危犹坠衰时梦，境沸真疑煮后茶。

　　急涨帆轻乱鸥舍，遥江雾重湿人家。

　　沦夷岂必堪微叹，只此潜居鬓已华。

又《月夕自防空隧归写岩隐诗》云：

　　夺梦长音杂信疑，朱灯遥自众哗知。

　　云高铁羽飘沉响，月上银天写愤诗。

　　一炬风横连虐尽，满岩人悴释囚迟。

　　平生怀愿今粗验，蚁穴封侯证此时。

写敌机轰炸，避难潜入防空洞之耳闻目见与心理感受，绘声绘影，过来人至今读之，犹惴惴也。奉化孙翼父有《读猛悔楼诗》云："语必惊人已自痴，楼名猛悔悔何迟。平生多少飞扬意，谥作诗人总可悲。"悱恻凄惋，亦伤其早逝而不遇于时也。

两谒草堂俱空回

　　成都西郊草堂，乃杜公经安史之乱，流寓成都时旧居。高适《人日寄杜二拾遗》诗有"人日题诗寄草堂，遥怜故人思故乡"之句，故后人追慕高、杜友情，每岁人日（正月初七）锦城仕女即以草堂为游春之地。历史绵邈，迄今不衰。清道州何子贞（绍基）视学蜀中，曾题一联云"锦里春风公占却，草堂人日我归来"，更添人日游草堂之兴矣。四十年代，草堂沦为驻军地。乙酉（1945）叙永曾圣言（缄）拟谒杜公，一游草堂。值川军邓锡侯部驻扎其中，严禁游人入内。圣言乘兴而来，败兴而返，赋七绝《拜杜公草堂被拒》云：

> 一夫侧目怒临关，那计游人败兴还。
>
> 我望草堂唯恸哭，少陵生死在兵间。

杜公经安史之乱，由秦陇入蜀，颠沛流离，在此唱出"自经丧乱少睡眠"之苦况，而身后一祠亦为军队所据。诗中"少陵生死在兵间"，俯仰今昔，感慨实深，无怪诗人"我望草堂唯恸哭"矣。

次年（1946）诗人高石斋（文）因抗战胜利，将随金陵大学迁返南京，欲遂其八年来一瞻草堂心愿，特具行幐，往谒祠宇，仍被拒诸门外，成诗二首，倾诉徘徊失望之情。诗云：

> 公为命世文章伯，我是通家常侍孙。
>
> 脚力不强才力薄，八年今始拜公门。
>
> 东西南北老风尘，锦水西头住几春。
>
> 行到耒阳公不返，草堂无恙待何人。

高适，肃宗时官散骑常侍，与工部为旧交，故有通家之谊。虽通家子孙，犹只望门而拜，心之痛切，可想而知矣。

杜　邻

江安黄稚荃女史，以诗书画名海内，居成都久，瓣香工部，因自署杜邻。稚荃早岁从顺德黄晦闻（节）受诗，故其诗类兼葭楼之绵密莹澈，异乎恒流，后复得赵香宋（熙）、向仙乔（楚）炙诲，唐神宋貌，兼而有之，正谢无量序其三十以前诗所谓"熨贴深秀，卓然大雅之音"也。

抗战胜利后，稚荃居南京，供职国史馆，有《金陵杂咏》如干首，今录五首：

> 几日彤云雪舞风，弥天一白失群峰。
> 绝怜岁晏深山里，宛在瑶天玉海中。

> 夜深寒气透窗疏，独倚红泥煎岁除。
> 好是雪深人不到，饱从天禄阅群书。

> 久矣灵台染俗尘，负他圆镜梦中身。
> 钟山夜话巴山语，一样人间梦作真。

> 巨石皇陵尽道奇，几番寻访总迷离。
> 何期雨夜车窗里，蓦睹巍峨圣德碑。

> 笙鼓喧春事已稀，蒋山灯火望中微。
> 楸梧夹道行人寂，一路车轮碾月归。

鉴往思来歌

蜀之女诗人灿如晨星。古不论矣，近代自左冰如（锡嘉）以来，曾季硕（彦）、彭云京（舒英）、黄杜邻（稚荃）、黄淡园（润苏）、袁瑶卿数家而已。

成都袁瑶卿早岁受业于龚向农（道耕）、向仙乔（楚）之门，根柢既深，好学不倦，中年后以诗词擅场，皆发自至性真情之作。有七绝如干首，怀人早逝，意境楚怆，低吟当哭，录五首：

> 桃红柳绿艳阳天，形象相随卅五年。
> 流水高山宜谱曲，奈何伤逝断琴弦。
>
> 春光明媚草如茵，景物依然不见人。
> 芳沁桥边船犹在，兴情萧索不问津。
>
> 清风明月似旧时，小树楼前漫舞枝。
> 犹记栏边闲话语，一声馀韵一分思。
>
> 炉边灯下两寂然，怅望音容暗问天。
> 既有今朝离别苦，为何当时使团圆？
>
> 情伤感集可如何，凝噎无言泪似梭。
> 无奈勉担千镒重，岁时艰苦慢蹉跎。

词则清真恬淡，婉约流丽，《忆江南》云：

> 春正好，山上万红娇。闲忆旧游江静处，扁舟一苇不须摇。
> 人弄玉屏箫。

《汉宫春·题两松庵卷子》云：

> 净室三间，有幽篁环绕，松并窗前。抚琴台上，盆花独自鲜妍。
> 池清水浅，石玲珑，半掩栏干。篱内外、葱葱郁郁，参差乔灌相牵。
> 遥想主人高雅，正吟哦持卷，舞凤流丹。高朋手谈兴畅，胜

负欣然。仙家美景，惜当年，一顾无缘。今只得、携图置案，神
游向往梦圆。

摹绘景物，句句情切，感怀旧迹，情胜于往，使人增旖旎之思。

今岁（1995）值抗日战争胜利五十周年，瑶卿赋千言长诗《鉴往
思来歌》寄慨。笔势活泼，一泻千里，使事精切，陈述雅炼，念八年
艰苦岁月，敌寇终归乞降，激宕不平之气，真切流露，佳作也。录如次：

> 东瀛本是比邻国，不修和好作盗贼。
>
> 无端夺我东三省，贪婪野心更叵测。
>
> 虎视眈眈窥中原，军事演习作遮言。
>
> 借口一兵失踪去，芦沟桥畔起烽烟。
>
> 烽烟起处云蔽日，天地昏昏人战栗。
>
> 忽闻人马杂沓声，敌兵过后村城失。
>
> 失去村城最可怜，任人宰割受熬煎。
>
> 三光政策毒虺狠，儿哭爷娘父吁天。
>
> 仰看东边烈焰飞，响声哗啦梁压扉。
>
> 任其烧毁任其灭，心虽欲救不敢归。
>
> 归来但见余焦土，无栖无食腹中饥。
>
> 饥寒交迫思来日，泪眼望天唯嘘唏。
>
> 恶魔嗜杀已成性，杀人多寡来取胜。
>
> 健壮男儿几不留，老弱妇孺凭高兴。
>
> 血染江河成赭水，尸积如山填坑阱。
>
> 纵然留得婆与爷，无衣无食难为家。

粮物钱财抢将去，老弱如何度生涯！
最可恨是细菌战，强拉囚犯作试验。
壮男妇女和儿童，不分长幼齐遭难。
细菌武器用四区，屈死军民数十万。
其中有人满门绝，擢发难数罪恶遍。
尚有一件不可忘，空中掷弹撒祸殃。
警报解除忽又响，寝食不安走彷徨。
忽然疯狂落弹雨，劫火映天久未央。
血肉模糊不忍睹，腿挂树上脑流浆。
泱泱大国岂无兵，为何敌势破竹根？
此语问到伤心处，只缘当时执政昏。
贪生怕死慢抵抗，敌军未到先保身。
开门揖盗手拱璧，不顾黎民水火深。
君不见：
平型关前白刃战，迎击敌人如闪电。
缴获敌军武器多，打击枭鹰毒气焰。
台儿庄上获大捷，歼灭敌军超两万。
八路四军加义勇，全国动员相接踵。
热血男儿齐请缨，妇女通讯肩任重。
儿童也能站哨岗，遏制敌人不乱动。
方将计议施反攻，忽闻广长原子弹。
敌人无奈挂降旗，云开日出晨光灿。
八载无欢苦煎熬，得见降书气顿豪。

奔走相告眉颜展，欢声雷动冲云霄。

这边锣鼓带鞭炮，那边载歌载舞姣。

漫说重新建家业，无边欢畅乐陶陶。

随循欢声笑语时，中心忽自生余悲。

铁骑驰去犹未久，爆竹声里含炮嘶。

满目疮痍平尚待，痛定还须忆痛思。

卧薪尝胆古有例，艰难唯惧是顽痴。

时光流逝五十年，历史依然是新篇。

新篇铭刻须牢记，留作自策自励鞭。

今幸比邻来修好，疮痂落去仍有瘢。

抚瘢应忆疮伤痛，永记疮生那一天。

我必自侮人才侮，自强不息无敢欺。

前车之鉴金玉言，愿与同胞共勉之。

文章知己患难夫妻

近世以诗文而互相倾慕以至恋爱、结褵为夫妇，虽遭际劫难而情爱愈笃，又与吾蜀有缘者，推程千帆与沈子苾两先生焉。

沈祖棻字子苾，别署紫曼，笔名绛燕。早岁从事新文学创作，浙江海盐人。席芬先德，幼而能文。三十年代就读南京中央大学、金陵大学国学研究班，深得汪旭初、吴霜崖薪传。以身历丧乱，词风高华而沉咽。朱光潜尝以"易安而后见斯人"许之。壬午（1942）而后历主金陵大学、华西大学、江苏师范学院、南京师范学院、武汉大学讲席三十余年，培植人才甚众。一九七七年因车祸不幸去世，终年六十七岁。生平著作，千帆于伤悼沉哀之中，手自编录，刊行于世。

程千帆名会昌，晚号闲堂，湖南宁乡人。其叔祖子大（即十发老人）有名于同光骚坛。其尊翁穆庵亦以诗与书法蜚声艺苑，乃得成都顾印伯衣钵之传者也。千帆渊源家学，奕世清芬，又亲炙于黄季刚、汪辟疆、胡翔冬、刘衡如，故于词章、校雠与文艺批评诸科造诣湛深。自壬午（1942）以还，即执教金陵、四川、武汉、南京诸大学，滋树桃李，著述等身，其为海内外名家所推重，固无论矣。

程沈以诗文结识于金陵大学，相互钦敬，以志同道合而爱恋。七七事变既起，日寇肆虐，南京屡遭轰炸，两人遂避地安徽屯溪，结褵逆旅。子苾有《菩萨蛮》四首纪其事。今载其二：

罗衣尘浣难频换，鬈云几度临风乱。何外系征车？满街烟柳斜。　危楼敧水上，杯酒愁相向。孤灯影成双，驿亭秋夜长。

钿蝉金凤谁收拾？烟尘颒洞音书隔。回首望长安，暮云山后山。　徘徊鸾镜下，愁极眉难画。何日得还乡？倚楼空断肠。

虽寄新婚之情，而有流离之悲，患难夫妻，坎坷生涯，自此始矣。

戊寅（1938）之岁，千帆寄食于武昌，子苾以病不能偕行，暂留长沙。千帆有《鄂渚行役寄子苾长沙》诗二首慰之。诗云：

爆梦灯花乱别情，湘篁汉佩起心兵。

千金一字无今古，忆汝行看白发生。

　　　　饥走名城托下僚，浮刀谁谓不崇朝。

　　　　从来多病还相守，却守心魂逐暮潮。

　　其后寇警日频，武汉难保，乃相将西行，仓皇入蜀。数年之间，辗转流徙，先滞留渝州，继转嘉阳，复入雅州、成都。王粲依刘，荀卿托楚，况其时又值"干戈逼讲筵""头颅不值钱"之际，故两人逼于衣食，离别苦多。

　　己卯（1939）秋，子苾由千帆伴随离渝赴雅安养病。子苾抵雅后尝赋《浣溪沙》十首记数年来感受。其第六首云：

　　　　折尽长亭柳万条，天涯银鬓久飘飘。秋魂一片倩谁招？

　　　　沽酒更无钗可拔，论文犹有烛能烧。与君同度乍寒宵。

第七首云：

　　　　断尽柔肠苦费词，朱弦乍咽泪成丝。年来哀乐倩君知。

　　　　病枕愁回江上棹，秋风重检旧家衣。见时辛苦况分离。

浅语深哀，悱恻缠绵。"见时辛苦况分离"，字字泪也。千帆护送子苾抵雅安，不久即以教学事忙，重返嘉州。有《嘉州寄远》四首，兹录其三：

　　　　巴山夜雨浮归梦，巫峡行云笑薄游。

　　　　又上河桥送人处，雅州流水向嘉州。

　　　　料量贫病供初度，怜汝新词日益工。

　　　　最是两年惆怅事，一尊无计与君同。

　　苦忆衣罗薄似云，药烟长共水沉熏。

　　一身总当三千看，检点春妍寄与君。

此强忍离愁别恨而以体贴、慰解之词出之，语淡而情浓，弥见会少离多之怅恨也。

　　庚辰（1940）四月，子苾腹中生瘤，自雅州移成都割治，未痊而医院失火，奔命濒危，仅乃获免。千帆由逆旅驰赴火场，四觅不得。迨晓始得相见，相持而泣。子苾因作《宴清都》以述其情事。词云：

　　未了伤心语。回廊转，绿云深隔朱户。罗裪比雪，并刀似水，素纱轻护。凭教剪断柔肠[①]，剪不断、相思一缕。甚更仗，寸寸情丝，殷勤为系魂住。　　迷离梦回珠馆，谁扶病骨，愁认归路。烟横锦树，霞飞画栋，劫灰红舞。长街月沉风急，翠袖薄、难禁夜露。喜晓窗，泪眼相着，搴帷乍遇。

此词并他调共七首为一组，述旅中医疗前后情事，委曲周详，亦他人集中罕见者也。

　　乙酉（1945）初秋，千帆应武汉大学聘，将去嘉州。两年相聚，又赋离别。子苾病中为《丁香结》词留之。词云：

　　药盏量愁，蛊编销骨，何况送君南浦。记乱烽歧路。算未抵，此日凄凉情绪。画梁栖不定，飘零感，客燕最苦。朱门难傍，积雨巷陌，移家何处？　　休去。便梦冷欢残，忘却琴心尔汝。绣幄围香，秋窗剪烛，待商新句。肠断乡国信息，独向天涯住。嗟

────────

① 自注：割瘤时并去盲肠。

长贫多病，羁恨凭谁共语？

"朱门难傍"，去留由人之世，衣食于奔走者，虽缱绻情怀欲留而又不能不去，伤恻可念！亦正元微之所谓"贫贱夫妻百事哀"也。

千帆甫离成都，子苾又赋《三姝媚》寄之。词云：

> 西风江上馆。问青衫征尘，渍痕谁浣？几日新寒，漫小窗孤烛，夜深摊卷。已惯分携，应不为、相思肠断。旧赏山川，松径花蹊，可曾行遍？　　休念空庭秋晚。正久病沉哀，客怀难遣。故侣相邀，奈酒杯浑减，俊游都倦。雨暗灯昏，欹枕处、残编慵展。却叹重城迢递，更长梦短。

千情万绪，清婉沉郁，置诸《漱玉集》中不能辨也。

千帆行装甫卸，即有《重到嘉州有怀子苾成都》之作。诗云：

> 滩声驱梦卷思潮，寒焰腾腾乱寂寥。
> 横舍陆沉真左计，倩魂心结比天遥。
> 向来孤介唯君会，细数悲欢不自聊。
> 眠食而今复何似？定知消减沈郎腰。

"向来孤介唯君会，细数悲欢不自聊"，乃自道不能不离成都而就武汉大学延聘之由，兼答"留之"之情。惟知己者始解此中苦意耳！老杜云"老妻书数纸，应悉未归情"，正此之谓也。

子苾体质屡弱，流亡奔走，更增疾病。与千帆结褵七载而相聚之日实不过三年。秋灯病枕，新句待商，多少离愁别怨，故丙戌（1946）

初春又有《鹧鸪天》词寄千帆云：

> 倾泪成河洗梦痕，忍寻絮影认萍根。自怜久病唯差死，但许
> 相忘便是恩。　　莲作寸，麝成尘，寒灰心字总难温。人间犹有
> 残书在，风雨江山独闭门。

通首如泣如诉，如怨如慕，深情哀惋，令人荡气回肠，而"自怜久病
唯差死，但许相忘便是恩"，读之令人泪下，宜乎千帆课务纷忙而忧心
忡忡，乃赋《诵温尉达摩支曲忆子苾＜鹧鸪词＞枨触于怀赋此却寄》
作答云：

> 万古春归梦不归，空庭斜日又花飞。
> 故新恩怨情如在，莲麝丝尘意肯违。
> 风雨闭门君独卧，江湖乞食我长饥。
> 一椽偕隐何年事，怅望林泉咏采薇。

睹世乱之日亟，感生事之日艰，遂有偕隐林泉之意，惜乎终未能如愿
也。日寇败降，还乡有日。丙戌（1946）秋日，子苾得家书以兄病催归，
遂于八月去沪，有《长亭怨慢》留别。词云：

> 纵慵理愁丝欢绪。无益相思，忍拚歧路。一纸乡书，唤人鹏
> 翼御风去。别筵杯酒，空咽泪，情难诉。转首万重山，漫设想，
> 花前重遇。　　延伫。念钗盟宛转，不惜为君留住。偷传锦字，
> 几曾换，小屏私语。伴芳游故燕新莺，算难著吟边清侣。任唱彻
> 阳关，消受离怀凄楚。

时千帆则由嘉州去雅州,与尊翁穆庵商量归计。在雅州有《寄子苾沪上》诗云:

> 边城难得雁声酸,零露凄凄早戒寒。
> 天末笑鞏劳梦寐,眼中田海失悲欢。
> 长图剩作青林想,小别还惊绿发残。
> 细字短檠昏送昼,却愁冰井偶翻澜。

子苾始抵申江,即有《六丑》寄千帆云:

> 甚征尘乍浣,又一夜、愁宽肠窄。暮云万里,西风无羽翼。离恨何极!几许缠绵意,梦魂颠倒,损病余心力。秋风过雁沉消息。赌酒红楼,听歌绮席。应知有人相忆。叹深情未诉,鸾纸空擘。　　寻思前迹。怅幽期阻隔。百草千花路,迷旧辙。芳华未解珍惜。便车轮四角,当时留得。相逢处,也应无益。分携后却悔,轻抟远别,故盟虚掷。难重换,佳会欢刻。剩枕函,点点相思泪,长宵暗滴。

虽尺素往返,锦笺频裁,但千里相思,有恨如何?逾年千帆始随校迁反武昌珞珈山,子苾旋亦往就。十载离乱,始告结束。尝为《瑞鹤仙》以记闲居之乐。词云:

> 汉皋重到处。喜万劫生还,江山如故。安排旧廊庑。数仰槐甘藿,十年辛苦。春归梦去,纵不记昵昵尔汝。算秦楼泼茗添香,犹有蠹书堪赌。　　朝暮。吟笺斟酌,便抵当时,目成心许。情丝怨绪。

思量后，总休诉。要鸡鸣风雨，余生相守，笳鼓声中暂住。待看花病起重帷，更开尊俎。

两人于更历流亡离索之苦后，得此安居闲适之乐，从容商量吟咏，故"朝暮。吟笺斟酌，便抵当时，目成心许"，语浅情真，乃当时纪实语也。

徐光启画像

明大学士徐文定公之墓，同治初被人发掘。开棺见明代衣冠，面目犹存，白须如故，其地为上海徐家圩。徐名光启，字子光，号玄扈，上海人，万历甲辰（1604）进士，精算学，确信耶稣会教士意大利利玛窦西洋学说，而开天主教之端者也。光启与利玛窦合译《几何原理》前六卷，撰《农政全书》六十卷，蜚声于世。

荣县女史黄润苏，工诗，四十年代有《淡园集》。五古《题徐光启画像》一首，清平冲淡，质实无华。先哲精神，后生楷模，概言之矣。诗云：

> 伟哉徐光启，出生在明末。
> 才高识见远，爱国攻科学。
> 善熔彼材质，引进西方说。
> 改革大统历，精通天文学。
> 裕民兴盐业，赈灾引甘薯。
> 富国撰农政，抗敌研兵术。
> 仕途任坎坷，建树何昭卓。

身后虽萧然，遗训长灼灼。

成绩已斑斓，比美伽利略。

伟哉徐光启，后世称表率。

达摩像

张大千名满天下，徐悲鸿有"五百年来一大千"之句，非过誉也。大千于书画外好读书，其至友，上海名律师资阳曾渐逵尝语人，大千暇时则读书，有所得，辄钞入小册中，外出随身，时加默诵，偶有遗忘，即探囊取观，其勤学如此。故题咏记叙，皆甚可观，世人推服。

癸未（1943）岁暮，大千自敦煌还蜀，抵成都。越岁寓居郫县太和场钟雨秋家，邻有医师薛遂亭（堂顺）者，常为其家诊脉，服药奏效，大千甚感，为画达摩像报之，并系一绝句：

眉粗齿缺发蓬松，圣道西来鼻祖翁。

一花五叶传天下，直指人心在镜中。

大千画山水，笔墨酣畅淋漓，小幅巨幛，浅绛大色，靡不精妙。己丑（1949）之秋，去国前夕，尝为人画篷，写巫峡清秋图，高峡帆影，如置身十二峰下，神品也。题《浣溪沙》云：

妾住长干近凤台，君行滟预浪成堆。愁风愁水日千回。

断雁不传云路信，寒鸦自引客舟来。襄王神女费疑猜。

雅调逸韵，蹊径极高，绩学之功也。

不见为净之室

义宁陈寅恪，以史学负盛名，探秘抉奥，攻坚理繁，通十五种文字，博洽宏通，冠绝一时。生平著作，征引赅博，为海内外学人所称道。喜为诗，典雅高逸，意味隽永，三复四温，犹不忍释。

抗战军兴，寅恪辗转入蜀，客渝州，有七律《庚辰暮春重庆夜归作》云：

> 自笑平生畏蜀游，无端乘兴到渝州。
>
> 千年故垒英雄尽，万里长江日夜流。
>
> 食蛤那知天下事，看花愁近最高楼。
>
> 行都灯火春寒夕，一梦迷离更白头。

时抗战已四年，寇益深入，政府播迁重庆，国事蜩螗，不堪问矣。

寅恪夙患目疾，日渐加剧。辛巳（1941）应英国邀请，往伦敦医治，行抵香港，值太平洋战事起，遂不果行。次年海路通，再经广州、桂林来成都。沿途寇警频传，流离颠沛，未遑安宁。庾信之哀江南，文公之窜长淮，古今同慨！其《挈家抵桂林逾两月困居旅舍感赋》云：

> 不生不死欲如何，三月昏昏醉梦过。
>
> 残剩山河行旅倦，乱离骨肉病愁多。
>
> 江东旧义饥难救，浯上新文石待磨。
>
> 万里乾坤空莽荡，百年身世任蹉跎。

颈联"浯上新文石待磨"句，谓永州浯溪唐摩崖元次山颂扬肃宗平定安史之乱功绩之《大唐中兴颂》，今则将摩崖大书抗战胜利之新文。寅恪于辗转流亡之际犹切盼抗战胜利，国家中兴。诗人爱国丹忱，皎然可见。

寅恪居成都，先后讲授于华西、金陵、燕京诸大学。在华西广益院公开讲课时，寅恪以父执礼事之之华阳林山腴（思进）与诸生并坐听讲，其学问识见为前辈心折如此。讲授之暇，偶亦吟咏。甲申（1944）春，得游多年向往之工部草堂。有七律《甲申春日谒工部祠》一首云：

> 少陵祠宇未全倾，流落能来奠此觥。
> 一树枯楠吹欲倒，千竿恶竹斩还生。
> 人心已渐忘离乱，天意真难见太平。
> 归倚小车还似醉，暮鸦哀怨满江城。

国步艰难，浣花祠宇废圮，寅恪正有与杜公"漂泊西南天地间"之同感，伤时感事，故不无危苦之辞。国家遭难，民生艰虞，颔联、颈联俱见忧愤之情。

是岁，寅恪在成都存仁医院治目疾，罔效。有《甲申除夕自成都存仁医院归家后作》一首云：

> 爆竹声中独闭门，萧条景物似荒村。
> 万方兵革家犹在，七载流离目更昏。
> 时事厌闻须掩耳，古人久死欲招魂。
> 六龄稚女扶床戏，仿佛承平旧梦痕。

他乡度岁，况复衰病，情怀难堪矣。读此诗，令人怅惘不禁。

成都入秋多雨，客中怅触，赋《成都秋雨》云：

> 北客云遮眼，西川雨送秋。
>
> 鹃声啼不断，蜗角战方休。
>
> 天意真无定，田家倘有收。
>
> 余生成废物，得饱更何求。

乙酉（1945）八月，日本请降，河山光复，寅恪有工部闻官军收河南河北之喜，因赋《闻日本投降》七律一首云：

> 降书夕到醒方知！何幸今生见此时。
>
> 闻讯杜陵欢至泣，还家贺监病弥衰。
>
> 国仇已雪南迁耻，家祭难忘北定时[①]。
>
> 念远忧来无限感，喜心题句又成悲。

丁丑（1937）日寇占领北平，寅恪尊人散原（三立）绝食殉难，弥留时忽闻马厂义军战败日寇之传言，因力疾起问消息确否，故诗中有"家祭难忘北定时"之句，亦翻用放翁《示儿》"家祭毋忘告乃翁"之意也。

丁亥（1947）寅恪在清华大学修订居成都时所撰《元白诗笺证稿》，时双目全盲，因名所居曰"不见为净之室"。

波外楼

华阳乔茂萱（树楠）文孙大壮（曾劬）学问渊深，诗词篆刻，靡

---

① 原注：丁丑八月先君卧病北平，弥留时犹问外传马厂之捷确否。

不精妙。所谓"空山无人，自成馨逸"者也。遗世有《波外楼集》。庚午（1930）赋《楼夕》七律一首，沉郁哀惋，胎息眉山、少陵。诗云：

> 江城寒色染吴装，独背明灯就隐囊。
> 万事总输潮有信，一身还苦病无方。
> 入怀漫刺疏名辈，垂老偏亲梦养堂。
> 莫倚危栏看箕斗，夜风吹雁几成行。

国难时大壮居重庆，沉迹下僚，悒悒少欢。丙戌（1946）去南京，任中央大学教授。翌年应许季茀（寿裳）之邀，赴台湾大学任教。无何，季茀为盗戕杀，大壮遂继主中国文学系。戊子（1948）春，自台返沪，旋往南京访亲故，七月还。是月某日中饭后，佯作午睡，乃悄然出走，去苏州。是夜风雨凄其，自沉于平门外之梅村桥下，年五十六岁。大壮在南京，尝作两绝别门人蒋峻斋（维崧）。诗云：

> 室中传恨后如何，老去分明托逝波。
> 但使此瓶千日醉，平生无泪比黄河。
>
> 颂橘诗成见苦辛，国中荡荡更无人。
> 此行不是无期别，试向初平觅通真。

大壮自沉之夕，逆旅中再赋七绝一首寄蒋峻斋云：

> 白刘往往敌曹刘，邺下江东自献酬。
> 到此题诗真绝笔，潇潇暮雨在苏州。

民国以还，只二十一年间，诗人之自沉者二人。丁卯（1927）沉于颐和园昆明湖之王静安（国维）与戊子（1948）沉于苏州梅村桥下之乔大壮也。一代才人竟如此终了，惜哉！

大吉岭诗

己丑（1949）十月初，张大千由成都去台湾，旋赴香港小住，决去印度，时驻印大使罗家伦与大千雅故也。无何，尼赫鲁承认北京政府，罗遂返台。大千走投无路，不得已暂留大吉岭，困顿穷愁，发而为诗，所谓"穷然后工"者也。有《寄命未明登虎山看日归作》一律云：

> 寄命聊为虱处裈，饱寒来换一朝暾。
> 疾雷声辗饥肠过，老雪光摇秃鬓存。
> 落抱崚嶒宁自大，因依培塿寂无言。
> 略与拣择投林处，露白烟青认梦痕。

时届深秋，白露为霜。大吉岭观日出，自虎山极目东望，海上一线之青，旧游之地如在梦中。

罗伯济

罗伯济，榜名骏声，字德舆，伯济其号也。灌县（今都江堰市）崇义乡人。清光绪壬寅（1902）乡试及第。入民国，尝教授于四川大学文学院。伯济博通经史，尤邃于方志之学，所著《灌县志》，其义法及文辞颇为时贤称道。余事为诗，津梁老杜，得其旨归。有《静远斋诗钞》,惜已散佚。丙子岁(1936)金松岑、陈石遗应赵香宋之邀入蜀,游峨眉、青城。松岑见伯济诗,喜而珍爱之。既归,选其《三峡》《夹江楼》《青城》《朱仙镇怀岳忠武》诸诗刊于《国学会刊》之《文艺捃华》中。今历六十年矣,《会刊》不可复得,余仅就其门人傅承烈兄手钞录于次。吉光片羽,存想其人!

> 江促疑无路,山开忽引船。
> 涛奔崖穴响,岭断峡云连。
> 渥赭孤峰石,微蓝一线天。
> 崭然分楚蜀,不假巨灵镌。(三峡)

> 神禹奠梁州,长江最上游。
> 二川交锁钥,六诏此咽喉。
> 山势拥千堞,波光涵一楼。
> 南中资控驭,鼓角满城头。(夹江楼)

> 未遂黄龙志,金牌蹙战功。
> 河山非北宋,杨柳自东风。
> 草色经春碧,花光似昔红。
> 寥寥三字狱,终古恨无穷。(朱仙镇怀岳忠武)

> 朝夕晖阴一望收,嵌空石壁峻无俦。
> 山容入画青垂野,树色凌虚绿上楼。(青城杂诗)

> 朝晴紫气忽东来,眼底平畴迤逦开。
> 野碧天青云水白,人间何处着尘埃。(青城杂诗)

轩皇问道昔登坛，亘古青松料峭寒。

诏许丈人尊五岳，天花飞雨白漫漫。（青城杂诗）

沿山梯石眺盘龙，叠嶂如屏翠几重。

忽见晴光生积雪，凌空花发玉芙蓉。（青城杂诗）

下临无极上云间，野旷天低迥若环。

漠漠水田成稗海，萧萧茅屋点蓬山。（青城杂诗）

东来破虏未成功，便跨青驴走蜀中。

数尺紫髯千仞壁，烟霞从此老英雄。（青城杂诗）

银杏葱茏倚碧宵，根盘未觉撼风飙。

归来屡见千年鹤，数甲应须到汉朝。（青城杂诗）

宋代清溪掩白云，汉唐风月要平分。

著书未就名千古，寿世何尝尽在文。（青城杂诗）

磴道嵯峨逼上清，人间天上未分明。

云归月出无今古，花落春来有送迎。（青城杂诗）

大面居尊识所宗，高台为轴领诸峰。

阴阳六六年分后，翠绕天师洞几重。（青城杂诗）

承烈近有《读蜀中近代诗》论蜀中近代诗人，其于伯济则曰："杨葩遥接浣花春，剩馥残膏尚绝伦。矫首青城云白处，蜀风未泯见斯人。"是乃深知其诗之渊原流别而扬揄得宜者也。

康长素挽词

一九二七年（丁卯）年，康长素（有为）病殁申浦，天夺学人，薄海同悲。罗伯济为诗挽之：

> 妙手难医国，苍生讫未苏。
> 投荒浮海去，革命任人呼。
> 蛟泣空珠玉，龙髯恸鼎湖。
> 神州倾帝座，魂不到苍梧。

康长素为戊戌维新首领，以失败而浮海东渡。其后复为保皇党人，进步、落后一人兼有，乃历史之悲剧人物。自清室倾覆，以遗老孤臣自居，落寞以终。其人其事，伯济以四十字尽之，真大手笔也。

王"落叶"

灌县王瑞征名昌麟，清光绪十四年戊子（1888）举人。尝就读尊经书院，为当代名儒王湘绮门人。为诗亦祖其师以八代三唐为圭臬，有《晴翠山房诗集》，清新俊逸，入鲍、庾之境。居北京时为《落叶诗》四首，传诵一时，名动京华，人艳称之云"落叶诗成，名高京国"，人或径呼之为"王落叶"。时中江王病山感庚子珍妃事，曾为《落叶》四首。一则自感身世，一则情伤宗国，堪称双璧。病山诗已见前录，今从友人处迻抄瑞征诗以存乡邦文献。

度尽征鸿冷却蝉，寒云催上别离天。

霜痕憔悴无多色，风味萧条又一年。

潘令西征情踯躅，萧王北去意缠绵。

登楼漫抒飘零感，不见人间有谪仙。

宿雨初晴暮霭收，乍辞碧树逐云流。

长安见月生归思，陇首看云忆旧游。

地迥天高容浪迹，琴哀笛怨早惊秋。

凉痕妆点苔阶遍，添与羁人万斛愁。

烂红飘瞥送流光，秋到淮南感喟长。

金井梧桐催夜雨，青溪茅屋压新霜。

检看虫迹俱成字，打起莺啼未是狂。

怕忆寒砧凄断处，隔帘风扫一阶黄。

关河庾信惜芳菲，摇落何堪柳十围。

汉苑秋深蝉怨别，洞庭风起雁惊飞。

空山卷翠银床冷，故国题红锦字稀。

枯坐一灯书校罢，亭皋回首梦依依。

川南文豪

　　南溪钟致和，名朝煦，清光绪举人，尝任滇西盐运使。乞归后，掌龙腾书院。致和博通经史及诸子百家，从学者众。入民国，为南溪文学馆长，既又办中文补习班，培养多士。著名剧作家阳翰笙曾及其门，尝对人云："钟老富于文采，我受其教诲，奠立基础，始走上文学道路。"致和为诗，力追三唐。一九四一年病殁，门人辑其诗为《亟庐诗钞》，传世不多，已难得矣！其读王昙《烟霞万古楼集》诗云：

> 马前书剑闪光芒，枕后燕脂泣夜香。
> 才可祸人宁学哑，文能牒鬼岂非狂！
> 徙薪曲突殊徐福，尊酒琵琶祭项王。
> 剩有闲情消不尽，双飞兰桨过横塘。

王昙字仲瞿，浙江秀水人。乾嘉时诗与黄仲则齐名，人称"二仲"。致和此诗，镂金错采以抒清怨，风格极似仲瞿，置之《烟霞万古楼集》中，人难辨之。致和又有《珠江消夏曲》三绝句：

> 一团寒玉竹风凉，四壁荷蕖逗晚香。
> 试上画阑回首望，渔舟多泊镜中央。
>
> 斜阳散发坐兰桡，一串珠喉裹玉箫。
> 吹彻彩云都散尽，绿波深处露虹桥。
>
> 石根云碧涨秋湾，璧月团团白玉环。
> 蓬背清霜蓬底雪，夜深凉梦过西山。

所言"蓬背清霜蓬底雪"，乃皓月清辉流于蓬舱，诗人之写景设色，韵味深永。时人有誉致和为"川南文豪"者，信不诬也。

文怀沙

　　湘潭文怀沙，别号燕堂，清华教授。《楚辞》研究名家。抗战军兴，避乱西南，尝小住渝州。时渝州虽为陪都，频夜停电，山城沉黑，而隔江汪山为元戎驻跸之地，则彻宵熠熠。人天各别，诗人兴感，为五绝一首：

> 残山星月黯，剩水漏犹长。
> 隔岸繁灯火，光辉不渡江。（午夜不眠起坐远眺汪山）

托兴幽深，而元戎驻地之光辉无照于国计民生。写景伤时，固不只在灯火也。怨悱悲沉，深得诗人之旨。其《北温泉望江楼夜雨寄柳庑》：

> 滴滴更丝丝，江楼听雨时。
> 一灯红豆小，此夕最相思。

以玉谿《夜雨寄北》与摩诘《红豆》之情之景为之，净化升华，得其三昧。一灯似红豆，引出相思情愫，雨夜怀人，情何以堪，诗复清丽芊绵，极有唐人风致。

王孙绿草又天涯

　　国民党元老于伯循（右任），抗战中以监察院长职随政府播迁陪都重庆，住歌乐山老鹰岩山洞小园。目击时艰，忧心党国，悉发为诗。辛巳（1941）中央银行大贪污案丑闻暴光，伯循以监察院长职守所在，直言无忌，弹劾其主事者，事涉朝贵权要，竟遭最高当局严拒，愤而辞职，移居成都，为《浣溪沙·小园》一词：

> 歌乐山头云半遮，老鹰岩上日将斜。清琴远远起谁家？
>
> 依旧小园迷燕子，翻怜春雨泪桐花。王孙绿草又天涯。

"云半遮""日将斜"，岂非国事蜩螗之喻乎？而悦耳动听之琴韵又发于远处谁家？心之向往与徬徨可知也。故下片复申王孙天涯之感，而"迷燕子""泪桐花"，尤加深其凄迷、沉痛。元老流落，何以为情？词旨深且实也。

过巫峡

前人入峡诗，多用夔巫典实。非阳台云雨，即肠断猿啼。寄萍老人齐白石（璜）丙子（1936）入蜀，溯江而上，过巫峡题诗云：

> 怒涛相击作春雷，江雾连天扫不开。
>
> 欲乞赤乌收拾尽，老夫原为看山来。

白石翁独去陈言，以画家独得之耳中声，眼前景，心中感，发为新构，以一芥而纳大千，形象毕出，直是一首绝妙题画诗。融诗画为一，此齐翁之熟招也。

于怒涛春雷、江雾连天之际，"欲乞赤乌收拾尽，老夫原为看山来"，又是何等吐属，何等气概。

兩松庵雜記 君惠署

自　序

　　儿时居成都少城井巷子，地甚幽僻，花木翁郁，无车马之喧。居室前有两松，挺拔森森，爱之，因名所居曰两松庵。日读书其中，颇知勤奋，居此盖二十有六年，旋迁城北，又十年，移家东郊，倏忽又四十余年矣。学无所成，愧对师友。顾平生读书阅世，偶有所触，略事收录，岁月既久，积如干则，因题曰两松庵杂记。谫闻肤见，聊资谈助云尔。乙亥小雪惺叟朱寄尧。

教育世界

　　光绪二十六年（1900）上虞罗叔蕴（振玉）在武昌创办杂志《教育世界》。为振兴教育，培植人才，迻译东西洋教育学说，以资借鉴。初为旬刊，专载译文，改半月刊后，有论说、原理、教授法、学制等各类文章。前后五年，共出一百一十六期。创刊后，有冬烘学究见之，瞋目叱曰："何物教育世界！？……罗某竟欲教育世界耶？可谓毫无忌惮。且其文字亦非赅博之士，似尚未足与此事。"（《艺风堂友朋书札·下·邓嘉缉第二札》）以旧眼光看待新事物，自然格格不入，甚且误解杂志之名，尤堪发噱。

煮　墨

　　清常山王灼斋（昶）有墨癖，所藏自唐迄清名品数百种，甚珍异之，不轻示人。咸丰八年（1858）春，太平军突至，仓卒奔避，不及携以俱行。军退亟归，见墨融煮两锅以刷印揭示而用其半，灼斋为之痛哭。

　　近人周菊吾藏墨三百余挺，皆明清佳制。丙午（1966）难作，家被抄，藏墨尽没。翌日"造反者"煮墨锅中，用写"大字报"，菊吾见之抆泪。自王灼斋后百年复有此事，可谓无独有偶。

野鹤闲云

　　清初，巴县龚晴皋（有融）工书善画，而性孤介不谐俗。作画泼墨淋漓，生气远出，书法瘦硬雄奇，传世尤稀。尝作擘窠大字"野鹤闲云"，秋涧怪石，寒藤古松，至可宝也。四字悬成都东郊望江楼，丙午（1966）浩劫，不知尚在人间否？

诋竹诗

民国二十一年（1932）夏，叶揆初（景葵）避暑莫干山，适丁在君（文江）在山养病。两人相识有年，亦最契。一夕月下，揆初盛赞竹之佳且美，而在君则极口诋之。次日在君写五律一首示揆初云：

> 竹是伪君子，外坚中实空。
> 成群能蔽日，独立不禁风。
> 根细善钻穴，腰柔惯鞠躬。
> 文人都爱此，臭味想相同。

揆初阅后，相与一笑而罢。

后　学

龙山刘史亭赠湘人罗研生（汝怀）诗云："征文识字老独精，朴实无华爱研生。五十年来名下士，绝无书札到公卿。"研生，绩学之士也，中年后撰《湘中文征》，孜孜矻矻，垂三十年。其子芳，能文，亦有数篇选入。书成，年八十矣。《后记》题"乡后学罗汝怀撰"。巡抚王文韶大会宾客，共赏巨著。湘潭王湘绮（闿运）举杯笑曰："研老愈老愈谦恭，于其世兄亦自称'后学'。"研生大惭恚，归即病，月余卒。

推潭仆远

清末北京某酒肆，室中悬一额，上书"推潭仆远"四字，座客不解。海盐朱小汀（寿彭）在《后汉书·西南夷莋都夷传乐德歌》中检得之，意为"甘美酒食"。此本少数民族语言，当时闻诸异域而译成此四字，如但从字面求之，虽百思不得其解也。

四十年代，绍兴杨莲生（联陞）、东至周太初（一良）旅居美国麻省剑桥，莲生时去太初家。周夫人善烹饪，莲生得快朵颐。久之，题"推潭仆远"四字为赠。

马氏文通之作者

世知《马氏文通》为丹徒马眉叔（建忠）所作。汪旭初（东）《寄盦随笔》则谓马相伯作，假其弟名建忠也。记云："先生（指相伯——引者）明通中西哲理，尝言哲学、科学两名，名不赅实，应易作形而上之学与形而下之学。又以中国无文法书，撰《马氏文通》，假其弟建忠名行世。"旭初出余杭章氏门，博洽宏通，执教中央大学有年，其说必有所据。又《胡适口述自传》："《马氏文通》这本权威著作便是他和他弟弟马良（相伯）合著的。"胡氏言"合著"不知何所据而云然。且误相伯为弟，建忠为兄，实则相伯为兄，长建忠四岁。

春在堂

德清俞曲园（樾）以"花落春仍在"句为曾文正（国藩）所激赏，因名其所居曰春在堂。时王应和（鼎）有"无情风雨过，花落不成春"，亦名句也。何诗人感兴，适得其反耶？

河东狮吼

宋陈季常（慥）妻柳氏，性悍妒。东坡尝有"忽闻河东狮子吼，拄杖落地心茫然"戏之。后遂称悍妇为河东狮，妇怒为河东狮吼。据《狮子吼经》，释氏但取其声音宏亮，能警大众，无他意也。世人割截此句，谓妒，误矣。

星斗南

林文忠（则徐）由西域赐环，时粤患起，文宗特诏起之，公方卧疾，闻命束装，星夜兼程，病益剧。公子汝舟随侍，劝以节劳暂息。公慨然曰："二万里冰天雪窖，只身荷戈，未尝言苦，此时反惮劳乎？"口占一联云："苟利国家生死已，岂因祸福避趋之。"乃力疾亟行。忧国焦劳，驰驱尽瘁，遂卒于广宁行馆。公临殁，大呼："星斗南！"不解所谓。

阳字通多

光绪中湘潭王湘绮（闿运）主成都尊经书院，有资阳某生解经，释阳字义，谓阳与多通。湘绮批云："阳与多通，则资阳可作资多，资多有此人才，不可阳得矣。"

杜　多

张大千晚年自署大千老子，又称大千杜多。杜多即头陀，梵文称僧人为 Dhuta，音译为头陀，或作头陁，亦译杜多。

南宋大学学风

斋宴招妓，在学赌博，用枣梨蓼花祭斋，侵凌商人，霸占酒家女侍，为政客猪仔等。大学学风如此，国家安得不亡？！

宋代妇女不讳改嫁

范仲淹母改嫁，王安石嫁媳，佛印母三嫁。陈了翁、潘良贵同母。杨沂中女再嫁。魏鹤山女再嫁，刘震孙以不得娶为恨。叶水心为人作传，不讳其母再嫁。度宗外祖母两嫁，贾似道母三嫁。

科　举

清顺治三年（1646）第一次会试，迄光绪三十一年（1905）废科举止，共一百一十三次，得状元一百一十三人。江苏一省几得半数，仅苏州一府，计二十三人，几占一半之半。北京为元明清三朝首都，在京会试、殿试二百零八次，有五万零九百五十人成进士。

打京腔

《抱朴子·讥惑篇》云："有转易其声以效北语，即不能似，可耻可笑，所谓不得邯郸之梦而有匍匐之嗤者。"则人效北语，由来已久。

明李实《蜀语·序》云："乐操土音，不忘本也。"

明长洲文三桥（彭）尝谓："人之言语清浊，本乎水土，南北所以不同。每见南人迁就北人，学打官话，未见北人迁就南人，学说苏白，吾窃惑之。"故三桥平生所至，只操吴语。

清道州（今湖南道县）何子贞（绍基）在北京与乡人周荇农过从甚密，相见辄打京腔。时湘潭王湘绮（闿运）在京，一日访荇农，子贞在座。湘绮闻两人皆操京话，笑曰："我有一诗赠两君，如何？"两人曰："愿闻。"湘绮固突梯滑稽者，应声曰："何八矮子见周郎，两人相对讲京腔。京腔那有乡音好，并且京腔不在行。"子贞行八，身材短小。

吾蜀内江张大千，足迹遍五洲，踪迹所在，恒由家人陪侍。大千常诫家人，说四川话，更要说内江话。

闭门造车

古语有"闭门造车，出门合辙"，意指凡按规格在家造车即可合辙。宋朱熹《中庸或问》三："古语所谓'闭门造车，出门合辙'，盖言其法之同。"明僧紫柏与李卓吾、汤显祖、董其昌交往甚密，尝云："唯彻悟自心者，即闭门造车，出门合辙矣。"今人只用"闭门造车"一语，转指全凭主观想象办事，脱离实际。

山　门

清末，有乡村演戏，一老学究来观，见庙门联"古佛无灯留月照，山门不锁待云封"。问僧："但有门而无山，何得称之山门？"僧指戏台曰："那上面唱的是《醉打山门》，不但无山，而且无门，他还自管去打。"学究怒，曰："尔敢以我言为戏乎？"僧曰："天下事无非是戏，老施主又何必认真。"

徐光启佚著

民国二十六年（1937）十月十二日史家陈登原告诉夏瞿禅（承焘）说，徐光启有《天学初函》书稿一本，为世上孤本，金陵大学以八百元买得，为一西人寄往罗马矣。

题印象派画诗

国民党元老叶楚伧有"忧患艰屯皆可乐""承先启后大事业，立于方寸安于默"，正道出其一生得力处。性嗜酒，多谐语。有以印象派画花求题者，楚伧立书一绝云："远看一个疤，近看一朵花。原是一幅画，哎呀我的妈！"见者绝倒。

不用西字

清末，士人反对外国传教士所编译书籍中用"西"字，光绪帝特颁诏谕，书籍一律不用"西"字，用"新"字。

外国通讯社

清同治十一年（1872），英国在上海设路透社分社，是外国最早在中国设立的通讯社。

三字经

一九八九年新加坡教育出版社出版第一部英译《三字经》。译者复旦大学教授潘世兹说："虽然《三字经》所宣扬的孔孟之道有其局限性，但要了解中国社会千百年来的基本道德观念，它却是一本不可不读的书。"全书中英文对照。新加坡总理李光耀嘱其办公室致函潘氏，索得一编。书一问世，新政府遂指定为小学学生必读教材。

如当舍

清肃亲王善耆字蔼堂，好文学，能书画，名其书房曰"如当舍"，汪衮甫（荣宝）为书额。人多不解，叩之。蔼堂曰："君读《孟子》'如欲治天下，当今之世，舍我其谁也'！"闻者解颐，亦足见其抱负不凡。

塑锁梳

德清俞曲园（樾）夏日喜午睡，特制一竹枕，枕端镌"塑锁梳"三字，人不解。有问之者，则曰："临睡宜澄虑不思，如泥塑偶像然，又当缄口不言，一似锁状，不思不言，则仿佛乱发之经梳栉而通理，通体舒适，酣然入梦矣。"其晦涩如此。

海棠香国

海棠无香，唯蜀之嘉州（今乐山市）及潼川府昌州所产则独有香，故昌州古称"海棠香国"。

不佩服

蒯礼卿（光典）学识宏通，以光绪九年（1883）成进士。礼卿通籍，正值清流风气大盛，不免稍有沾染。甲午（1894）后乞假南归。及李鸿章出使俄国，相遇沪上，李见之，斥责备至。礼卿突起立，曰："我有三字奉中堂：不佩服！"扬长而去。鸿章大怒，然亦莫如之何也。

龟

麟、凤、龟、龙并称四灵。汉、唐、宋以龟命名者甚多，至明遂以为讳，殊不可解。

甘草乡愿

明琼山海忠介（瑞）尝言："今之医国者只一味甘草，处世者只两字'乡愿'，正道何由而复？"

星　期

一星期七日，西洋各国每日有专名，非如我国之称星期一、星期二、星期三也。日、月、星皆称曜，日、月与火、水、木、金、土合称七曜。日本至今星期日称日曜日，星期一称月曜日……星期六称土曜日，具有学术根据。

茶　腿

浙江金华人以白饭饲猪，不令食秽，故香洁独胜。每冬月宰之，以盐渍腿，风干以运远地，可置数年，味尤隽永。昔年四川叙州（今宜宾市）为云南入川要隘，民国四年（1915）蔡松坡（锷）讨袁军兴，即由此地整军待发。所有云南运来物产，以大理石、普洱茶及宣威火腿最为著称。宣威，州名也。又称茶腿，味甜而鲜美，可以佐酒、佐茶，故名。

袁世凯恨李鸿章

甲午（1894）之战结束，高阳李鸿藻用袁世凯为将，以新法练兵于小站。李鸿章自马关归，人以此事告之，李曰："我败军之将，候袁大少爷成军后，可以一战。"世凯闻言，憾之终身。

蓝出于青

清乾隆二十一年（1756）纪晓岚（昀）以扈从道出古北口，见旅舍题壁诗，有"一水涨喧人语外，万山青到马蹄前"二句，大赏之。后充顺天乡试同考官，得辽东朱孝纯。既来谒，投诗为贽，则是联在焉。及晓岚出督闽学，严江舟中赋诗云："山色空濛淡似烟，参差绿到大江边。斜阳流水推蓬望，处处随人欲上船。"后语孝纯，谓此首实从"万山"句脱胎而出，人言青出于蓝，今日乃蓝出于青也。

一句论语

清末新会伍秩庸（廷芳）任外交事，出使欧美有年，于中国典籍不甚措意，于《论语》只知孔子尝言"己所不欲，勿施于人"一句，且从英文著作中得知。

两面讨好

光绪时望江陈树屏以进士出知江夏县事。两湖总督张香涛（之洞）与谭敬甫（继洵）抚军意见相龃龉。一日公宴黄鹤楼，客有谈武汉江面宽窄者，谭说五里三分，张谓七里三分，互相争执不下。树屏于末座举手曰："水涨时江面宽七里三分，水落时五里三分。中丞就水落言之，制军就水涨言之，两贤皆无讹。"张谭闻之，抚掌大笑。

儿子不敢生须

明正统间，工部侍郎王某出入太监王振之门，王侍郎貌美无须，善伺候王振颜色，振眷之。一日问王某曰："王侍郎，尔何无须？"王某对曰："公无须，儿子岂敢有须？"

射　洪

蜀人称水口为洪，梓潼水与涪江合流如箭，故有射洪县。

洗　濯

苏东坡有戚蒲宗孟，极享受之能事，其洗濯尤奇妙。大洗面、小洗面，大濯足、小濯足，大澡浴、小澡浴。每日洗面洗足各二次。间日洗澡一次。小洗面只洗面部，换水一次，两佣侍候。小洗足换水一次，洗至踝，两佣侍候。大濯足换水三次，洗至膝上，四佣侍候。小澡浴用水二十四加仑，须五六人侍浴。大澡浴亦用水二十四加仑，但须八九人侍浴。大澡浴用药膏洗，衣服置线网上，以异香薰之。宗孟致书东坡，谓如此一套浴法于彼颇多好处。东坡复书云："闻所得甚高，固以为慰，然复有二，尚欲奉告：一曰俭；二曰慈。"

李　杜

唐代诗人，李杜并称，由来久矣。或以为太白豪迈，下笔惊人，子美固已折服，又官翰林清要之所，故每亲附之。杜诗后人始爱重，当时太白只以寻常目之，故篇章所及，多不酬答。一人集中，杜之于李，或赠、或寄、或忆、或梦，为诗颇多。李之于杜，只沙邱城之寄、鲁郡东石门之送、饭颗山之逢三章而已，而饭颗山之作又涉讥谑，此使后人生疑也。或云饭颗山本无此名，李白以杜甫穷饿，寓言讥之。

八功德水

一清，二冷，三香，四柔，五甘，六净，七不饐，八蠲疴，是为八功德，出佛书。南京灵谷寺八功德水，自寺墙外由钟山流出，下有石为曲水引之，在宝公塔东北。成都名刹昭觉寺，入山门有亭，亭中额书"池流八德"四字，古拙有致，今已无存。

语　助

宋太祖将扩外城，躬自规划，过朱雀门，赵韩王普随行。太祖指门额问普曰："何不只书'朱雀门'？须著'之'字，何用？"普对曰："语助。"太祖大笑，曰："之乎者也，助得甚事？"

李鸿章晚年自白

李鸿章晚岁居北京贤良寺，门庭冷落，自不免无郁郁也。尝自言"予少年科第，壮年戎马，中年封疆，晚年洋务，一路扶摇，遭遇不可谓不幸。自问亦无何等陨越，乃无端发生中日交涉，至一生事业，扫地无余。如欧阳公所言'半生名节，被后生辈描画都尽'，环境所迫，无可如何。"又言："功计于预定而上不行，过出于难言而人不谅，此中苦况，将向何处宣说？"又言："我办了一辈子的事，练兵也，海军也，都是纸糊的老虎，何尝能实在放手办理？不过勉强涂饰，虚有其表，不揭破犹可敷衍一时。如一间破屋，由裱糊匠东补西帖，居然成一净室。虽明知为纸片糊裱，但究竟决不定里面是何等材料，即有小小风雨，打成几个窟窿，随时补葺，亦可支吾对付。乃必欲爽手扯破，又未预备何种修葺材料，何种改造方式，自然真相破露，不可收拾，但裱糊匠又何术能负其责？"又言："言官制度最足坏事，故前明之亡，即亡于言官。此辈皆少年新进，毫不更事，亦不考究事实得失，国家利害，但随便寻个题目，信口开合，畅发一篇议论，藉此以出头露角，而国家大事，已为之阻挠不少。当此等艰难盘错之际，动辄得咎。当事者本不敢轻言建树，但责任所在，势不能安坐待毙。苦心孤诣，始寻得一条线路，稍有几分希望，千盘百折，甫将集事，言者乃认为得间，则群起而讧之。朝廷以言路所在，又不能不示加容纳，往往半途中梗，势必至于一事不办而后已。大臣皆安位而取容，苟求无事，国家前途宁复有进步之可冀？"又言："天下事，为之而后难，行之而后知。从前许多言官，遇事纠弹，放言高论，盛名鼎鼎，后来放了外任，负到实在事责，从前芒角，立时收敛，一言不敢妄发；迨至升任封疆，则痛恨言官更甚于人。尝有极力诋我之人，而俯首下心，向我求救者。……后来者依然蹈其故步，盖非此不足以自见。制度如此，实亦无可如何之事也。"言至此，以足顿地，犹若有余怒者。见吴永《庚子西狩丛谈》。

三库大臣

　　清道光中，吴退旃尚书体弱畏寒，冬日必着皮衣五层，夹裤、棉裤、皮裤三层，京中戏呼为"三库大臣"。此事宣宗亦知之，屡承垂询及之。

如兄如弟

　　昔日友朋书信往还，有称"如兄""如弟"者，并有"如小兄""如

"小弟"之称。某君性诙谐，一日正色告人曰："前见'如兄'之称，不解是何姻娅，今始知乃其'如嫂'之夫也。"一座大笑。

杜　撰

诗文之信口开合而无所据者谓之"杜撰"或"杜纂"。道家经藏，杜光庭撰，多虚妄；杜默诗，引用无据，故曰"杜撰"。《湘山野录》载，盛度撰张知白神道碑，石中立，人急问是谁撰，度对白："度撰。"满堂大笑。

先后前后

韩文公《南山诗》："或齐若友朋，或差若先后。"兄弟之妻关中呼为"先后"，蜀人呼为"前后"。

郑苏堪

民国二十三年（1934）十一月三十日，南京金松岑席间，侯官（今福州市）陈石遗（衍）谈郑苏堪（孝胥）事，陈云苏堪入满，由一妾而来，其事颇奇。初，苏堪娶吴长庆女，奇丑而妒。十年前郑尚能日行百里，早起跃越一桌。既纳妾，而被妻监视不得近，乃习于夜半起以就妾。宣统诏其教学，诸子请携妾入津。近闻在满极不得意，尝有函寄黄秋岳，授意请汪精卫邀其返国，汪笑置之。又尝告吴佩孚，使中国能用之，必不入满云云。

动

海中之地，大者曰洲，洲之小者曰岛，岛之小者曰动。见明张元洲（瀚）《松窗梦语》。

深情真气

明张宗子（岱）云："人无癖不可与交，以其无深情也。人无疵不可与交，以其无真气也。"可谓伤心悟道之言。

台　湾

《广阳杂记》："台湾口岸故巨，其西则淡水，山石林立，不可泊舟。唯东南有水濚折而下，可通舟楫。红毛人筑城于内，曰赤嵌城。有山对峙如鹿耳，曰鹿耳门，舟必从此入。红毛人于弯环处皆有炮台，设巨炮以守，不可攻也。台湾之名，盖取之于此。"明清时称荷兰人为红毛夷。

陵谷山原

唐以后大诗人可用地理名词包括，谓之"陵谷山原"。三陵：杜少陵、王广陵、梅宛陵。二谷：李昌谷、黄山谷。四山：李义山、王半山、陈后山、元遗山。原：陈散原。见钱锺书《围城》。

近人论曾国藩

一九一七年八月二十三日毛润之（泽东）致书黎劭西（锦熙），有云："今之论人者，称袁世凯、孙文、康有为三，孙袁吾不论，独康似略有本源。然细观之，其本源究不能指其实在何处，徒为华言炫听，并无一干树立、枝叶扶疏之妙。愚意所谓本源者，倡学而已矣。唯学如基础，今日无学，故基础不厚，时虞倾圮。愚于近人，独服曾文正，观其收拾洪杨一役而完满无缺，使今人易其位，其能如彼之完满乎？"

黄季刚论治学

章太炎高第弟子蕲春黄季刚（侃）尝云："学者当日日有所知，日日有所不知。扎硬寨、打死仗才是治学正途，徒恃智慧，无益也。"常以王荆公"莫以有限胜无穷"句自警，认为"唯做学问，却应将有限胜无穷"。

顾亭林论读书

昆山顾亭林（炎武）云："天下无无书不读之人，而有不必读之书。"此真不刊之论也。昔人云："善取不如善弃。"

论　诗

昆山顾亭林（炎武）云："诗不必人人皆作。"阳湖洪北江（亮吉）《北江诗话》："诗可作，可以不作，则不作可也。陆剑南六十年间万首诗，吾以为贻误后人不少。"

酒　誓

吴兴钱玄同《酒誓》："我从中华民国二十二年七月二日起，当天发誓，绝对戒酒，即对马凡将、周苦雨二氏亦不敷衍矣。恐无后凭，立此存照。钱龟竞十。"下钤朱文方印，文曰"龟竞"。十字甚粗拙，花押也。马凡将即马叔平（衡），周苦雨即周作人，皆北京大学教授。民国二十二年即公元一九三三年。

蔡孑民

寿洙邻教读于绍兴周氏三味书屋，卒年九十。洙邻题乡人蔡孑民（元培）《言行录》云："孑民学问道德之深粹高深，和平中正，而世多訾嗷，诚如庄子所谓纯纯常常，乃比之于狂者矣。"又云："孑民道德学问集古今中外之大成而实践之，加以不择壤流、不耻下问之大度，可谓伟大矣。"

兽面人心

清初漕运总督施某，貌奇丑，初任县尹，谒上官，上官或掩口笑，施正色曰："公以某貌丑耶？人面兽心，可恶。若某，则兽面人心，何害焉！"

长亭短亭

太白："天下伤心地，劳劳送别亭。"劳劳亭在金陵西南十五里，古时送行之所。又有折柳亭，相去五里。短送者至折柳，长送者至劳劳，故有"长亭复短亭"之语。

温故知新

长沙杨遇夫（树达）尝云："温故而不能知新，其人必庸。不温故而欲知新，其人必妄。"前句指黄侃，后句指胡适。

四天下

峨眉天下秀，淫滪天下险，剑阁天下雄，青城天下幽，张大千名之曰"蜀中四天下"。一九六七年四月，其乡人张岳军（群）七旬晋八之辰，画"四天下"为贺，并题云：

峨剑夔巫，孕四天下。出云导风，谁与匹者？！

张溥泉论章太炎

沧县张溥泉（继）尝言："太炎精深宏博，集吾国学术之大成。其弟子中，黄季刚得其小学，吴检斋得其经学，朱逖先传其史学，汪旭初传其文学，然皆所谓'得圣人之一体'而已。至于太炎高瞻远瞩之眼光、一贯不移之气魄，则无传人矣。"

章太炎与吴稚晖

清末，政府欲捕上海《苏报》诸人，江苏候补道俞恪士得知，泄密于吴稚晖，吴一人遁去而不告太炎，邹蔚丹（容）因太炎而自往投案。门卒不忍，曰："邹容乃皇犯，尔学生何得妄认？"蔚丹揭帽向门卒曰："汝视我与皇犯邹容像片有异否？"因被收押。后蔚丹病死狱中，太炎为此事终身痛心疾首，终身衔恨于吴稚晖。太炎骂稚晖："善钳尔口，勿令舔痈。善补尔裤，勿令后穿。"时人以为名句。

公道老

瓷器有名"公道老"者，酒杯也。杯中一老人，斟酒入杯，适量无异状，如过量，酒则自杯底溢出，诚奇巧矣。四十年代北京琉璃厂肆犹可见之。

娼厂唱场

清末诸暨周孝怀（善培）在四川有年，于新政多所倡导，建树颇多。曾任警察厅长，商务、劝工两局总办，署四川劝业道三年，成绩尤著。在成都开设劝业场（今商业场）。开设造纸厂、肥皂厂。又于东门新化街、北门五台山设立官妓，抽花捐。开设悦来茶园（今锦江剧场），俾戏剧有演出场所。当时有"娼厂唱场"四绩之语，故孝怀在当时新政能员（伍廷芳、熊希龄、温宗尧等）之列。

丁龙讲座

美洲南北战争时（1861—1865），一将军退休，买屋纽约，一人独居。其人孤僻，性极暴躁，仆人稍不满意，辄遭打骂。来一个，跑一个，无久留者。有一中国山东人，名丁龙，来将军家供驱使，不数日即遭打骂，丁龙气极而逃。未几，将军家失火，火势甚猛，房屋被焚忽及一半，丁龙忽至。将军甚诧异，问："你怎么来了？"丁龙答："我听说你家起火，房子被烧，正需人帮忙。我们中国人世世代代讲孔子之道，我应该来。"这时将军更为惊异，便说："孔子是几千年前的大圣人，我不知道你还能读中国古书，懂得你们中国圣人的道理。"丁龙说："我不识字，不读书，是我父亲说给我听的。"那位将军就说："你虽然不识字，不读书，那你父亲是个有学问的人。"丁龙说："我父亲也不识字，不读书，是我祖父讲给他听的。再上面，我也说不清楚，总之，我家都是不识字不读书的庄稼汉出身。"那将军大感惊异，把丁龙留下。从

此，主仆二人成了朋友，将军受了感化，二人相处到老，及至丁龙快
病死时，向主人说："我在你家一辈子，吃你的，穿你的，住也是你的，
还给我工钱。我没有家，也没有亲友，我所有的钱都留下，现在我死
了，把这些钱送还你，本来也是你的钱。"这位将军这时不知道要说什
么，心想：怎样中国社会会出这样的人？于是，他把丁龙留下的这笔
钱，再捐出自己所有财产，一起送给哥伦比亚大学，在那里设立一个
讲座，专门介绍、研究中国文化，这个讲座就名"丁龙讲座"。美国大
学第一个设立专讲中国文化的讲座，就是哥伦比亚大学。

千　金

古有"千金之子，坐不垂堂"之语，意谓最钟爱的人，宜自珍惜，
勿临险以自危也。"千金"所以喻贵重也，如"一字千金""一刻千金"。
父母称最钟爱的子女为"千金"。"千金之子"对男子称，而世俗亦呼
女子为"千金"，固其宜也。

敲竹杠

湘军破金陵后，将领争赴太平天国诸王府，摄取金银，贯纳诸大
竹筒中，然后运走。但亦有未贯金银之竹杂陈其中，盗取者先敲竹以
知有无，故世称有所索求为"敲竹杠"。

少　焉

明张宗子（岱）游天平山，山下有范长白园，主人留饮，饮罢，又移席小兰亭，比晚辞去。主人曰："宽坐，请看少焉。"张不解，问之，主人曰："吾乡有缙绅先生喜掉书袋，《赤壁赋》有'少焉月出于东山之上'句，遂称月为'少焉'，顷言'少焉'者，月也。"相与一笑。

长　江

长江古称江、江水或大江。三国后始称长江。

皇　帝

古之最高统治者，称王、皇或帝，义皆同。合称"皇帝"，则自秦始。

秦　淮

太平天国既亡，金陵复为清军所据。战争之余，百业萧条，民生艰苦。曾文正（国藩）首先恢复秦淮河游乐，亲往其间以示倡导。有妓名少如，有文才，文正以"得少住时且少住"命对，女挥毫书云"要如何处便如何"。文正受此揶揄，哭笑不得。

撕去序文

三十年代初，陈援庵（垣）《元典章校补释例》刻成，胡适之（适）作序。杭州张孟劬（尔田）时任燕京大学教授，一日告援庵："君新出之书极佳，何以冠某人序，吾一见即撕之矣。"援庵愕然，曰："书甫刻成，尚未送君，何由得之？"孟劬曰："吾所自购者。"援庵曰："君购之，君撕之，乃君之自由，他人何能干预？"孟劬默然。

海　报

戏园观众座位旧称"池子"，戏台称"海子"，正式登台演戏谓之"下海"或"下水"，均江湖语，因之戏园门口载戏目之广告称"海报"，此后凡类似者皆称"海报"。

张香涛

清末大吏张香涛（之洞），自督蜀学还都，两袖清风，生计不裕，值生辰，萧然无办，夫人典衣为置酒。香涛入枢府后，一日问幕僚高友唐，外间对之有何议论？高答："人皆云岑西林不学无术，袁项城不学有术，老师有学无术。"香涛笑曰："项城不但有术，且术多矣，予则不但无术，且不能自谓有学。"高对曰："老成谋国，必有胜算，本从学问中来，房谋杜断，当以老师为归。"香涛莞然。

辜鸿铭曰："张文襄学问有余，而聪明不足，故其病在傲。"香涛之评公羊学，可证辜言不诬。

周伯晋（锡恩），香涛督鄂学所赏拔，为得意门生。后入翰林，香涛重其才，游宴必有伯晋为座上客。适香涛五十寿辰，伯晋撰文为寿，"典丽裔皇，渊渊乎汉魏寓骈于散之至文也"。香涛激赏之，"名辈来，之洞必引观此屏"。老文案赵竹君（凤昌）识破其文乃大半抄自龚自珍《阮元年谱序》，香涛核实，默然长叹曰："周伯晋欺我不读书，我广为延誉，使天下学人同观此文者，皆讥我不读书，伯晋负我矣。文人无行奈何！非赵竹君，尚在五里雾中。"自是与周远。

香涛总督两广时，赵竹君充文案，事无巨细，皆烂熟胸中，香涛以为左右手，朝夕在侧。时人撰"两广总督张之洞，一品夫人赵竹君"一联嘲之。

五老七贤

民初至抗战，成都有五老七贤，或戏语为"五个烧火佬，七个讨人嫌"，由谑而虐矣。

其实，只有五老，并无七贤。五老主持清议，为民请命，颇似清末之"清流"，故全国多知之。

五老即桐城方鹤斋（旭）、成都尹仲锡（昌龄）、华阳徐子休（炯）、成都曾奂如（鉴）、双流刘豫波（咸荥）。五人皆前清进士、举人或拔贡出身，或作京官，或任地方知府，或充学政。入民国，闲居成都，德高望重，受到社会尊敬，如政府措施有不利于民者，五老必向当轴剀切陈词，指出弊端，以期达到改善或停止，或为孤老贫病创办福利事业。成都壬申（1932）巷战，为祸至惨，五老不顾安危，联袂奔走数日，同两军主将泣请停战，不数日，双方即停火。此举感人至深，至今耆旧犹以为美谈。所谓"由来五老贤，令闻至今在"是也。政府如有重大事件，亦邀五老莅临。民国二十四年（1935）南较场检阅学生军，方鹤老乘轿而来，须发皤然。

民国二十五年（1936）五月，川沙黄任之（炎培）游蜀，在成都拜会五老，时徐休老甫下世，殊以为歉。任之尝赋绝句云："劫后民劳未息肩，每闻正论出耆年。蜀人敬老尊贤意，五老当头配七贤。"

一年六季

印度一年分春、夏、雨、露、秋、冬六季。此说见清末报纸所载。

称人为官

俗称人为官，冠以姓氏排行，初唐已有之。王勃《序》："张二官松驾乘闲。"骆宾王《序》："尹大官三冬业畅。"又有"大老官""二老官""哥老官""舅老官""皇帝老官"之称。清雍乾之际，苏州顾二娘以制砚著称，又有李四善制壶。有人撰"墨磨顾二娘子砚，茶饮李四老官壶"一联，传诵一时。

十七字诗

古有十七字，流传民间。善用末二字，尤令人发噱，县令名西坡者，云："今人号西坡，古人号东坡。若将二坡比，差多。"

一人从军到郧阳，往别母舅，舅盲一目，云："充军到郧阳，见舅如见娘。两人同下泪，三行。"

某喜为诗，一日至县署，县官命赋诗，某援笔立就。云："环佩响丁当，夫人出后堂。金莲三寸小，横量。"

《渑水燕谈录》："某乃于都下三十余年，但为十七字诗鬻钱糊口……"是十七字诗宋时已有，且可卖钱谋生，事亦奇矣。

白话联

古今楹联，以口语白话出之者，尚不多见，其佳者，并不逊于文言，甚有过之者。且白话楹联兴起甚早，咸丰状元孙家鼐，历任工部、礼部、吏部尚书，尝自撰书一联云：

> 到甚么地步说甚么话；
> 做一日和尚撞一日钟。

乾隆时，济南曲水亭既毁，架木建厅，四周有窗，宜饮茶，宜对弈。门悬一联云：

> 忙里偷闲，下盘棋去；
> 闹中取静，泡碗茶来。

康熙中，苏州顾嗣协作新会县令，自撰书门联云：

留一个不要钱的新县令；

成一个不昧心的苏州人。

汀　茫

顾宁人（炎武）尝宿傅青主（山）家，天明未起，青主大呼："汀茫矣！"宁人不知所谓，怪而问之。青主曰："子平时喜谈古音，今日何忽自昧？"宁人亦觉失笑。"天"古读如"汀"，"明"古读如"茫"，故青主以此戏之。

苏东坡喜吃猪肉

苏东坡喜吃猪肉，佳话不少。其尤趣者，谓："无肉令人瘦，无竹令人俗。"但即转语："人瘦尚可肥"，肉不能缺。有诗话一则云："无肉令人瘦，无竹令人俗，若教不瘦又不俗，顿顿还他笋炒肉。"至今，成都有老字号饭馆味之腴，以"东坡肘子"著名。

辜鸿铭拒附袁党

文坛怪杰辜鸿铭，名噪一时，辛亥（1911）冬，张季直（謇）、唐少川（绍仪）聚上海，极力效忠于袁世凯，欲罗致辜，因设盛宴款之，诱以甘言，并引孟子"君之视臣如犬马，则臣视君如国人；君之视臣如土芥，则臣视君如寇雠"以动之。鸿铭曰："鄙人命不犹人，诚当弃。然则汝两人者，一为土芥尚书，一为犬马状元耳！"不欢而散。张季直光绪二十年（1894）状元，唐少川宣统三年（1911）邮传部尚书。

李芋仙

清道咸间，江西临江府知府王之藩好作诗。有《金台集》，中有句云"三声大炮响，两扇总门开"，余可知矣。王尝携集就质于诗豪李芋仙（士棻），芋仙阅后告王："你是个好人。"王曰："我问诗，非问人。"芋仙曰："你这个人不做诗，更好。"王抱惭而去。

芋仙尝处曾文正（国藩）幕，赋诗有"三品豆腐空一饱，江南草绿不如归"之句，主人见之，问："芋仙其欲仕乎？"遂以县令需次某省。芋仙短视，谒中丞不去眼镜。中丞讶之，曰："老兄近视乎？"芋仙曰："然。戴着眼镜瞧大人是糊糊涂涂的。"其不解人事如此。

伊索寓言

名著《伊索寓言》介绍到我国甚早。林琴南所译，约在光绪年间，而道光二十年（1840）广州刊行《意拾蒙引》，更早则明天启六年（1626）西安刊行，意大利金尼阁口述，书名《况义》，共二十二则。书后《跋》中，有"况之为言比也"一语，故即比喻之意。

韭　黄

宋陆放翁（游）寓蜀，有"蔬食戏书"诗："新津韭黄天下无，色如鹅黄三尺余。"新津，县名，去成都九十里，旧属成都府，韭黄是韭菜经人工培植而成，绝长不到三尺余。句中"三尺余"，诗人夸张法也。古诗"白发三千丈，金樽十万钱"，宋王荆公（安石）"缲成白雪三千丈"，亦此类也。

解人颐

清中叶粤中某知县，以军功议叙者，一日僚佐在庭，知县忽大言曰："古来为善者，子孙必好，孔子之后又生孔明。"众不敢笑，亦不语。一校官应曰："不独此也，作恶者子孙亦必不好，秦始皇之后又生秦桧。"

五线谱之引入中国

清嘉定钱溉定（塘），大昕族子，乾隆四十五年（1780）进士，深研经史，于声韵文字，律吕历算，造诣尤深，兼及西洋学说，著述甚夥，尝介绍西洋五线谱入中国。

胡　说

胡适之（适）在北京大学，课堂上讲到独特见解快意时，曰"胡说"，一语双关，甚妙。

卢前参政员

金陵卢前，字冀野，出吴霜崖（梅）之门，才气横溢，有江南才子之目。著有《弱岁集》《南雍集》《卢参政诗选》等。抗战后，冀野随国民政府播迁重庆，任国立编译馆、礼乐馆编纂，不久，膺选为国民参政会参政员，踌躇满志，衣襟挂参政会会徽，出入两馆，人皆侧目，一日语友人曰："'参政'之名可矣，何必再加一'员'字，宋元明清均设参政，未闻称号。民国初年设参政院，称参政，今加'员'字，反觉不美。"友人答曰："此会乃临时性质，既称会，组成份子当然是'员'了。老兄真有意参加参政事耶？"卢笑不答。第三届参政会，卢竟未继任，大为沮丧，怏怏不乐。有人调侃之云："卢先生名前，今则名符其实——卢前参政员矣。"

亲民之职

抗战胜利后，卢冀野（前）在南京任监察委员、大学教授、保长。有人问他："保长之事何劳先生费心？"卢答："这你就不懂了。保甲长才是真正亲民之职，尤其有关兵役等事，保甲长一言九鼎，关系重大。逢年过节，礼物上门，堆积如山……"

避　讳

避讳起源甚早，秦汉已严。秦始皇讳政，呼正月为征月；汉文帝讳恒，改恒山为常山；宣帝讳询，改荀卿为孙卿；吕后讳雉，呼雉为野鸡，人患痔，称野鸡疮，等等。

无谓可笑者，唐李贺父名晋肃，贺不得举进士。后唐天成中，工部郎中于邺参谒尚书卢文纪，文纪以父名嗣业，与邺同音，不见，于忧恐，归悬梁而死。宋刘温叟父名乐，终身不听乐。徐绩父名石，平生不用石器，足不践石，遇石桥，令人负之而过。此皆太不近情。更有绝可笑者：唐代讳"虎"，改"武"足矣，乃又改"虎"为"兽"。又讳"豫"，改"豫章"为"钟陵"足矣，乃又改"薯蓣"为"山药"。

眍　江

民国二十六年（1937）十一月十六日，词人夏瞿禅（承焘）乘舟过桐庐，夜泊七里泷，是日夏正十月十四，大月如轮，光景无限，临睡前与同行友人提灯笼上岸，遇一村翁云："泷中江名眍江。"眍读烟，取光武望见严子陵之意。

端　方

辛亥（1911），川汉、粤汉铁路督办大臣端方，字午桥，有金石癖，好收藏。尝获一古瓷瓶，爱不释手，适王湘绮（闿运）来访，喜以示王，王笑曰："此瓶确甚古，奈其形不端不方何？！"端闻之大窘。

柬埔寨

光绪十六年（1890）薛福成出使四国，取道柬埔寨，考国名别称，谓："柬埔寨国，土音转为金波乍国，又因金波之音，转为金边国，或言，该国建国金边埠，因其俗尚佛教，多建高塔，饰之以金，故又名金塔国，亦曰甘索智国，实即古之真腊国也。又因地产棉花，土名高棉国，而地图或遂讹为高蛮国。"

皇帝守法

一九一二年长沙杨怀中（昌济）自英去德，在波茨坦离宫参观，见德皇威廉一世为扩建皇宫，强行拆毁一家磨房。主人诉诸法庭，法庭依法判决，德皇赔偿损失，重建磨房，德皇只得遵照执行。此事给杨印象极深。

文坛趣事

军事理论家海宁蒋百里（方震），留学日本，赴德考察军事，归撰《欧洲文艺复兴史》，约五万言，稿成，请梁任公（启超）作序。一九二二年问世后，十四个月内连出三版。任公写序时，下笔不能自休，一写竟五万言，与原著等。任公云："天下固无此序体。"遂另写一短序，将此长序命名为《清代学术概论》，单行出版，反而请百里为之序。此文坛前所未有之趣事也。

成都第一辆长途汽车

民国初年，百端待兴，成都尤然。民国十四年（1925）成（都）灌（县）马路始筑成，是年十月，成灌马路长途汽车公司开业，自上海购回奥斯陆汀牌旧车一辆，从成都载客出发，整整两日始达灌县。视今日成（都）都（江堰市）公路汽车日十数次往返，不啻霄壤矣。

垮城墙与靖国路

今天，年近八旬的老成都人才知道垮城墙其地其事。原来，满城（即少城）筑有城墙，与大城（满城以外地区，但后来特指东城区的商业繁华地带）隔断。从祠堂街口到羊市小东门街口（羊市街与东门街之间）就是城墙，现在的东城根街也就是在旧城墙地基上修筑的。清末民初，东胜街斜对金家坝的一段垮了，从此人们就把这一段叫"垮城墙"。就在"垮城墙"这儿，后来有个铁匠棚，专门修补和焊接人力车轮，生意兴隆，应接不暇。但这件在今天的确罕为人知的小事，值得罗嗦几句。

当时署四川劝业道的清末能员周孝怀（善培），建树不少，在成都有"娼、厂、唱、场，还带个小东洋"的五大政绩。这"小东洋"就指在东城根街行驶东洋车，即人力车的措施。当时的人力车的车轮，并不是后来改进了的气轮胎而是铁制的，路上石头多，崎岖不平，铁制车轮很容易损坏或破折，这就需要修补或焊接，这家铁匠棚便应运而生了。

不久，政府把"垮城墙"这一段正式改名为靖国路，但改了改，大家仍然叫"垮城墙"。民国七年（1918）政府在靖国路立碑，并请曾经参加辛亥（1911）三月二十九日广州黄花岗起义而幸免于难的但怒刚书写两尺多大的"靖国路"三个字刻在石碑上，上款是"中华民国七年"，下款是"但懋辛书"。但懋辛，字怒刚，荣县人，早期同盟会会员，追随孙中山先生，忠诚不渝。黄花岗起义，各省革命精英均有参加，怒刚其一也。工书，临碑之功甚深，其字古朴凝重，蜀中近代书家也。此碑初立于东胜街口资属联立中学大操场墙外，正对金家坝口，抗战后，移至金家坝口，正对东胜街。"文革"破"四旧"，此碑也在劫难逃。惜哉！

草堂寺

成都西郊浣花溪西有梵安寺，六朝古刹也。杜工部唐肃宗乾元二年（759），弃官入蜀，至成都，喜浣花溪翠竹白沙，景物宜人，遂卜居寺侧，营草堂，所谓"浣花溪水水西头，主人为卜林塘幽"是也。堂成，即世所称工部草堂。堂距寺甚近，同一大门出入，内则各为一院，俗遂合而呼之曰草堂寺，实则草堂非寺，甚明。然至今呼之，此所谓"约定俗成之谓宜"也。

枇杷门巷

　　成都东郊望江楼公园，旧址乃唐校书薛涛吟诗酬唱处也。与薛唱和者，现存诗中极少。王建《寄蜀中薛涛校书》一首云：

　　　　万里桥边女校书，琵琶花里闭门居。

　　　　扫眉才子知多少？管领春风总不如。

诗中"琵琶花"刻本皆作"枇杷花"。后蜀何光远《鉴诫录》与《唐诗纪事》初刻本皆作"琵琶花"。清初宋长白《柳亭诗话》："骆谷中有琵琶花，与杜鹃相似，后人不知，改为枇杷。"

　　抗战前，望江楼园中有流杯池，过池有小径通幽，匾曰"枇杷门巷"。

　　近人张蓬舟一生研究薛涛，揭出此说，故为记之。

狗来滚叉 ✒

　　成都市中心展览馆，旧址为皇城，五代时蜀王所建。虽历代有所修葺，而规模结构无异当初。清代改为贡院，前有高大石牌坊，上刻"为国求贤"四个大字，表示"考场"的意思。皇城有三洞，俗呼皇城洞子。辛亥革命后，把两边的洞子用砖砌封了，行人只能从中间一个进出。进了皇城，一眼就看见一座修建精美，极为明净的明远楼。过明远楼是至公堂。至公堂南向，雄伟庄严，气象恢宏，可容三千人，是历来重大事件集会场所。辛亥（1911）十二月二十二日就是在至公堂左边石阶下，二十六岁的四川都督尹昌衡把四川总督赵尔丰杀了的。

至公堂前石阶下立着一座很大的石牌坊，上面中央从右至左刻"旁求俊乂"（意为"广为搜求德才兼备的人"）四个大字。虽无上下款识，但从书法上看，写字的人功夫很深，用隶兼行、草，一气呵成，苍劲秀逸。他把"旁"写成"筊"、"求"写成"来"，"俊"写得更飞舞，很像"滚"，"乂"写成"叉"，就成了"筊来滚叉"。许多人看了认不得，或认不准，把"筊"认成"苟"，"求"认成"来"，"俊"认成"滚"，"乂"认成"叉"。"苟""狗"同音，于是人们说，至公堂有个"狗来滚叉"的牌坊。

载《龙门阵》一九八二年第五辑

河水香茶

清末至民国年间，成都井水不佳，只能用以洗濯煮饭，如泡茶，则碗内水面起绀子（褐色朦子），味极不佳，而茶社无街无之，一用井水，就无茶客上门，故茶肆皆运河水，悬匾大书"河水香茶"四字，人即乐就之。四字甚佳，唯今日知者鲜矣。

成都灯社

灯谜，又名灯虎，善猜灯谜者称"打虎将"。谜面贴于各式各色灯上以供猜射。凡经、史、诗文以及俚语俗言皆可作谜面或谜底。谜底着重文字意义，但底面皆以自然为上，所谓深入浅出，言下了然。有关此道的著作有《辛巳春灯谜》《邃汉斋谜话》《囊园春灯话》《纸醉庐春灯百话》等。

　　辛亥（1911）后至二十年代初，成都猜灯谜之风盛极一时，不但春节后，暮春、初夏、初秋俱有灯社。官方机构如商务总会与省劝工总局共同组织文明灯社。公共场所以及私人的就更多了。著名的有桂王桥南街存粹灯社、红庙子街长春灯社、梓潼街乙巳春灯社、学道街二酉山房灯社等，此外，暑袜街、惜字宫（今庆云南街）、打铜街、西御河沿街、前卫街、通顺街、贵州馆街都有灯社。参加猜射灯谜者当中，多有深孚众望、博学多闻之流，如胡雨岚（峻）、龚相农（道耕）、亢聘臣（廷珍）、庞石帚（俊）等。此外，当时任省商务总会兼劝工总局总办的周孝怀（善培）对此事予以大力支持。

　　灯谜佳者，似隐而显，似直而纡，巧思妙意，出人意表。略举数例，以见一斑：

谜面	谜底
西望长安不见家	秦无庐（《礼记》）
桃李无言	红不说，白不说（俚谚）
举杯消愁愁更愁	饮而不乐（《左传》）
娘子军	行役以妇人（《礼记》）
贬岳少保为庶人	飞入寻常百姓家（唐诗）
德律风传话	电白（县名，在广东省。旧日称电话为德律风，是英语 telephone 的音译）
失踪	何处寻行迹（唐诗）
食于有丧者之侧，未尝饱也。	见灵辄饿（《左传》）
非楼非亭	这不是黄鹤醉翁（《西厢记》）
难产破腹取出	破产法（法律名）

　　近代学者、诗人綦江庞石帚（俊），当年著名"打虎将"也，民国

七年（1918）赋《水调歌头》一阕纪其事，词云：

> 飞将好身手，射虎更无伦。不妨游戏三昧，我亦逐君尘。亲戚知其乐此，每说今宵何处，来往岂辞频。但恨已生晚，旧俗渐沉沦。　几年事，浑似梦，迹俱陈。且从纸上，一笑呼起锦城春。收拾东西鳞爪，指点承平灯火，满眼闹如新。回首便堪叹，相对乱离人。

免得折腰

辛壬（1941—1942）之际，抗战已四五年，敌寇深入，国势岌岌。当局为安定人心，笼络耆旧，聘请社会贤达，担任官职。省政府两延新繁吴又陵（虞）为高等顾问，均见拒。先去新繁聘请者为某参议，被吴斥走。吴语人曰："其人鼠头鼠目，且乘夜而来，真'地老鼠'也。"不久，再往少城栅子街爱智庐敦聘者省府秘书长李伯申，吴称病不见。一日，又陵扶杖出街拣药归，途中忽见一黑色小汽车迎面而来，遽停面前，先下车者，即前之"地老鼠"，继而下者李伯申也。"地老鼠"毕恭毕敬，嬉笑而立，吴仰望天空，无视左右。旋李问何以亲自出街拣药？吴不应。李尴尬万状。无何，李又问何以挂如此修长之龙头杖？吴大声曰："免得折腰！"言毕，扬长而去。此事不胫而走，传遍锦城。吴之门人范雁秋赋诗云："高官何足屈先生，杖与头高气不平。岂肯折腰随鼠辈，一时佳话传锦城。"

张宗昌诗

掖县张宗昌体格魁梧，好赌，人称"狗肉将军"。张无文化，但附庸风雅，一日偕秘书登泰山，睹其雄伟，大乐，诗兴忽来，挥笔写云："远看泰山黑乎乎，上头细来下边粗。若把泰山倒过来，下边细来上头粗。"

是是是　好好好

杭州章厥生（嶔）辛亥（1911）后任北京师范大学国文系主任甚久。厥生对客时，不论客言如何，但答"是、是、是"，即使客言错误，亦报以"是、是、是"。朋辈学生皆匿笑之。

旧时官场，下属对上司语，不敢有违词，恒答"是"以对。某长官令其僚属办某事，不称意，长官厉声责之，某连答"是、是、是"，长官益怒，竟斥为"王八蛋"，某仍答"是、是、是"，长官忍俊不禁。

北洋政府财政次长某，对人言，辄曰"好、好、好"。一日，某科长因母丧向其请假，曰："家母死了。"某次长曰："好、好、好。"科长为之哭笑不得。

口叩品　马骉骉

抗战后，成都少城西御街口近半边桥处，一甜食店，门口圌上大书"口叩品"三字，人皆不识叩字，有人解释说，两个口是吻的意思，成都方言，吻说 ber（有音无字），于是读为"口 ber 品"，这显然不对。

按"叫"读 xuan（宣），惊呼也。见《说文·叫部》。此店用此三字作招牌，招徕顾客，生意颇佳。

抗战前，一日黄任之（炎培）、马寅初、马夷初（叙伦）、陈真如（铭枢）聚谈甚乐。任之与寅初并坐，夷初又与寅初连席，任之嘲二马曰："余原籍川沙，有姓名为马骉猋者，人不能呼。"夷初曰："此人熟读《礼》经，盖古投壶一马从二马，又庆多马也。"座客大笑。但举座不能读骉猋二字。夷初知猋读如彪，但不识骉字，戏谓当读如冯，因俗呼姓冯者为马二先生。后检《玉篇》，音独，马走也。

麻　子

胡适之（适）交游遍天下，认得不少麻子，如刘大麻子（景山）、王麻子（澄）、杨麻子（杏佛）、汪麻子（敬熙）。俗语说，十个麻子九个怪，而胡说，对女人是"十个麻子九个俏"。他曾写"麻子哲学"，凡是麻子相貌都不好看，都想努力出人头地，故成功者亦不少。因为自己是麻子，往往怀疑别人。

石埭杨仁山（文会）潜心佛典，著《佛学三字经》，同治八年（1869）于南京延龄巷设金陵刻经处，发愿刻《大藏经》，又从日本引回《相性宗章疏》，一时士大夫竞相传习。仁山持维新变法之说，谭壮飞（嗣同）、孙少候、欧阳竟无（渐）皆出其门下。

仁山出世才三日，父母即为定亲事，女长六岁，其父作京官，三岁随母去北京，十一岁出天花，结果破相，一脸痘瘢。不久，女家专人来说可以退婚，仁山父母问之如何，仁山答："不要紧，他们不是说

'一麻三俏，不麻不要'吗？"十五岁遂成婚。

以春名酒

唐人多以春名酒，郢（湖北江陵附近）之富春，乌程之若下春，富平之石陈春，剑南之烧春。杜工部句："闻道云安曲米春，才倾一盏便醺人。"云安，蜀地名，近夔州，即今云阳。蜀人善酿，绵竹酒之最佳者名剑南春。

蜀　山

江苏宜兴东南有独山，苏东坡尝谪此，爱其山水，谓此山似蜀，遂改为蜀山。后设蜀山镇，建东坡书院。辛亥（1911）后改书院为东坡小学，校园中有东坡手迹刻石。

五十年代张大千侨居南美洲巴西之摩诘城，邻县名蜀山落，尝写山水立轴，题云："不见巴人作巴语，原注：蜀中绵阳古称巴西郡。争教蜀客怜蜀山。原注：予居摩诘城，邻县曰蜀山落。垂老可无归国日，梦中满意说乡关。"此海外蜀山也。

六字真言

喇嘛教六字真言"唵嘛呢叭咪吽"，吟诵一遍，功德无量，反复吟诵则功德圆满，得以解脱。《济公传》中之济公念之不离口。

"唵嘛呢叭咪吽"是梵文音译，意为"赞美莲花中的宝珠"，即观世音，别无秘奥可言。西藏喇嘛教地区，随处可以听见。

明永乐年间迎藏僧哈立麻来南京，居灵谷寺，逢人即教念此六字。翰林侍读李继鼎认为，哈立麻并未宣讲佛法，只教人念"唵嘛呢叭咪吽"，其所念"唵嘛呢叭咪吽"者，乃是"俺麻你把你哄"也，人不知悟耳。今人季羡林说："关于六字真言这一段话和这位翰林公的理解，却有点石破天惊，匪夷所思，读了真是忍俊不禁，我真不知道要说什么好了。"

灌　县

清末灌县（今都江堰市）彭古香（洵）官陕西知县，有循声，归田后撰《灌记》四卷。卷一《舆地记》："古绳桥名索桥，宋名评事桥。国初，桥已失废，设义渡以济。嘉庆八年邑知县仿制重建，更名安澜桥。"古香所记，可知都江堰索桥之由来。

都江堰原名都安堰，不知何时改今名。城南塔子坝，以奎光塔得名，塔建于道光十三年（1833）。离堆伏龙观又称大王庙，二王庙又称玉垒仙都。青城山又称神仙都会。

青城山常道观，俗称天师洞，观内走廊悬木匾，上刻"天谷中心"四字，成都书家余沙园（舒）所书。天谷，青城山别称。杨慎《升庵外集·名山》："青城山一名天谷。"

大行山

《资暇录》："太行读杭本俗称，当以太行读形为正。《山海经》太行形山一名五行形山。《列子》直作'太形'，则形乃本音，知之者鲜矣。"

清方外山人《谈征·名部下·太行山为大形山》："有一主一仆久行役，忽登一山，遇丰碑大书'大行山'三字。主欣然曰：'今日得见太行山。'仆随后，揶揄官人不识字：'只有大行山，安得太行山？'"

郑板桥杂记

清初莆田余淡心（怀）著《板桥杂记》三卷，记秦淮名妓事，颇负时誉。某书贾无知，竟加"郑"字成《郑板桥杂记》，置诸架上，见者异之，盖郑板桥绝无此作也。

绍兴俗谚

清末民初，浙江绍兴有俗谚云："穿，威风；吃，受用；赌，对衡；嫖，脱空；烟，送终。"烟，指鸦片。

语言消亡日

确定某一语言的消亡时间，应该是操该种语言的最后一人死去的日期。美国加尼福尼亚州雅那（Yana）语中雅西（Yahi）方言，消亡于该方言的最后一人伊西（Ishi），时间是一九一六年三月二十五日。一九六四年出版的克洛布（kroeber）著作中对这一感人的事有所叙述。

八　哥

阿拉拍人呼鹦鹉为八哥（bakghā）或八八儿（babbagha），自中亚输入此词后，汉人遂呼类似鹦鹉能作人语之鸲鹆为八哥或八八儿。后因避南唐后主李煜讳，废鸲鹆之名，以八哥为正名，今所称八哥即鸲鹆。

章太炎佚事

一九三四年秋，太炎自沪移居苏州。庭院幽静，花木扶疏，小楼二层，过道壁上高悬巨大鳄鱼皮。室内陈设简朴，壁上张何绍基书楹联，高处挂邹容遗像，前设长几，几上置香炉，每月初一、十五必沐手燃香供像，其于患难之交，感情之真挚如此。

太炎门人甚夥，黄季刚（侃）得其经学，汪旭初（东）得其文学，朱逖先（希祖）得其史学。

太炎晚年因倭侵逼，极感愤懑，祈死不得，有病不治。人或谓太炎见利即受，实则不然。齐燮元欲来见，避之。赠五万元，拒之。后夫人汤国梨恐不宜，勉受之，用以建房办国学讲习会，津贴会员之贫寒者。

一九三六年六月十四日太炎逝世。不久，夫人汤国梨与夏瞿禅（承焘）数人晤，谈次，汤说："太炎遗产四五万元，门人有派别，如汪旭初不愿组同门会；苏州人士于太炎不沉瀣；晚年收门生太滥。"

杜工部无海棠诗

唐宋时成都海棠称盛，每岁二三月，繁花吐艳，红霞似锦，游人观赏，盛况不减扬州芍药、洛阳牡丹也。诗人每有题咏，陆放翁（游）尤多。唯杜工部寓居成都五年，竹树花卉，属咏几遍，而独不及海棠。人或谓杜公母名海棠，故不咏，此说或然，但无据。放翁《海棠·范希元园》诗自注："老杜不应无海棠诗，意其失传尔。"杜集乃后人编辑，难免遗漏，放翁此说，较为客观。按杜公母崔氏，出自望族，诸舅氏皆有名当世，杜公备极崇敬。有句云"今我送舅氏，万感集清樽""吾舅政如此，古人谁复过？""贤良归盛族，吾舅尽知名"，盖杜公于母族常惓惓焉。至于世间花卉多矣，东坡云："少陵为尔牵诗兴，岂是无心赋海棠？"又云："恰似西川杜工部，海棠虽好不题诗。"最为有见。

一九五八年毛润之（泽东）在成都，尝游草堂，亦以杜公无海棠诗问接待者林某，林某以杜公母名海棠故无诗为答，润之似不满意。

线装书

章太炎云："经字原意是一经一纬的经，即是一根线。所谓经书，只是古代的线装书罢了。明代有'线装书'的名称，即区别于那种一页一页散着的八股文墨卷，因为墨卷无保存的价值。"

联　句

一九一七年蔡孑民（元培）长北京大学，采兼容并包主义，学术思想极为自由。林畏庐（纾）、黄季刚（侃）、陈仲甫（独季）、胡适之（适）等群贤毕集，一时称盛。同人仿《柏梁台》作联句，咏蔡孑民云："毁孔子庙罢其祀。"咏黄季刚云："八部书外皆狗屁。"季刚持论每多偏激，认为除《毛诗》《左传》《周礼》《说文解字》《广韵》《史记》《汉书》《文选》八部书外，其余诸书，不值一顾。

鹅溪东坡佚诗

清初，陈香泉（奕禧）《益州于役志》记，康熙二十一年（1682）经盐亭县西八十里，望见"紫荆河南流，即鹅溪，溪水漂绢最白"。于是断言东坡"爱煞鹅溪白茧光"即指此。盐亭县鹅溪绢最宜书画，宋已著名。黄山谷句："欲写李成骤雨，惜无六幅鹅溪。"可证。

香泉至陕西扶风（今陕西宝鸡市东），出城渡漳水，上南山，谒马援祠，祠有东坡《题天和寺》诗："远望若可爱，朱栏碧瓦沟。聊为一驻足，且慰百年头。水落见山石，尘高昏市楼。临风莫长啸，遗响洪难收。"此诗东坡集不载。

三始一始

近代启蒙思想家平阳宋恕，一名衡，字平子，号六斋，尝受业于德清俞曲园（樾）之门，学通百氏，年未三十，成《六斋卑议》稿。章太炎亟称道之。

光绪十七年（1891）平子至武昌，以其师俞曲园之介，说张香涛（之洞）变法，张不听，登黄鹤楼赋诗而去。

明年（1892）入京谒大学士李鸿章，陈"三始一始"之义，并以所著《六斋卑议》进。所谓"三始"，即"欲化满汉文武之域，必自更官制始；欲通君臣官民之气，必自设议院始；欲兴兵农礼乐之学，必自改试令始"。"三始"之前，尚有"一始"，则曰："欲更官制，设议院，改试令，必自易西服始。"平子发此议论于戊戌（1898）变法之前，可谓有先见之明。

桃花扇作者

无锡钱子泉（基博）尝言，《桃花扇》非孔尚任撰，乃顾彩之作。

设柜求言

曾文正（国藩）在徽州日，署前置一柜，凡言地方利弊、应兴应革者，皆写投其中，且不必具姓名。于是告讦之风大起，人皆患之，求教于老讼师，老讼师曰："不出三日必停止。"众疑之。及第二日果撤去。盖老讼师写数十则，皆痛詈文正，文正不能不逐条阅览，但又无从查究，只有停止。老讼师亦云黠矣。

一说便俗

元末倪云林不画花卉，为张士诚吊打，不发一语。事后人或问之，云林答曰："一说便俗。"

张士诚

元末张士诚，原名九四，以贩私盐造反，据江南富区，称"吴王"，为朱元璋所败，自缢死。士诚称王，以"九四"之名太俗，由幕友更名士诚，似可矣。讵知《孟子》："士，诚小人也。"幕中文士藉以讥其依然小人也。

老天为难

古谣谚："作天难作四月天，蚕要温和麦要寒。行人望晴农望雨，采桑娘子望阴天。"作天尚难，何况作人？东坡："耕田欲雨刈欲晴，去得顺风来者怨。若使人人祷辄遂，造物应须日千变。"同一杼轴。

明清之北京

昔人将明清两代之北京概括为："天，无时不风；地，无处不尘；物，无奇不有；人，无所不为。"

北京胡同

老北京人云："大胡同三千，小胡同赛牛毛。"明嘉庆时内城九百多条胡同，外城三百多条。清光绪时内城一千二百多条，外城六百多条。民国时期内外城共有三千零六十五条胡同。八十年代末至一九九一年北京全市共有街巷胡同四千零四十多条。

项城秘闻

清末民初有廖石夫者，尝为外交公使，驻节欧洲。后袁项城（世凯）执政，亟谋帝制时，石夫得知，法国愿有条件地交还安南（今越南），所有外交官员认为机不可失，千载难逢，急电告政府，殊大出人意，袁复电不许收回安南。旋得密令，大意是现在帝制尚未成功，粤、桂、滇、黔有不少革命党力量，俟将来帝制成功，所有旧日"属地"，均应全都收回。真秘闻也。

虚字文章

番禺叶遐庵（恭绰）尝记清室逊位云："逊位之诏，张金坡（锡銮）早令人拟一稿，同人嫌其冗长，交余修正。余以为时尚早，密藏衣袋中……至十二月二十日前后方拟动笔，而南方已拟好一稿。此稿末句'岂不懿欤'四字，闻系某太史手笔，余甚佩之。盖舍此四字，无可收煞也。"皇帝下台，对全国人民发布最后一篇文字的最后一句，亦即文章如何结束，方为得体，执笔者颇为踌躇。某太史此四字，全是虚语，毫不相干，但文章气势，得以贯注，而口吻亦极得体，"奇文共欣赏"，录如次：

> 朕钦奉隆裕太后懿旨：前因民军事，各省响应，九夏沸腾，生灵涂炭。特命袁世凯遣员与民军代表讨论大局，议开国会，公决政体。两月以来尚无确当办法，南北暌隔，彼此相持，商辍于途，士露于野，徒以国体一日不决，故民生一日不安。今全国人民心理多倾向共和，南中各省既倡议于前，北方诸将亦主张于后，人心所向，天命可知，予亦何忍以一姓之尊荣，拂兆民之好恶。用是外观大势，内审舆情，特率皇帝将统治权公之全国，立为共和立宪国体。近慰海内厌乱望治之心，远协古圣天下为公之义。袁世凯前经资政院选举为总理大臣，当兹新旧代谢之际，宜有南北统一之方，即由袁世凯以全权组织共和政府，与民军协商统一办法。总期人民安堵，海宇乂安，仍合满、汉、蒙、回、藏五族完全领土为一大中华民国，予与皇帝得以退处宽闲，优游岁月，长受国民之优礼，亲见郅治之告成。岂不懿欤！钦此。

江西老表

"老表"一词，是江西人最好、最亲的称呼。太平军战乱时，江西人每逃往邻省湖南避难。时间一久，与湖南人相处甚安，不少结成姻亲。年轻后代回江西扫墓，而留在江西的后代子孙以为自己祖宗坟墓被他人误祭或盗葬，次年清明预先守候，双方相见，互道上代渊源，认出表亲关系，而称"老表"。此一称呼说明宗法社会对血统、家族之重视。

爱　钱

宋释仲殊初游吴中，住一古寺中，道俗来访，就向人要钱，众皆相顾羞缩，曰："初不多办来，奈何？"仲殊曰："钱如蜜，一滴也甜。"

清初傅青主（山）极恶赵松雪（孟𫖯），尤厌其字，尝言："此所谓心不正而手随之者。"虽然如此，赵松雪的书法确有独到处，后世称"赵字"，赵松雪爱钱，写字必得钱，然后乐为之。一日，有二白莲道者上门求字，看门人报告："两居士在门前求见相公。"松雪怒曰："甚么居士？香山居士，东坡居士？吃素食的什么也称居士！"管夫人闻之，自内而出，曰："相公不要恁地焦躁，有钱买东西吃。"松雪犹不乐。少顷，二道者入谒罢，袖携出钞十锭，曰："送相公作润笔之资。有庵记，是一教授所作，求相公书。"松雪大呼曰："将茶来与居士吃！"欢笑移时而去。

一九四五年抗战胜利后，词人夏瞿禅（承焘）偕友游浙中名刹江心寺。方丈钦云，临济宗第七十四代，与客谈，屡言钞票可爱，瞿禅数人匿笑不已。

初　字

阴历每月一日至十日冠以"初字"，不知起自何时。《王荆公文集·高阳郡齐氏墓志》有"五月初三日""十月初八日"语，则北宋时已用之。张端义《贵耳集》载，有一川官在都求差遣，一留三四年，题诗壁上云："朝看贝叶牢笼佛，夜礼星辰取奉天。呼召归来闻好语，初三初四亦欣然。"初三、初四盖二仆也，是南渡时已成常言。又《剪胜野闻》载，明太祖自叙朱氏世德，有初一公、初二公、初五公、初十八公之称，皆明祖大父行，盖亦承宋元之用也。

一　点

杜工部"关山同一点"，岑嘉州"草头一点疾如飞"，苏东坡"一点明月窥人"，近人荣县赵香宋（熙）"夜夜红檠一点"。山、马、月、灯皆用"一点"，奇妙。

乾　坤

诗中频用"乾坤"而工者，当是杜工部："乾坤万里眼，时序百年心""身世双蓬鬓，乾坤一草亭""江汉思归客，乾坤一腐儒""吴楚东南坼，乾坤日夜浮""不眠忧战伐，无力正乾坤""纳纳乾坤大，行行郡国遥""日月笼中鸟，乾坤水上萍""胡虏三年入，乾坤一战收""日月低秦树，乾坤绕汉宫""开辟乾坤正，荣枯雨露偏"。凡十联用之。

桤　木

桤木，桤音期，不才之木也，独蜀中产之。杜工部"桤林碍日吟风叶"，苏东坡"桤木三年已足烧"，陆放翁"著书增木品，搜句觅桤栽"。"桤栽"，桤木树秧也。王荆公"濯锦江边木有桤"。

睡

宋陈希夷（抟）诗云："花木幽窗午梦长，此中与世暂相忘。华山处士如容见，不觅仙方觅睡方。"睡亦有方。西山蔡季通《睡诀》："睡侧而屈，觉正而伸。早晚以时，先睡心，后睡眼。"此诚合卫生之道。

外国人看硃卷

清末，英人傅兰雅、德人花之安，皆能说流利的汉语，而且深解汉文，在广方言馆译书甚多。有一事极可笑，彼辈以曾国藩、左宗棠、李鸿章等皆从科举出身，建大功业，于是多方求得曾等硃卷读之，后告人，看不出此中用兵的道理。实则彼等不知八股文乃敲门砖也。

东西洋文明

《胡适文存》记他在哈尔滨，看出了"道里"和"道外"之别，才知道"东西洋文明的界限，只是人力车文明与摩托车文明的界限，人力车代表的文明就是那用人作牛马的文明，摩托车代表的文明就是用人的心思才智制作出机械来代替的文明"，这简直是他的一大发现。从前，哈尔滨是外国人聚居的城市，分"道里"与"道外"两区，"道里"几乎全是外国人，"道外"则全是中国人。

不　学

唐明皇时，宰相李林甫本无学识，只能照章办事。林甫典选部时，太常少卿姜度妻生子，林甫手书"闻有弄獐之喜"贺之，左右掩口。东坡："甚欲去为汤饼客，唯愁错写弄獐书。"盖用此也。

壹贰叁肆

汉字"大写"壹贰叁肆伍陆柒捌玖拾阡陌等，相传始于明初刑部尚书开济，但宋边实《昆山志》已载之，防人改易本字也。

老胡笳歌

清初，回族噶尔丹起事，扰喀尔喀各盟部，圣祖亲征凯旋，驻跸归化城（在今内蒙古呼和浩特市），大犒军士。俘有老胡者，善吹笳，通汉语，使歌。老胡歌曰："雪花如血洒战袍，夺取黄河当马槽，灭吾明王兮虏我使歌，我欲走兮无骆驼。呜呼！北斗以南奈若何。"乃伏地谢，众大笑。老胡此歌传于后世，犹斛律金之唱《敕勒歌》也。

中药名

京剧《请医》中，老医师有大段京白，全用中药名，谐音、寓意，十分贴切。医师念：

吩咐丁香奴，柳杞奴，小心看守麦冬门，谨防木贼子偷上十二层楼，别叫他盗去丹砂袍子，硇砂褂子、瓜蒌皮帽子、皂角靴子。必须放在陈皮箱内，外加玄胡索，若有人参来访，让在肉桂房中坐去。先泡午食茶，后沏益母膏，做为茶点。别忘了把我那匹海马拉到素沙滩，饮些水银，多加豆蔻、甘草。到晚上套紫河车接我当归。叫门时，当门子在前，马前子在后，车前子在左，牛蒡子在右，后面紧跟着大麦子、小麦子、枸杞子、蛇床子。若有一步来迟，绑在桑皮树上，责打三千竹叶片子、五十灯草杠子，只打得使君子直流，半夏不饶。

院公白：求先生看在附子之情，饶了他。
医师念：若不看在附子之情，就要共药研为细末！

清明上河图

唐宋时，每年清明节是游乐饮宴的大好时光。

北宋京城汴京（今河南开封），清明节前后，汴河两岸，游人如织，列肆满膝，百物山积，酒楼茶坊，座无虚席，饮宴作乐，通宵达旦。

徽宗（赵佶）诏画院画师，各出己意绘《清明上河图》进御，以张择端所画为最佳，入大内（京师府藏）收藏。

张择端所作《清明上河图》，绢本，高不及尺，长二丈，构图精妙，用笔纤细，画人一千六百四十三个，动物二百零八头，栩栩如生，呼之欲出，洵属中国美术史上极为富贵的作品。有谁料到此画后来竟酿成大祸，兴冤狱，砍头颅，败毁十数家，尤物为害，竟至于此。

明嘉靖时，《清明上河图》卷子在苏州陆尚书全卿家。尚书既殁，夫人甚珍秘之，从不示人，诸子亦不得擅窥，密缝于绣枕中，坐卧俱偕。陆有外甥王振斋，工绘事，又善伺候夫人，因请借观。初不允，王甥一再央求，夫人不得已，发秘藏出示，但不愿有临本，每取画出，必先移去笔砚，令王甥独坐小阁中静观。如是者三阅月，王甥谛视详审数十番矣，一草一木，无不烂熟胸中，归即画其腹中所记，遂成摹本。

时严嵩柄国，势甚炽，其子世蕃，官太常寺卿，尤横行不法。父子以珍宝盈溢，乃及骨董书画，闻有张择端《清明上河图》在前陆尚书全卿家，亟欲得之。娄江王中丞，迎合嵩意，悬高价以求，无所获，乃托汤臣携巨金往图之。汤臣，苏州裱褙工也，时客严氏门下。汤至陆家，夫人不为金钱动，事不成。王振斋趁机遂以临本售八百金。王中丞不知，遽以献嵩，嵩得画大喜，珍为异宝，用为所得诸画压卷，父子置酒邀诸贵人（公卿显贵）共赏。汤臣知画伪，索贿四十金于王中丞，中丞不予，其子世贞斥之，汤因洗露其伪，密以告世蕃，嵩得知，大怒，顿恨中丞。会大同有虏警，巡按方辂劾中丞疏于边事，遂借此斩于西市。王振斋亦因此构仇怨，瘐死狱中。株连祸及者又四五人。

及严嵩以揽权贪贿、残害忠良被劾，籍没其家，斩世蕃。孙之騄《二申野录》载："后世蕃受刑，弇州兄弟（王忬二子世贞、世懋——

引者）赎得其一体，熟而荐之父灵，大恸，两人对食毕而后已。书画贻祸，一至于此！"

白云观

白云观在北京西便门外，唐名天长观。元太祖成吉思汗以全真长春真人邱处机主掌天下道教事务。邱处机率尹志平、李志常、宋德方等十八弟子住持天长观。不久扩建，屋宇宏敞，殿堂雄伟，改名长春宫。明洪武二十七年（1394）更名为白云观。从此，每年元宵后，开庙十余日，倾城士女往游，谓之会神仙。六百年不衰。

白云观是著名道教寺观之一，又地在京畿，其佚闻佚事，可资一述。白云观大殿后面是一片广大的树林，呼大林盘。林盘内有云集园，一名小蓬莱：园内以戒台、云集山房为主，假山回廊，错落有致，泉石芳草，点缀得宜。

光绪朝（1875—1908），国家多事，内政不修，外侮日亟，战事败绩，割地赔款。政府与列强订立不平等条约，有的条约大纲即在此地预先谈妥，然后由李鸿章出面签署。

当时白云观方丈高云溪，名仁侗，又名峒元，山东费城人，少孤贫，刚满十岁，往青岛崂山出家为道士。十年后，去天津住某道观，适直隶总督荣禄来津，偶游其地，高云溪一意奉承，荣禄喜其狡黠，默识之。后荣禄在京，授意要高云溪来北京任白云观第二十代方丈。同时，有刘诚印者，号素云道人，任名誉方丈。刘是宫中太监，内务府总管李莲英副手也。自此，高云溪与李莲英、刘诚印过从甚密，且成为盟兄弟。

高以神仙术迷慈禧，在宫中作道场，数日不出，慈禧封高为总道教司。

高云溪早在青岛时，认识璞科第，璞是沙俄国际间谍，两人关系一直诡秘，白云观内悬有璞科第所献匾额。

高云溪既与内监关系密切，又同国际间谍结合很深，于是就成为光绪一朝慈禧太后与帝国主义间谍之间的桥梁。番禺叶遐庵(恭绰)《中俄密约与李莲英》载："前清与帝俄所订喀西尼密约，世皆传李鸿章所为，其实李只系演出者，其编剧导演固由帝俄，而被动主体则西太后，从中穿插为李莲英与璞科第，则世人知者不多也。李与璞科第之联络，实由西郊白云观高道士。璞科第乃一国际间谍，其与高道士因何结合，不得而知。"

当时杨梅竹斜街有"福兴居"饭店，以芥菜泥和鸡茸制成"太极图"，味极鲜美，专供高道士在雅座中独享。雅座在"福兴居"对门，有一整套院落，幽静隐秘，高道士以高价租下，专供他同李莲英、璞科第会晤之用，他人不能入内。至于李莲英与璞科第两人会晤，则在上述的大殿背后树林中的云集园内。高道士不时邀请李莲英、璞科第与名誉方丈刘诚印来园中聚会，看戏饮酒，恣意作乐，但皆秘密进行，服役道士不得外传。凡有双方传达、磋商的重大事件，皆由高道士通过李、璞二人到园中谈妥后，一转即直达慈禧太后矣。俟将表面化时，才由军机处及总理衙门扮演了。至于李鸿章之被指派出来签字，也出于帝俄的主意，帝俄认为，只有如此，才可以压服许多方面。

白云观老道士常赴昆，曾经是高云溪方丈的侍从，晚年撰写《高云溪传》。书中叙述庚子（1900）八国联军侵攻北京时，慈禧太后挟光绪帝逃往西安，住在西安八仙庵。当时留守北京的大臣向列强求和，奏请太后可以回京，太后回话："不见到高方丈，我不回去。"诸大臣因请高云溪速往西安。太后晤见高，得知列强对自己详情，方敢回京。盖高云溪与璞科第关系，非同一般，深知列强内情也。高云溪死于光绪三十三年（1907），其讣告中所列御赐物品名目，竟达四页。老道士常赴昆，五十年代犹健在，年近九十。

开门七件事

《元曲选》武汉臣《玉壶春》一："早晨起来七件事，柴米油盐酱醋茶。"《随园诗话》记一绝句云："书画琴棋诗酒花，当年件件不离他。而今七事都变更，柴米油盐酱醋茶。"

清人李朴园（光庭）年八十，七事须自备，独不饮茶。家有古器数件，因戏为一联云："夏商周秦汉唐器，柴米油盐酱醋人。"

明王德章，余姚人，安贫乐道，尝口占云："柴米油盐酱醋茶，七般都在别人家。我也一些忧不得，且锄明月种梅花。"读此诗，想见其为人。

文章快意

苏东坡尝语刘景文，曰："某生平无快意事，唯作文章，意之所至，则笔力曲折，无不尽意。世间乐事无逾此者。"

文章自己的好

文章覆瓿，固然谦抑，而"文人相轻，自古而然"，文章总是自己的好。昔人诗云："天下文章在三江，三江文章唯我乡。我乡文章数舍弟，舍弟跟我学文章。"说来说去，转弯抹角，最后还是自己的文章好。

倒　序

汉字次序固定，不可任意掉换，如天地、阴阳、男女、上下等，但偶亦有之，如马牛、短长、忌妒。古汉语中两字倒置，则屡见不鲜。《汉书》有子父、论议、失得、旧故、疑嫌、悦喜、苦勤、思心、候伺、讳忌、稿草、贵富、病疾等。《晋书·乐志》："经始大业，造创帝基。"《开天传信记》："讲经义，论理道。"《菽园杂记》："此乃人生性命之本根，不可不保护。"《广阳杂记》："节气之后先""甚矣！惯习之能移人也。"

名　利

相传乾隆帝在江南，一日见江上船舶往来如织，问一老僧，曰："江中船多少？"老僧曰："贫道所见，唯两只耳。"帝诧问其故，老僧曰："一名、一利耳。"帝不语。昔人有咏纤夫者，诗云："船中人被名利牵，岸上人牵名利船。为利为名终不了，问君辛苦到何年？"

打破沙锅问到底

俗语"打破沙锅问到底"，"问"本作"纹"。《考信录》："谚云：打破沙锅纹到底。盖沙锅质脆，打破则裂纹直达到底，'纹'与'问'同音，故借用以讥人之多问也。"

名　字

宋米元章（芾）襄阳人，居吴中，有洁癖。婿为建康（今南京市）段氏，名拂字去尘。元章择婿时，问姓名，大喜，曰："既拂矣，又去尘，真吾婿也。"即以女妻之。

元四大家之一黄公望，字子久，其父年九十始得之。黄公望子久矣！

《唐书》载王义方云："五百年一贤者生。"清初画家龚贤，字半千，即此义也。

英　雄

曾文正（国藩）尝问门人吴挚甫（汝纶），"英雄"二字作何解？吴答："不知。"文正曰："凡见事能较人深数层者为'英'，任事能较人大数分者为'雄'。"

伤心之地

吴挚甫（汝纶）自冀州罢官后，主讲保定莲池书院，经史之外，兼研西方之学，人才蔚兴，一时称盛。晚年奉命赴日本考察教育，仆仆道途，艰苦备尝。一日，日人与挚甫游马关，李鸿章签约处也。日人请题诗，挚甫大书"伤心之地"四字予之。

诋毁朱子

清道光中，归安凌厚堂（堃）作金华教谕，论学直宗孔孟，于宋儒则一概抹煞，尤恶朱熹，肆口诋谩，谓朱子之父名松，与秦桧之桧同班辈，而朱子名熹，则与桧子秦嬉无异。

片 芥

芥，音介，茶名。自鸦片输入中国，撰述中常以"片芥"称之。王韬《瀛壖杂志》："其片芥一物，累箱捆载而来者，皆毒痛中原，吸膏敲髓也。民生凋敝，才力耗蠹，此其一端。"

口 占

作诗有以"口占"为题者。佚名《题野亭》句云："十壁溪山如画里，闲来偶作《口占》诗。"口占之'占'音站，口授，作者不动笔墨起草也。

八大山人

清初八大山人（朱耷）与其弟牛石慧（朱道明，字秋月，出家为道士）皆能画。八大书作"哭之""笑之"，牛石慧书作"生不拜君"。长沙叶郎园（德辉）《观画百咏》之一首云："八大山人牛石慧，石城回首雁离群。问君哭笑因何事？兄弟同仇不拜君。"

近某艺术学院招考研究生，试题为"谈谈你所了解的八大山人"，一考生答："中国历史上八位潜迹的隐士，通诗文，有傲骨，姓名待考。"阅卷者哭笑不得。

一浮一沉

浙江海宁峡石的东山，山有石名浮石，放水中不沉，西山有一种芦苇，入水即沉。浮石沉芦，实为罕见。

比干剖心碑

仪征刘申叔（师培）擅经术，兼综今古文家之学，疏释疑滞，涣如冰解。申叔不善书，似小儿涂鸦者。妻何震讥笑之，申叔不服，曰："我书佳处，唯太炎知之。"何往问，太炎诡言"佳"。复问所写何种书，章答："俗人不知，此乃《比干剖心碑》也。"

王湘绮被骂

一日王湘绮（闿运）友人宴客，萍乡文云阁（廷式）在座，湘绮未被邀而偶然闯入，坐于侧席。时文、王尚未订交，客低声告文，文佯为不知，大声骂曰："闻有王闿运者，口称名士，而口不离肃王（肃顺——引者），一势利人耳。"湘绮似未听见，立时退席。

书名之最长者

清乾隆御制《雅尔吉烟阔里齐图切莫图齐布和佛满洲吉孙尼华特》一书，书名之最长者，无汉译。

光华夫人

清雍正朝世宗宪皇帝赐张廷玉一联云："天恩春浩荡，文治日光华。"后纪晓岚（昀）好谐谑，一日，见王梦楼夫人，辄呼"光华夫人"。盖梦楼名文治，可谓谑而虐矣。"日"是"入"之俗音，内入也。

粤西俗谚

粤西多烟瘴，有谚云："莫起早，莫吃饱，莫摘帽，莫脱袄，莫洗澡，莫讨小。"此谚所言，大多合卫生之道。

辻　山

琉球有辻山，彼地呼为失汁山，盖"辻"一字二音也。

人　中

唇之上、鼻之下名人中，亦有说焉，自此而上，眼、耳、鼻皆双窍，自此而下，口及大小便处皆单窍，三画阴，三画阳，成泰卦也。

巨盗治学

清嘉庆间粤洋巨盗郭学显，剽掠为生，而性好学，舟中书籍鳞次，船头一联云："道不行，乘桴浮于海；人之患，束带立于朝。"官兵不能捕治，后受两广总督百龄招抚，不受官，居乡教授，以布衣终。

天　社

任渊字子渊，蜀之新津人，尝注宋子京、黄鲁直、陈后山三集，号称博洽。又摘山谷（黄庭坚字鲁直号山谷）诗文为《精华录》。按：子渊绍兴元年（1131）类试第一，官至潼川宪。称天社任渊，天社，新津山名也。

何　国

宋孙季昭（奕）《示儿编》云："《泗州大圣传》：'和尚，何国人也。'"何国，隋唐时西域国名。

史悟冈语

乾隆时金坛史悟冈（震林）《华阳散稿·自序》有云："搭不三不四之人，作不深不浅之揖，啖不冷不热之饼，说不痛不痒之话。小人之描画君子，虽为无礼，不为无趣也。"数年前北京某学人八旬之辰，友朋方筹画其教学及学术研究六十周年纪念会，某学人逊谢不受，曰："你们花不明不白的钱，请不三不四的人，说不痛不痒的话，有何意义？"事遂寝。话虽脱于悟冈，事实却也如此。

工具论

逻辑乃思维与表达之工具，世界上第一本逻辑著作名《工具论》。

巴黎铁塔

巴黎埃菲尔铁塔于光绪十五年（1889）竣工开放，有一千七百一十级台阶。

清末三大学

清末全国三所大学：一、北洋大学，光绪二十四年（1898）直隶总督王文韶创办。二、山西大学，光绪二十八年（1902）山西巡抚岑春煊奏准以庚子赔款商得英国同意创办。三、京师大学堂，光绪二十四年（1898）开办，中间停顿，二十七年（1901）恢复，即今之北京大学。

东　西

称物为东西，由来已久。清江都焦里堂（循）《易余籥录》云："俗称物曰东西，东西二字乃底字之切，急则曰底，缓则曰东西。如云甚东西，即云甚底也。底，俗亦写作的，均语气助词耳。"东西是实物，当然不能以虚词语助解之。成都急说东西为"丁"，"啥丁？"即"什么东西？"古人建造房舍，皆背北向南，故出门购物，非东即西，名曰东西买，后转为买东西，遂以"东西"为一切什物之称呼矣。

鳏寡孤独

杭州有鳏、寡、孤、独四山，皆孑然无依、挺然独峙之名也。孤山，世所熟知者。独山在杭州仁里，可望而知之。寡山，一名凤山，以其像飞凤形也，在杭州支巷界。鳏山在寡山西，一水之隔。俗名鱼山，鱼者鳏字省文，而传误者也。

虹

虹音 hong（红），又音 jiang（绛），蜀人读 gang（冈去声）。

少见多怪

昔日蜀之打箭炉（今康定），人偶见蟹，称瘟神，鸣锣打鼓，送之郊野。知县陈某，海宁人，取而食之，人皆大惊。谓县官能吃瘟神，四境耸服。

大私报

一九四一年年底珍珠港事变后，美国因战事吃紧，加速训练汉语与日语，各大学均设速成班，学生须经严格考选，共百余人，以备指挥人才用。哈佛大学由赵元任主持汉语速成班，许多留美中国学生都任助教。半年后，学生皆能讲流利的汉语。他们还用汉语编剧本，演戏，听说中国有著名的《大公报》，就编了一份《大私报》。

凶人幽宅

去山东崂山途中，经李村而东有柳树台。再前，则见屋宇一栋，立山壁丛树间，甚幽邃，洪述祖别业也。以此凶人乃有此幽宅，甚不相称。

洪述祖，袁世凯爪牙，以谋杀人命著称。于晦若（式枚）《浣溪沙》
词有"包办杀人洪述祖，闭门立宪李家驹，算来总统是区区"之句。述祖，
武进洪亮吉六世孙。

同一人物评价

对同一人或物，观点不同，评价竟有天壤之别。比如汉高祖刘邦，
近人牟宗三对他同情有敬意，认为："生命充沛之气无碍，生机不滞，
豁达之才；生命之挥洒，固足以俯视一切，并非任何成规所能束缚的
天才。"而胡适之持实验主义观点，用科学方法，客观冷静，认为："一
个无赖，不事生产的无赖，无赖的皇帝。"

王羲之爱鹅，世人皆知。而鹅在英国是臭名昭著的呆鸟。

十目一行

通常以读书敏捷喻为一目十行。一目十行，或因天资高，而资质
钝者则十目一行，用心细而收效大，自不逊于一目十行者。故清阮云
台（元）诗有"校经校文选，十目始一行"之句，有以也。近代印人
周菊吾尝自刻一印，文曰："十目一行。"

檇　李

浙江檇李（今嘉兴）所产李，色红肉脆味鲜，水果中上品也。产

量不多，皮有爪痕，相传西施所掐，不根之说也。龙阳易哭庵（顺鼎）句"送别五千人檇李，压装三百颗荔枝"，名联也。

都俞吁咈

古人表示可否的叹词，以为可曰"都"，曰"俞"，以为不可则曰"吁"，曰"咈"。清宣城梅定九（文鼎）尝言："自古帝王有'都俞吁咈'四字，后遂只有'都俞'，即朋友之间亦不喜人规劝。"

妒人杀人

隋炀帝，妒人也。尝以"庭草无人随意绿"杀王胄矣，又以"空梁落燕泥"杀薛道衡。

糯　米

糯音诺（nuò），一名江米，蜀中称酒米，多食之筋缓多睡，其性懦也。产妇宜食。

李白黄盖

江苏昆山，以豆腐块放油中久煎，称"油煎豆腐干"，风味绝佳。有以之射古人名"李白黄盖"，李里同音，可谓巧思矣。

阳春白雪下里巴人

古之郢中，今湖北钟祥县，有阳春白雪台。楚人善歌，郢中尤甚。典雅高尚者曰阳春白雪，俗词俚唱则曰下里巴人。今湖北蕲水县有下巴河、下巴里，是处人善歌，但皆鄙俚不雅纯。京戏皮簧来自皖楚，昔年京中名角谭鑫培逝世，蜀人尹昌衡挽以"是中夏黄华，古有秋风楚客；吊阳春白雪，今来下里巴人"一联。工整贴切，洵佳制也。尹昌衡字硕权，彭县人。辛亥（1911）后任四川都督，杀总督赵尔丰于成都皇城至公堂，时年二十六岁。

朗　诵

昔人读诗文，注重高声朗诵，大有助于理解、记忆。中国文字，不但诗歌有感情，古文格调尤高，音乐性更微妙。三十年代初，无锡国专唐蔚芝（文治）教读古文，挟书倾听者四五百人，窗户人满，竟有高攀屋壁者。蔚芝读《出师表》令人泪下。当时上海某唱片公司录音制片，供学者谛听、揣摹。八十年代日本人尚专程来沪复制当年所录朗读唱片。

补坡诗

东坡诗云："治生不求富，读书不求官。譬如饮不醉，陶然有余欢。"曾文正（国藩）为补二句云："为德不求报，不文不求传。"

动　心

王阳明应试，谓人以落第为耻，我以落第动心为耻。

齐白石画

潘天寿评齐白石画欠书卷气，此尚非大病，其人好利，作画都为谋利，此则关系其整个人格。其才气奔放，刺激性强，发露太甚，即其微处，亦可窥见趋时媚俗之意，少高浑古拙之致，与其好利之心，不无关系。

马一浮

马一浮一九四七年六月十五日在杭州电影院观赏大腿飞舞片《夜夜春宵》，且头戴耳机。

周氏兄弟失和

鲁迅与周作人失和，由踏死其弟妇家小鸡引起。作人日妇羽太信子于鲁迅甚不满，谓其不爱清洁，生活起居无度，且虚构鲁迅相戏之词告作人，致兄弟永不相见。

尺 八

尺八，箫名，日本人吹之。"春雨楼头尺八箫，何时归看浙江潮？芒鞋破钵无人识，踏过樱花第几桥？"苏曼殊名作也。

书家食量

清初孟津王觉斯（铎）在京师，人欲乞书，辄置酒邀饮，觉斯饮无算爵。或煮鸡蛋数十粒，蒸饼数十枚，食之立尽。

近人李瑞清，字梅庵，别署清道人，西菜能尽二十器，蟹则百枚而后已，人呼"李百蟹"。上海闽馆"小有天"，几每日必到。好事者撰"道道非常道，天天小有天"一联嘲之。

唐伯虎打油诗

唐伯虎有打油诗一首，云："但见白日升天去，不见白日落下来。倘若一天天破了，大家只有阿瘫瘫。""阿瘫瘫"，惊呼声也。刘铨福家藏脂砚斋评《石头记》，有朱文长方印，文曰"阿瘫瘫"。

施氏食狮史

一九五七年四月一日储安平正式出任《光明日报》总编辑。同年四五月间，他带着几乎孩童般的乐趣要发表钱伟长夫人和周培源夫人推荐的一篇小品文，"公开征求拼音专家，请将左文译成拼音文字"，这篇小品文题为《施氏食狮史》，原文如次：

> 石室诗士施氏嗜狮，誓食十狮。氏时时适市视狮，十时氏适市，适十硕狮适市，是时氏视是十狮，持十石失势使是十狮逝世。氏拾是十狮尸适石室。石室湿，氏使侍试拭石室。石室拭，氏始试食是十狮。食时，始识是十硕狮尸，实十硕石狮尸，是时氏始识是实事实。试释是事。

成都市

《九洲要记》载："和义郡，古夜郎之地。武帝时开南中，使僰道令通僰青衣道，无功，唐蒙将杀之，令曰：'恨不见成都市而死。'蒙即立市如成都以杀之，故曰成都市。"按义和郡本属泸州。《寰宇记》云："唐贞观八年割属荣州。"

剽　窃

抗战前，鄞县马叔平（衡）任北平故宫博物院院长。沪上某大学教师张某，苦无学衔（职称），遂以叔平《金石学》署己名而刊行之。故宫古物馆科长、古物保管委员会北平分会秘书庄尚严愤张无耻，诉诸叔平，叔平曰："学术公器，宣传无罪，不必究。"其雅量如此。

抗战时，江安朱还斋（青长）门人某，大学教授，窃其《庄子释》《道德经注》《易经图解》翻印之。以己名易朱名。其乡人黄稚荃语朱，此人侵犯著作权及版权，触犯法律。还斋曰："学生偷老师著作，有如儿子偷老子的钱，老子有百万家财，不给儿子偷，有何用？只要著作出版，学术思想与世人见面就行了。又何必要分是我说的，是他说的。"

程门立雪

程颐门人窃取禅宗二祖慧可立雪于达摩之门的故事，编造了游定夫（酢）、杨龟山（时）"立雪程门"的故事。

不 信

湘潭王湘绮（闿运）不信有英国，其高弟井研廖季平（平）不信有屈原。

祈 字

嘉庆帝不识"祈"字，祈寯藻为翰林，值南书房，帝呼"初寯藻"，左右不敢说，故沿此称呼。后祈拜相，仍为初寯藻。书简请贴亦写"初"，无形中改姓初。

十　九

天文学以十九为一章，阴历生日过十九年，会跟阳历生日同一天，此乃天文学定律。十九年一次，三十八年又一次，一人一生过不到几次阴阳历同一天的生日。

铜墨盒

《光绪顺天府志》载，墨盒创始于道光而盛行于同光年间。同治初，始有刻铜墨盒。刻铜，陈寅生最为擅长。陈名麟炳，字寅生，北京人，工书画，善刻铜。光绪初在琉璃厂设"万礼斋"，专刻铜墨盒。山水、人物、花卉、翎毛，匠心独具，无不精美。

寒斋旧藏长圆形铜墨盒，长寸余，宽不及一寸，高七分。盒盖刻钟鼎文，朴拙雅丽，古趣盎然。右边刻楷书"甲辰新秋制于京师"，左刻"雍耆持赠"，底面中央铸隶书"荣宝"二字，当系荣宝斋所制。甲辰为光绪三十年（1904）。颜楷字雍耆，华阳人。辛亥（1911）四川路事，力争民有，为总督赵尔丰逮捕，因各县人民声援，获释。善书，少城公园（今人民公园）内保路死事纪念碑之一面，即雍耆所书。

太平有象

一九二九年六月一日，孙中山奉安大典，印度铸金象一躯，长尺余，上刻"太平有象"四字，以示崇敬。

吴三桂名号

吴三桂自号月所，所，伐木声也，月中斫桂者吴刚，与三桂之名相联。

朱湘妻下落不明

诗人朱子沅（湘）蹈水死，其妻刘霓君在长沙削发为尼。一九三七年子沅好友威远罗懋德（念生）专程从成都去长沙平地一声雷小巷探访，其地并无尼庵，无从查问，懋德怅惘而返。

二　砚

予尝于友人斋中获观所藏二砚，一名井田砚，传为南宋时物。一为荇翁砚,传清雍乾之际苏州顾二娘所制。井田砚约四寸见方,厚寸许,石呈猪肝色，细腻润滑，四周刻隶字，每行四字，字如红豆大，刻工极精。荇翁砚无款识，砚边刻云中一龙，镂剔精细，不可名状。四十年代江西人胡某以三十亩田价购得此砚，后转入吾友手，什袭藏之。丙午（1966）难作，二砚被劫，而吾友旋亦下世，今又三十年，不知二砚又归谁何？尤物重畜，往往归于无何有之乡，徒令人太息而已。

南山诗

诗至唐而法大变，以议论为诗，以文为诗，以小说为诗。韩文公（愈）《南山诗》就是一首典型的以文为诗的好例。他以雄健恣肆之笔，以作赋的手法来描写终南的峻险，大笔淋漓，一泻千里。波澜壮阔，无所底止。《南山诗》是五言诗中罕见的长诗，铺叙山形，连用"或"字竟达五十一次之多。

这种过分夸张的铺叙写法，与佛法大有关系。佛经中有不少连用"或"字的先例。比如马鸣《佛所行赞》是一首长篇五言叙事诗，同时又是一部文学名著，唐代文人多喜读之。其中连用"或"字三十多次。现从两诗中各录十二句来加以比较：

《南山诗》	《佛所行赞》
或连若相从	或一身多头
或竦若惊雉	或大腹长身
或散若瓦解	或羸瘦无腹
或赴若辐凑	或长脚大膝
或翩若船游	或大脚肥蹄
或决若马骤	或长牙利爪
或背若相恶	或无头目面
或向若相佑	或两脚多身
或乱若抽笋	或大面傍面
或嵲若炷灸	或作灰土色
或错若绘画	或似明星光
或缭若篆籀	或身放烟火

司马光说："文公于书无所不观，盖尝遍览佛书，取其精粹而排其

糟粕耳。"由此可知，《佛所行赞》一类名著，必经文公寓目，遂吸收其修辞手段，用于《南山诗》的写作。

此外，韩文公极力反对佛教，而又遍读佛书，正所谓"伐异必细究敌说，党同乃浸忘师训，理固然耳"（钱默存语）。

数人会

一九二五年夏，刘半农同赵元任夫妇从法国回国。不久，半农发起组织"数人会"，专事研讨语言音韵之学。每周开会，会毕聚餐，轮流作主。他提议在每周的"数人会"上，讨论"国语罗马字"问题，由赵元任主持。因隋陆法言《切韵序》中有"魏著作谓法言曰：'我辈数人，定则定矣'"一语，遂名"数人会"。数人者，刘半农、赵元任、钱玄同、黎锦熙、汪怡、林语堂六人是也。

一九三四年七月，刘半农赴西北调查平绥铁路沿线方言，归途在张家口得了传染病"回归热"（一说"蒙古疟疾"），回北平（今北京）就医，继又转为黄疸病，医治无效，溘然长逝，年四十四岁。半农之殁，"数人"大恸，钱玄同挽以一百四十八字长联，赵元任挽联是：

> 十载凑双簧，无词今后难成曲；
> 数人弱一个，叫我如何不想他！

上联指一九一八年，钱玄同在《新青年》上发表四十多篇有关文字改革、改良文学、白话韵文、世界语等的文章，绝大部分是"通讯"，其中有钱玄同化名王敬轩致《新青年》编者的信，自己作为一个反对新文化的顽固派，列举新文化运动种种罪状以攻击《新青年》，而刘半农的《复王敬轩书》则针对王的看法一一加以驳斥。实则钱、刘两人在"演双簧"，有意造成一场笔墨官司，使讨论能够深入，引起社会注意。赵元任曾为刘半农有"叫我如何不想他"一句的诗作曲，故下联及之。

印章贾祸

　　吴江柳亚子，早岁追随孙中山，晚年追随毛润之（泽东），皆投契。一九五八年亚子逝世，遗嘱文物捐赠中国革命博物馆。有印章一匣，近百方，刻字皆篆书，经手人不识，乃请鉴赏家史树青释文。一方形印，刻二十字。文曰："前身祢正平，后身王尔德。大儿斯大林，小儿毛泽东。"馆中人员大惊，认为以"大儿""小儿"冠诸革命领袖之名，天下大不敬事，孰过于此？祢正平名衡，性傲岸，三国时尝裸衣击鼓骂曹操。事见《后汉书·祢衡传》。王尔德，英国十九世纪唯美主义作家。亚子以此二人自况。至于"儿"字，犹"子"也，男子美称，亦可解释为"男儿""男子汉"之意，亚子认为，当今之世唯斯大林、毛泽东为大有作为的男子汉，余皆不足道也。树青云："话出有典，未必是不敬之词，印章可以入馆藏。"及至"文革"，康生过问馆藏，发现此印，立批："印章反动至极，立即销毁。"并云："革命博物馆收藏反革命文物，有关人员必须追查。"批示一经宣布，史树青首当其冲，关入"牛棚"，一再批斗。事隔数年，树青说："粉碎'四人帮'后，我得以平反，但柳亚子的那方印章却永远不复再见了。"

　　清人梁晋竹（绍壬）《两般秋雨庵随笔·集对》云："家大人尝集

一楹联云：'大儿孔文举，小儿杨祖德；前身陶彭泽，后身韦苏州。'
以东坡诗对祢衡传，天然比偶，惜无人能当此语者。"观此，则柳亚子
所作，全仿此联。

东西南北之人

辜鸿铭尝倩人刻一印，文曰："生于南洋，学于西洋，婚于东洋，
仕于北洋。"可谓东西南北之人也。

痛　快

明清两代行刑，例在宣武门外菜市口。罪犯乘无遮轿车，过酒肆，
恒索饮。相传菜市口一酒肆，备酒专供囚痛饮，出一上联索对，句云：

　　杀头不饮酒，痛而不快，饮酒不杀头，快而不痛，饮酒杀头，
痛快痛快；

无能对者。

汉字同音

以《康熙字典》为例，汉字近五万个，只四百一十二个音，加四
声变化，也只有一千二百八十个左右，故汉字同音现象太普遍。

西　泠

杭州孤山之西有西陵桥，古人西村唤渡处，一名西林、西泠，西泠印社在焉，金石篆刻，至今为人称道。某大学中文系教授游西湖，过其下，举头望见，欣然告同游者："啊！西冷印社就在这里！"教授或误"泠"为"冷"，或读"泠"为"冷"，则不得而知矣。此为其同游亲口告予者。

作　晚

"作晚当有所请"。早作晚息，"作"谓早，"作晚"，犹言"早晚""总有一天"也。

气　决

"蜀人慕其气决""某早孤，有气决"。"气决"，坚决也，果断也。

笑比黄河

北宋包孝肃（拯）平生罕笑，时人喻以"笑比黄河""笑比河清"。

诗　汇

清末天津徐菊人（世昌）请金兆蕃代为编选《晚晴簃诗汇》，选有清一代诗人六千零八十二人，比《全唐诗》二千三百余家几多三倍。江浙两省最夥，江苏一千二百七十人，浙江一千三百人，皆为总数的五分之一强，足征两省文风之盛矣。

月　亮

林语堂说过，美国月亮比中国的圆。此前，北洋政府总理熊秉三（希龄）之女自美国归，一夕，全家庭中纳凉赏月，女说："中国的月亮不如美国的圆。"秉三闻之气极，顺手打女一耳光，却不料其女接着说；"就是这个耳括子，也不如美国人打得响！"真病狂丧心之语。

瓜皮帽

《枣林杂俎》载："汝此行纱帽人说我好不行，吏中人说我好益不行，即青衫说好亦不行，唯瓜皮帽说好，我乃信耳。"瓜皮帽，便帽也，极轻便，寻常百姓所戴。成都称"瓜儿皮"，四十余年前常见。

轩馆命名

斋室轩馆，常假古人诗词用语命名，佳者固多，勉强而不自然者亦复不少。成都武侯祠园内一匾，上题"隔叶听鹂之馆"。取工部《蜀相》"隔叶黄鹂空好音"句意，殊嫌生硬。草堂工部祠前"恰受航轩"，用工部"野航恰受两三人"句，则更不伦矣。

河清河干

一九四九年旧历六月二十五至二十七日三天，陕西韩城地段黄河浑水清流如镜，当地昝村镇、丁庄村男女老幼前往观看。第四天即二十八日又成浑水了。

《阎锡山日记》一九三一年十月七日记："闻有河清之说，未闻有河干之说，吉县知事阎桂芬谒谈：民国十八年冬至前后，吉县龙王辿一带有数十里长一段，午间忽干一小时。又十九年，约数十里长一段，忽澄清数小时。民六曾有河清之事。"

国　度

"国土"本为佛经译语，意为"国家"或"国家部落"。"土"读去声，音度，乃用"度"字，遂成"国度"一词，惟其义少变。

解　诗

十九世纪英国诗人罗伯特·白朗宁，现代派诗歌鼻祖也。其诗多刻画人物内心活动与情绪，语言晦涩难解，读之如读天书。夫人亦擅长吟咏，结婚之夕，告白氏曰："素喜读君诗，自信大体能解，但亦确有不解者。"随即拈出其集中某句，曰："此即我所百思不得解者，今当面请教。"白氏三复其句，答曰："老实奉告，我诗只两人全懂：上帝和我。现在此句恐怕只有上帝才知道是什么意思了。"

三　苏

北宋以降，尚三苏文字，谚云："苏文熟，吃羊肉；苏文生，吃菜根。"不论大小试卷，主司大抵谓"宛然苏子气"，或云"深得苏氏家法"，即中式矣。有一士子素不喜眉山文，笑谓，众皆有苏子凭借，偏我独无苏子使唤耶？！于是论策中引证曰："苏子有言：'为君计者莫若安民无事，且勿庸有事于民也。'"又云："苏子尝曰：'良医不能救无命，强梁不能与天争，仲尼栖栖，墨子皇皇，忧人之甚也。'"又云："此苏氏所谓察微虑深，慎在未形者也。"主司亦漫然批曰："此子固尝留心于三苏者，但尚未纯熟耳。"士子见而大笑，作诗嘲之云："曾见东坡面目无？试官惊得震苏苏。分明指与平川路，一个佳人两丈夫。"一时传诵，以为笑柄。主司不知，首苏子，乃《史记》之苏秦，次苏子，乃《后汉书》之苏竟，末苏氏，乃窦滔妻苏蕙也。今不分秦汉，不别男女，一概以老泉、东坡、颍滨当之，不亦弇陋之甚哉。

成都设外国领事公署之始

清庚子（1900）之役后，川西法国天主教堂发生教案数起，法国驻重庆领事安迪常去海关、川东道署商量解决办法，而道须禀呈藩、臬、总督部院，所谓三大宪。俟批示回，乃得答复，故办案稽迟。于是安迪径赴成都，面谒总督商谈。久之，遂长住成都，又久之，英、德领事至，而日本领事亦至，但皆假公寓，未移署也。民六七年间，成都多次变乱，领事公寓乃改为领事公署矣。

官大好吟诗

俗语云："官大好吟诗"。某枭雄咏雪云："黄狗身上白，白狗身上肿。出门一啊喝！江山大一统。"

法帝路易十四尝作三节联韵诗一首，要评论家布洼娄评论。布云："陛下真无所不能，陛下欲作歪诗，果然就作出来了。"

安禄山好作诗，咏樱桃云："樱桃一篮子，半青一半黄。一半送怀王，一半送周贽。"有人请可将三四两句倒置叶韵，禄山大怒，斥曰："岂能以周贽压我儿耶？！"

河间太守招同僚赏雪，席上联句。太守："大雪下了二尺五，"县令："只见棉花不见土。"广文："准备来年收麦子，"都司："糨子抹遍河间府。"麦粉和水，生而稀时北人呼洒糊，熟而稠时呼糨子。俗称官事以不了了者为面糊，面糊者，糊涂也。

清道咸间，江西临江府知府王之藩，好为诗，有《金台集》，句如"三声大炮响，两扇总门开"，余可知矣。时四川忠州（今忠县）李芋仙（士棻）知邻县事，李固诗豪，有"酒龙诗虎"之目。一日，王携集往，就质于芋仙。芋仙略为翻阅，语王曰："你是个好人。"王不解，云："请评诗，非论人。"李答："你这个人不作诗更好。"王惭恧而去。前《李芋仙》已记此事。

怀 枫

扬州丁宁字怀枫，父为巨商，生母早亡，嫡母爱之如己出。怀枫早嫁，不久离异，与嫡母相依为命，嫡母又卒，遂孑然一身，但名怀枫，废其姓矣。

抗战前，怀枫供职南京龙蟠里图书馆。抗战后，南京陷，避居沪上，旋返南京，在泽存图书馆任职。泽存图书馆藏书四十万卷，多善本，当时誉为"尽东南之美"（时南京图书馆仅有十五万卷，北京图书馆仅有三十万卷）。泽存所藏乃汪精卫与陈群二人私有书。抗战胜利后，全部馆藏归中央图书馆。

一九四五年抗战胜利，还都南京。四七年春，国史馆成立，沧州（今沧县）张溥泉（继）任馆长，经人之介，怀枫入馆供职。是年底，溥泉暴卒。次年（1948）怀枫遂离馆他适。

建国后，怀枫在安徽省图书馆工作，直至一九八〇年逝世。

怀枫善词，有《还轩词》一卷。安徽人民出版社刊行。读书极博，格调高古，情感深厚，熔铸之精，令人感佩。抗战时期所作，尤为时贤称道，以为："抗日之战，成就一还轩。"见赏如此，怀枫可无憾矣。

齐家治国

《大学》："修身而后家齐，家齐而后国治。"从前人人言之，已成口头禅。章太炎却反对说："能治国的未必能齐家。如唐太宗，要算历史上的贤明君主。唐太宗时，要算是太平盛世。可是李氏的家，真是一塌糊涂，事事不可告人的。为了争王位，兄弟自相残杀。李世民的残忍，跟雍正皇帝差不多。不仅此也，他杀了长兄幼弟，连嫂子和弟妇都搜进后宫去了，后来成为他的媳妇。唐高宗的皇后，也曾抢了李家王位的武则天，原先也是李世民（唐太宗）的后宫人物。他的家治得太糟，也太脏了。所以家齐而后国治的话是靠不住了。"

夏穗卿

杭州夏穗卿（曾佑），光绪进士，与梁任公（启超）、谭壮飞（嗣同）学术政治观点相同，常聚谈，认为中国封建专制主义不除，则将国亡种灭，素持"民智决定论"之文化史观。入民国，任教育部普通教育司司长，能诗，蹊径极高，惜传世甚罕。后任北京图书馆馆长，束书不观，只字不写，尝自谓无书可读，无事可谈。唯嗜饮，卒以酒死。一代人才，终归泯没，惜哉！

日本名词

清末，士大夫常言"经济""机关""社会"等，皆来自日本语名词。

张香涛（之洞）在武昌，某属员尝游学日本，嘱拟稿，文中多日本名词，张詈曰："我最讨厌日本名词，你们就这样胡乱引用。"某属员答曰："回大帅，名词二字，也是日本的呀！"张语塞。

斜　塔

意大利比萨斜塔建于宋乾道九年（1173），以基石故，建成即斜，因名斜塔。

北宋时汴京（今开封）建塔，塔成，向西北倾斜，观者惶骇。都司匠预浩曰："地多西北风，百年后自然端正。"

加禄布尼

清末，杭州汪穰卿（康年）友朱爽斋尝游学意大利数年，得识加禄布尼。加氏深研中国学问，与之谈史，口如悬河。其家有房四间，尽藏中国书，十三经、《史记》、《通鉴》、《本草纲目》，小说《石头记》、《今古奇观》，佛经尤多。加氏闭门力学，不与人接。自谓读中国书已三十余年矣。彼邦人士均不知其人。生平不乘火车、轮船、电车，此可谓西方之奇人矣。

敦煌藏经

敦煌藏经被发现于光绪二十六年（1900）四月二十七日，有汉藏文写经与绘画。完整经卷近万件，完好画卷约五百张。精品悉为英人斯坦因（原籍匈牙利）、法人伯希和先后捆载而去。宣统元年（1909），学部委新疆巡抚何彦升接收经卷，大车运北京，只八千卷矣。当车抵北京附近打磨场时，何彦升之子振彝接至其家，其岳父李盛铎、刘延琛、方尔谦等选精品窃去，而折剪长者为二，以充八千之数。事觉，学部侍郎宝熙参奏，时清廷岌岌，无心及此，遂不了了之。

韩悲白乐

唐韩文公（愈）多悲，诗三百六十首，言哭泣事三十。白乐天（居易）多乐，诗二千八百首，言酒色者九百。

仲　翁

清乾隆时，某词臣奉敕撰墓志铭，误翁仲为"仲翁"，坐降通判。临行，高宗为赋一绝云："翁仲如何说仲翁，十年窗下欠夫功。从今不许为林翰，贬尔江南作判通。"盖每句末二字皆倒置也。

字　声

灌县（今都江堰市）有伏龙观，青城有常道观（俗称天师洞），成都有玉皇观，"观"去声，音灌。宋陆游字务观，"观"亦去声。王景文句："直翁自了平生事，不了山阴陆务观。"放翁见而笑曰："我字务观，乃去声，如何把做平声押了？！"

良　知

王文成（阳明）所谓"良知"，即孟子之"赤子之心"，佛之"本来面目"，亦即《中庸》所谓"性"，陆象山之"此心"也。

毛　病

徐成《相马经》："马旋毛者，善旋五，恶旋十四，所谓毛病，最为害者也。"黄山谷（庭坚）《刀笔》："此荆南人毛病。"

四　大

清末民初，号称"四大"者不乏其人，戏曲前有"四大名昆"如谭鑫培、王楞仙、陈德霖、何桂山。后有"四大名旦"：梅兰芳、尚小云、程砚秋、荀慧生。中医有"四大名医"：孔伯华、萧龙友、杨浩如、汪逢春。北京有"四大凶宅"：湖广会馆、万福居、大同公寓、东城某公寓，见神见鬼，活灵活现。饭馆有"四大名居"：广和居、万福居、同和居、砂锅居。曾文正（国藩）门下"四大弟子"：黎庶昌、张裕钊、吴汝纶、薛福成。

清末有"四公子"：谭嗣同（戊戌变法"六君子"之一，戮于菜市）、丁惠康（丁日昌子，呕血死）、吴彦复（吴长庆子，贫至无钱买药，号叫而绝）、陈三立（晚境较优，得大寿）。又：陶葆廉（两广总督陶模子，久佐父幕）、陈三立、谭嗣同、沈雁谭。又：张伯驹、张学良、袁克文、溥侗。民国四公子：孙科、段洪业（段祺瑞子）、张学良、卢筱嘉（浙江督军卢永祥子）。周作人门下"四弟子"：江绍原、俞平伯、沈启无、冯文炳。

清　流

清末清流，亦称清流派或清流党。评议时政，上疏言事，劾大臣，斥宦官，煊赫一时。如皋冒鹤亭（广生）《孽海花闲话》论清流云："此事为朝廷一大关键，有甲申而后有甲午，有甲午而后有戊戌，有戊戌而后有庚子，有庚子而后有辛亥。清之朝局一变而为维新，为排外，为立宪，为革命。甲申去今整六十年（冒写此文时一九四四年——引者），其递嬗之迹，显然在人耳目也。清流者，题目也。士夫声气结纳，矫首厉角，高自位置，非我族类，则目之为浊流，此汉唐以来之传统，至明而烈。概而言之，则南北人之竞争，互为起伏而已。清流多属南人，南人讲声气，善结纳，北人所不如也。北人言语同，嗜欲同，亲戚故旧，不在朝，则在野，王公奄寺，易于接近。论其势，则北聚而南散；论其力则北厚而南薄，故其结局，往往北人胜而南人败，或两败而俱伤焉。今统一朝言之，顺治初，北人之魁曰涿州冯铨，南人之魁曰溧阳陈名夏，与名夏同号清流者，曰合肥龚鼎孳，曰海宁陈之遴。其后则北人胜，二陈皆获重谴，甚而伏法。鼎孳虽以功名终，中间亦屡蹉跌。沈子培曩与余言，溧阳承东林、复社之衣钵，涿州则阉党余孽也，国步虽更，门户未泯。呜呼！知言哉！嗣是而康熙朝，则明珠为北人魁，高士奇、徐乾学为南人之魁。士奇初附明珠，其后眷顾之隆，驾乎其上。明珠既罢，高徐亦先后斥归，此两败者也。当时俗谚有'万方玉帛归东海，四海金珠尽淡人'之句，达于宸听。东海者徐之郡名，淡人，士奇字也。雍正一朝，君权独操，桐城张廷玉虽以佐命之功，鉴于隆科多、年羹尧之获罪，除其子弟为卿外，不敢丝毫露圭角。乾隆初，北人之魁曰鄂尔泰，其后则和珅。南人之魁曰娄县张照，其后则金坛于敏中，鄂张竞争至烈，亦北胜南败。和则继于而起者，于殁后撤祀贤良祠，追夺世职。和以嘉庆初下狱，赐自尽，先后俱败。嘉庆朝，北人魁曰大兴朱珪，亦清流，南人附之，董浩、曹振镛，备员而已，所谓'庸庸碌碌曹丞相，哭哭啼啼董太师'也。道光朝穆彰阿，咸丰朝肃顺，皆满人，皆败。至同光间，高阳李鸿藻始翘然称清流领袖云。高阳当国时，丰润张佩纶为中坚，张之洞、宗室宝延附之。瑞安黄体芳与之洞为至戚，闽县陈宝琛与佩纶为至交，又附之。试翻光绪初年德宗实录读之，几无一叶无此清流诸公之章奏也。而是时隐然与鸿藻对垒者，则为翁同龢，同龢乃组织小清流，与清流峙。小清流中，宗室盛昱、满洲志锐、瑞安黄绍箕、番禺梁鼎芬、泰州安维峻、丹徒丁立钧、长洲王颂蔚，皆其庚辰会试所取士也。此外闽县王仁堪、仁东兄弟，永明周銮诒、萍乡文廷式、通州张謇皆门生（文张时尚未通籍，已知名）而拥戴翁为党魁者也。会直督李鸿章丁忧，以合肥张树声代，鸿章告树声，直隶绅士，其锋不可撄也。意指张佩纶言，于是树声遂通诚于佩纶，知佩纶书生，又好谈兵，则以位尊金多之帮办北洋军务餂之，佩纶许诺。疏入，士论乃薄佩纶，佩纶大不堪，乃使宝琛疏参树声，以疆臣调讲官，为不合朝延体制。旨下，树声交部议处。树声知清流已启衅，惴惴然恐异时位将不保，乃使其子华奎奔走于小清流之门（时号华奎为清流腿）以乞援助，日夜谋所以去佩纶者，咸以鸿藻一日在，则佩纶一日不能去也。而是时慈禧以恭王遇事劫持，思易之，未有以发。盛昱知宫中事，乃为擒贼擒王之计，借法、越及徐、唐事，直疏纠参恭王，恭王乃与鸿藻并罢。至同龢亦罢，则非盛昱意料所及，疏中及树声，树声亦开缺，则尤非华奎意料所及也。恭邸孙心畬兄弟约余集萃锦园赏海棠，余赋五言长古，中云：'酒阑起太息，默忆先朝事。贤王持大体，颇触西朝忌。其时李翁潘，元祐诸贤萃。黄斋矫首角，骢马人尽避。厉阶生靖达，炀灶冀求媚。疆臣调讲官，严旨斥违例。结欢反失欢，惴惴保禄位。有子附清流，乃作抽薪计。不知贤祭酒，有意定无意。一疏快恩仇，坐俾渔人利。升沉本细事，此举关兴替。'即记此事。黄秋岳尝就余问其本末，自来倾清流者皆金壬，唯此则以清流攻清流，为例外也。"叙述系统而全面，可补正史之不足。

信口开合

胡适之（适）素以善词令著称，但偶亦随意出口，令人不快。适之将七十岁，去台湾。一日赴宴，偶逢齐如山，齐长胡十余岁，适之说："齐先生，我看你能活到九十岁，决无问题。"齐楞了半晌，说："我倒有个故事：有个氎铢老叟，别人恭维他可以活到一百岁。老叟愤然作色曰：'我又不吃你的饭，你为什么要限制我的寿数？'"胡急忙道歉说："我说错了话。"

严嵩贪婪

明奸臣严嵩利用权势，巧取豪夺，所得珍玩、宝物、书画等共三千二百零一件。

乾隆时，权相和珅，贪赃枉法，嘉庆接位，立赐自尽。死后抄家，被抄没的财富总值估计为白银八亿两，足偿后来庚子（1900）赔款之半数矣，与严氏相比，真是后来居上。

柳如是

钱牧斋尝戏柳如是曰："我爱你乌个头发白个肉。"柳曰："我爱你白个头发乌个肉。"当时传以为笑。牧斋晚年不得意，恨曰："要死！要死！"柳叱曰："公不死于乙酉，而死于今日，晚矣。"如是诚女中丈夫矣。

辫帅收书

辛亥（1911）后，武人拥巨资，兴土木，酣游乐，以图书为点缀。唯辫帅张勋自有取舍。收书以殿本为限，殿本书又以至百册者为限。书估贪重价，不及百册者，每页中垫纸，一册遂可分为二三册，张不之审也。

王梵志

唐诗僧王梵志诗，出语浅近，有如说偈，于寒山、拾得影响颇深。其诗存敦煌残卷中，有"城外土馒头，馅草在城里。一人吃一个，莫嫌没滋味。"《红楼梦·妙玉》云："纵有千年铁门槛，终须一个土馒头。"土馒头，坟墓代称。源此。"多买庄田广修宅，四邻买尽犹嫌窄。雕墙峻宇无歇时，几日能为宅中客？""造作庄田犹未已，堂上哭声身已死。哭人尽是分钱人，口哭原来心里喜。"皆此类语朴而理直之作。

王静安论学

海宁王静安（国维）尝云："学无新旧也，无中外也，无有用无用也。凡立此名者，均不学之徒，即学焉而未尝知学者也。"

垃　圾

《景德传灯录》："大海不容尘，小溪多搕 。"注："上音罨，下音靸。"搕 、攋 ，皆粪便、污秽之类。《礼·曲礼上》："以箕自乡而扱之。"注："扱读曰吸，谓收粪时也。"省笔为垃圾。

三　王

章太炎尝言："三王不通小学。"三王，谓介甫、船山、湘绮也。

三人中湘产居二。

长江第一船

　　清同治二年（1863）九月，曾文正（国藩）家眷自湘乡去安庆督署。所乘之舟，乃水师提督彭雪岑（玉麟）特备供文正全家专用之座船。舟中张绢素，上画梅花，雪岑所作也，视常船为华丽。船首一亭，可了望远景，人称为长江第一船。

常用汉字

　　一九八五年国家出版局及有关部门，调查政治、新闻、科技、文艺四类图书杂志共二千多万字，除重复出现者，不同字只六千三百多个，其中最常用的，只五百六十个，常用的八百零七个，次常用字一千零三十三个，共二千四百个，这个数目的汉字占一般书籍报刊用字百分之九十九，其余三千九百个只占百分之一。

世界语言

　　据美国一学者统计，目前世界上有五千多种语言，其中使用人口在一百万以上的有一百六十三种，超过五千万的有十九种。这十九种语言的使用人口总数为三十亿，约占世界人口百分之七十。使用汉语的人最多，英语分布面最广，有三十四个国家通用英语。语言种数最多的是印度，全印度共有八百四十五种语言。世界上的五千多种语言中，有三分之二以上的语言没有文字。目前有二十多种语言，包括六种北美印第安语，已经无法对话，因为会说这类语言的，每一种只剩下一个人。

据前苏联语言学家统计，全世界的人讲五千六百一十一种语言，其中经过科学考证的，目前仅五百种。专家们认为，约有一千四百种语言已无人再讲。语言种类最多的地区，是喜马拉雅山脉一百六十种，尼日尔河流域二百八十种和巴布亚新几内亚一千零一十种。

陈衡哲

二十年代，胡适之（适）、任叔永（鸿隽）、陈衡哲三人俱在美国求学。各有才华，又甚投契。胡陈默契，"心有灵犀一点通"。一日，叔永自麻省剑桥以衡哲二诗寄适之，适之尤赏其《月》一首，复信有云："《月》诗绝非吾辈寻常蹊径……足下有此情思，无此聪明。杏佛有此聪明，无此细腻。……以适之逻辑度之，此新诗人其陈女士乎？"

任叔永，巴县秀才，三十年代出任成都国立四川大学校长，直至抗战前夕。在职期间，建树颇多。成都冬季多阴少晴，夫人陈衡哲每感不快，因有"难怪古有'蜀犬吠日'的话"云云。报载其议论，曾引起一场风波。

北方民谣

北方有谣谚云"新娘年纪二十一，新郎还只一十一。两人一道去抬水，一头高来一头低。要不是公婆待我好，一脚踢他井里去。"北方早婚，李守常（大钊）夫人大他十几岁，守常殁，夫人尝造访胡适之（适）。

火　葬

广东潮州城西有葫芦山，上有唐宋摩崖二百多处。北宋《俞献卿葬妻文》为山上摩崖石刻之最早者，文中有云："弥留之际谓余曰：'妾其逝矣，厥愿勿以火化，但得坏土覆而是矣。"俞献卿安徽人，进士。天禧二年（1018）出知潮州。据此文可知北宋天禧以前已实行火葬。

貌　寝

唐温庭筠容貌丑陋，时人称为钟馗。欧阳询形貌丑怪，长孙无忌尝嘲以"耸膊成山字，埋肩畏出头。谁言麟阁上，画此一猕猴。"

斥容貌丑陋者，《孤本元明杂剧》中《女姑姑》禾旦自道"生得丑"曰："驴见惊，马见走，骆驼看见翻筋斗。"

甏厮踢

李太白："两岸猿声啼不住，轻舟已过万重山。"后世人或谓，大江北岸无猿，何得言"两岸"？王渔洋《石鱼诗》："涪陵水落见双鱼，北望乡园万里余。三十六鳞空自好，乘潮不带一封书。"或讥之云："既是双鱼，合云七十二鳞。"闻者笑之。诗人兴会超妙，笔意所之，便成佳句。自不能拘于舆地、数目、时间。不然，则东坡所谓"甏厮踢"也。按东坡与司马温公（光）论事，偶不合。东坡曰："相公此论，故为甏厮踢。"温公不解其意，曰："甏安能厮踢？"东坡曰："是之谓'甏厮踢'。"今人钱默存（钟书）偶亦用此语，只"甏"作"鳖"耳。

六　朝

世多以晋、宋、齐、梁、陈、隋为六朝。《小学绀珠》谓，吴与东晋、刘宋、齐、梁、陈皆都建康，谓之六朝。

钱　粮

宋孝宗一日问户曹尚书（即户部尚书）韩彦古："十石米有多少？"彦古答曰："万合千升百斗廿斛。"（十合一升，十升一斗，十斗一斛——引者）称旨。（见《宋人轶事汇编》）

清光绪三十三年（1907），米每斗四十五斤，所值不到一元。书院山长年俸银四百两，合五百六十元，每百两合一百四十元。（见《湘

绮楼日记》)

民国二十五年（1936）成都通行的银币，有袁大头（上面铸袁世凯头像）、川版（四川省铸）、帆船（南京政府铸）、厂版（每枚值五角，即半元，四川省铸）。其中以"袁大头"含银量较高。一般米粮店都兑换银币，"袁大头"最高时可换铜元三十吊。铜元也是四川省铸造的，有两种，一种值百文，一种值二百文，前者十枚，后者五枚，成都人称一吊。

一九四九年四月三十日，成都银币一枚换金元券（当时政府发行的一种纸币）七千五百万元。这年年底银币一枚可换三百个鸡蛋。

一九五〇年冬，成都米一石值旧人民币十五万六千元，合新人民币十五元六角。一九五五年三月一日起，发行新人民币以代替原来面额大的旧人民币，新人民币一元合旧人民币一万元。

载《龙门阵》一九八二年第五辑

税

南唐某帝因久旱不雨，问左右，郊外都说雨足，只有都城百里之地亢旱，何也？适一伶人在侧，即答曰："雨怕抽税，不敢入城。"

南宋时，横征暴敛，滥收捐税，皇帝派出的使者即宦官，为了受贿，便以宫殿的名称来免税。辛稼轩（弃疾）曾亲眼看见运大粪的船上插有"德寿宫"的旗子。历代苛捐杂税，不一而足，有人因撰一联云："自古未闻粪有税，而今只剩屁无捐。"

近代学者、诗人綦江庞石帚（俊）己丑（1949）秋天，有《高阳台·新秋感事》一阕，最后一句是："怕明朝，禁到冰蟾，税到沙鸥。"

我字联

道州（今湖南道县）何绍基字子贞，号东洲，别署蝯叟，道光进士，以经史及《说文》擅名。蝯叟工书，自唐上溯北魏，深有心得。平生书法，独创一格。游踪所至，多有题咏。咸丰初，督蜀学。自湘入蜀，过湖北黄州，州守徐丰五馆之于雪堂，因遍游西山诸胜，醉后书一联云：

> 雪壁写东坡，大好江山，天与此堂占却；
> 芳樽开北海，天边风月，我如孤鹤飞来。

抵成都，游工部草堂，题联云：

> 锦里春风公占却，草堂人日我归来。

脍炙人口，至今犹悬壁间。游嘉州（今乐山市）凌云、乌尤，题东坡读书楼联云：

> 江上此楼高，问坡颖而还，千古读书人几个？
> 蜀中游迹遍，看嘉峨并秀，扁舟载酒我重来。

三联皆用"我"字，故昔人谓何蝯叟喜作"我"字联。

香宋词

　　《香宋词》二卷，民国六年（1917）成都刻本，四川荣县赵熙著。赵熙，字尧生，号香宋，光绪十八年（1892）进士，宣统二年（1910）江西道监察御史，奏劾邮传部尚书盛宣怀借债卖路，直声震朝野。

　　香宋诗词文章，无不精好，但甚矜慎，尤不愿刊布。世所见者，多载于《近代诗抄》。《香宋词》为所作诗词之唯一刊本，前有《序》一篇，他无题识。夏承焘《天风阁学词日记》（浙江古籍出版社一九九二年第一版）一九四七年一月十五日记："晤李哲生（李思纯，字哲生，成都人，香宋弟子。曾赴法国巴黎大学攻读数年，回国后，历任浙江大学、四川大学教授。——引者）……哲生在蜀，少时奉手香宋，谓香宋自信其词胜于诗，故诗集至今未刊。"香宋之词，亦如其诗，体物精而言情细，语如铁铸，字无虚设，于苏辛外，另辟蹊径。胡步曾（先骕）推为"两宋所无，千载所未有"也。

　　香宋作词，始于民国四年（1915），其时革命未成，川局动荡，而大盗袁世凯窃国，当有所激而为也。用力甚勤，两年得三百零三首。《序》云："顾尝读史矣，读《党锢传》《王莽传》《褚渊》《冯道传》《义儿传》，讫朱温黄巢之世，天道人事，茫乎未晰。"影射袁世凯及附袁之清末旧臣甚明。

　　民国五年（1916），讨袁护国军兴，蔡松坡（锷）率师入川，驻成都，奉其师梁任公（启超）命，电请香宋来成都共商川局。及抵成都，蔡已因病离去，朱玉阶（德）将军迎之，投贽问学。

　　不久，成都有川滇、川黔之战，从此，川中连年战祸不息。香宋在乡里，有《莺啼序·闻成都川滇军警用梦窗韵纪痛》云：

> 何辜锦江万户，涨滔天祸水。战尘起，腥色斑斑，溅血红绽花蕊。遍郭外，衰杨挂肉，惊风乱飚城乌坠。叹无边空际，冤云尽叠愁思。三月春浓，正好载酒，泛花潭艇子。二更后，芒角天狼，万千珠弹齐至。自皇城，鳞鳞破屋，火龙挟，金蛇东指。放修罗，刀雨横飞，问天何意？……回头啼鴂千山响，唤同胞，互酌军容悴。如何自伐，中宵画角频吹，乱尸武担山里。　　西南大局，化作芜城，剩鬼灯照翠。问此世花卿知否？豆煮萁燃，海外鲸牙，怒涛方起。……千秋认此残灰，大劫昆明，万魂在纸。

冤云弥空，肉挂衰杨，刀雨横飞，珠弹齐至，顿见皇城大火，武担积尸，一片惨景，内战为祸之烈如此，而末谓豆煮萁燃，徒致外患，海外鲸牙，怒涛方起，足以启人深思矣。又《婆罗门令·两月来蜀中化为战场，又日夜雨声不绝，楚人云：'后土何时得而干也。'山中无歌哭之所，黯此言愁》云：

> 一番雨滴心儿醉，番番雨便滴心儿碎。雨滴声声，都装在心儿里。心上雨，干甚些儿事？　　今宵滴声又起，自端阳，已变重阳味。重阳尚许花将息，将睡也，这天气怎睡？问天老矣，花也知未？雨自声声未已，流一汪儿水，是一汪儿泪。

句句口语，如道家常，更觉情深，似显而隐，似直而纡，而一气贯注，隽永自然。集中精骑也，惜不多见。

袁世凯帝制自为，举国骚然，香宋寄之诗词，笔伐丑类。及袁死，赋《台城路·蛇衣，端午次日作》，下阕云：

> 拦腰分下一剑，酒阑经大泽，逃得刘季。添足求工，残鳞换
> 世，身价今轻于纸。焚灰化水，怎医遍金疮，虫沙万队。蛇子蛇孙，
> 祖龙新秽史。

讽袁之丑恶，跃然纸上。

蜀中群雄割据，祸乱不息。香宋以遗老自居，眷恋旧朝，故多感
时之作。如：

> 乱叶争风，偏更搅漫天飞絮，未省余生，江北江南，几回盘古？
> (《三姝媚·端午寄锦江词社》)

> 小队西风，年年是，秋晴一字排空。自春别去，应诧战血飞
> 红……万方多难，何地更著渔翁？声声唤人泪落，况铁甲沙场书
> 未通。……(《新雁过妆楼》)

皆蜀中内战实况。至于"江声日夜，流不尽虫沙"(《渡江云》)、"六
朝六夕，千花百草，一片腥风万燐碧"(《六幺》)等语，尤为悲凉。

集中不少咏物之作，触物兴起，藉以遣怀。诸如风琴、香篆、松化石、
木芙蓉、茅台酒、海棠、竹夫人、汤婆子，等等。陈述雅炼，生动质实。
如咏凤仙花句云：

> 丹山归梦苦，美人兮娟娟，绛河仙舞。(《三姝媚》)

咏香篆句云：

袭入闻根，灵犀缕缕透心字。……新梦萦边，回文幻出，宛转柔肠春腻。霞思散绮。愿世世兰因，梵烟成穗。(《齐天乐》)

咏梨花句云：

晴雪一株香，傍瑶窗斜倚。月色溶溶云漠漠，甚带露微含珠泪。(《珍珠帘》)

咏红叶句云：

碾碎珊瑚，烧得万山成海。(《绮罗香》)

遣词造境，匠心独具。集中有咏绿菜一首，允称杰作，录上半阕云：

飞瀑如虹，清到万古，空岩夜响风水。溅雪生花，寒云护礓，重叠苔衣涧底。黎雅山中，散不尽洪荒秋气。浅碧筠篮，新香菌阁，露华苍翠。(《氐州第一》)

香宋于宋代词人，最好姜白石，故选调命题，大多调与题意相关，尤以咏物之作为然。如以《红情》咏凤仙，《红娘子》咏红蜻蜓，《万年欢》咏长乐花，《锁窗寒》咏纸窗，《瑶花》咏雪，《壶中天》咏茅台酒、汾酒，《梦芙蓉》咏木芙蓉，《疏影》咏帘，《绿意》咏芭蕉，等等，抑别具用心耶？

香宋平生好游，荣州山水，足迹殆遍。最爱嘉州（今乐山市）凌云、乌尤，皆有题咏。集中不多载，但清平冲淡，山水清音也。如《三姝媚·下平羌峡》下半阕云：

前渡嘉州来也,指竹里龙泓,酒乡鸥榭。一段天西,想万苍千翠,
定通邛雅。断塔林梢,诗思在,乌尤山下。淡淡青衣渔火,寒钟正打。

《秋霁·玻璃江》下半阕云：

江路向晚,棹入平羌,远闻丁丁,樵唱云木。动幽心,樵青一屋,
江鱼新钓饭新熟。

他如"来往嘉州, 长向此间摇一舵。几杵钟声, 两朝山色, 消尽
江楼佛火"(《斗百草·过中岩》)、"半山以上,九霄同色,一碧如烟……
夕阳时, 金色浮天"(《透碧霄·江中望峨眉》), 皆隽语可诵。

香宋以诗词蜚声海内, 其写剧(《情探》等)、书画, 皆余事耳。
闲居得高寿, 著述宏富, 遗诗三千首。一九五〇年, 周孝怀(善培)、
郭鼎堂(沫若)倡议, 在上海铅印《香宋诗前集》, 尚不及存稿三之一,
且错讹特多。一九八六年四川人民出版社刊行《香宋诗抄》。台湾有《香
宋诗钞》及《香宋诗词钞》。近成都巴蜀书社《香宋全集》, 闻已问世。

马 头

水陆交通要道, 舟车辐辏之地称马头。《资治通鉴·二四二·唐长
庆二年》载："又于黎阳筑马头, 为渡河之势。"胡三省注："附河岸筑
土植木夹之至水次, 以便兵马入船, 谓之马头。"今作码头。

李鸿章与瓦德西

庚子（1900）事变，八国联军攻陷北京，慈禧太后挟光绪帝逃命西安。瓦德西为联军统帅，高踞仪鸾殿，重门洞开，车马畅行无阻。李鸿章奉谕来京议和，居贤良寺。瓦召鸿章入议事，李至掖门即下车步行，至殿又不登陛。瓦大惊，下阶与言，问何故？李答："此我国天子所居，鸿章身为大臣，非君命何敢上殿？！"瓦闻之，肃然起敬，遂不相强，自是亦不复再召。凡谈判、议事、磋商条约，皆在贤良寺进行。

两宫西行，瓦德西始欲追之，必得之而后快。鸿章阻其行，谓："尔联军之来犯，皆我边隅河岸，故易取胜，如深入腹地，崇山峻岭，皆设重防，万一挫跌，列国军威皆失矣，必不可。"瓦曰："无虞，我率单军从之，必取以归。"李曰："倘如此，则更不济事。"瓦怫然曰："吾与尔盟：苟无成功，唯命是听。如其胜也，将如何？"李曰："尔之得意，分也，曷能加焉。万一有失，吾与尔盟：和约之事，当谈判时，勿得要挟。"瓦慨然允之。李索书状，瓦与列国使臣皆画诺。顷之，瓦果率一军前往。李急密饬内地诸将曰："汝侪望其军来，皆勿与战，退走以诱之。至紫荆关一带，则设埋伏，以精枪利炮待之，聚而歼焉。"瓦果中计，初见官军之望风而遁，遂长驱而行，如入无人之境，大笑而言："李某欺我，是何能为也！"骄怠不为备。及至关，伏兵四起，仓卒应战，竟不能支，败还。故庚子之议，赔款四万万外，他无损失。

此事罕为人知，亦未见诸史料。孙宝瑄《忘山庐日记》载之。

日 记

日记之作，始于北宋，元祐诸公榻前奏对及朝廷政事，记之甚详。近人陈左高《中国日记史略》载，唐宪宗元和四年（809）韩愈侄婿李习之（翱）作《南来录》，排日记录行役岭南，被公认为日记之最早写作。清薛福成云："日记及纪程诸书，权舆于李习之《南来录》、欧阳修《于役志》。"习之于行程、沿途见闻、韩愈送别、途中疾病、求医，靡不详记，已开后世日记之先例。

一 言

"一言"作一句解，如"一言以蔽之""一言九鼎"是也。作一字解，如"独有一言愿献于君者，曰'行'"。诗以一字为一言，"五言""七言"是也。

杨状元

有明一代，四川新都杨升庵（慎），状元及第。嘉靖中，以议礼忤世宗，谪戍云南。升庵谪居多暇，无书不读，深思穷理，老而弥勤。记诵之博，著述之富，当为明代第一。升庵谪滇，在泸州小住，其地乃去云南所必经，又水次码头也。时有大周者，在泸州一见升庵，其人不善谈，对人言甚謇涩，然下笔不能自休，其服饰举止似苏州贵公子。

校　书

昔人谓，校书如扫落叶，旋扫旋落，永远扫不尽。但如校者精心为之，一而再，再而三，错讹亦可全去。近人陈援庵（垣）校至重要处，再倒校，则万无一失。最忌校者粗心，或以己意为之，则无误反而致误。如"根车"古称祥瑞之车，秦汉时饰之以金，名"金根车"。韩文公（愈）之子昶，任集贤校理，见史传有"金根车"处，皆以为误，改"根"为"银"，为人所讥。唐李颀句"风流三抱令公香"，用荀彧事。彧为中书令，好熏香，其坐处常三日香。徐崦西《李颀集》作"风流三揖令公乡"（"乡"的繁体为"鄉"——引者），盖不知荀彧事，改"抱"为"揖"，易"香"为"乡"，遂不知所云矣。至如"六言均"之"均"改为"韵"，"如厕"改为"入厕"，更属无知矣。

东　山

杜工部句："近来海内为长句，汝与东山李白好。"东山，在陇西。刻本有作"山东"者，后遂以太白为山东人。清洪稚存（亮吉）《北江诗话》即以太白为山东人，误。

波

范石湖《吴船录》载"王波渡"，波者尊老之称，祖或外祖皆称波。王波即王老或王翁也。又有天波、日波、月波、雷波之名。

烹　饪

中国烹饪，全球著名，其法有炒、烩、烧、煨、炖、焖、蒸、爆、炸、炝、熏、烤、熘、拌十余种。

死之说法

古今言死曰逝、卒、亡、殁、死、逝世、溘逝、厌世、去世、下世、疾终、怛化、辞世、谢世、长逝、弃养、弃堂、弃帐、捐馆、捐馆舍、启手足、隐化、化去、迁化、迁神、舍寿、归道山、游道山等。僧卒曰迁化、迁形、圆寂、示寂、示灭、入灭、涅槃。俗语"翘辫子"，则讥笑诙谐之意。

妻之别称

古今称妻曰妻，妻者齐也，男女平等之意。亦称夫人、内人、内边，内子、室人、山妻、山荆、拙荆、荆妻、荆室、细君。贬称"婆娘"。成都近郊农民有呼"烧火板凳"者。

性　命

《荀子·正名篇》："生之所以然者谓之性。""生"与"性"实即一字，古读"生"为"性"也。今犹称生命为性命，盖古之遗。

自锄明月种梅花

"自锄明月种梅花",幽境高致,不知何人始作,宋以来多重见。宋刘翰《种梅》:"惆怅后庭风味薄,自锄明月种梅花。"赵复《自遣》:"老去秋山空寂寂,自锄明月种梅花。"元萨天锡句:"今日归来如昨梦,自锄明月种梅花。"明卓敬句:"雪冷江深无梦到,自锄明月种梅花。"明王德章《口占》云:"我也一些忧不得,且锄明月种梅花。"只易"自"为"且"耳。

谢芗泉

乾隆末,湘乡谢芗泉(振定),以焚烧权相和珅车而有"焚车御史"之名。宣宗赏其能,特擢其子兴峣成都知府。兴峣字果堂,进士。曾文正(国藩)极敬重,以父执礼待之。

嘉庆十四年(1809)五月某日,芗泉索笔大书"正大光明,通天达地"八字,掷笔而逝。

两朝领袖

明末乙酉(1645),清师南下,钱谦益率先投降,以为入掌纶扉,不料授为礼部侍郎,旋谢病归。一日,钱谓诸生曰:"老夫之领学前朝,取其宽,袖依时样,取其便。"或笑曰:"可谓两朝领袖矣。"

道　情

　　道情是一种曲艺，起源于唐代《九真》《承天》等道曲，宣传道教故事。到南宋时，用简单乐器伴奏，以唱为主，偶加说白。元人杂剧中，多用以穿插演唱。明清以来，流传很广，题材也更加广泛。郑板桥《道情》坦率自然，脍炙人口。

　　辛亥（1911）以后，道情逐渐衰退消失，独四川一些地方有所保存。如嘉定府（今乐山市）保存不少抄本，可惜一九三九年敌机轰炸乐山，尽毁于火。只有少数艺人还记得一些，后来他们又相继下世，道情遂绝。现在还录存一首从前乐山人陈某唱的道情《渔家乐》，词如下：

　　　　云淡风轻近午天，傍花随柳过前川。
　　　　大前川来小前川，浪里悠闲一钓船。
　　　　将船靠在芦苇岸，渔翁手执钓鱼竿。
　　　　钓尾鱼儿三斤半，渔婆一见心喜欢。
　　　　渔翁上街沽美酒，渔婆在船把鱼煎。
　　　　渔翁沽酒回船转，夫妻二人把鱼餐。
　　　　渔翁酒醉开言谈，叫声婆子听我言。
　　　　趁此舟船无人见，你我二人好合欢。
　　　　渔婆闻言红了脸，骂声老汉在胡言。
　　　　常言道，少是夫妻老是伴，偌大年纪合甚欢？
　　　　时人不识余心乐，将谓偷闲学少年。

以理学家诗句结束，尤令人匪夷所思。

清　华

一九二八年清华留美预备学校正式定名为国立清华大学。入学考试极严，考取实不易。时北京远郊山村，二学生榜上有名，全村震动。一老学究在街头严肃认真地向村民讲说道："什么叫清华呢？清者，大清也，华者，华盛顿也……"大家听他讲得头头是道，都说他很有学问。

破铜烂铁

收荒货，即收买废品，破铜烂铁之类。清乾隆帝南巡，杭州杭堇浦（世骏）迎驾，帝问家居何以为生，杭对曰："设荒货铺。"又问何为荒货铺？则曰："收买破铜烂铁。"即日御笔书"收买破铜烂铁"六字赐之。

六十年代初，大学教师"拔白旗"，只读书，不问政治者谓之"白旗"。近代学者、诗人庞石帚当然在被"拔"之列，在大会检查发言时说："我没有学问，就是一点'破铜烂铁'……我要用吃奶奶的劲改造思想。""吃奶奶的劲"，成都方言，意为"竭尽全力"。

云　南

《云南志》载："西汉元狩间，彩云见于南方，遣使迹之至此，后代因之，置云南县。"云南之名始此。

岂有此理

明吴无奇游黄山，见一怪石，瞋目而叫："岂有此理！岂有此理！"

仿敕勒歌

南昌王易，字晓湘，号简庵，三十年代初执教中央大学中文系。简庵博学而讷于言，学生每以听讲为苦。尝讲乐府通论，举北齐斛律金《敕勒歌》云："敕勒川，阴山下。天似穹庐，笼盖四野。天苍苍，野茫茫，风吹草低见牛羊。"有女生游某，好谐谑，遂仿其体作诗云："中山院，层楼高。四壁如笼，乌鹊难逃。心慌慌，意茫茫，抬头又见干晓湘。"中山院，文学院所在也。

七十二

抗战时，季来之（镇淮）、何善周合考"七十二"，乃西汉常用之词，如孔子干七十二君，封泰山者七十二代，明堂三十六户七十二牖，孔门弟子三千，通六艺者七十二人，汉高祖左股七十二黑子，七十二家为里，七十二候，皆以一年三百六十日以五分之得出，是"五行"思想演化而出之术语。

曾孝谷

成都曾延年（1873—1937）字孝谷,清末秀才,光绪二十九年（1903）赴日本求学，在东京美术学校西洋画科学习油画。他和李叔同、欧阳予倩志同道合，交谊深厚。他们三人都对西方戏剧——话剧有很浓厚的兴趣。光绪三十二年（1906）他们发起组织中国第一个话剧团体——春柳社。在东京演出了《黑奴吁天录》《茶花女》《热血》，获得成功，在留学生中以及日本公众中引起了极大轰动。

上演的《黑奴吁天录》是林纾译自美国作家斯陀夫人的小说《汤姆叔叔的小屋》。曾孝谷把它改编成五幕同名话剧，去掉其中的宗教色彩，强调民族觉醒，剧末象征民族自由解放，以及民主思想都较原作大为增强。这是中国早期话剧的第一个剧本。田寿昌（汉）在回忆中说：改编的《黑奴吁天奴》"大大摆脱了原作的宗教感情而强调民族自觉"，它的演出"对唤起我国人民的民族觉醒起过很大的作用"。

后来三人先后回国。曾孝谷回成都，一度担任少城公园（今人民公园）通俗教育馆馆长，晚年家居不出，时与叔同、予倩诗歌赠答。

叔同后披剃出家，成为一代高僧，世称弘一法师。予倩为著名戏剧家，一九七〇年还派专人到成都寻访曾孝谷的家属。此时曾的一个孤女在雅安，其他一切均已荡然无存。

陈寅恪在成都

一九四一年年底，太平洋战事爆发，日军攻陷香港，陈寅恪辞去香港大学客座教授职务，家居著述。次年（1942），海路通，寅恪携家人经广州、桂林辗转去四川，沿途寇警频传，流离颠沛，未遑安宁，历时年余，于一九四三年年底全家始抵成都。

寅恪父散原（名三立，字伯严）的一位老友林山腴，时为成都国立四川大学中文系教授，以诗名海内，与散原时相唱酬。一日，陈寅恪专程前往爵版街清寂堂晋谒，并以所撰"天下文章莫大乎是，一时贤士皆与之游"一联为赞。林对陈说："这太过誉，我不敢当。"婉谢不受。

陈寅恪在成都，先后讲授于燕京大学、华西大学、金陵大学。一次在华西大学广益学院公开讲课，林山腴前往与诸生并坐听讲，其学问识见为前辈倾折如此。寅恪发现后，甚感惊讶，后来告诉人说："山公厚爱我，鼓励我，真是我的良师。"

其时，抗战末期，岁月艰苦，民不聊生，物价腾贵。大学教授月薪（工资）所入，仅足糊口而已。至于无固定收入，全凭稿酬为生的作家，处境则尤为不堪，或有贵妇名媛举行舞会，以所得收入予以救济。当时遂有"先生们的手还不如女士们的脚"这样谑而不虐的一句话。

陈寅恪此时心情抑郁，加以目疾转剧，遂有"万国兵戈，故乡归死"之叹！因撰"今日不为明日计，他生未卜此生休"一联，请林山腴书写，林说："君自有千秋之业，何得言'此生休'耶？！我不愿书。"并予以多方劝慰。

不数日，某报刊载署名于目《街谈杂咏》七律八首打油诗之一《教授》云："教授皮黄包骨头，沟中断瘠待谁收？……今日不为明日计，他生未卜此生休。……"中二联，即用陈句。

陈寅恪右目已盲，此时左目亦趋不明，遂入成都陕西街著名眼耳口鼻科存仁医院住院治疗，医院正对从北京迁来的燕京大学，学校组织师生轮流值班守护。一日，校长梅贻宝往医院看望，陈对梅说："想不到师道尊严尚存于教会学校。"梅听后站起来说："我办了几十年教育，陈先生这句话是对我最大的奖赏。"

陈寅恪在成都不过约三年时间。赋诗三十余首，写出有关元微之、白乐天诗的笺证数篇，即复员后一九四七年在清华大学修订的《元白诗笺证稿》。时双目全盲，因名其所居曰"不见为净之室"。

文言白话

胡适之（适）首倡白话文，而章行严（士钊）反对，创办《甲寅》杂志极力反对白话文，大骂白话文。一九三五年正月某日，适之与行严赴宴，在前门外某餐馆相遇，有人为章照像，章便邀胡合影一幅，后两人各有一张。章题一首白话诗赠胡云：

> 你姓胡，我姓章，
>
> 你讲什么新文学，
>
> 我开口还是我的老腔。
>
> 你不攻来我不驳，
>
> 双双并坐，各有各的心肠。
>
> 将来三五十年后，
>
> 这个相片好作文学纪念看。

哈哈，

我写白话歪词送给你，

总算是老章投了降。

行严要适之写旧体诗送他，适之遂作：

但开风气不为师，龚生此言吾最喜。

同是曾开风气人，愿长相亲不相鄙。

反对白话文的盟主写白话诗，白话文主将写旧体绝句，亦文坛趣闻也。胡诗第二句"龚生"即龚自珍。

再读十年书

清乾隆时，汪容甫（中）谓，通者三人，不通者三人。有以文章请汪评阅，容甫略为翻阅，云："你不在'不通'之列。"其人大喜。容甫继曰："你再读十年书，才能到'不通'程度。"其人大惭。

事情往往无独有偶，三十年代，北京大学中文系学生李我生，广东人，幼即嗜读书，且资质甚高，考入北京大学时，中英文已通，学识亦渊博。有讲师某，讲授"中国通史"课，水平略差。一日上课，这位讲师讲了十来分钟，李我生忽然走上讲台，向教师深深一揖，说："希望老师今天就辞职，再读十年书，再来上课，因为某处某处都讲错了。"

周菊吾佚诗

成都周菊吾（旭），精篆刻，有名于时，工诗，信笔为之，便成佳什，惜所作不自收拾，遗世甚少，其咏少城小吃之作，极富风味，传诵一时。录如次：

饮啄不应记往年，夏家风味却惘然。
豆羹饮颗芬芳甚，八宝街头值几钱？（八宝街夏家豆花饭）

炒米成花白似霜，油酥糖脆最芬香。
出门贺岁家家遍，不为疗饥也细尝。（黄瓦街口米花糖）

肉砧面杖各殷勤，父子儿郎犊鼻裈。
门上只今金字大，当年曾此饱馄饨。（商业街口水饺）

细点梅花五五朱，出笼包子豆沙酥。
百钱容我从容饱，扪腹还思苜蓿无？（守经街洗沙包子）

邱家佛子老鬐奴，四季食单一换不？
饭软肉香咸菜脆，无人不爱小庖厨。（祠堂街邱佛子饭铺）

滑滑焦家巷口泥，忍饥客散雨丝丝。
黄泥炉子通红火，番薯浓香透鼻时。（焦家巷口烤红薯）

载《龙门阵》一九八二年第五辑

村　学

　　村学即私塾，俗称"子曰铺"。私塾可以远溯到孔夫子，他在鲁国（今山东曲阜市）就开了一处私塾，注册的学生三千人，其中出色的七十二人（一说七十七人），所以私塾的历史很久远了。成都历来闭塞，直到抗战前，还有私塾。老师教"子曰诗云"，小娃娃随声朗读，然后老师又叫学生自己朗读，一片读书声，闹得左邻右舍很不安宁。其实，开私塾的老师，只不过读一点四书五经，并无多少学识，念别字，信口开合，笑话不少。所以，历来写村学老师的诗，有的刻画得惟妙惟肖，栩栩如生。丁传靖《宋人轶事汇编》载，杭州一私塾师，读《论语》"郁郁乎文哉"为"都都平丈我"，学生随着读，习以为常。时曹元宠诗云：

　　　　此老方扪虱，众雏争附火。

　　　　想当训诲间，都都平丈我。

一日，督学来，斥学童误读，学童大骇，逃去。时人诗云：

　　　　都都平丈我，学生满堂坐。

　　　　郁郁乎文哉，学生都不来。

　　每当夕阳下山，快放学时，学童朗诵之声更大，有人作绝句纪之，诗云：

　　　　一阵乌鸦噪晚风，诸儿齐夸好喉咙。

　　　　赵钱孙李周吴郑，天地玄黄宇宙洪。

三、四句出自村学教材《百家姓》与《千字文》之第一句。

载《龙门阵》一九八二年第五辑

新豆栏医局

美国长老会牧师伯驾，曾获耶鲁大学医学博士学位，后来华传教。清道光十五年（1835）在广州开设"新豆栏医局"，病者踵至。道光十九年（1839），伯驾曾为一不露姓名的病人治好疝气，此人即当时在广东禁烟的钦差大臣林则徐。伯驾后来引以为自傲。

太平军兴，咸丰特诏林公赴闽剿办，途中病危，临殁大呼"星斗南"，众不解。实则"星斗南"即闽语"新豆栏"的对音。君命在身，亟望得愈，因而念及十一年前为之解除宿疾的"新豆栏医局"。"星斗南"，前已记之。

海　派

本世纪初，上海画家、京剧演员，吸收西洋技巧以后，世人遂称其艺术风格为海派，以别于传统文化的正宗京派。海派是对传统文化的标新，是中西文化结合的产物。

方湖论太夷

彭泽汪方湖（国垣）己未（1919）撰《光宣诗坛点将录》，比郑太夷（孝胥、苏堪）为《水浒》中之玉麒麟卢俊义，赞曰："日暮途穷终为虏，惜哉此子巧言语。"就其忠于爱新觉罗氏而言也。后顺德黄晦闻、义宁曹东敷见之，以为太夷不过自附殷之顽民，何至于终为虏，皆主删去。及日酋土肥原挟溥仪出走天津，张园会议，郑力主附日以延残喘。"九一八"后，伪满洲国成立，郑出任总理，奉溥仪低首扶桑，屈膝虏廷，"终成虏"三字成铁案矣。甲申（1944）方湖在渝，评太夷曰："殷顽犹可恕，托命外族不可恕，以诗论，自是射雕手，然晚节不终，非唯不可与钤山堂（严嵩）并论，且下阮圆海（大铖）、马瑶草（士英）一等矣。"

谈艺录

钱锺书《谈艺录》初版于一九四八年，上海开明书店刊行。一九八四年北京中华书局印行补订本，两种版本相距三十六年。

初版本十二页四至十行（标点符号照原本）：

次韵文潜立春日三绝句第一首云。渺然今日望欧梅。已发黄州首重回。试问淮海风月主。新年桃李为谁开。天社谓是忆东坡。东坡谪于黄州。欧阳修、梅圣俞则坡举主也。按此诗乃崇宁元年十二月中作。时山谷已罢太平州，外集载崇宁元年六月在太平州作二首之一云。欧靓腰支柳一涡。小梅催拍大梅歌。又木兰花词云。欧舞梅歌君更酌。则是欧、梅皆太平州官妓。太平州古置淮南郡。文潜淮阴人。贬黄州安置。黄州宋属淮南路。故曰淮南风月主。

盖因今日春光，而忆当时乐事。与庐陵、宛陵了无牵涉。南宋吴渊退庵遗集卷下太平郡圃记，自言作挥麈堂。卷上挥麈堂诗第二首云、欧梅歌舞怅新知、亦其证验。天社附会巾帼为须眉矣。

近人綦江庞石帚（俊）《养晴室笔记》载："今按钱说殊误。此诗见《内集》卷十七，必如天社所说，无可改易。涪翁（黄山谷——引者）用'渺然'字，本之王羲之帖，天社亦已注明。'人物渺然'，本谓耆旧之逝，山谷《内集》卷三《寄尉氏仓官王仲弓》云：'人物方渺然。'已用此典，任渊引王帖较详。岂可施之妓女耶？此诗第二首云：'传得黄州新句法'，谓文潜传得东坡句法也。同时尚有七古一首，有云：'经行东坡眠食地，拂拭宝墨生楚怆。'亦忆坡之作也。此诗之意盖谓欧梅既不可作，东坡复逝，则今日风月之主，唯有望之文潜而已。不然，当涂之妓，与文潜何相干涉？且二妓不在黄州，已发而为谁回首耶？涪翁之意乃伤词林之荡摇，而非感青楼之薄幸，钱氏反疑子渊（即天社——引者）附会，此殆以不狂为狂也。"

一九五五年初夏某日，庞石帚先生告诉我说，钱锺书《谈艺录》中关于黄山谷诗注有一处弄错了，不久前我去信北京告诉他，最近他回了信（边说边从衣袋中取出一张写得密密麻麻的信纸），说他一时疏忽，搞错了，将来如能再印，当改正。

一九八四年的"补订本"十至十一页上，即是上面所引初版本中的那一段，除在"……文潜淮阴人，"和"方贬黄州安置"两语之间加"阴者水之南；时"而外，无改动。

庞先生早已作古，钱先生的信也不知下落。一九五五年到《谈艺录》

补订本出版又将近三十年，钱先生年事已高，或将此事忘却了。两先生乃近现代著名学者，予为记此一段文字因缘而已。

全兴大曲

约有二百年历史的成都全兴大曲，是我国名酒之一，曾获国家金质奖章（1963 年）。一种方物，不但历史如此悠久，而且载誉不衰，决非偶然。

先是，陕西人擅长酿酒，且每多佳品，所谓关中"三绝"，"手""柳""酒"是也。

早在十八世纪中叶（清乾隆年间），陕西人开始到四川经营，其中来自凤翔府的人到了成都，便在府河（锦江）沿岸寻找地方开烧房（酒厂）酿酒。他们为什么要在府河沿岸寻找地方呢？理由很简单，酿酒需用水，有了水源，就解决了一个大问题。说到这里，有必要谈一下历史上成都能够酿出好酒的水源有三处：一是薛涛井，众所熟知，望江楼侧薛涛井的水，不但宜于沏茶，还宜于酿酒，所谓"到底美人颜色好，造成佳酿最醺人"（清诗人成都冯秀生句）。二是铁箍井，在成都县署旁，井泉清冽，暑月酿酒不坏，清嘉庆时尚在，后填没，今正府街与署前街之间，有铁箍井街，解放前以生产米花糖著名。三是水花街（成都人把"署袜"讹读为"水花"，至今老年成都人都说水花街，不说署袜街）全兴烧房（详下）内的一口据说是明代开凿的井水，酿出的酒，质量是全城第一（此井解放后因盐务局征地修建宿舍，今已无遗迹可寻）。

　　最后，他们在府河岸上选好了一块地方，买了下来。具体地址是在今天老东门外水井街，香巷子正对面。他们赓即在这里修建厂房，购买原料，诸事齐备，在大门首高高嵌上有"全兴烧房"四个大字的木匾，就开始酿造出成都第一批全兴大曲。但由于府河水的质量不高，酿出的酒很平常。大家正在商量如何改良水的问题，有人忽然想到河那边望江楼薛涛井的水酿的酒很好，因此建议到薛涛井去取水来酿。大家对薛涛井水能酿好酒这一点并无异议，但一井之量焉能与江河并论，而且，从烧房出来，由水井街经过双槐树街、金泉街、星桥街，然后过九眼桥，还要走约两里远才是薛涛井。当时成都连架架车都没有，运水只能由人用桶挑，一人挑一担，来来回回，同时也决非少数几个人挑就能够满足烧房所需的水量，这样，当然也所费不赀。可是，善于经营、善于理财的陕西人，为了提高酿酒质量，硬要把"全兴大曲"的招牌在成都打昂（ang，意为响亮），大家最后决定：府河的水用一半，薛涛井水用一半，采用这种"对参子"的办法来酿。果然，这种"对参子"水酿出的酒，无论在色、香、味哪方面，都比开始阶段完全用府河水酿出的好得多。加上当时成都酿酒业远不如后来兴盛，因而这种"对参子"水酿的全兴大曲顿时销路大旺。这种情况一直持续了几十年。到了道光初年，全兴烧房资金积累大有可观。就在此时，他们得知城内署袜南街有一口古井，汲出的水清亮莹澈，很适合酿酒，便前往考察了解，井水经他们反复研究品尝，认为的确可以酿造好酒。不久，他们买下了包括那口古井在内的一大片地皮，动工修建厂房。陕西人作事讲求实际，不务排场，大约半年时间，一座看来并不华丽但却是工坚料实的大房子出现在从东大街转拐的署袜南街右边中间地方，房子临街处也并无引人注目的门面，只一条小巷，门上嵌着一个有"全兴烧房"四个字的木匾，如是而已。穿过短短的小巷，就看见右边一间屋子，摆设非常简单，一张方桌和一张小条桌，几把黑漆杆椅子，黑木椅之间放着茶几。这间屋子就是掌柜的工作和接待顾客的地方。这儿下面右边空地上放着二三十个盛酒的大坛子，每个可装百斤以上，有的坛子封口处插有小旗子，标志出该坛酒的时间或类别。酒以陈为贵，全兴大曲酿好盛在坛里，至低要放一年以上才卖出。小巷左边是一间大敞房，敞房地面上放着酿酒的原料和陕西人特有的木制的搅拌原料的工具。掌柜的工作和接待顾客的这间屋子正对面不远处是一堵墙壁，壁后就是蒸煮的工作房。此外，敞房侧放着一个别致的炉子，这是陕西人特有的烧水炉子，不及半人高，像个土地庙，全用泥糊，上面躺平，有五个火眼，眼大如汤杯口，里面烧的卜等楠炭，一年四季都燃着熊熊火焰，没有一点烟子和灰，很是干净，每个火眼上都放有铜底锡制的圆形水筒，专烧热水和开水。据掌柜的说，这是他们陕西人设计的烧水炉，轻便耐用，又很省炭。

这家全兴烧房正式开张是道光二年（1822），到抗战时期，它足足有百年多的历史了。每每一进门就使人感到一个百年老屋，里面的一切都显得古色古香。

这家烧房的陕西凤翔人，在酿酒的技术方面有自己的一套，举凡和料用水、用曲、蒸煮、发酵等，都有一套独特的处理方法，外人不得而知（见下），因而酿出的酒具有独自的特点和风味，确非其他大曲可比。全兴大曲的特点：一是酒味纯厚，二是细品时有一种像花生米的香味（这点非深于此道者莫辨），这就真正是醇香佳酿。此外，即使饮过量，也不过酣睡一觉，醒时人不倦，头不痛，口不渴。这一特点，是其他任何种酒都作不到的。就是后来来成都的陕西人开烧房酿酒，到抗战时有名的如提督西街的永兴烧房，下南大街的乾元和烧房等的产品，如与全兴相比，显然逊色。可以说，署袜南街全兴烧房所酿大曲，从开创起，百多年来一直在成都同业中占领首位。

抗战期间，外省来成都的人很多，全兴烧房的生意随之更为兴旺。这期间又酿出一种称为"冷气"的大曲和一种茵陈大曲。后两种新产品，特别是冷气全兴大曲，深受顾客的欢迎。

全兴烧房本身除了零售趸销外，还在烧房隔壁开铺卖过"杯杯酒"，即所谓"冷淡杯"，但这家冷酒馆却与众不同，别具一格。二十年代末烧房在进门小巷左边开了一个单间铺面，木制签栏子门，里面四张木方桌，方桌四边安着高板凳，桌上什么也没有，顾客坐下便有人（多由烧房的学徒充任）来问要喝多少。于是进去就拿出一种很别致的酒杯——锡制的口底均呈圆形，上有细颈的棒子，有两种，一种大的装二两（十六两一斤），一种小的装一两（现在西安用的是瓷烧的酒棒子），这种酒器好装酒也好喝，冬天还可以放进滚水中烫热喝，别有风味——醉得快，过得快。凡到这里来喝酒的人都自己带上花生米、豆腐干一类的佐酒，细细品尝，人们称之为"过真瘾"。这家别致的冷酒馆抗战胜利后不久便歇业了。

还值得一提的是，全兴大曲的包装。由于受当时条件的限制，同其他土产一样，全兴大曲的包装不可能讲求外观漂亮，但却有它很大的特色。有瓶装和篓装两种：瓶装用本地制造的玻璃瓶，而且只有一斤装的瓶子，但玻璃质量不好，几乎每个瓶子都有小小气泡和凹凸不平处，瓶子装满酒以后，便用一小块用水浸过的猪尿胞把瓶口封好，再用细麻绳拴紧，就这样，以后带远带近，不但不走香味，即使瓶子倒起拿，酒也不漏一点一滴。瓶上贴着红色印的小张说明，上面中间有一个嘉禾牌的商标，文字极为简明，有开创时间、酒的优点等。如只从外观来看，的确一点不漂亮，毫无引人之处，但里面却装着极好的杯中物。二是篓装，用老东门、油篓街一带编制的篓子，大小齐全，装几斤到几十斤，装好后同样用猪尿胞封好，绳子拴紧。这样，舟车载运，天南地北，不但点滴不漏，而且一丝酒香也闻不着。记得一九四八年初秋，成都著名裱画店诗婢家（今春熙北路口）主人郑伯英，邀约五六友好去游峨眉，其中多数喜欢喝酒，而且酷嗜全兴。大家就去买了四十斤全兴大曲，用篓子装上封好，从望江楼乘木船到嘉定（今乐山），由嘉定乘人力车到峨眉山麓报国寺。在那里雇请了背子（专以背人或粮食等的劳动者），从报国寺背上金顶，再从金顶背下来到报国寺，山路崎岖险陡，自不待言。又从报国寺乘人力车回到嘉定，全兴大曲还剩了一些，在篓子中摇荡了二十天左右，剩下的酒不但香味依然，而且涓滴未漏。

全兴烧房立有一套规章制度。上面已提到一下掌柜的，这掌柜的相当于后来的经理，由于当时尚无经理之名，一般人就叫他做掌柜的。烧房设一个掌柜的管理整个烧房，三年一任，但当时川陕交通极为不便，千里迢迢，从凤翔来到成都，所以除老病而外，一般任职都在三年以上。有专门酿酒的技师一人或三人。此外，就是几个学徒，都是十多岁的少年。学徒除了学习技术外，还须担负所谓"小子当酒扫、应对"的工作，就是做清洁，帮着接待顾客，端送茶水一类的事。从掌柜的到学徒全体人员，一律青布上衣、青布裤子，冬天还把裤足用带子拴上，这是典型的"老陕打扮"，既朴素又便于活动。全体人员的工作都严肃认真。历来烧房只设一位掌柜的，但在特殊情况下，也可以多来一人协助，比如抗战后不久，一位姓王的掌柜，六十多岁了，直到抗战胜利后，又来了一位较年轻的，也姓王，略具文化程度，直到成都解放。

全体工作人员都必须遵守规定，工作时间不得擅自离开。晚上因事外出要请假并说明何时回来，超过时间，情节轻者劝告或申斥，重者开除。一旦被开除，后果就严重了，因为同业有规定：任何一家烧房不得接纳被开除者。因此，全兴烧房一直没有发生过这类事件。

当时成都的冬天，远比现在冷得多，早上经常起雾下霜，脚僵手冷，行动不便，这时全兴烧房的学徒被允许喝一杯自己生产的大曲御寒，这是其他烧房所没有的。

上面提到，烧房所有的人都是陕西人，酿造技术只有陕西人自己知道，但不知是什么缘故，抗战后接受了一位四川新都县人黄虞林为学徒，后来成为烧房唯一的技师。

名实相符的全兴大曲，成都九里三分的人家都知道这一好酒，凡是逢年过节，都要到全兴烧房打一两瓶待客或者自用。解放前，成都很讲究的餐馆，如华兴街颐之时、棉花街中国食堂、总府街明湖春、提督街长春、忠烈祠南街荐芳园、陕西街不醉无归小酒家等处供顾客饮用的白酒，都用全兴大曲。

由于过去受生产条件的限制，全兴大曲不可能大量生产，除了供本地人消费的而外，就没有运往外地去的了。虽然如此，在成都久住的客籍人，有的爱上了全兴大曲。在离开成都后，往往对它未能忘情，比如清末能员周孝怀，晚年闲居沪上，不时还喝全兴本曲。五十年代他在成都的老友或同僚，到上海见到他时，谈话中他总爱说，他喜欢成都两样土产：一是地瓜，一是全兴大曲。

载《龙门阵》一九八七年第二期

蓝桥生

裴钢，字铁侠，别号蓝桥生，成都人，家本富有，早年游学日本，归国后，作过一任川东道尹，抗战前夕，四川行政区域作了调整后，当了一年的泸县专员。从此绝意仕途，不问世事，卜居少城同仁路距支矶石不远的西胜街与柿子巷之间的一座旧式院落（今成都制药一厂宿舍）。从大门望进去，一条石板砌成的小径，两边绿竹成林，十分清静幽雅，大门右边围墙内有一株很大的鹦哥儿花树，每逢夏初，满树子的鹦哥儿花开得红彤彤的，不少过路的人都伫立观看，附近的小孩儿总爱把落在地上的鹦哥儿花捡起来玩，感到很有趣味。旧黑漆大门右边门框上，长年贴着蓝桥生用红纸亲笔写的"本馆教授七弦雅乐"八个非常工整、大如拳头的字。年岁一久，红纸变得淡红带黄了，八个大字仍然显得用笔很有功力。这一切都使这座院落更加古香古色。

蓝桥生家藏有唐代四川制琴名匠雷威[①]所制的一张琴，据说这张

[①]雷氏家族中有不少制琴工匠，他们活动在四川西北地区，主要活动时期为唐玄宗开元至唐文宗开成年间（713—841），当时名匠有雷俨、雷威、雷霄、雷珏、雷会、雷迟等，其中又以雷威制琴最享盛名。

琴发声坚实而音响温和有力，他爱如至宝。

蓝桥生自幼喜欢读书弹琴。中年罢官后，他便过着隐士般的生活，专事琴艺，潜心探索，理论结合实践，不数年，弹奏技巧猛进，尤其擅长《高山流水》《春山杜鹃》《万壑松风》《三峡流泉》《天风海涛》等曲，由此声名大震，成为蜀派古琴高手。四十年代初，英国皇家音乐学院以厚金延聘蓝桥生前往伦敦教授七弦，他却逊谢不往。这件事使蓝桥生更加受到当时人们的敬重。

抗战前，蓝桥生还同当时成都爱好七弦的琴友，组织律和琴社，以琴会友，切磋琴艺，成员约十余人。经过半个多世纪的岁月，这些琴友已先后物故，今天仅存者只有四川音乐学院八十五高龄的蜀派古琴大师、古琴艺术教育家成都人喻绍泽先生一人而已。

蓝桥生有一处别墅在老西门外茶店子沙堰地方，这里除房屋外，还有一个他抚琴的亭子。也是在这里，蓝桥生辑出了著名琴谱《沙堰琴编》，书中收集了十三首蜀派传曲，有前、后记和分段注，并附有图，每张图都各系以一诗，是研究蜀派古琴艺术的重要参考材料。书是民国三十五年（1946）刻本，现已成海内孤本，据说这本书现藏北京中国音乐研究所。

当时成都有一个绰号"花脸"、姓沈名靖卿的人，善治印，所刻朱文，有晋唐风，为世所重。这位沈花脸，家无长物，惟蓄一琴，琴为唐代名匠雷霄所制，声音清润隽永，堪称雷琴上品，有名于时。沈花脸膝下一女，生而聪慧，及长，娴女红，通文墨，尤善鼓琴。所以沈花脸把女儿爱如掌上明珠，把雷琴视若珙璧。临死前，沈花脸把爱女叫到床前，说道："你记住，如果有谁能弹这张琴，我就把你许配给他，结为夫妇，并把琴也带去。"沈花脸死后，他给女儿立的这一句遗嘱，竟在九里三分之内传开了。这话传到蓝桥生耳朵里，正值他鳏居有年，听了以后，心为之动。他便到沈家去请求观看这张琴，果然名不虚传，完全可以同他家藏的那张琴媲美。这时他就提出愿弹一曲献技，弹完一曲，再弹一曲。女方听完两曲，对蓝桥生默无一语。蓝桥生离开沈家回去后，即请媒人前往通聘。就这样，琴与人俱，归蓝桥生。

由于后来得到的比蓝桥生原先有的雷琴略小，他便把后者呼大雷，前者呼小雷，并称"双雷"。从此，蓝桥生夫妇二人过着真正所谓"妻子好合，如鼓琴瑟"的和谐安谧生活。

琴、棋、书、画原本是文人雅士修身养性的高尚手段，特别为首的七弦琴，能欣赏品评的人的确不多，因此，蓝桥生对自己的琴艺，一向自负，认为知音太少，伯牙和钟期的事不会再见于今日。虽然如此，他偶然也邀约二三好友听他弄弦，冀得知音。抗战胜利后，有一次他写了请柬，邀请四位客人到他家观赏古琴，并听他演奏。到那天，四位客人先后到齐，主人一一介绍。他们是：书法家、诗人谢无量，鉴赏家杨啸谷，诗人曾圣言，还有一人，蓝桥生指着向大家介绍说，这位是"熊经鸟伸，吐故纳新"（指练气功）的异人某某。如此说来，蓝桥生所邀请的这四位客人，真可以说是不"俗"之客了。客既不"俗"，而窗外花木蓊郁，枝叶荫覆，一望无际，坐室中如置身山林。所出酒肴，异常精美，而杯盘茶具也十分考究。宴毕，蓝桥生把所藏的琴一一抱出，请大家观赏。杨啸谷端详良久，说道："这琴是唐琴，这琴是宋琴，这是元明以下的……以唐琴为最好，小的尤其好。"小的就是指小雷。蓝桥生十分诧异，因为他认为，世上能够辨别琴的都比不上自己，不料杨啸谷这样精通。过一会儿，蓝桥生正襟危坐，拨小雷奏《平沙落雁》，弹完后他双眼环顾四周，问客人道："何如？"座中一人答道："很好。"蓝桥生笑着说："你虽然说好，却未必知道好的所以然。"他对琴的自负，大率类此。

由于蓝桥生一生爱琴，尤其到了晚年，除琴而外，一切不问，就连报纸也无心去看，对于世事，置若罔闻。一九四九年年底，成都解放，蓝桥生对人民政府的一切政策法令，则完全懵懂无知。他随时随地所念念不忘的就是他看得比性命还贵重的"双雷"，深恐这两张琴遭到意外。他这一念之差，竟使他走上了绝路，一九五一年上半年的某天晚上，夫妇二人把双雷抱出打碎，然后用火焚毁，最后二人服安眠药自尽了。

第二天家人发现桌上有遗书一纸和十余枚金徽（嵌在琴面上作为琴弦音位的标志），纸上写着："二琴同归天上，金徽留作葬费。"家人把金徽变成钱买了棺木，把他们葬在沙堰。

载《龙门阵》一九八七年第四期

名画与铜佛

大圣慈寺，俗呼太慈寺，又讹呼太子寺，在成都北糠市街北端，原址包括现在的警备司令部以及东风电影院一带。大圣慈寺建于什么时代，手边缺乏资料确定，但从下面谈到的画和铜佛看来，修建的年代是很古的。原寺规模很大。僧徒众多，现在北糠市街右端的一条街名叫和尚街，街以和尚名，可见该寺在当时的影响。

"史无前例"前，砖砌的寺门上有湖北蕲春黄云鹄所写"古大圣慈

寺"五个比斗还大的字，石刻填金，书法一般，没有什么特色。寺内
只剩下一殿，还有一个小小茶肆，供游人憩息。

《中国名画集》①上册第七幅是五代贯休②渡海罗汉像，在波涛汹涌
的海面上，一个态度安详、两手和南③、表情十分虔诚的罗汉④坐在一
张垫子上乘水而去；垫子的右边放有一个包袱；罗汉的左下方画的是
一个长着鸡嘴双角，两手横捧一杖，身披匹练，两脚没在海水中的鬼怪，
他大概是随身保护罗汉的吧。整幅画面的布局非常得宜，除两个人物
外，全是汹涌的海水，从咫尺画面之内，令人产生一种对这两个人物
要渡过这无边无际的大海所具有的意志和信心。至于用笔用墨，俱臻
妙境。狄平子在原画左边有一题记："此幅原绢上……有僧来复题云：
'蜀僧贯休临唐卢棱伽过海罗汉图，藏在成都大圣慈寺六祖院内罗汉
阁。后五百年弟子来复游方过此，恭观敬题。'"又有汪缙一跋云："按
成都大圣慈寺六祖院后罗汉阁，见宋黄休复《益州名画录》及范成大《成
都古寺笔记》。此幅画笔之生动，绢底着色之陈旧，非后人所能及，宜
宝守之，观止敬题。"下钤一朱文方印，印文是平等阁。

大殿内有铜佛一尊，高约两丈，造像庄严，四面用玻璃笼罩着。
关于这尊铜佛，流传着一则有趣的神话传说：每当盛暑的时候，人们

---

① 平等阁藏，1934 年上海有正书局出版。上下两巨册，布套函封，共约三百幅画。印
　刷很精，特别其中少数套色木刻水印的作品十分名贵。这个画集的画是本世纪三十
　年代著名收藏家狄平子（又号观止，名其所居曰平等阁）收藏的。

② 贯休，五代时和尚，俗姓姜氏，善画佛像。到四川后，蜀主王建对他很尊重。能诗，
　有句云"万水千山得得来"，人呼为得得和尚，梁乾化二年（912）卒。

③ 和南，梵语，意为"合掌作礼"。

④ 罗汉，梵语，也叫"阿罗汉"，比丘（梵语，即和尚）中修行得道者，地位次于菩萨（梵
　语，菩提萨埵的略称，意为"未来的佛陀"）。

常到这儿来纳凉。据说夜深人静，有时听得见铜佛脚下海水的声音，塑造铜佛的目的就是用来镇住脚下的海眼的，铜佛的背面刻有"水镇蜀眼李冰制"七个比拳头还大的字，字作篆体。从这尊佛像的制作和从这七个篆体字来看，有人曾怀疑，它并不是秦代的制作，很可能是明代或清代的塑造。在玻璃佛龛的前面两侧，悬挂着颜楷[①]撰书的一联，写作俱佳，联文是：

> 立脚镇潮音，预防沧海横流日；
> 以手援天下，应现金刚不坏身。

贯休的渡海罗汉图现在只有在画集中观赏，真迹不知道流落到哪儿去了。那尊铜佛也在"史无前例"中被打成两截，泥塑涂金，横卧在大殿阶上，再无人顶礼膜拜了。

载《龙门阵》一九八一年第四期

私立中学

要谈谈旧成都私立中学的情况，还得先略提一下当时成都的几所县立中学，即成都联合县立中学（今文庙前街四中）、华阳县立中学（简称华中，今布后街三中）和成都县立中学（今外南磨子桥七中）。这三所学校的历史较长，师资力量较强，学生成绩较优，所以人们一提起成都的好中学，总是一并简略地说"成华联"。此外，还要提一下的是

---

① 颜楷，字雍耆，华阳人，清代末年到本世纪二十年代的著名书法家，四川许多名胜古迹都有他的题咏。

本世纪二十年代初，清朝最后一科状元资中骆公骕在成都筹办的一所资属中学。

抗战期间，成都的私立中学可以说是"林立"。学校一般都设立董事会，由军阀、官僚或有钱的士绅任董事长，这些人不过捐一笔钱，再由董事出一定数目的钱，大家落得一个捐款兴学的"清誉"。

旧成都前前后后的私立中学大多数都办得不出色，学生学习成绩除极少数自己勤奋攻读的而外一般都差。甚至有的学校为了赚钱，滥收学生，那就更谈不上办学的质量了。虽然如此，却也有几所私立中学值得人们的追忆。

二十年代初，贵州人李某（忘其名）捐款在成都创办了一所宾萌中学（初级中学），自任校长，请名教育家杨湘萍任教务长。杨不愿就任，据说李某再三登门延请，态度十分诚恳，大有"三顾茅庐"的作风，最后杨同意了。杨办学很负责，举凡觅校址、建校舍、延聘教师、招收学生等都事必躬亲。半个世纪以前，要在成都兴办一所学校并不是轻而易举的。杨湘萍克服了种种困难终于在玉皇观街办起来了，这可说是"筚路蓝缕，以启山林"。

李某看见杨湘萍确是一个办学的人，他就把学校的一切工作都交给杨承担，自己不过是个挂名的校长而已。当时宾萌中学聘请的各科教师都是有专长而善于教书的人，大多数又毕业于高师（成都高等师范的简称）。比如教国文的是陶亮生、文百川（成都中学界有名的"黑白二将"，因陶白皙而文黝黑，故有此称）。据说当时在高师任教的著名古文学家、诗人林山腴向杨湘萍力荐他的高弟陶亮生到该校任教。教英文的是赖沄江等人，教数学的是徐庶聪等人。宾萌中学虽然是初级中学，但在短短不到十年间的确培育了一批学生。大约到二十年代末，杨湘萍病逝，此后各科教师，特别是名教师，纷纷被其他学校聘走，再加上经费支绌，不久就停办了。

三十年代初，刘文辉拨款在少城东胜街创办了一所建国中学，自任董事长，任命刚从北京师范大学毕业回来的姚勤如为校长。这位校长是学教育的，当时还不到三十岁，自有一番抱负和打算。刘文辉把学校一切工作都交由他处理，并据说刘给他许下了一个愿：如果把建国中学办好，将来资送他赴美国留学深造。他感到自己大有前途，便千方百计地要把这所学校办好。果然，这所建国中学开办以后十分出色，因为当时成都私立中学都办得平平常常，有的老大，有的听之任之。学生穿着随便，甚至有的学生不修边幅。姚勤如首先用高薪延聘名教师、留学生、大学教授任教以保证教学质量。比如罗孝予、雷伴书、杨雁南、宋诚之、赖沄江、杨俊明、饶德滋、张伯龙（教物理，擅长小提琴并能自己制造，声音很好）、邱仲广（教音乐、曾留学美国）等都是很有声望的教师。

学校分初中和高中两部分。入学考试的标准较严，所以录取的学生的成绩较高。男、女生兼收，但分班上课，彼此无缘交谈。有个女生院，内面是女生寝室，不准男生进去，俨然一座禁宫。高中第一班分文、理科（旧制高中分文、理科，起大学预科的作用），第二班起按当时政府规定，不再分文、理科而改为普通科了。

学校对学生要求很严格，上课不得迟到早退，否则必受斥责。国文、英文、数理化、史地等课上课时，都有值班教师带着记录本到教室来看学生听课的情况，姚勤如不时亲自来看，学生如有缺席的就记下。每期开学在全校大会上表扬各班成绩优异的前十名学生，并宣布这些成绩好的学生在班上担任一定的工作，至于学生犯了错误，则看错误之大小、严重程度，分别予以记小过或大过的处分，贴在揭示处，俾众周知。三小过算一大过，记满三个大过或犯了很严重错误的学生，即悬牌开除，以儆效尤。读"走学"（即不住校）的学生由学校发给通学证一份，把全学期二十二周，每周六天印在上面，早上学生到校交在稽查室，上课后由稽查室把全校的通学证汇齐送到训育处，由该处人员在星期 × 上盖一个"到"字印，下午由值星生领下发还给通学生，目的是证明该生在那天没有缺席。

每周星期一上午第一节课规定为"纪念周"活动，全校学生须在操场（遇雨改在大教室内）整队肃立参加。姚勤如为了活跃学校学术空气，增加学生的见闻，利用每次"纪念周"的时间邀请大学教授、学者、名流以及外国人来校讲演。的确，其中有不少很好的内容。"纪念周"规定为一小时，但往往讲演的内容较多就要延长时间。诸如吴又陵（虞）、马叙伦、庞石帚、方叔轩以及外国人费尔朴（华西协合大学英文教授）等都请来学校作过讲演。

不仅如此，为了突出学校名誉，还规定学生戴的帽子、穿的上下装和鞋袜都必须整齐一律：天热以后男生穿白色制服，帽子上套上白布罩，女生穿白色上衣，青色裙子；天冷以后男生穿青色制服，去掉帽子上的白布罩，女生则穿阴丹士林布的过膝旗袍，青色鞋袜。这样一来，学生上学、放学，特别是全校整队外出时，行人莫不啧啧称道。住校学生的寝室粉刷得非常洁白，每张床上都用干净的白布单覆盖着。

以上这些，比起当时成都的所有中学，的确显得很出色，再加上学生成绩好，升学率高，于是挤进"好中学"之列，并称为"成华联建"。建国中学同"成华联"联在一起了。姚勤如办建国中学将近十年，可惜一九三七年抗战爆发后，他已经不认真办学，而把注意办全部集中在"钱"上了，因而引起学校各部门深为不满，大约一九四〇年前后就被人把校长一席挤掉了。

继建国中学开办不久，孙震也出钱开办了一所树德中学，自任董事长，吴照华任校长。吴是一个办学能手，对教师备极尊敬，对学生要求极严。先办初中，后办高中，男、女生兼收。建国中学是男、女生不同班，而树德中学则男、女生不同校，女生部设在丰裕仓（今西城角街一带）。只有全校性的大会，如开运动会之类，才叫女生到宁夏街男生部来。"男女授受不亲"的思想在这位吴校长脑子里扎了根，现在看来，煞是可笑。还有一件事在当时成都教育界虽不敢说是"旷古未闻"，但的确罕见之至，就是树德中学每届新生入学填表时，家长自不待言，还要取保，这却是吴照华的"深谋远虑"，以为学生出了事，万一找不着家长，就找保人。

吴照华聘到树德中学的教师，薪水比别校高。有名望的教师，如李惠生，魏炯若、鄂问樵（满族，教英文，曾留学英国）、杨俊明、李书农、刘瀛臣等，都被聘到树德中学。吴对教师非常尊敬，见面时总是"鞠躬如也"。每学期开学前必将大红纸聘书亲自登门，作揖打拱交给教师。这些举动使教师感到"尊师重道""礼贤下士"。这里顺便提一件事，可能是题外之言，不过也可以窥察出当时私立中学的一点儿消息，即吴照华为办学增光，有一期聘了一位曾经是他的学生，回国后历任英文教授的 ××× 到校任课，在高中毕业班只上几节课，而薪水照专任的钱送。但这位教授以爱孔方兄著名，他看见树德中学有钱，学生又多，每期收学费不少，他在学期结束时便向吴提出，他下期要当一名董事（可以分红）才受聘，吴说向董事会提出商量后再答复。不久吴亲自持董事会聘书交给这位教授，不过聘书上写明聘请他为名誉董事，弄得这位教授哭笑不得。

吴照华对学生要求很严，开腔第一句，闭口最后一句都是"我对董事会负责！"一九三六年蒋介石到了成都，要在少城公园（今人民公园）大操场向成都市学生"训话"。树德中学得到通知后，立即要初中学生着童子军装，脚穿皮鞋，好在集队行走时呱呱有声，显得精神。可是有一个班少数家境贫寒的学生不买皮鞋，学校硬要喊买，学生就是不买，此事立刻扩大，全班都不买，并声称"硬要我们买皮鞋，我们就不上课！"这时吴照华气极了，叫总务人员拿两把大锁把闹事的这班学生上课的教室紧紧锁了，并向学生斥责说："我向董事会负责！你们不上课，我把教室锁了，就不要你们上课，开除在所不惜！"立即就请这班学生的家长或保人到校，家长或保人听吴照华说明事情经过以后，都纷纷责备自己的娃娃，有的说："你们读上了树德中学还要咋个？还不听校长和老师的话呀！要买皮鞋就买嘛！"家境贫寒的说："树德中学好容易才考上呀！你们要听校长和老师的话呀！皮鞋吗，设法买嘛！"家长或保人向学校致些歉意，一场小小风波就此了结。此时吴照华十分高兴，即喊人把教室的铁锁打开。隔两天，穿着整齐服装的高中男、女生和穿童子服、皮鞋的初中生列队到少城公园去听蒋介石"训话"了。

树德中学的师资力量很强，对学生要求又严，学生的升学率高，而且考取的大多是名牌大学，所以数年之间，成都办得好的私立中学又增加了一所树德中学。这所中学一直办到一九四九年成都解放。抗战后吴照华调任四川省立女子中学（简称省女中，今东马棚街一中）校长。解放后吴到乐山嘉乐纸厂工作，大约三年前病逝，终年八十余岁。

旧成都的私立中学有好有坏，好的是少数，坏的也是少数，其余大多没有甚么特色。

二十年代初有一所私立学校叫储才中学，办在少城东胜街。这所学校质量很差，招生极不严格，有钱缴费就可以录取。学生大多数都是外州县土老肥（成都人把乡下无文化，很少或完全不接触城市的地主叫做土老肥）的子弟。学生不修边幅，吊儿郎当，这些学生有钱，不愿住校而愿自己花钱住校外的寄宿舍。所谓寄宿舍是指东胜街附近的小南街一带，门上贴着"招寓学员"的纸条的铺房，住宿之外，有的还包伙食。

事有凑巧，这所储才中学跟上面提到的资中骆状元创办的资属县立中学同在一条街上，前者在东胜街接近长顺街处，后者在东胜街接近东城根街处。资属县立中学质量也差，有钱缴费就可以进校。当时有人描写这两所学校的对联是："资中幺店子，储才大栈房。"横额是："来者不误。"

抗战胜利前，成都私立中学为数不少，而每个学校的学生人数之多足以惊人。原因之一是外州县的人深怕自己的子弟抽壮丁抽走，便拿钱到成都进学校，好学校进不去，只有进那些唯钱是图的私立中学。这样，学校大赚其钱，校长发财致富。

说到校长发财致富，典型的例子要算济川中学（今小天竺街十六中）校长黄致中。黄是川大毕业的学生，长寿人，绰号黄济川（成都有个医治痔瘘的著名医师叫黄济川）。黄致中很有本事，他在成都当济川中学的校长，同时又在他的家乡当长寿县立中学的校长，千里遥遥，身兼两校长之职，自然不义之财源源而来。黄致中后来吸鸦片，解放后在本县劳改，不久死去。

上面说的旧成都第一个好私立中学校长姚勤如下台以后，四十年代初他在少城泡桐树街紧临同仁路一座相当大的旧公馆里办起了一所立达中学。不久，为了避免日机轰炸把学校疏散在老西门外花牌坊附近乡下。设高中和初中两部，男、女生兼收。姚勤如办这所学校，跟他刚开办建国中学时的情况截然不同了，完全为了赚钱。后来立达中学实在办得不成话，社会指责很多，大约一九四三年四五月间某天，教育厅派员突然到该校命令姚勤如交出一切，把立达中学接管了，并把姚勤如带到教育厅，形同软禁了一段时间。这件事发生之前，姚勤如似知风声，还请当年建国中学他的学生王学圣（供职警察局）带了一队警察来保卫学校，结果还是"和平"接管了。主要接管人陈伯良是教育厅大概次于厅长的一个官。接管以后，由这个陈出面，请全体立达中学的教职员在少城公园桃花源吃饭，目的在要大家安心教书和工作。大约一学期后，经过一些周旋调解，姚勤如愿意接受教育厅的监督，就把立达中学还给他了。

抗战期间直到解放前夕，法币日益贬值，最后成了废物，比如一个大学教授的月薪教育部规定为三百元（大洋），试问后来的三百元法币所值几何？所以不少教授在中学兼课。当时有几所私立中学待遇很高，老师改作文或英文，每五份折合一升米，月薪也按米计算。有的学校老师要米就拃（ying，成都人说用斗和升子量米叫拃米）米，不然就折当天的米价。中学教师为了供家养口，拼命多上课，每期教两个专任，每周上四十节课，教国文和英文的教师争取多改作文以增加收入，这使人真够辛苦了。当时老西门外北巷子有一所私立民新中学的英文教师邓陶兹，已是五十开外的人了，他的寝室是临街的一间小楼，光线很差，顶上装着几片玻璃亮瓦，为了多挣钱，自然每周的课上得最多，尽量多改作文。此公为人悭吝，吃茶喝酒总是别人付钱，自己却不掏腰包，并且常常要别人请他吃喝（成都人叫编人纂人）。日子久了，同事们就作了一首《邓公赞》送他：

　　巍巍邓公，编纂之雄。
　　背揹亮瓦，走笔如龙。
　　三大教授[①]，七碗秋风。
　　驼子棒棒[②]，尽入箱中。
　　缴款杀鸡，万宝归宗。

载《龙门阵》一九八四年第六辑

广和居题壁诗

　　广和居为清代北京名酒肆"四居"之一。嘉庆末创设于宣南北半截胡同，初名隆盛轩，道光十一年（1831）改名广和居。室窗雅洁，

---

① 指他每月的收入抵得上三个大学教授。
② 驼子指五元纸币上的阿拉伯5字，棒棒指十元纸币上的阿拉伯10的1字。

招待有法度，不独以肴馔精美著称也。烹炙多传自南人，或标姓氏为名，如潘鱼（传自闽人潘炳年）、江豆腐（传自旌德江树昀）、陶菜（传自浙人陶凫香），均为独特名馔。李莼客（慈铭）称其菜如王渔洋诗，非北人品格。地与市远，文人学士多乐就之。当时名流胡漱唐（思敬）诗，有"江家豆腐伊家面，一入离筵便不鲜"之句。张香涛（之洞）《食陶菜》云："都官留鲫为嘉宾，作脍传方洗洛尘。今日街南询柳嫂，只因曾识旧京人。"自注："陶凫香宗伯以西湖五柳居烹鱼法授广和居，名陶菜，今浸失其法，柳五嫂乃汴京厨娘。"

　　宣统二年（1910），陈石遗（衍）、陈散原（三立）、严几道（复）、林畏庐（纾）、杨昀谷（增荦）、潘若海（博）、赵香宋（熙）、林山腴（思进）、罗瘿公（惇）、胡漱唐（思敬）、江翊云（庸）组成诗社，常聚饮广和居，互为宾主，赋诗唱和，亦藉此互通声气，议论时政，时人目为"清流"。时直隶总督陈夔龙，谄事权贵，丑闻四出，大遭非议。某次宴集，谈及此事，赵香宋酒后题三律于壁。虽一时戏笔，而为都下传诵。诗云：

> 居然满汉一家人，干女干儿色色新。
>
> 也当朱陈通嫁娶，本来云贵是乡亲。
>
> 莺声呖呖呼爹日，豚子依依恋母辰。
>
> 一种风情谁识得？劝君何必问前因。（一）
>
> 一堂二代作干爷，喜气重重出一家。
>
> 照例自然呼格格，请安应不唤爸爸。
>
> 岐王宅里开新样，江令归来有旧衙。
>
> 儿自弄璋翁弄瓦，寄生草对寄生花。（二）

原作三首，佚一首。第二首颔联中，"格格"，满族语，皇族女儿之称号，满族呼父为爹爹。当时，军机大臣庆亲王奕劻之子载振任农工商部尚书。贵州陈夔龙，继袁世凯为直隶总督。安徽巡抚朱家宝，云南人，"本来云贵是乡亲"句，指此。陈夔龙续弦夫人，人呼"四姑奶"，是军机大臣许庚身堂妹，她拜奕劻福晋（满族称王公夫人为福晋）为干娘。于是，陈夔龙遂成奕劻干女婿，同时，朱家宝通过袁世凯，馈重礼，使其子朱纶拜载振为义父。如此攀连牵扯，朱纶遂成奕劻之"孙"，夔龙成朱纶之"姑父"。陈夔龙、朱家宝与载振之间遂结成亲串，旨在贪赃枉法，互相包庇。广和居题壁诗，锋芒所向，直指奕劻。

巴县杨沧白（庶堪）《广和居》诗，有"春盘菜半成名迹，环壁诗多系史材"之句。宣南广和居，自道咸以迄清亡，百余年间，壁上题诗如林，而香宋所作最为驰名，正所谓"系史材"也。

赵熙（1867—1948），字尧生，号香宋，四川荣县人，光绪十八年（1892）进士，宣统二年（1910）江西道监察御史，奏劾邮传部尚书盛宣怀借债卖路，直声震朝野。香宋诗功湛深，苍秀密栗。梁任公（启超）尝投诗称弟子焉。

载《燕都》一九九二年第二期

铜柱墨

江苏吴县吴大澂，字清卿，号恒轩，别署愙斋，同治进士，授编修，光绪四年（1878）授河北道。光绪十一年（1885）赴吉林，与俄国使臣会勘边界，据理争回被占领之珲春黑顶子地区。为立界以廓疆域事，以图门江出口地为中俄公海口。议虽未行而自此中国船出入图门江不再向俄官领照。乃立铜柱于中俄交界处。恪斋精金石文字，乃篆书勒铭其上曰：

> 光绪十二年四月都察院左副都御史吴大澂、珲春副都统依克唐阿奉命会勘中俄边界，既竣事，立此铜柱。铭曰：疆域有表国有维，此柱可立不可移。

是亦清史旗常之勋绩矣。嘉应黄公度（遵宪）《度辽将军歌》有"铜柱铭功白马盟"之句，即指此事。

抗战前，上海中华书局尝橅制铜柱墨，具体而微，长可三寸，径约六分，上有恪斋篆书四行，五十八字，苍劲古朴，至可玩味。寒斋藏此墨一挺，岁月既久，涂金已微黑而石绿填写五十八字犹灿烂夺目。

载《中国文房四宝》一九九三年第三期

霜月堂杂记

酒色财气

古代只说酒色财，意谓嗜酒、好色、贪财，人所当戒。后汉杨秉自言，平生有三不惑：酒、色、财。宋金时又加"气"，合而为四。金王喆《西江月·四害》词有云："堪叹酒色财气，尘寰被此长迷。"元佚名《东南纪闻》："须禁酒色财气。"

平等称呼

近人杭州夏穗卿（曾佑），光绪进士，早岁治今文经学，后又汲取西方《进化论》学说，持"民智决定"之说，宣传新学，鼓吹变法。其子浮筠（元瑮）自杭州求是书院转入上海南洋公学，后游学德国，归任北京大学教授，以讲《相对论》著名。浮筠在上海时，尝作书致其父，径称"穗卿仁兄大人"。穗卿得书一笑即复书，称"浮筠仁兄大人"。穗卿不以为讳，笑语友人，皆服其豁达。

陈仲甫（独秀）之父以道员候补浙江，其人不修边幅，仲甫有父风，更蔑视礼法，每与父书，皆称"兄"。

近世陈梦家，才气甚高，作诗深得其师闻一多赏识。一九三〇年一多执教青岛大学，邀陈到国文系任助教。两人甚相得，一多尝致梦家书，称"梦家吾弟"，陈回信，称"一多吾兄"。一多大怒，严斥之，其于礼节名分又不稍假借。

袁世凯尝拜南通张季直（謇）为师，致书称"夫子大人"，后得势，遂称"先生"，再煊赫，称"兄"，及帝制自为，笼络耆旧，称张季直、徐世昌、赵尔巽、李经羲为"嵩山四友"，真所谓"师化为友"也。

牛鬼蛇神

"牛鬼蛇神"本喻虚幻荒诞，所谓牛头鬼、蛇身神，后引喻各式各样、形形色色的恶人、坏人。丙午（1966）难作，有井水处，即有牛鬼蛇神，可不惧耶？

近人蔡孑民（元培），光绪进士，其考进士时，试者得卷大喜，而于其书法，则斥曰"牛鬼蛇神"。观此，将近一百年前，蔡先生已蒙此谤矣。

端茶送客

清代官场，主客会面，主人端茶，表示送客。此习始自宋代，僚属陈事既毕，恐长官有所指示，不能即退，而长官无话可说，则举茶示客可以退矣，门外侍者即高呼："送客！"客亦不能不退去。此举并非官场陋习，而是防止说闲话、误正事之良法。

摘眼镜

清代僚属见长官，不得戴眼镜，否则为不敬，故见面必摘去。民国初，官场犹有此风。民十一年（1922）汤尔和任教育总长，马夷初（叙伦）次之，既到部，两人谒总统黎元洪，未入室，汤即摘下眼镜，且急告马亦卸去。马短视，摘下眼镜，甚以为苦。此确是官场陋习也。

直到抗战前夕，成都此风犹存，不但官场如此，晚辈见长辈亦须卸眼镜，足见此地风气之闭塞。

载《光明日报·东风》一九九三年七月二十六日

赵香宋致大满书

寒斋藏赵香宋致大满书墨迹，内容涉及五十八年前中国工农红军长征过四川事。

赵熙（1867—1948）字尧生，号香宋，四川荣县人，光绪十八年

（1892）进士，宣统二年（1910）江西道监察御史，因上书弹劾邮传部尚书盛宣怀借外债卖铁路，他这种刚直不阿、不畏权贵的作法，震惊了全国，被人们称为"铁面御史"。

民国二年（1913）熊克武、杨沧白在重庆举兵，声讨袁世凯、胡文澜（当时四川都督）失败，胡探得袁氏旨意，便因香宋与熊、杨等人有往来，诬为幕后策划人，下令逮捕"正法"。经友好掩护，避难于重庆郊区。这时，在北京的蒲伯英（殿俊）得知此事，立即告诉梁任公（启超），任公一面领衔具文向袁世凯解说，一面约同京中友好力保，袁氏迫于舆论，才电胡加以保护，电文有"赵尧生道德文章，海内宗仰，应予保护"之语，就这样，事情才告结束。次年（1914）返荣县，从此家居，不问世事，诗酒自娱。

民国二十三年（1934），红军长征出入川边，有与川北红军会师之势，川局动荡不安，亲友多劝暂避，香宋初不同意，他说："朱玉阶①、孙俊明②介绍甚详，必不如传说所云。"这年年底，红军占遵义，川省当局恐惧，潘文华等力劝东下，藉以出游，并致赆金。于是，香宋带领家人先赴重庆，不久，就搭轮船出川，在宜昌住下。

宜昌有一座以梅花著名的东山寺。方丈大满，文学修养颇深，而且素来敬重香宋，听说香宋到了宜昌，很快就迎至寺中游憩。香宋曾赋诗致谢。

---

① 朱德字玉阶，早年在滇军供职，护国讨袁之役，转战入川，战事定，暂留成都，适赵香宋应蔡锷之约来成都，朱玉阶尝投贽学诗。

② 孙炳文字俊明，四川南溪人，曾与朱玉阶同赴德留学，加入中国共产党，一九二五年回国，次年任国民革命军总政治部秘书长。一九二七年奉命赴武汉，行抵上海，为褚民谊出卖，被逮遭杀害。孙在成都时曾从赵香宋问学。

　　赵香宋在宜昌，人生地疏，全家租一小楼居住，既逼窄，又不便，而且开支不小。这时香宋已年近七十，进退不得，遂忧郁成疾。不久，得川中消息，红军继续北上，战局趋于平稳，于是决计回川，既慰归思，病亦渐愈。民国二十四年（1935）二月，便乘轮船西上。有《宜昌舟次》七绝一首云：

　　　　客子归心认柳条，到渝州日正花朝。

　　　　今宵尚作夷陵梦，漂泊崔涂候早潮。

　　到重庆后大约住了半年，于九月启程返荣县。这年冬天，香宋接连收到大满自宜昌寄来两信，便回了大满这封信。这里把信的原文（无标点符号）抄录如下：

　　大满大师：两获法教，皆速达，真快事也。不佞九月杪归里，途中稍感风寒，遂病月余，老朽可叹！半月前，红军突出邛雅，难民蔽江而下，惊传青眉失守，去余家仅二百里，今幸定矣。昔又传宜昌两岸皆红军，今得来书，乃知不然，盖乱世人皆惊弓之鸟也。宜昌公园之议，恐不必即成事实，世风可畏如此。《心经》乃乌尤重刻，不佞十六年前所书。诗与偈，悉非要事，似可不必留意，徒损清誉。郝君诗，敬悉。人能闭户自精，未有不知名者。天寒珍卫。

诗中叠字

　　诗中叠字又称"重言"，是一种修辞手段，用以加强语势或增强语言效果。如"青青河畔草，郁郁园中柳"（《古诗十九首》之二）、"东涧水流西涧水，南山云起北山云。前台花发后台见，上界钟声下界闻"（白居易《寄韬光禅师》）。古诗中还有全诗每一句不断重复使用同一个字，如明代人编的《诗纪》里，有梁湘东王（萧绎）的《春日》一首，可能是这种用法最典型的例子了。全诗如下：

> 春还春节美，春日春风过。
>
> 春心日日异，春情处处多。
>
> 处处春芳动，日日春禽变。
>
> 春意春已繁，春人春不见。
>
> 不见怀春人，徒望春光新。
>
> 春愁春自结，春结讵能申。
>
> 欲道春园趣，复忆春时人，
>
> 春人意何在？空爽上春期。
>
> 独念春花落，还以惜春时。

　　诗中每句都用了"春"字，一句五个字，有时出现了二次，一共用了二十三次。很显然，全诗着重一个"春"字，不断重复使用这个关键性字眼，刻画出了春天这个美好时节，描绘春天的景物、人的心情。诗的字句整齐，一字一音，每句字数又一致，确有它独特的美妙。

　　此外，《诗纪》中还载有一位鲍泉，曾和此诗，重复用"新"字达三十次。其句如：

> 新莺始新归，新蝶复新飞。
>
> ⋯⋯⋯⋯⋯
>
> 新扇如新月，新盖学新云。
>
> 新落连珠泪，新点石榴裙。

初唐张若虚《春江花月夜》即从这种"宫体"诗的写法脱胎出来。

载《光明日报·东风》一九九四年八月二十二日

一九三六年四川公祭章太炎先生大会纪实

民国建立，蜀人治学，多宗余杭章太炎（炳麟）先生，或登门投贽为弟子，或相处在师友之间。近代学者、诗人綦江庞石帚（俊）云："昔休宁戴氏之论学也，其言曰：'学有三难：淹博难、识断难、精审难。'以是为衡，近世学者，兼此三长，厥为章先生，语其卓绝，实为三百年来所未有，此天下之公论也。"①可见四川从事国学研究的人对章太炎先生的推崇。

章太炎先生于民国二十五年（1936）六月十四日逝世，同年九月二十七日，四川省各界假皇城（今展览馆）内至公堂举行公祭。事前，省教育厅通知成都四所中学成属联中（今石室中学）、成都县中（今七中）、华阳县中（今三中）和私立建国中学（今十五中），每校派三名

---

① 引自庞俊《章先生学述述略》，载《制言半月刊》第25期，1936年。

高中学生代表参加公祭。我忝在代表之列，届时就前往参加。

至公堂是清代建筑，正南向，宏敞庄严，气象雄伟，可容三千人。辛亥（1911）以后，全省大事，多在此处举行。如年仅二十六岁的四川都督尹昌衡，就是在这至公堂左阶下面把四川总督赵尔丰杀头的。那天至公堂内布置得庄严肃穆，挽联数以千计，把三面墙壁都挂满了。除了挽联，还悬挂有太炎先生为他川籍学生徐耘刍写的各体字幅。其中有一副对联写得特别凝重，字大尺许，力透纸背，观者无不称赞。联语是"季布无二诺，侯嬴重一言"，上题"耘刍老弟"，下署"章炳麟"。虽然挽联很多，但悬挂在中央太炎先生遗像两旁的公挽联：

> 富贵不能淫，贫贱不能移，威武不能屈；
>
> 泰山其颓乎！梁木其朽乎！哲人其萎乎！ ①

最引人注目。字比斗大，写在很长的白布上面。上联说太炎先生一生，恰如其分。下联则推崇备至。横额是"四川各界公祭章太炎先生大会"。

公祭大会由当时国立四川大学校长任叔永（鸿隽）担任主祭，行礼如仪，徐耘刍恭读祭文。祭文内容，把作为近代一位民主革命家、思想家、大学者的章太炎一生志业行谊概括而如实地表达出来，绝非一般的庆吊文字②，不但感情真挚，而且文字优美，代表了四川人对太炎先生的钦仰和怀念。这篇祭文，在将近六十年后的今天看来，确实可以说一篇有历史意义的、情文并美的文章了。我还保存着那天大会上发给每人的材料，现在把这篇祭文抄在下面，供读者赏析：

---

① 文字音韵学家、四川大学教授垫江李培甫（植）集句。

② 这篇祭文是四川大学教授庞石帚（俊）的。

　　维民国二十五年九月二十七日，四川党、政、军、学各界同人等，谨以清酒庶羞之仪，致祭于余杭章太炎先生之灵而系以辞曰：呜呼！老聃称前识为道之华，淮南谓先唱为穷途之路，非豪杰之挺生，畴殉志而不顾。緊清祚之既微，轸陆沉之大惧。于斯时也，天下未知类族之义，而先生则与之敦古；天下始言光复之业，而先生实为之谋主。刊章奄至，南冠而系，褰裳赴之，曾不惬惬。至于在缧绁而术业愈恢，出狱岸而体貌加肥，岂非所谓九死未悔，百折不回者欤！既乘桴以渡海，爰常德而习教，乐群伦之胥附，光自他而有耀。讫旧物之复归，让元功而弗居，惟匪躬之謇谔，遂与世而龃龉。然其徙薪之谋，恒民固疑于不信，及夫后车之覆，暝暝者犹不悔于厥初。先生之道既穷，而神州之地亦浸荡为丘墟矣。呜呼哀哉！昔昌黎之亡也，皇甫哭之，乃感异学之溃堤；延平之没也，朱子哭之，盖伤卒业之无期。呜呼先生！民之维纲，国之著龟，群小之愠，君子之悲。盖其抗浮云之节，则可以贯夷皓而友巢许；阐微言之旨，则可以超游夏而追孔姬。呜呼先生！躬循循善诱之勤，遭魇魅靡骋之会。志弥于六合，而形梏于环堵之间；心雄乎万夫，而神竭于形骸之外。天目黯黯而崩聩，浙水上去而澎湃，嗟百身之曷赎，痛宗邦之孰赖。继今以往，凡百君子，及我后昆，诵先生之高义者，其敢慕势利而泯是非；识先生之隐忧者，其忍居安乐而忘阽危。抚遗书之瑰玮，其为步舒之诬其师；览横流之波荡，其忍为陈相之变于夷。呜呼哀哉！自古在昔，同兹血气，凡民有丧，匍匐执事，其在士友，千里赴义，而况承金玉之德音，奉槃敦之盟誓，或深私淑之慕，或沾启迪之诲。山川修阻，邈矣

曷攀，吊不及门，哭不凭棺，惟此樽酒，以酹烦冤。望吴台之郁郁，
送泯水之漫漫。溯江源而穷委兮，精魂倏忽往来于其间，敷圣文
而刷国耻兮，竦威仪乎汉官，惟夫子之灵实辅我民兮，俾千万亿
载以常安。呜呼哀哉！尚飨！

载《文史杂志》一九九四年第四期

钱

　　古时候有的人忌讳说"钱"，管它叫"阿堵物"（六朝）、"孔方兄"
（宋），或简称为"孔兄""方兄"（元）。清人小说《花月痕》中有钱
同秀（钱铜臭）其人。人与人关系中，只在金钱上有来往，即所谓钱
财之交，叫作"钱通"，贪财成性，叫作"钱愚"或"钱癖"。至于"钱
可使鬼""钱能通神"，那钱的作用就太大了。不过，如果像"显贵不
必诗书，而蓄资可致"（《康熙华州志》）那样，或者当金钱拜物教之风
大盛,则不妨读读《林石逸兴》所记载的明代一首叫作《题钱》的民歌：

　　　　人为你东奔西走，人为你跨马行舟，人为你一世忙，人为你
　　双眉皱，细思量多少闲愁，铜臭明知是祸由，每日家营营苟苟。
　　　　人为你招惹烦恼，人为你梦忧魂劳，人为你易大节，人为你
　　伤名教。细思量多少英豪，铜臭明知是祸苗，一个个因它丧了。

载《光明日报·文化与生活》一九九四年十二月三日

○

　　○是表示数的空位的符号，同"零"，如一九○三年。"○（零号）之发现，是算史中一件大事，简直可以说是一桩奇迹，然中国亦自得之象形，布筹空位，恒置以钱、以砾，或棋子故。"（《张申府散文》，北京：中国广播电视出版社一九九三年版）

　　可是，这个○却被禅宗僧人用得玄而又玄。

　　禅宗要求"我心清净"，即求得一种空灵澄澈的心境，达到无我无物的状态，亦即瞬间的"顿悟"。禅宗僧人经常用隐晦曲折的比喻或暗示启发对方，一问一答，问者有"机锋"，听者要"妙悟"。本来极寻常的话里却暗含深奥的哲理，听者必须随想妙得，在妙语联珠的"机锋"中，听出言外之意。但是，有时他们说得如同"天书"，不知所云。著名的例子是《五祖法演禅师语录》中所载著名禅师法演的这句话：

　　　　人之性命事，第一须是○，欲得成此○，○○。

这个○是什么？是"心"？是"空"？或是"清净"？太玄了，谁也不知道，反正由人去猜。就连说这句话的法演禅师本人可能也说不出个所以然。故弄玄虚，使人莫测其高深而已。

载《光明日报·东风》一九九五年五月二日

明末清初的成都

　　故老相传，明末清初，成都经兵燹之后，十分荒凉。人烟稀少，十室九空，虎豹出没，禽鸟乱飞。当时情况，很可能如此。

清人杨钟羲撰写的《雪桥诗话》内，载有《蜀都行》一首古风。这首诗进一步具体告诉我们，三百年前的成都究竟是个什么样子，今先录原诗如次：

> 自我之成都，十日九日雨。
>
> 浣花草堂益萧瑟，青羊石犀但环堵。
>
> 生民百万向时尽，眼前耆旧存无几。
>
> 访问难禁泣泪流，故官荒废连禾黍。
>
> 万里桥边阳气微，锦官城中野雉飞。
>
> 经商半是秦人集，四郊廓落农人稀。
>
> 整顿凋残岂无术？流亡安集诚可期。
>
> 但得夫耕妇凿无所扰，桑麻树畜随所宜。
>
> 数十年后看生聚，庶几天命有转移。

读了这首诗，我们相信，当时的成都确是一片荒凉。当时成都的天气、名胜古迹以及商贸等都可以从诗中得到了解。尤其是，诗人来到成都，疮痍满目，民生凋敝，睹此景象，油然而生整顿恢复之念：生聚为首，男耕女凿，种桑麻，养禽兽，其民胞物与之怀，跃然纸上。

诗的作者余淼，字生生，号钝庵，四川青神县人，明末贡生，以诗擅名。明亡，出游，侨居四明（今浙江宁波）七子诗社以终老。余淼动身去宁波前，专程从青神到成都一行，游览了成都，以他亲身所见所闻，给后人留下了这篇珍贵的诗史——《蜀都行》。

载《文史杂志》一九九五年第三期

两松庵问学记：怀念恩师朱爷爷

我是一个理科生，学历、经历简单而顺利，毕业留校，由硕士念到博士，继续在大学担任药理学的教职。我之所以能够在文科领域，比如本草文献、道教历史、金石考鉴方面取得一点点成绩，完全得益于恩师朱爷爷。

一、入室

大学毕业的第一年春节，母亲忽然说起，她以前十九中同事杨淑媛老师的丈夫朱寄尧先生在四川大学，书法篆刻都很好，不妨去拜访。

三十多年过去了，第一次到桃林村趋谒老师的场景，宛在目前……

"寄尧中风几年了，不太见客。"师母的语气有些犹豫。

"某某（母亲的名讳）来了，我要见。"一个中气很足的声音从隔壁传来。稍过了会儿，老师拖着残迈的身躯从另一个房间挪出来。老师长我四十八岁，当年尚不到七十，清癯的面容，雪白的长髯，大有古风。我震慑于此，脱口便呼"朱爷爷"——其实按行辈算应该喊"朱伯伯"的，或许因为"爷爷"的称呼更加亲切，也就没有再改口。

　　寒暄之后，老师让我随意写几个字看看。我拈起笔来写吴昌硕集石鼓文的对联："水不求深鱼自乐，人之好吾鹿则鸣。"字还没有写完，老师制止道："不用了，就写你那个'葵'字。"我顺口问："用《说文》正字，还是汉篆？"老师略有些诧异，说："六把叉。"——"葵"字从艸、癸声。"癸"字小篆写作"🌿"，加上草头，故称"六把叉"。我艰难地把"叉子"画成，老师点头认可。后来才知道，杨老师当年从伍瘦梅先生习画，第一堂课便是"画"这几把叉子。

　　老师或许以为我是可塑之才，把我叫到他房间里继续谈话。所以师母后来开玩笑说："曼石，你不仅升堂，而且入室了。"

二、熏陶

　　朱爷爷中风以后左侧肢体失能，虽不再刻印，依然不废笔砚，书信日记都用毛笔，还坚持临池。我初见他的时候，正以章草为日课，后来则专写唐太宗的《温泉铭》。

　　老师从来不以"书法家"自命，所以尽管我也经常以书刻习作呈览，他总是一味表扬，极少在技法上予以特别地提点。渐渐地我能体会到，老师更看重作品的"气息"，而"气息"乃是学养积淀，非技法训练所能获得。

　　亲近老师十余年，皆以谈话为主，主题极其散漫，上下古今无所不包。有时候是问答，或者无问自说，偶然也容忍我高谈阔论。当年谈话的内容大多不复记忆，也有少数情节铭记脑海，被我剪裁入文章，比如《近代书林品藻录》赵熙（香宋）条，我是这样写的：

先寄尧师为清寂堂弟子，曾数谒香宋，晚年语及荣县赵尧老，犹眉色飞动。又闻乌尤寺遍能和尚、江安黄稚荃老人谈论尧老亦复如是。"私以谓并世同国而有先生，安可无一见，假令获闻一语，用以自壮，讵非莫大之幸。"此华阳庞石帚第一次趋谒香宋先生，以文字为先容者。乃知当日蜀川人士心目中之赵尧生，正比如九百年前之苏东坡也。

同书颜楷（雍耆）条，我写到：

黄山谷曾惜苏东坡未得返乡社，使后生未能瞻望堂堂。考览近世蜀川艺术家流寓川外者，多克享大名，其著者如内江张大千、嘉定郭鼎堂、乐至谢啬庵、泸县蒋兆和等。反之，省外名人一旦终老蜀地，则声名渐晦，直至湮没无闻。书画家如长洲顾子远、平湖吴一峰，学者如怀宁徐中舒、溧阳缪彦威莫不如此。至于川产才彦，虽早已蜚声域内，若返川定居，年代稍久，便知者寥寥。成都顾印伯、荣县赵尧生、华阳颜雍耆、江安黄稚荃皆有此遭遇。蜀地之埋没人才竟至于斯，堪发一叹。设若坡老返还乡间，恐亦难逃宿命。

这些观念，或直接得自老师，或受老师思想的启迪，亦算得上"渊源有自来"。

三、读书

朱爷爷一生爱书，阅读量十分惊人，周菊吾先生为他刻过"朱遗所得之书""朱遗所有旁行画革书"，分别用来钤盖中文书和西文书。疾病以后，买书的事皆由我代劳，看书的心得也多与我分享，偶然还赐下一两种。一九九八年老师八十初度，令我刻了两枚"八十一千卷"。老师自说，病后十余年读书千册。当时我手中一本老师看过的书，勾画甚多，扉页记有若干页码，乃是可记取内容之引得，便于日后检索；封三有毛笔题的"九七八"，则是病后所读第 978 册的意思。

嘉兴范笑我先生的秀州书局是我安利给朱爷爷，或者相反，已经不太记得。朱爷爷很喜欢书局的人文气氛，所以老师的名讳也多次出现在《秀州书局简讯》和《笑我贩书》中，网上检得一条：

一九九八年八月，因徐城北"秀州书局"一文，朱寄尧开始来信函购图书。最后一次来信购书是二〇〇二年十月，此年三月二十日，朱寄尧来信说："昨天得《秀州书局简讯》(141)，信封上写'身体好吗'一句，使我感动不已。我最近又复跌倒四次，于是完全卧床不起数月，今天才被扶坐床边写此信。今后如到成都，务必到四川大学外文系朱徽（我的第二个儿子，快六十岁，教授）谈谈，我已给他作了交代。人生百年，好多地方没有去过，好多书没有看过，但也无可奈何。"

作为语言学者，朱爷爷对字词句有特别之留意，遇到稍微冷僻一些的词汇都要弄个明白。以前没有谷歌、度娘可以请教，完全靠翻检辞书，所以经常给我来信，让代查《中文大字典》或《汉语大词典》。

比如他注意到张大千的题署，有时候用"大千杜多"，还有一枚印章也是此四字，就让我查"杜多"。原来杜多是梵语头陀（Dhūta）的别译，张大千以此纪念年轻时做小和尚的经历，于是释然。又有一次让我查"不识之无"，这好像是白居易的典故，算是常见词汇，所以待我面陈如此之后，他老人家忽然哈哈大笑，说他留意如"不速之客""不情之请""不虞之誉"这样结构的词汇，所以一下子被"不识之无"给魔障了。

受朱爷爷的影响，我在阅读中也渐渐增加对词汇的敏感，后来校释《养性延命录》《周氏冥通记》等道教古籍，颇以择词恰当、释义精准获得好评。

四、诗话

据说严几道（复）晚年以读"旁行画革"之书为悔，当年老师提起这段掌故，也是一副心有戚戚焉的样子。老师作为英语语法学的教授，专业成就甚丰，但他最引以为自豪的，则是蜀中名儒林山腴先生清寂堂门人的身份，与我谈话，曾十分强调自己是"叩头弟子"，以与一般"学生弟子"相区别。所以在出版《现代英语语法学辞典》之后，便罢西书不观，潜心文史，《四川近百年诗话》与《两松庵杂记》两书皆是病后所作。

杨淑媛老师颇有诗兴，与师母比起来，朱爷爷"诗才"显然不及。他有一次偶然得句"学问半通名不显，一生两任治丧员"，让我转述给他的老友川师大刘君惠教授（1912—1999），君惠老师听了，颇不以为然。但就跟东坡说"我虽不善书，晓书莫如我"一样，朱爷爷对诗歌有极度热爱和深刻理解。记得有一次我为他买《苏轼诗集》全八册，次周见面他告诉我，这几天把平生记得的诗篇默诵了一下，杜诗尚能记得三分之一，苏诗还记得近千首。

朱爷爷是苏东坡与张大千的"死忠粉"，只要齿及两人，必呼"东坡""大千"而不冠姓氏，亦必然升高语调，眉飞色舞。于荣县诗人赵香宋也有这样的感情，但似稍减一等，称"赵尧老"而不用升调。《四川近百年诗话》多条涉及赵熙，广和居题壁乃是香宋的"政治诗"，当时脍炙人口，事过境迁，幸有《诗话》揭出本事，读者方能体会其高妙。又选录赵熙峨眉诗十数首，评语说："近体山水诗，清辞丽句，意味隽永，刘裴村后一人而已。"

后来我有幸编过一册《玉雪双清》，是赵熙与老师胡薇元唱和诗片。赵熙用"鱼""元""寒"三韵作绝句上老师，老师依韵奉答；一来二去，竟有数十组之多。当时洪宪复辟，倒袁运动此起彼伏，终于宣布取消帝制，恢复民国纪年。赵熙的诗说："自古成功不易居，喜闻春令网罗疏。欢声百里军区动，长乐花边罪己书。""依然天意从民意，去国梁鸿费苦言。沸出滇池三百里，余甘回味醴泉源。""思归只益陶潜醉，对客羞言范叔寒。从此蛇矛无荡决，春风严尹望陈安。"这几首诗赞咏蔡锷护国军，又提到当时首施两端的陈宧，希望他学习古代的陈安，反戈一击。诗篇的寓意皆很深刻，是研究赵熙思想的重要材料。此件册页既有掌故，更是诗史。当时我就想，如果朱爷爷见此，一定会采入诗话，不觉黯然。

五、点滴

朱爷爷中风多年，行动不便，除了定时趋谒，师生间主要通过书信交流。十余年间，我处存下的函片大约百余件，翻检这些信札，我还能回忆起当时受教的点点滴滴。即以书仪一事，以见夫子之循循善诱。

首次趋谒并没有说定下次拜访的时间，在母亲鼓励下，我试着给朱爷爷写了一封信，谈我对书法的粗浅认识。很快就收到朱爷爷的回信，约定每两周到川大一次。我随函附钤了几方自作印章，其中有一枚仿赵撝叔九字白文"成都王家葵字满实印"，朱爷爷的回函信封则写"王满实先生收"，对我的教育便由兹开始。

朱爷爷拈出我写过去的信封，先说"朱某某"与"先生"应该同一大小，后面可以写"收"，旧式则习惯写一"升"字。继由"某某"引出"入门问讳""呼名不敬"的话题。

老师自说本名"遗勋"，字"寄尧"，中年后以字行。又举刘君惠先生的例子，说刘先生本名"道龢"，字"君惠"，号"佩蘅"，后来也"以字行"，名"君惠"字"君惠"了。于是问我的表字"满实"之来历，我说是母亲所赐，针对名字中的"葵"，取意充实饱满。朱爷爷首肯，然后说我写文著书被人直呼姓名为不妥，建议我也"以字行"。我私意觉得迂腐，当然没有敢采纳。不过后来朱爷爷对我的书面称谓，渐渐就改成"曼石"，而不用"满实"了。因为"曼石"正好和我的斋号"玉叩"相契，我也乐得使用，倒不全是"长者赐不敢辞"的缘故。

然后又说到平阙和称呼之上下，表扬我使用得体。我趁机请问赵孟頫致中峰和尚信札"中峰和尚老师侍者"之"侍者"为何意。老师答，这是古人谦虚之至的语言习惯，写信人自甘地位卑下，表示此函不敢冒昧直接递呈，需要通过左右侍从转递；写作足下、左右、文几，情况皆类似，程度有不同，谦卑恭敬则一。

后来我又"举一反三"，注意到晚近书写僧人的法号，往往以小一字号的"上下"两字隔开，乃至询问法号，也说"请问法师的上下"。尽管佛门自有一套说辞，我猜也是出于"呼名不敬"的俗礼。后来看米芾的《书史》，提到他见过一册辩才弟子草书千字文，"才"字、"永"字皆空缺不书，乃是避智永、辩才之讳。于是知道，至迟在宋代已经有僧人法号避讳的讲究。我这一浅见未能及时与老师交流，至今不知是否确切。

六、机缘

记得在《胡适日记》中读到这样一段话："我们做学问的人，必须常常有一个——或几个——研究的问题，方能有长进。有了问题在脑中，我们自然要去搜集材料，材料也自然有个附丽的中心，学问自然一天天有进无退。没有研究的问题的人，便没有读书的真动机。即使他肯读书，因为材料无所附丽，至多也不过成一只两脚书厨。何况没有问题的人决不肯真读书呢。"我深以这样的看法为然。

老师是外文系的学者，我则是药学系的毕业生，我们的谈话一般都围绕读书展开，很少涉及各自的专业，而老师则在无意之间为我找到了"读书的真动机"。

我初次谒见老师，老师正在练习章草，我虽然也有这部高二适先生的《新定急就章及考证》，却没有认真看过，这时为了投老师所好，也翻检出来学习。《急就章》第二十三为"灸刺和药逐去邪"，罗列了黄芩、茯苓等三十余个中药名。阅读中我忽然动念，何不引据本草，对此篇略作笺释。笺释最终没有完成——因为在找寻材料时，我发现《神农本草经》值得研究的地方更多——于是将全部业余时间都用在本草研究上，竭十二年之力完成我的第一部著作《神农本草经研究》。又因本草研究而涉及文献、历史、宗教领域，后来又撰成《陶弘景丛考》，这本书的年谱部分还请老师看过，正式出版，老师已不及见矣。

检出朱爷爷一九九三年八月来函，照例说买书读书之事，其中提到："昨夕阅《光明日报》'读书与出版'载文介绍新出版《本草纲目通释》一书，评价甚高。因念足下于此著精研有素，创获亦丰，有暇不妨将平时撰著一试何如。"这些年在本草方面我先后出版《神农本草经研究》（北京科技出版社，2001）、《救荒本草校释与研究》（中医古籍出版社，2007）、《中药材品种沿革及道地性》（中国医药科技出版社，2007）、《本草纲目图考》（科学出版社，2018）、《本草文献十八讲》（中华书局，2020），即将出版的还有《证类本草评注》（中国医药科技出版社）、《本草笺谱》（三晋出版社）、《本草博物志》（北京大学出版社）等，应该不辜负老师的期许了。

受业王家葵谨述

庚子四月

【外一篇：诗话、杂记出版亲历记】

《四川近百年诗话》为朱爷爷发起，邀请王淡芳老师（1920—2005）襄助，两人共同完成。写好的文章最初是在四川人民出版社主办的《龙门阵》杂志上连载，反响甚好，一段时间以后，老师便有结集的打算。于时出书不易，我的朋友魏学峰当时供职四川省文史研究馆，其下有《文史杂志》，乃商请学峰以《文史杂志》增刊的方式出版，出版费用则由老师一人支付。

简体铅字排印，稿件需要重新誊抄，师母与我都参与其事，写成以后，老师却不满意，乃亲自以毛笔重抄，用了数月之力才告竣。这份手稿后来流散出来，曾在孔网见到几页，蝇头小字一笔不苟，自愧不及。

序言出自刘君惠先生的大笔，以"审音知政"揭示本书的撰著目的，谓晚来海内诗人多流寓蜀中，"他们处李白、杜甫所历之地，经李白、杜甫所未历之变，为李白、杜甫所未尝为之诗，镳辔相接，沆瀣相通，有凄婉之音，极回荡之致"，"诗人们在严肃的灵魂探险以后，用心血凝成的诗篇，为中国近百年的历史进程留下了星星点点的航标"。表彰两位作者"把一些星星点点的航标汇集起来，写成《四川近百年诗话》。他们所敷论、所商榷、所赏析者、固不规规于蜀山蜀水之青碧而已"。这篇序文无华词、不敷衍，朱爷爷非常高兴，谓君惠先生晚年序作甚多，此与周菊吾先生印谱序并为双美。

印出的书册主要分赠友人，大家都夸赞是开凡例的著作，但稍嫌单薄，希望内容更加丰富；两位作者又都是老派心思，觉得16开杂志样式，与他们心目中的"书册"尚有距离，于是动笔增补，谋求再版。

增补工作终于在一九九五年完成，次年以自印本的方式面世，书名由王淡芳的老师程千帆先生题写。

《诗话》告一段落，老师又开始整理笔记。自说"平生读书阅世，偶有所触，略事收录，岁月既久，积如干则"。两松庵是他的斋号，遂以"两松庵杂记"为书名，并请君惠先生题写。杂记也在一九九五年自费印成，当时曾考虑与《诗话》合刊一册，但虑及《诗话》增补本由王淡芳先生出面操作，出力甚多，另外再增加己作似不太方便，于是单独梓行。

二○○二年朱爷爷去世以后，我一直留心寻找《四川近百年诗话》和《两松庵杂记》的出版机会。二○一七年四月与顾鸿乔老师恢复联系，当时即说起出版之事，奈机缘未熟，于是先在巴蜀书社出版了顾老师所编叶伯和著的《中国音乐史》。

听顾老师讲，朱楳老师正在考虑编订朱爷爷的文稿，乃由顾老师出面请友人严晓星老师代为寻觅出版机会。经过多方努力，终于联系到四川教育出版社的苟世建老师答应出版两书。一切都在顺利进行中，我也与朱楳老师有了联系；在微信交流中，我忽然询问朱老师，是否可以考虑交在中华书局出版。

我这样考虑确实不是心血来潮，也没有存任何私心。我对朱老师说："我之所以这样提出来，是因为我理解，朱爷爷这一辈人，在他们的观念中，能够在中华书局、上海古籍出版社、商务印书馆、三联书店这样的'大社'出书，乃是'终身荣幸'。"我说："依我的浅见，编前人遗集，只要条件允许，尽量按照前人'自己'的愿望去完成。比如本书，尽量体会朱爷爷的心思去进行编辑出版工作，尽可能符合他的意愿，就是对他老人家的最好纪念。"记得 1950 年代朱爷爷在商务印书馆出版《英语最低限度词汇》，晚年谈起，依然有得色。基于这样的理解，我冒昧地提出在中华书局出书的建议。

朱棣老师接受了我的意见，于是我联系个庵兄和兆虎兄，顺利办成此事。毕竟是"半路杀出程咬金"，也因此给为此书出版努力的各方造成不便，我深表歉意。但老师著作出版为大，希望理解。

王家葵补记

庚子四月初八

朱棣附注：我 1959 年升入成都市第十九中学（原成城中学，现"田家炳中学"）念高中，李蘧先生教授语文，我是被先生耳提面命、当面调教过的，在此借得一角，缅怀先生、感恩先生。1962 年我考入北航，出川求学，1966 年先生得宁馨儿曼石，不才已虚长二十一岁矣。